A TRAIÇÃO DE CAMELOT

DA MESMA AUTORA, PELA **PLATAFORMA21**

Saga da Conquistadora
Filha das trevas (v.1)
Dona do poder (v.2)
Senhora do fogo (v.3)

A Última Caça-Vampiros
Caçadora (v.1)
Escolhida (v.2)

A sombria queda de Elizabeth Frankenstein

As Novas Lendas de Camelot
A farsa de Guinevere (v.1)
A traição de Camelot (v.2)

KIERSTEN WHITE

A TRAIÇÃO DE CAMELOT

V. 2 da trilogia
As novas lendas de Camelot

Tradução
Alexandre Boide

TÍTULO ORIGINAL The Camelot Betrayal

Plataforma21 é o selo jovem da VR Editora

DIREÇÃO EDITORIAL Marco Garcia
EDIÇÃO Thaíse Costa Macêdo
PREPARAÇÃO Lavínia Fávero
REVISÃO Juliana Bormio de Sousa e Luciene Lima
DIAGRAMAÇÃO Victor Malta e Pamella Destefi
ARTE DE CAPA Alex Dos Diaz
DESIGN DE CAPA Regina Flath
ADAPTAÇÃO DE CAPA Victor Malta

Dados Internacionais de Catalogação na Publicação (CIP)
(Câmara Brasileira do Livro, SP, Brasil)

White, Kiersten
A traição de Camelot / Kiersten White; tradução Alexandre Boide. – 1. ed. – Cotia, SP: Plataforma21, 2021. – (As novas lendas de Camelot; 2)

Título original: *The Camelot Betrayal*

ISBN 978-65-88343-09-8

1. Ficção juvenil I. Título. II. Série.

21-63192 CDD-028.5

Índices para catálogo sistemático:
1. Ficção : Literatura juvenil 028.5
Aline Graziele Benitez - Bibliotecária - CRB-1/3129

VR EDITORA S.A.
Via das Magnólias, 327 – Sala 01 | Jardim Colibri
CEP 06713-270 | Cotia | SP
Tel. | Fax: (+55 11) 4702-9148
plataforma21.com.br | plataforma21@vreditoras.com.br

Para quem eu era aos 18 anos, por ter feito a escolha certa.
E para meu marido, por permitir que eu o escolhesse.

O castelo solta um suspiro e então inspira de novo, atraindo-a para si. Ela passa os dedos pelos entalhes, sentindo todos os relevos, linhas perfeitas que contam histórias de luz e escuridão e sofrimento e amor e crescimento e morte, tudo que torna o mundo o que ele é. A beleza e o terror, e o fascínio que envolve ambas as coisas.

Ela acompanha a respiração da pedra, atravessando corredores e cômodos e, então, saindo às ruas, correndo como os canais tributários de um rio até o lago que a aguarda, frio ancestral eterno. A água sempre arruma um jeito de encontrar o caminho de volta. Ela se vira para o castelo e vê que as ruas estão tomadas pelos fluxos infindáveis que dão forma a Camelot. A força contrária da correnteza a empurra de volta para o castelo, mas não para seu interior. Ela segue fluindo pelo lado de fora, por uma das escadarias em curva, nem um pouco desgastada pelo tempo, apenas funcional e bem conservada. Atravessando os pilares de um balestreiro oculto, ela se vê pairando sobre a escuridão. É possível ouvir, bem mais abaixo, o que a espera.

A água.

O lago.

A Dama.

O castelo expira outra vez, empurrando-a para a beirada, e ela cai.

CAPÍTULO UM

O quarto de Guinevere estava escuro, a noite caía como um manto no lugar das cortinas da cama, que ela nunca fechava. O sonho pairava no ar como fumaça, tão real que esperou encontrar a estrutura de pedra a seu redor com novos entalhes e água escorrendo.

Com a mão trêmula, tocou a parede atrás de si, os dedos encolhidos de medo de encontrar os detalhes ali, frescos e reconhecíveis. Mas eram apenas vestígios de memórias o que sentiu sob suas mãos. O castelo continuava a ser o mesmo desde que ela chegara: antigo e desgastado pela passagem do insondável tempo.

Mesmo assim, era impossível se desvencilhar da sensação da queda, do ar zunindo ao seu redor, da consciência do que encontraria ao final. Desceu da cama e vestiu o robe. Brangien se mexeu levemente em seu canto, perdida em seus próprios sonhos com sua amada Isolda. Ao escutá-la, Guinevere se deu conta de uma terrível verdade.

Ela não deveria ser capaz de sonhar.

Usara a magia dos nós para conceder todos os seus sonhos a Brangien há algumas semanas. Desde que fora feita prisioneira por Maleagant, desde que Merlin a arrancara do espaço onírico que os ligava, desde que Mordred a enganara para conceder novamente uma forma física à Rainha das Trevas do reino das fadas, desde que decidira voltar a Camelot em vez de escapar – não, escapar não, fugir –, Guinevere não tinha mais dentro de si o desejo de sonhar. Isso significava que aquele sonho... não havia sido seu.

Enquanto corria pela passagem secreta e escura na montanha que interligava seu quarto ao de Arthur, envolveu o próprio corpo com os braços, pois não queria voltar a tocar a pedra. A desconfiança a dominava. Ela já estava desperta o suficiente para verificar se cada um dos nós aos quais estava conectada permanecia em seu devido lugar. O nó na porta do túnel secreto de acesso a Camelot, que só ela, Arthur e Mordred conheciam. O nó na porta de seu quarto, em suas janelas, todas as formas de acesso da Rainha das Fadas – ou de seu neto, Mordred – a Guinevere.

Nada de diferente. Estava tudo como havia deixado, todas as proteções em ordem. Isso a apavorou ainda mais.

Abriu a porta do quarto de Arthur e afastou a tapeçaria. Meio que esperava encontrá-lo sentado à mesa, escrevendo ou lendo cartas, com a vela derretida quase até o fim, apenas uma chama bruxuleante a iluminar o recinto. Era assim que o via quase todas as noites. Mas o quarto estava às escuras.

– Arthur? – murmurou, caminhando na direção da cama. Ouviu um farfalhar de cobertas e o sibilado característico de uma espada sendo desembainhada – e sentiu o mal-estar e o medo avassalador que a atingiam toda vez que se aproximava de Excalibur.

– Guarde isso! – falou, ofegante.

– Guinevere?

Ela não conseguia ouvir por causa da pulsação ecoando em seus ouvidos, mas pôde *sentir* assim que Excalibur foi recolocada na bainha. Guinevere esbarrou na cama, virou-se e se sentou. Os tremores estavam a caminho, e nenhum calor era capaz de acalentá-la.

– Desculpe. – Arthur a puxou para mais perto de si e jogou a coberta sobre os dois, abraçando-a como se pudesse fazê-la parar de tremer apenas com a força do pensamento. – Eu não estava acordado. Essa é sempre minha primeira reação hoje em dia, desde que...

Não terminou a frase. Não era necessário para nenhum dos dois. Ambos tinham visto a Rainha das Trevas emergir, um pesadelo insidioso que se tornara real com corpos de milhares de besouros, raízes retorcidas e sangue da própria Guinevere. Ela não precisava questionar por que a reação de Arthur ao ser despertado de forma repentina fora sacar a única verdadeira defesa contra aquela abominação.

– Está precisando de alguma coisa? – Arthur afastou os cabelos dela do travesseiro para que os dois pudessem se deitar o mais perto possível.

– Eu tive um sonho – murmurou Guinevere, em meio à escuridão. A importância do fato parecia diminuir a cada segundo que passava nos braços dele.

– Um pesadelo?

– Eu não deveria ter sonho nenhum. Afastei todos com um nó. – Ela não havia contado o que estava fazendo por Brangien, nem por quê. Era um segredo que não cabia a Guinevere revelar. E, com o banimento da magia em Camelot, não arriscaria a segurança de sua amiga.

Arthur soltou um *humm* pensativo. Estavam tão próximos que ela conseguia sentir a vibração em seu peito.

– E se o nó se desfez? E se você não fez a mágica direito?

– Pode ser.

Guinevere estava mais do que disposta a concordar. Seria mais fácil, menos perigoso e mais simples se fosse esse o caso. Mas ela não acreditava nisso. Aquele sonho tinha algo de muito visceral. Não era um sonho fortuito, havia um propósito ali. E não era um sonho seu, com certeza. Mas... podia *mesmo* ter essa certeza? Sua mente tinha sido alterada – buracos foram abertos e preenchidos por Merlin, intencionalmente ou não. De que maneira poderia definir como seus sonhos deveriam ser?

– Você já teve a sensção de não saber mais quem é? – murmurou ela.

Arthur ficou em silêncio por um bom tempo. Por fim respondeu, com um tom de voz suave:

– Não. Certas partes de mim eu nem gostaria de conhecer, inclusive. Por quê? Você está com essa sensação?

– O tempo todo.

Arthur se ajeitou na cama, passou o braço sobre a cabeça dela e acariciou seus cabelos. Não havia mais sinal de resistência no corpo de Guinevere, e ela sentiu que o rei estava prestes a cair no sono de novo. Arthur estava sempre a postos diante de uma ameaça, mas também sabia reconhecer quando tudo estava sob controle e abandonar a posição de ataque. Ela invejava essa capacidade. Vivia em constante tensão por causa da magia de nós posicionada em diferentes cômodos e ao redor da cidade. E, mesmo que não existissem, estaria o tempo todo remoendo os nós figurativos de sua vida e suas decisões, à procura de fraquezas, de coisas que poderia ter feito melhor.

– Está aí um problema em que posso ajudar – disse Arthur. – Conheço você muito bem. Você é generosa. É esperta. E tem muito mais senso de humor do que qualquer princesa seria capaz de ter.

– Mas eu não sou princesa.

– Não, mas é rainha. – Era possível ouvir o sorriso em seu tom de voz. Seu braço ao redor do corpo dela era confortavelmente pesado, e havia eliminado seu tremor quase por completo. – Você é forte. É corajosa. É baixinha.

Guinevere deu risada e o cutucou nas costelas.

– Isso não é um traço de personalidade.

– Ah, não. *Humm.*

Percebeu que ele cedia ao sono cada vez mais.

– Você é Guinevere – murmurou Arthur. E então sua respiração se tornou suave e constante.

Ela desejou, com todas as forças, que qualquer uma daquelas coisas fosse verdade.

CAPÍTULO DOIS

O verão havia sido longo, e o outono começava a dar as caras, trazendo um tempo frio à noite e a promessa de trabalho a fazer. Guinevere passara a compreender as coisas como plantações, pelo esforço que exigiam e pela importância vital que tinham. Uma boa safra era a diferença entre um inverno confortável e um mortal. Em uma cidade grande como Camelot, os preparativos começavam cedo. Como rainha, assumira o papel de Mordred, de acompanhar o nível de suprimentos e garantir que tudo estivesse em ordem. E cavalgar pela zona rural, informando-se sobre a colheita e conversando com os agricultores, era um bom pretexto para tentar descobrir se a Rainha das Trevas andava por perto.

Guinevere contava com sentinelas posicionadas por toda a Camelot. Ficaria sabendo se uma ameaça surgisse em suas paragens. Mas queria estar informada com mais antecedência. Não seria pega de surpresa. Nunca mais seria enganada de novo, por ninguém.

– Devemos verificar o perímetro da floresta? – perguntou Lancelote. Haviam acabado de passar por uma das lavouras mais distantes da cidade. Guinevere estava sentindo calor e coceira por baixo das camadas de tecido azul-escuro e vermelho do vestido.

Invejava as roupas mais simples de Brangien, mas estava lá como rainha, e sua aparência precisava fazer jus ao papel que desempenhava. Lancelote também estava trajada de acordo. Sua armadura não era mais de retalhos. Usava um uniforme de couro com peitorais de metal por cima da cota de malha e uma túnica com a insígnia de Arthur. Guinevere sentia saudade da velha armadura de Lancelote, mas estava contente por ela não precisar mais andar mascarada.

Brangien lançava olhares cobiçosos na direção de Camelot por cima dos ombros, mas não fazia nenhuma reclamação. Apenas Brangien, Lancelote e Sir Tristão acompanhavam Guinevere nessas incursões. Somente os três conheciam sua relação com a magia. Caso alguém mais descobrisse, estariam todos em perigo.

Arthur ia com eles quando podia, mas isso não acontecia com frequência. E, para Guinevere, era melhor assim. Embora desejasse passar mais tempo com o rei, a Rainha das Trevas era culpa sua. Responsabilidade sua.

– Sim. – Guinevere guiou sua montaria para a mata escura que os aguardava em silêncio na extremidade das terras cultivadas. Por toda parte, as florestas se elevavam em volta das zonas rurais, dominando a paisagem. Mas, dentro dos limites de Camelot, as árvores haviam sido derrubadas e mesmo os locais não desmatados eram terrenos domados; florestas benignas, que estavam lá para servir aos homens.

As mangas da roupa de Guinevere roçavam seus pulsos tocando as finas cicatrizes causadas por furiosas e famintas árvores antigas.

– Dormiu bem à noite? – perguntou Brangien, cavalgando a seu lado. Seu tom de voz foi tão deliberadamente tranquilo e agradável que Guinevere percebeu de imediato que ela estava tentando obter informações. Brangien nunca era simpática sem motivo. Guinevere não dormira em sua cama, e sua amiga e dama de companhia queria saber tudo a esse respeito.

Antes houvesse o que saber. Como sempre, dormir na cama de Arthur significava apenas dormir mesmo. Guinevere acordou sozinha. Sempre acordava sozinha. Às vezes se perguntava o que aconteceria se Arthur ficasse. Se, desnorteado de sono em um lugar quente e confortável, não poderia procurar nela algo mais que companheirismo. Se os dois se dessem um beijo voluntarioso como o que Mordred roubara na noite em que Lancelote venceu o torneio.

– Por acaso seu rosto ficou vermelho? – provocou Brangien.

Guinevere domou seus pensamentos e os trouxe de volta para o momento presente. Esse era o caminho traiçoeiro que a levara para o bosque da Rainha das Fadas. Uma trilha de sorrisos maliciosos e olhos que pareciam pontos verdes atrás das árvores. Não fora Mordred que a raptara, mas ele a usara para atingir Arthur. E a atingira também. Guinevere não se esqueceria disso.

– Quando houver motivo para ficar vermelha de verdade eu aviso – respondeu.

A dama de companhia franziu a testa ao ouvir o tom seco de Guinevere, mas a rainha de Camelot não teria como explicar toda aquela situação.

– Você sonhou com Isolda ontem à noite? – acabou perguntando, lembrando-se de seu sonho perturbador e da sugestão de Arthur de que a magia dos nós poderia ter falhado.

– Sim. – Dessa vez foi Brangien que enrubesceu, com um sorriso sonhador no rosto.

Isso não era bom sinal. Tornava o sonho insólito de Guinevere ainda mais intrigante e preocupante. Era um assunto que precisaria ser discutido, e ela detestava não saber como Brangien receberia a notícia. Em grande parte, a magia consistia em tomar coisas para si – poder, controle e até lembranças –, mas, no caso de Brangien e seus sonhos, Guinevere pretendia *dar* algo.

Guinevere disparou na direção das árvores, afastando-se dos companheiros de cavalgada. Aquele era um problema a ser resolvido à noite. Não era preciso pensar nisso naquele momento, quando estava tão longe do castelo. Queria recobrar a sensação de paz que sentia em terras selvagens. Embora Camelot agora fosse seu lar, fora criada em uma floresta.

Mais uma vez, deteve seus pensamentos. Será que fora *mesmo* criada em uma floresta? Dispunha apenas de umas poucas lembranças que, a considerar sua última interação com Merlin, não eram das mais precisas. A choupana que se lembrava de varrer estava em ruínas, abandonada por décadas. Como poderia ter morado em um lugar inabitável?

Lancelote a alcançou. Foi bem sutil em seus movimentos, mas o cavaleiro de Guinevere nunca se afastava demais.

– Quanto você se lembra de sua infância? – indagou Guinevere.

– Minha infância?

– Seus dentes.

– Meus *dentes*?

Brangien e Mordred haviam conversado sobre isso na feira. Ficaram surpresos por Guinevere não se lembrar de ter perdido seus primeiros dentes para dar lugar aos permanentes. Ela suprimiu um tremor ao se recordar do fato de que todas as crianças com dentinhos perolados tinham outros, maiores, sob a superfície, prontos para despontar.

– Quando você os perdeu?

– Na idade normal, imagino? – respondeu Lancelote, com um tom bem-humorado. – O primeiro foi minha mãe que... – deixou a frase no ar. Seu pai fora morto a serviço de Uther Pendragon, o tirânico pai de Arthur. E, embora ela nunca tivesse entrado em detalhes sobre a morte da mãe, esse fora o motivo que a levara a buscar vingança e se tornar cavaleiro com um fervor tão intenso. – Os dois da frente quebrei quando caí de uma árvore. Os outros demoraram para crescer. Falei assobiando por um bom tempo.

– E zombavam de você por isso?

– Uma vez só. – Lancelote sorriu ao se lembrar.

Guinevere invejou tanto a capacidade do cavaleiro de se defender quando criança quanto de se lembrar disso. Estava sedenta por um passado, por uma forma de preencher o vazio que encontrou quando tentou escavar a própria história dos escombros de suas memórias. No sonho mágico em que se conectava com Merlin para procurar por ele, ao percorrer sua vida, chegou a um determinado ponto e encontrou... o nada.

Um vazio. Como se tudo tivesse sido apagado. Não era algo límpido, mas devassado, e isso a encheu de vergonha. Guinevere pigarreou e continuou a conversa, querendo ouvir mais sobre Lancelote. Para se distrair:

– Para onde você foi depois que perdeu seus pais? Você nunca me contou isso.

O sorriso despareceu do rosto de Lancelote, e sua expressão se fechou um tanto. Lancelote nunca era desonesta, mas a forma como mudou de assunto teve um quê de evasivo.

– Precisamos nos concentrar. O que estamos procurando nesta mata?

Guinevere fez sua montaria parar de forma abrupta, e o medo e uma estranha sensação de triunfo entraram em conflito em seu peito quando ela olhou para o que deveriam ser fileiras bem ordenadas de árvores e viu que, na verdade, era um aglomerado de carvalhos distorcidos, cobertos de cipós que se emaranhavam e se projetavam para o ar morto e sem vento.

– Por isso – murmurou.

– Nós deveríamos esperar pelo rei.

Lancelote espiava as árvores com cautela, com a espada em riste. Guinevere não sabia se seu cavaleiro era capaz de sentir o mesmo que ela – o ar que mais parecia uma respiração presa, a sensação de que, se virasse a cabeça bem depressa, surpreenderia as árvores se movendo –, mas estava claro que Lancelote captava o clima de ameaça no ar.

As duas deixaram as montarias no limite da mata, com Brangien, e Sir Tristão saiu em disparada até Camelot para buscar Arthur.

– Voltei para ajudar Arthur na luta contra a Rainha das Trevas. Isso faz parte dessa luta.

Guinevere se abaixou e apoiou a mão na terra. Seus dedos sentiram o solo duro e compactado. Uma minhoca passou por perto e roçou seu dedo.

Uma minhoca, não.

Guinevere pressionou os dedos contra uma raiz que serpenteava pelo solo – anos de crescimento em questão de segundos. Naquele ritmo, a floresta invadiria as terras cultivadas, destruiria as lavouras e arruinaria a colheita em poucos dias. Talvez até menos. Se ela não tivesse ido até ali, quem poderia dizer quanto tempo a notícia demoraria para chegar a Camelot?

E as árvores poderiam destruir mais do que os campos. Guinevere havia deixado as montarias na extremidade da floresta por um bom motivo. Ainda era capaz de ouvir os berros do cavalo de Mordred enquanto as raízes o arrastavam para debaixo da terra, no bosque da Rainha das Trevas.

E os gritos dos homens também. E o fato de isso ter ocorrido por obra sua só tornava a lembrança ainda pior.

– Ela está aqui. – Guinevere ergueu a mão do chão e ficou de pé, torcendo para que não tivesse acusado a própria presença. Observou as profundezas da mata, penetrada por apenas alguns fachos de luz do sol, estendendo-se pelo que poderia ser uma légua ou duas dúzias. A vegetação, de tão espessa, tornava impossível determinar.

– A Rainha das Trevas está aqui?

Guinevere fez que não com a cabeça. Não havia como ter certeza.

– A magia dela está.

Desviou os olhos da floresta impenetrável, resistindo ao impulso de se embrenhar nela o quanto pudesse. Para descobrir o coração do caos, o coração que seu próprio sangue havia ajudado a dar forma.

– Vamos lá! – Guinevere se virou na direção das montarias. Lancelote a seguiu. Houve uma sensação de alívio quando as duas saíram do meio das árvores.

Brangien estava parada, a alguns passos de distância, com os olhos arregalados. Quando Lancelote e Guinevere entraram, alguns minutos antes, ela estava a pelo menos o dobro de distância da extremidade da mata.

– Você mudou de lugar? – gritou Guinevere. Brangien fez que não com a cabeça.

Guinevere não perdeu tempo. Enfiou a mão na bolsinha que levava presa ao cinto e sacou dela um rolo de fio de ferro. Era pesado e frio, desagradável ao toque. Poderia amarrar as árvores, mas isso só daria conta de uma fração do problema. Seria preciso fazer isso na mata inteira, que era bem grande. As folhas farfalhavam. Os galhos das árvores rangiam.

Mas era preciso usar o ferro. Não tentaria interferir diretamente com as árvores de novo. As cicatrizes do desprezo delas por suas necessidades ficaram marcadas em sua pele para sempre.

Simplesmente não havia tempo para fazer nós de ferro de árvore em árvore. Se fosse para amarrar alguma coisa, teria que ser...

– O solo – disse para si mesma, em tom triunfal. Não havia como impedir cada árvore de avançar, mas poderia deter a superfície sobre a qual se movimentavam. Guinevere se ajoelhou e agarrou a terra com as mãos, removendo a matéria escura entre as folhas caídas e os pedriscos da superfície. Arriscando uma proximidade maior com as árvores, Brangien se juntou a ela, enquanto Lancelote montava guarda, com a espada em riste.

– A que profundidade? – perguntou Brangien.

– Um pouco mais fundo. Pronto, aqui deve bastar.

Guinevere desenrolou o fio e amarrou um nó todo complexo. Não era muito diferente dos que ela havia colocado por todo o exterior do castelo. Nada impulsionado pela magia seria capaz de passar por aquelas barreiras. A ideia por trás de seu plano era que, enterrando o nó de ferro no solo, infectaria o restante do terreno e o tornaria inóspito para a magia.

Pelo menos era essa sua esperança. Nunca havia tentado isso antes. Sacou a adaga de ferro, e uma nota inacreditavelmente grave feriu seus ouvidos e a deixou arrepiada, como sempre acontecia quando manejava aquela arma, então fez um corte em seu lábio inferior.

– Deixe que eu faça isso! – disse Lancelote, sibilando de raiva.

– Precisa ser o meu sangue. – Guinevere pressionou os floreios elaborados do nó de ferro contra o lábio, murmurou seu intento, infundido-o ao ferro com o ferro de seu sangue. Em seguida, enfiou o nó na terra e se inclinou para a frente, deixando o sangue cair no buraco, regando a semente de sua antimagia e torcendo para que se espalhasse.

Brangien lhe ofereceu um lenço, e Guinevere aceitou, levou-o à boca e ficou de pé. Ainda conseguia sentir a terra sob as unhas, mas não a magia que havia executado. O ferro levava tudo e não deixava nada em troca. Era uma forma de dar fim às coisas. Um veneno contra a magia e o caos naturais do reino das fadas, um veneno contra a Rainha das Trevas.

As árvores estremeceram, deixando cair suas folhas. Ouviram-se rangidos e estalos, como se uma ventania terrível estivesse percorrendo a mata, ameaçando arrancá-la do chão. Mas não havia vento nenhum. Os galhos se agitaram, rasgando o céu, e então pararam.

– Acabou? Conseguimos? – perguntou Brangien, olhando para as árvores com uma expressão de dúvida. Não estavam mais avançando, mas continuavam lá.

Guinevere, que limpava o lábio, franziu a testa.

– Ganhamos tempo para pensar melhor em uma solução para o problema.

– Então podemos, por favor, sair daqui? – sugeriu Brangien, dando as costas para as árvores e andando na direção das montarias. Guinevere não a seguiu.

– Em que você está pensando? – indagou Lancelote.

– Estou pensando em quanta terra perderíamos se não tivéssemos visto isso. E em quanta terra de fato perdemos. Não conheço direito a área. Pelo que sabemos, ontem mesmo poderia haver apenas lavouras a perder de vista por aqui.

– Acho que vou precisar trazer um machado para estas cavalgadas, além da espada.

Guinevere deu risada, reabrindo o corte no lábio. Pressionou o lenço contra o ferimento outra vez.

– Não sei até onde a amarração se espalhou. Está conectada com o solo, mas qual será seu alcance? – Olhou bem para as árvores, de cima a baixo. – Precisamos inspecionar melhor.

– Não vamos voltar lá para dentro.

– O perímetro. Não a mata em si. – Mas Guinevere era obrigada a admitir que gostaria de fazer isso. Com a adaga de ferro na mão, perseguindo a rainha que ameaçava seu rei. Perseguindo a rainha que levara Mordred e tomaria tudo o mais que conseguisse pegar.

Guinevere se pôs a inspecionar a extremidade da mata. Havia várias pedras brancas e lisas em sua bolsa – não era uma bolsa leve –, que ela jogava a cada poucos passos para se certificar de que as árvores não estavam avançando. Mas não haviam se espalhado muito quando ouviram o som trovejante de cascos se aproximando. Guinevere se virou, espremendo os olhos para se proteger do sol.

Sir Tristão havia encontrado Arthur. Que vinha galopando na direção delas, flanqueado por cinco cavaleiros e, no mínimo, vinte soldados. Guinevere largou imediatamente a pedra e limpou a terra das mãos com o lenço.

Arthur percorreu a distância que os separava em um galope enlouquecido e saltou da montaria um pouco antes que parasse de vez.

– Você está bem?

Guinevere assentiu.

– Eu detive o avanço. As árvores pararam, mas ainda não descobri como liquidá-las.

Arthur apertou o cabo de Excalibur, e seus dedos formigaram em protesto contra o fato de não poder desembainhá-la.

– Eu posso me encarregar disso. Mas não com você aqui.

Guinevere já tinha visto Excalibur drenar a vida de uma árvore possuída por magia. Por um motivo que ela não sabia explicar, aquilo a deixou quase tão triste quanto se lembrar do cavalo que fora devorado. E Arthur tinha razão: Guinevere não podia ficar por perto quando ele começasse a brandir a espada.

– Eu posso ajudar. Podemos ir em direções opostas.

– Não vou deixar você perambular sozinha por uma floresta infestada pela Rainha das Trevas. Sabemos que ela tem interesse em você.

– Sei me defender.

Lancelote mudou de posição, incomodada. Guinevere se virou para ela, que não lhe dirigiu o olhar. Ficou de queixo erguido, o corpo rígido, em posição de sentido, enquanto o rei falava.

– Sei disso. – Arthur levou o dedo ao lábio ferido de Guinevere, incomodado. – Mas, neste caso, você não precisa. Detectou a ameaça e nos avisou. Agora eu estou aqui.

– Como você vai resolver a situação? – Levaria semanas para cortar as árvores que avançaram, e ela não gostava da ideia de ter Arthur cavalgando por aquela mata, à procura da Rainha das Trevas. Com ou sem Excalibur, o rei estaria vulnerável, e ela não estaria ao seu lado. – Como vai encontrar a Rainha das Trevas, se ela estiver aqui?

– Simples. Vamos queimar a floresta.

– Queimar? – Guinevere se virou para as árvores. – Mas isso vai arruinar a floresta inteira! Essas árvores não pediram para ser possuídas pela magia das trevas.

Arthur lançou para ela um olhar intrigado.

– São só árvores. Elas nunca pedem nada.

– Tem que haver outra solução. Queimar tudo me parece um exagero. Não podemos simplesmente encontrar a Rainha das Trevas ou a fonte da infestação que ela trouxe para cá e nos livrarmos só disso?

– Seria como cortar só as folhas de uma erva daninha. As raízes ainda sobreviveriam, e a praga voltaria a crescer no mesmo lugar, ou em algum outro ponto, ainda mais inesperado. Precisamos remover tudo. Ela pode ou não estar aqui, mas sua magia não tem como prosseguir se as árvores forem queimadas.

– Posso entrar lá. Posso rastrear as linhas da magia, encontrar...

Das profundezas da mata, um uivo solitário se elevou no ar. Guinevere o sentiu na pele e estremeceu, apesar de ter tentado se conter. Já havia encarado lobos em uma floresta antes. Que quase a pegaram e quase mataram Sir Tristão também. Sentiu medo e odiava o medo mais do que qualquer coisa que a Rainha das Trevas tivesse feito ali.

Arthur e Lancelote se entreolharam e chegaram a um acordo firme e tácito. O medo de Guinevere se transformou em uma preocupação incômoda a respeito do que faria se Arthur ordenasse que ela se retirasse. Se Lancelote obedecesse à ordem e a obrigasse a se retirar.

Não queria que Arthur a obrigasse a ir embora e não sabia o que Lancelote faria se tivesse que escolher entre sua rainha e seu rei. E tampouco estava disposta a descobrir.

– Muito bem. Vou ficar por perto, caso você precise de mim.

Guinevere caminhou arrastando os pés até o local onde Brangien esperava, a uma distância segura, junto com as montarias. Não queria ficar em segurança. Queria era ser útil. E detestava o fato de que o melhor que poderia fazer para derrotar aquela ameaça era sair do caminho de Excalibur.

CAPÍTULO TRÊS

Guinevere via a floresta queimar.

Lancelote estava igualmente agitada e apreensiva, andando de um lado para o outro, com os olhos fixos na linha de chamas brilhantes e fumaça escura que se erguiam no céu tranquilo da tarde.

– Pode acompanhá-los – Guinevere falou. Excalibur não faria Lancelote se sentir mal, e ela estava perfeitamente a salvo naquele campo desmatado e sem vida.

– Não. Meu lugar é aqui. – Lancelote ficou imóvel, o que parecia exigir um grande esforço. Seu olhar continuava voltado para a destruição flamejante que os demais cavaleiros promoviam. Brangien voltara para Camelot. Guinevere quis ficar, para o caso de precisarem dela.

Um cavaleiro se desprendeu da fileira de homens que controlavam as chamas e veio ao encontro das duas. Sir Tristão estava com os olhos espremidos e com um pedaço de pano em torno da boca e do nariz para se proteger da fumaça. Quando chegou mais perto, tirou o pano do rosto e fez uma mesura para Guinevere.

– Minha rainha, o Rei Arthur me mandou avisar que está tudo sob controle e que deseja que a senhora volte para Camelot.

Guinevere sentiu seu corpo protestar contra aquela ordem. Era ela quem havia encontrado aquilo. Era sua função combater ameaças mágicas. Mas, se Arthur achava que a situação estava sob controle, precisava confiar nele. Em Camelot, Guinevere poderia pelo menos verificar suas sentinelas e se certificar de que nenhuma outra ameaça havia se infiltrado enquanto os demais estavam ocupados ali. Fazia sentido.

Mas isso não diminuía seu ressentimento por ter sido mandada de volta para casa.

Sem dizer nada, Guinevere foi até seu cavalo. Lancelote a ajudou a montar, e voltaram para a cidade, igualmente silenciosas e determinadas a não olhar para trás, para a luta da qual deveriam participar. O trajeto foi tedioso, beirando o insuportável, com o sol da tarde as castigando até chegarem ao lago.

Guinevere queria mais uma chance de testar seu poder contra a Rainha das Trevas. Mas, na última vez que isso havia acontecido, sua presença não só trouxe a ameaça do reino das fadas de volta como impediu que Arthur sacasse Excalibur para encerrar a luta de uma vez por todas. Sentia-se irritada e humilhada e, mais uma vez, estava prestes a fazer a travessia do abominável trecho de água que a separava do castelo.

Seria preferível tentar a sorte com Excalibur a mergulhar nas profundezas geladas daquele lago. A balsa sacolejou, e ela se agarrou ao braço de Lancelote.

– Diga alguma coisa – murmurou, fechando os olhos.

– O que quer que eu diga?

– Qualquer coisa.

– É mais interessante se antecipar a um golpe do que se esquivar dele. Se eu souber de que direção vem o ataque, posso me mover na direção de onde ele se projeta e não no sentido contrário. Posso aproveitar o impulso do golpe contra o agressor, porque ele vai se concentrar em concluir o ataque, e eu já vou me posicionar para o próximo.

Assim, absorvendo o impacto, posso encerrar a luta antes do que se tivesse gasto muita energia e concentração tentando não ser atingida.

Guinevere franziu a testa e apoiou a cabeça no ombro de Lancelote. Ela era sempre tão firme e segura...

– Por que você está pensando nisso agora?

– Quando não quero pensar em algo que me incomoda, revivo duelos e combates na minha mente, relembrando os movimentos, o que eu poderia ter feito melhor, o que meu oponente fez direito.

– E qual combate você está revivendo?

Lancelote ficou em silêncio por tanto tempo que Guinevere achou que ela não fosse dizer nada. Mas, quando a resposta veio, acabou se arrependendo de ter perguntado.

– Contra Mordred. O oponente é sempre Mordred. Não importa o que eu faça, ele vence. Ele sempre vence.

Guinevere se viu ansiosa para mudar de assunto.

– Então saber usar o impulso por trás dos golpes é a chave da batalha? Pensei que fosse a força.

– Ter força ajuda. – Lancelote abriu um sorriso gentil ao perceber o esforço de Guinevere para mudar o rumo da conversa. – O impulso também é fundamental para escaladas. As pessoas pensam que uma escalada também é uma questão de força, e até certo ponto é, mas boa parte depende da confiança e da capacidade de pegar impulso. Se tiver que parar, saber usar essa energia preciosa pode ser a diferença entre chegar lá no alto e despencar.

Guinevere já vira Lancelote escalar muralhas e penhascos que pareciam impossíveis de superar.

– Você pode me ensinar? Não a escalar. A lutar.

Lancelote deu um tapinha de leve na mão de Guinevere.

– Alguns movimentos básicos de autodefesa. Se precisar de mais do que isso, significa que falhei em minha tarefa. Mas minha atual missão consegui cumprir.

– Que missão?

– Proporcionar uma distração.

A balsa chegou ao atracadouro. Lancelote a ajudou a desembarcar, e Guinevere precisou de um momento para se orientar, para se lembrar de quem era quando estava em Camelot. Aquele maldito lago tornava sua vida muito mais difícil. Ser acometida por um terror mortal toda vez que saía ou entrava na cidade não ajudava em nada a manter uma postura majestática.

Saber que Merlin havia implantado aquele medo para protegê-la da vingativa Dama do Lago tornava o sentimento menos vergonhoso, mas não menos assustador. Maldito mago. Maldito lago.

– Minha rainha? – chamou uma voz jovem e ansiosa.

Maldito Sir Gawain. Guinevere se obrigou a assumir uma expressão cordata, arrependendo-se do pensamento agressivo. Sir Gawain era um dos cavaleiros mais jovens – tinha sua idade, 16 anos –, mas era voluntarioso e talentoso com a espada. Ao contrário dos cavaleiros mais velhos, fiéis ao estilo tradicional, ele mantinha os cabelos bem curtos, o máximo possível, para imitar Arthur. Combinado com seu rosto redondo, o corte de cabelo o fazia parecer ainda mais novo do que era. Segundo Lancelote, todo o seu tempo livre era passado na capela, rezando ou ajudando nos serviços. Tinha pela cristandade o mesmo fervor dedicado a Arthur.

Sir Gawain fora incumbido de ajudar Guinevere a inspecionar os silos da cidade, tarefa que também cumpria com extremo fervor. Guinevere havia se esquecido de que precisariam passar por um deles naquela tarde.

– Sir Gawain. Peço desculpas. Nossa visita aos campos demorou mais tempo do que o esperado.

– Não é preciso pedir desculpas, minha rainha. Estou pronto para irmos.

O cheiro de fumaça ainda estava impregnado nos cabelos de Guinevere. Ela queria tirar a capa e o vestido, descansar em seu quarto às escuras e conversar com Brangien sobre seu sonho perturbador.

– Excelente – respondeu, seguindo os passos de Sir Gawain.

O silo mais baixo, localizado no sudoeste da cidade, era uma enorme construção circular. Nem sempre havia cumprido essa função, mas ninguém sabia qual era seu propósito original, quando seu único acesso era através de um buraco no teto, a no mínimo seis metros de altura. Os pedreiros de Arthur haviam aberto uma porta, além de uma série de outros acessos em diversos patamares. Quando toda a safra tivesse sido colhida, as portas seriam vedadas, e os grãos seriam despejados pelo teto, que então seria coberto para proteger os alimentos das intempéries.

O silo era quente e tinha cheiro de umidade. No chão, estavam espalhados vestígios de colheitas passadas. Parecia ser seguro. Continha em si a promessa do mais tranquilo dos invernos.

Guinevere não sabia o que deveria fazer ali. Percorreu a circunferência da construção, fingindo que estava inspecionando algo.

– Ótimo. Providencie para que o lugar seja mais bem varrido e veja se não há nenhum buraco por onde as pragas possam entrar.

Na verdade, isso não era necessário. Aquela era uma das construções originais de Camelot, o que significava que não havia emendas nem falhas em sua estrutura. As únicas brechas existentes eram as que foram abertas para tornar o local utilizável.

Guinevere deveria estar satisfeita. Mas, ainda perturbada com o sonho da noite anterior, considerou aquele lugar um tanto inquietante.

– Temos mais alguma coisa para inspecionar hoje? – indagou.

– Não, minha rainha – disse Sir Gawain, sacudindo a cabeça. – Os demais estão sendo preparados, e podemos visitá-los amanhã.

Em sua maioria, os cavaleiros mais velhos ignoravam Guinevere, mas Sir Gawain sempre parecia um pouco esbaforido e nervoso quando falava com ela. Guinevere não acreditava que era sua presença que causava tal efeito, mas o fato de ser próxima de Arthur, que Sir Gawain idolatrava.

– Muito bem. Você fez um excelente trabalho. Acho que podemos esperar um inverno confortável. Comunicarei isso ao Rei Arthur.

Ele fez uma mesura, com a pele rosada ainda mais vermelha depois do elogio.

Guinevere saiu do espaço mal iluminado e ganhou a rua, onde os últimos raios dourados de sol se projetavam. Brangien estava à sua espera.

– Fiquei sabendo que você já tinha chegado. Correu tudo bem?

– Está tudo em andamento e sob controle. – A intenção de Guinevere era fazer uma afirmação precisa, não soar petulante. O importante era que a ameaça estava neutralizada. Não precisava ser ela a vencedora do embate, por mais que seu orgulho quisesse que sim.

– Ótimo. Temos muita coisa a fazer. – Brangien pegou Guinevere pelo braço e foi andando na direção do castelo. – Dindrane requisitou que eu fosse à prova de seu vestido e, se eu tiver que ir, você também vai ter, já que foi sua gentileza que criou esse pesadelo para mim.

– Pensei que você gostasse de Dindrane – riu-se Guinevere.

– Eu não *gosto* dela. Dindrane é uma amiga, só isso. Não temos obrigação de gostar dos amigos, e o mesmo vale para os parentes. São só pessoas que fazem parte de nossa vida, e as toleramos da melhor maneira possível.

– Brangien, está dizendo que não gosta de mim? – perguntou Guinevere, levando a mão ao coração.

– Eu amo você – respondeu Brangien, franzindo o nariz. – Você sabe disso. E na maior parte do tempo gosto de você. Mas não hoje, porque preciso ficar ouvindo os comentários intermináveis de Dindrane sobre seu enxoval de casamento, além de ter que responder em detalhes às perguntas sobre o que você vai vestir, para que ela faça tudo combinar.

– Ela quer combinar comigo? Em seu próprio casamento? Eu deveria usar alguma coisa que não atraia atenção.

– Ah, não. Dindrane *quer* que você chame atenção. Quer que todo mundo nas terras de seu pai veja que a rainha de Camelot é sua melhor amiga, e que vocês são praticamente uma só pessoa, até mesmo no gosto para cores.

O fato de Dindrane acompanhar o irmão, Sir Percival, para um lugar novo em vez de ficar em suas próprias terras com seu pai, era o sinal de um arranjo infeliz. Mas Camelot era um lugar promissor para os recém-chegados. Sob o governo de Uther Pendragon havia sofrimento e opressão. Mas, com Arthur no trono, Camelot crescia visivelmente a cada dia. As pessoas se sentiam atraídas por ele e pelo reino que libertara com a força de Excalibur.

Parecia estranho conversar sobre silos de grãos, casamentos e vestidos enquanto Arthur debelava um ataque vindo do reino das fadas, talvez sendo obrigado a se defrontar com a própria Rainha das Trevas. A dissonância constante entre os papéis de rainha e de bruxa, entre Guinevere e não Guinevere, era desconcertante. Seria muito mais simples ser uma coisa só. Mas ela estava em Camelot, onde era a Rainha Guinevere. Precisava se concentrar nisso.

– E por que preciso viajar até as terras do pai dela para o casamento? – Brangien continuava a reclamar. – Dindrane mora em Camelot. Sir Bors mora em Camelot. E o mais importante: eu moro em Camelot e não quero ir a lugar nenhum.

– Acho que você vai ficar ainda mais irritada comigo. – Guinevere puxou Brangien para perto. Ficaram lado a lado, e assim ela não precisar ver a raiva no rosto da amiga. – A ideia foi minha.

– A ideia foi *sua*. E por causa dessa sua ideia preciso não só preparar uma rainha para uma semana de festividades, mas também dar um jeito de transportar tudo para uma viagem de cinco dias?

– O pai de Dindrane é um lorde do sul. Suas terras se estendem para leste também, o que significa que existe um número cada vez maior de saxões ao seu redor. Arthur teme que os saxões comecem a se agregar a essas famílias por meio de casamentos e criar alianças sobre as quais ele não tem conhecimento nem controle. Aprendi tudo sobre visitas sociais estratégicas com você, então sugeri que Arthur honrasse o pai de Dindrane com sua presença, para garantir que esse vínculo se mantenha firme. E isso vai dar a ele a chance de conhecer e conversar com vários outros homens importantes da região em um clima festivo. Estará lá para uma celebração, não para uma negociação.

Na porção sul da ilha, diversos senhores e reis se engalfinhavam pelo poder. O leste estava sendo colonizado pelos saxões, que só pensavam em expulsar quem vivia por lá e, quando não conseguiam, formavam alianças com as famílias locais por meio de casamentos para dominar o território. O norte era governado pelos pictões, que tinham uma aliança instável com Arthur. Guinevere os havia conhecido junto com seu rei brutamontes, Nechtan. Fora um jantar razoavelmente agradável, pelo menos até Maleagant aparecer e complicar as coisas. Mas os pictões e Arthur fizeram as pazes. Agora precisavam voltar os olhos para o sul e para o leste.

– Foi muito inteligente de sua parte. Mas ainda estou irritada – bufou Brangien.

– Entendo. Pode ficar com raiva de mim o tempo que quiser. Desde que você me ame e goste de mim de vez em quando.

– Você está no caminho certo.

O tom gentil de Brangien pegou Guinevere de surpresa.

– Para conquistar seu amor?

– Como rainha.

Um dos nós invisíveis no peito de Guinevere – não um nó mágico, mas de preocupação – se soltou um pouco.

– Estou?

– Está, sim. Sempre tive orgulho de servir ao nosso rei e me sinto da mesma maneira a seu respeito. Ele tem sorte de poder contar com você. Afinal, imagine só a alternativa. Dindrane poderia ser nossa rainha – falou Brangien, estremecendo com um gesto exagerado.

Guinevere deu risada. As duas viraram uma esquina, e ela reparou em uma parede onde os entalhes estavam menos desgastados do que nos demais lugares, por ficarem protegidos da chuva e do vento em razão do ângulo da rua. Isso acabou com a distração à qual ela havia se permitido. Guinevere estava de volta ao sonho, percorrendo as mesmas ruas.

– Brangien, precisamos conversar sobre a magia dos sonhos.

A dama de companhia levou a mão à nuca, onde uma mecha dos cabelos cor de cobre de Isolda estava presa aos seu, permitindo que as duas sonhassem juntas. Todas as noites, Brangien se reunia com seu amor perdido.

– Conversar o quê?

– Provavelmente não é nada. – Não era nada, mas ela não podia revelar a Brangien toda a verdade. A dama de companhia sabia do envolvimento da rainha com a magia, e que a Rainha das Trevas havia ressurgido graças à traição de Mordred. Porém não sabia que Guinevere havia sido mandada a Camelot por Merlin para se proteger da Dama do Lago, que foi por causa dela que a Rainha das Trevas pôde voltar, e que ela nem ao menos era Guinevere, e sim alguém que assumira o lugar dela.

Guinevere se lembrou da afirmação convicta de Mordred de que Merlin não era o pai dela. Mas, se seu pai não era Merlin, quem seria? Afastou esse pensamento, como sempre fazia. Mordred era um mentiroso. Mordred a manipulara e traíra Arthur. Tudo o que ele havia contado – e o que fizeram juntos – era mentira.

Quando deu por si, seus dedos estavam contornando os lábios e baixou as mãos.

– O que provavelmente não é nada? – questionou Brangien, detendo o passo e obrigando Guinevere a encará-la.

– Eu... tive um sonho ontem à noite.

– Mas isso não deveria ser possível. Ou poderia ser?

Quando cedeu a Brangien a habilidade de conectar seus sonhos com os de Isolda, Guinevere abriu mão de seus próprios sonhos. Cada nó, cada feitiço, cada magia tinha seu preço. E esse era um dos poucos que Guinevere aceitava pagar de bom grado.

– Não, não deveria ser possível.

– Será que foi a Rainha das Fadas? – Brangien se virou, como se a Rainha das Trevas fosse surgir atrás dela a qualquer momento, como uma sombra encobrindo o sol.

– Não pareceu coisa dela. Mas tampouco pareceu um sonho meu. Parecia ser de outra pessoa, que estava me arrastando junto com ela.

– Vamos desfazer o nó – disse Brangien, levando as mãos aos cabelos, procurando as mechas de Isolda.

– Não! Assim você não conseguirá ver Isolda!

– Mas e se essa magia criar uma abertura? Uma brecha para a Rainha das Trevas? Não podemos nos arriscar. – Brangien soltou os cabelos e segurou as mãos de Guinevere. Como sempre, seu toque trazia um conforto tranquilo, que transmitia tudo o que fazia ser quem era. Mas dessa vez também havia uma certa tristeza. A dama de companhia suspirou e soltou Guinevere. – Vou esperar mais uma noite para contar para Isolda, para que ela não fique com medo de que tenha acontecido alguma coisa. Se você concordar.

– Claro. – Guinevere se inclinou mais para perto dela. – Você é minha amiga mais querida. Quero que seja feliz, da forma que for. Vou resolver isso o quanto antes.

Brangien assentiu, mas havia uma expressão de distanciamento em seu rosto. Seu sorriso apareceu, o antigo. O que Brangien dava quando não queria ser vista.

– Vamos dar um jeito em tudo isso. Vamos superar quem atravessar nosso caminho. E vamos sobreviver aos horrores que estão por vir.

Guinevere ficou alarmada. Não havia contado a Brangien nenhum detalhe sobre seu sonho.

– Você acha que será tão ruim assim?

– Ah, não estou falando de ameaças mágicas. Estou me referindo ao casamento de Dindrane.

Guinevere soltou um riso de alívio.

– Eu avisei você, desde o início, para ficar longe de Dindrane – continuou Brangien, fingindo um tom de seriedade. – Você não me escutou, e agora veja a que ponto chegamos. Mas, voltando à ameaça mais iminente de um futuro ataque do reino das fadas à sua mente, o que podemos fazer?

– Se não acontecer mais quando eu tiver meus sonhos de volta, vamos saber que o nó criou a abertura e arrumar outra forma de pôr você em contato com Isolda – respondeu Guinevere, retomando a caminhada. – Vamos dar um jeito. Afinal de contas, somos as duas mulheres mais inteligentes de Camelot – complementou Guinevere, tentando soar mais confiante do que de fato se sentia.

– Minha rainha! – Lancelote se juntou a elas. Sua cota de malha fez um leve clangor metálico ao se movimentar. Suas sobrancelhas escuras estavam crispadas de raiva.

– Sim?

– Eu deixei a senhora com Sir Gawain. Mas ele apareceu na arena de treinamento sozinho.

– Sim, já terminamos o que tínhamos para fazer.

Lancelote a encarou com uma intensidade que dava a entender que Guinevere deixara escapar algum detalhe importante.

– E agora a senhora está sozinha.

– Não, Brangien e eu vamos visitar Dindrane.

– E, no trajeto até lá, quem estará protegendo a senhora? – perguntou Lancelote, levando a mão ao cabo da espada. Enquanto falava, seus olhos esquadrinhavam cada rua e cada janela em busca de ameaças.

– Não acredito que eu esteja em perigo andando por Camelot.

– A senhora foi raptada em Camelot.

Guinevere estremeceu só de lembrar. Ainda tinha dores de cabeça por causa do golpe que a deixou inconsciente para que o homem de Maleagant pudesse levá-la.

– Na arena, durante o caos do torneio! – respondeu ela, contrariada.

– Porque ninguém estava prestando atenção. Isso nunca mais vai voltar a acontecer.

A convicção no tom de voz de Lancelote se justificava por tudo o que havia passado para resgatar Guinevere. Estava disposta a sacrificar tudo, mesmo antes de se tornar cavaleiro.

– Eu sei – falou Guinevere, amenizando o tom de voz e segurando o braço de Lancelote.

– Mas só posso protegê-la se a senhora permitir que eu a proteja e, se não for corretamente informada, não tenho como fazer meu trabalho.

A irritação de Lancelote parecia incompatível com a trivialidade da situação. Guinevere se perguntou se não seria por ter sido obrigada a abandar, a contragosto, a luta que os demais cavaleiros estavam travando.

– Você vai se arrepender de ter nos encontrado – disse Brangien. – Vamos visitar Dindrane e passar horas a ouvindo falar sobre tecidos.

Lancelote nem sequer piscou, o que era uma prova de que sua nobre devoção ao dever vinha antes de seu conforto pessoal.

Guinevere deteve o passo diante dos degraus que levavam ao quarto de Dindrane. Dali já se ouvia a voz da jovem em uma sequência interminável de exigências. O cômodo era pequeno demais até para uma única mulher, quanto mais todas elas e ainda os tecidos, e ficava no lado da casa de seu irmão que recebia a maior parte do sol da tarde. Como ainda não havia esfriado naquele outono, estaria um forno.

– Será que Sir Lancelote pode nos resgatar? – perguntou Guinevere.

Por fim, Lancelote permitiu que um sorriso se abrisse em seu rosto.

– Acho que nem mesmo eu seria capaz de proteger minha rainha disso.

Guinevere suspirou. Ela se imaginou em uma floresta, combatendo o mal lado a lado com Arthur, usando a magia com a confiança e o poder arrasador de Merlin. Mas não estava em uma floresta, exalando poder. Estava em Camelot, onde era rainha. Não sabia lutar como Merlin nem queria. Não de verdade.

Respirou fundo e tentou encontrar forças nas amigas que estavam ao seu lado. Brangien tinha razão. Enfrentariam tudo o que atravessasse seu caminho, quaisquer que fossem os horrores que as aguardavam. A começar pelos preparativos para o casamento de Dindrane.

CAPÍTULO QUATRO

Depois de ficar presa no quarto de Dindrane até a hora em que o toque de recolher finalmente foi um pretexto para ir embora, Guinevere queria estar em qualquer outro lugar, menos no castelo. Não, não era verdade. Só havia um lugar onde gostaria de estar. Ao lado de Arthur, combatendo a Rainha das Trevas. Ficou andando de um lado para outro pelas passarelas externas, mas a floresta era distante demais para ser vista dali. Mais notícias haviam chegado, mas nada que provocasse alarme. Mesmo assim, só ficaria tranquila quando Arthur voltasse. Deveria ter insistido para ficar por lá. Se não pudesse ajudar, pelo menos saberia de tudo. Estaria por perto caso alguma coisa terrível acontecesse.

O sol se pôs, e a noite não trouxe nenhuma resposta. Irritada e ansiosa, Guinevere tentava se distrair com seus próprios pequenos problemas. Não poderia mergulhar nos sonhos. Brangien estava emburrada e distante enquanto ela a ajudava a se preparar para dormir. Penteava os cabelos lisos, grossos e quase pretos da dama de companhia com cuidado, para não encostar no local onde estavam as mechas ruivas de Isolda, que seriam removidas pela manhã.

– Como foi que você conheceu Isolda? – indagou Guinevere, tentando encontrar outra coisa em que pensar. Mas se apressou em acrescentar: – Não precisamos falar sobre isso se você não quiser.

– Não... seria bom poder falar abertamente sobre ela. Isso foi um segredo por tanto tempo que evitar o assunto se tornou uma coisa instintiva.

Brangien soltou o ar com força, e a tensão em seus ombros se dissipou um pouco. Guinevere continuou escovando seus cabelos, em um ritmo suave que acalmava as duas. Em geral, era Brangien quem preparava Guinevere para dormir, mas ela teve vontade de lhe fazer essa gentileza, que sua amiga aceitou prontamente.

– Quando nos conhecemos, eu a detestei. Meu pai se esforçou muito para me colocar em uma boa casa como dama de companhia, mas eu havia sido mimada pela minha mãe e me ressentia do fato de ter que fazer esse tipo de trabalho para alguém da minha própria idade. E Isolda... – Brangien deu risada. – É engraçado pensar a respeito agora. Todas as coisas que eu odiava nela no fim acabaram se tornando encantadoras para mim. Isolda era sonhadora. Avoada. Deixava as coisas pela metade. Eu vivia recolhendo suas costuras espalhadas pelo castelo, nos lugares mais estranhos. Encontrava Isolda encolhida em uma janela, dormindo como uma gatinha ao sol. Eu a considerava a garota mais preguiçosa que já tinha conhecido na vida. Por que precisava dormir tanto? Depois de um mês surpreendendo seus cochilos nos lugares mais inesperados, como se ela estivesse se escondendo de mim, decidi passar uma madrugada em claro para observá-la. Talvez não dormisse bem à noite. Eu tinha meus truques para isso, sabe? E poções também. Não faço esse tipo de coisa aqui. Não é algo que dê para esconder, como minhas costuras.

– Nessa noite, fingi que dormia na minha cama no canto do quarto, como sempre – continuou Brangien. – Uma hora depois, Isolda saiu. Se fosse se encontrar com alguém, um guarda, por exemplo, e acabasse engravidando, eu levaria a culpa. Então a segui. Quando foi à cozinha, pensei que tivesse ido comer. Fiquei espiando pela fresta da porta. Vi Isolda andar na ponta dos pés ao redor de sua antiga babá. A mulher fora transferida para a cozinha depois que me tornei a dama de companhia de Isolda, e estava em sono profundo, deitada em um canto. Isolda fez a massa do pão e deixou crescer, acendeu o fogo, depois limpou e esfregou e deixou tudo preparado para a manhã seguinte. Quando sua babá acordasse, todas as suas tarefas estariam feitas. Isolda demorou quase quatro horas para terminar tudo. Não era preguiçosa nem sonhadora. Deixava suas coisas pela metade porque via que sua babá precisava de ajuda ou que um pajem estava perdido ou que uma dama de companhia estava sendo repreendida pelo mau trabalho. Isolda era a pessoa mais gentil e generosa que eu já tinha conhecido.

– Depois disso, tentei ser mais como ela – explicou Brangien. – Passei a encontrar maneiras de facilitar sua vida, assim como ela fazia com os outros. Isolda percebeu e fazia o mesmo por mim sempre que podia. Trabalhávamos juntas, enquanto ela cantava ou me contava histórias. Não éramos mais uma lady e uma dama de companhia. Éramos melhores amigas. E então, um dia, enquanto limpávamos a lareira, rindo, espirrando por causa das cinzas... nos tornamos mais que isso. Foi tão natural quanto respirar.

Brangien ficou calada, e Guinevere parou de penteá-la. Sem dúvida, a dama de companhia estava pensando em quando se separou de Isolda. Mas Guinevere queria que Brangien dormisse com a lembrança do amor em sua mente, não da perda.

– Mas como? Como vocês se tornaram mais do que eram?

– Quando eu a olhava, tudo parecia perfeito. E a mão dela sobre a minha... – Brangien baixou os olhos, remexendo com os dedos alguma coisa que não estava lá.

– Fazia você se sentir segura?

– Não. Qualquer coisa, menos segura – riu-se Brangien. – Mas mesmo assim parecia perfeito.

Brangien se virou, pegou o pente e começou a pentear Guinevere. Que, por sua vez, queria saber mais. Precisava saber mais. Já havia quebrado aquela barreira com Mordred, mas ele nunca foi sujeito às mesmas regras impostas a alguém como Guinevere – ou pelo menos à pessoa que a rainha estava tentando ser. Mordred só estava lá para criar problemas e minar a posição de Arthur. Isso era o que mais doía, o fato de que, talvez, sempre a tivesse visto apenas como um meio para atingir Arthur. Guinevere sentira certas coisas quando os dois se tocaram, e pareciam *verdadeiras*. Mas, embora Mordred tivesse implorado para que ela o acompanhasse quando foi embora, era impossível saber se sua motivação não fora apenas causar ainda mais sofrimento a Arthur.

Só que era preciso parar de pensar em Mordred e se concentrar em Arthur. Arthur, seu marido. Arthur, seu marido apenas no papel. Arthur, que estava enfrentando suas batalhas sozinho porque eles não podiam lutar lado a lado.

– Como foi cruzar a linha que dividia quem vocês eram e o que passaram a ser? Você teve medo?

– Medo da descoberta? Não. – Brangien fechou a cara. – O amor entre mulheres é visto como uma coisa inofensiva e sem consequências. Às vezes é até incentivado, para que garotas de famílias importantes com excesso de energia não causem estragos nas linhas sucessórias. Como se o que tínhamos fosse uma brincadeira de criança e não algo mais real que qualquer um desses casamentos arranjados.

O medo da descoberta nem havia passado pela cabeça de Guinevere. Não era a isso que ela se referia.

– Não teve aquele medo de que, quando ficasse claro que se amavam, o que vocês tinham antes se perderia para sempre?

– Eu só sabia que queria Isolda na minha vida e ao meu lado. E por inteiro – explicou Brangien, fazendo movimentos distraídos com o pente. – Não senti nem um pouco de medo naquele primeiro beijo. Só esperança. Ficamos surpresas, acho, mas não com medo. – Brangien ficou calada por alguns instantes e mudou de assunto. – Por acaso você... Guinevere, hoje de manhã, quando perguntei sobre sua noite, você ficou chateada. Você e Arthur ainda não... ficaram juntos?

Guinevere fechou os olhos. Caso a notícia de que ela e Arthur só dividiam a cama como amigos se espalhasse, seu casamento não seria considerado legítimo. Isso sem mencionar a necessidade de herdeiros para consolidar o reino de Arthur e protegê-lo de usurpadores. Mas ela confiaria a Brangien a própria vida e quase todos os seus segredos.

– Fico pensando, na verdade torcendo, que uma noite dessas Arthur esteja cansado ou talvez tenha bebido muito vinho, e assim será mais fácil para ele me beijar. E, se isso acontecer, podemos ir um pouco mais longe.

Brangien largou o pente. Segurou o queixo de Guinevere e levantou seu rosto para que a encarasse. Sob a luz fraca do candelabro, a rainha quase conseguia ver seu reflexo nos lindos olhos castanho-escuros da dama de companhia.

– Você iria mesmo querer um beijo que não fosse sincero? – questionou Brangien.

Guinevere sentiu o sofrimento se instalar em seu estômago.

– Mas nós já somos casados.

– Dê tempo ao tempo. Ele ama você.

– Mas não como você ama Isolda.

– Espero que não mesmo – riu-se Brangien. – Sou egoísta, vingativa e ciumenta. O rei é... honesto. Acho que nunca vai oferecer nada a você que não possa cumprir. Não ignoro suas preocupações, mas garanto que isso é melhor do que um marido que trata você como um objeto.

A expressão de Brangien se tornou sombria outra vez.

– Talvez *eu* devesse tomar a iniciativa de beijá-lo – sugeriu Guinevere.

Brangien sorriu, contorcendo os lábios de forma maliciosa.

– Acho que esse é o melhor caminho. O primeiro beijo é especial. Por que você mesma não pode escolher quando vai acontecer?

Guinevere pigarreou e se levantou às pressas. Não seria seu primeiro beijo. Não tinha escolhido como foi o primeiro, mas também não o rejeitou.

Brangien arrumou a cama de Guinevere e então foi cuidar da sua.

– Não vou contar para ninguém, claro. Você e o rei são bem jovens. Ainda têm tempo para se tornar marido e mulher. – A dama de companhia se deitou, e Guinevere a cobriu. – Muito tempo.

Guinevere deu um beijo na testa de Brangien e estendeu um pano com o nó do sono sobre o peito de sua amiga, que foi se despedir de seu verdadeiro amor.

A rainha invejava a dama de companhia – tanto por ter um amor verdadeiro como por poder dormir. Como não podia correr o risco de sofrer outra invasão onírica, resolveu ficar acordada. De qualquer forma, não conseguiria pegar no sono enquanto Arthur enfrentava sozinho uma batalha que era dos dois. Enrolada em um manto, saiu de seus aposentos. Havia uma porta para o exterior ali perto. Ela a destrancou e pegou a escada que circundava o castelo, serpenteando até o alto. Quem sabe fosse possível ver a linha de fogo a distância, do balestreiro quase no topo do castelo. Fosse como fosse, pelo menos poderia fazer alguma coisa.

Um vulto se desprendeu da escuridão, e ela deu um berro.

– Minha rainha! – Lancelote exclamou, levantando as mãos.

Guinevere cobriu a boca, com o coração batendo com toda a força.

– Lancelote! – Então se encostou na parede, tentando se acalmar. – O que você está fazendo?

– O Rei Arthur não está no castelo.

– Isso não é motivo para você ficar aqui à espreita dessa maneira.

Guinevere não conseguia ver o rosto de Lancelote na escuridão, só seus contornos. Mas o tom de voz dela deixou claro qual seria a expressão em seu rosto quando falou:

– O Rei Arthur não está no castelo, o que significa que Excalibur não está no castelo. Sempre fico de guarda nesta porta na ausência do rei.

– Mas você deve estar exausta. Você sempre faz isso? Arthur passa muitas noites fora.

– Nunca estou exausta. Estou sempre preparada.

Guinevere deu risada.

– Ora, que bom que pelo menos uma de nós se sente assim. Eu estou sempre exausta e nunca me sinto preparada para nada. Então vamos lá. Suba comigo.

Lancelote seguiu Guinevere, que contornou cuidadosamente a lateral do castelo até o balestreiro predileto de Mordred. Era uma noite nublada, mais escura que de costume. Guinevere ficou contente por ter companhia.

Com exceção de Arthur, Lancelote era a única pessoa em Camelot que sabia a verdade sobre Guinevere. Também tinha conhecimento da extensão de seu domínio da magia, pois a havia visto fazer o que sabia de pior quando revivera a Rainha das Trevas. Se esse fato se tornasse conhecido, será que se tornaria um conto épico, como "Arthur e a Floresta de Sangue"?, imaginou Guinevere. Talvez pudesse se chamar "Guinevere e as Árvores dos Horrores".

Soltou um suspiro e se acomodou no balestreiro. Lancelote ficou ao seu lado em posição de sentido. Um pensamento ocorreu a Guinevere:

– Foi Arthur que pediu para você ficar de guarda quando ele estivesse fora?

– Sou o cavaleiro da rainha. O rei não precisa me pedir para cumprir meu dever.

Embora a ideia de que fosse uma incumbência passada por Arthur lhe agradasse – a possibilidade de que o rei pensasse nela quando estava fora –, Guinevere ficou feliz em saber que Lancelote agia por escolha própria e não por estar cumprindo ordens. Afinal, não era uma tarefa qualquer. Arthur estava sempre em viagem, para cuidar das fronteiras. Sempre levava cavaleiros consigo, mas nunca Lancelote, que era o cavaleiro *dela*, especificamente. Guinevere se perguntou como Lancelote devia se sentir a esse respeito. Merecia um lugar entre os cavaleiros de Arthur, tanto quanto qualquer um dos outros. Até mais. Tinha avançado mais no torneio do que qualquer outro cavaleiro, enfrentando sem derrotas até o próprio Arthur. Mesmo assim, era sempre deixada para trás. Assim como Guinevere.

As duas estavam sozinhas no escuro enquanto os demais cavaleiros combatiam a própria escuridão.

– Você deveria ficar em uma posição mais confortável – aconselhou Guinevere, concentrando-se no que estava fazendo no momento. – Isto vai demorar um bom tempo, eu só vou mexer os dedos, e você não vai precisar fazer nada além de observar.

– O que a senhora vai fazer?

– Procurar.

– Procurar o quê?

– Eu posso não estar lá, mas isso não me impede de ter uma ideia de como a luta está se encaminhando nem de garantir que não existem outras áreas sob influência da magia da Rainha das Trevas que ainda não descobrimos.

Arrancou dois fios de cabelo e os amarrou em torno dos dedos, de forma similar à do nó para expandir a visão. Sempre fora capaz de sentir mais do que a aparência imediata revelava, e usava esse nó para ampliar essa capacidade – a um custo bem doloroso.

Guinevere deixou de sentir o restante do corpo e se apoiou na mureta de pedra do balestreiro. A sensação era de leveza e desorientação. Por um instante confuso, teve a impressão de que havia entrado em outro sonho e, em breve, estaria percorrendo as ruas ou – o que era ainda pior – subindo pela lateral do castelo e caindo inesperadamente nas profundezas do lago, nos braços da Dama, que estaria à sua espera. Guinevere fechou os olhos, respirou fundo e tentou se equilibrar melhor.

Quando se estabilizou, estendeu a mão para a frente. Viu algumas faíscas em Camelot. Um brilho quente onde Brangien dormia. Algumas pontadas geladas, onde seus nós de ferro protegiam portas localizadas dentro e fora do castelo. O alerta de que suas sete pedras ancoradas nas extremidades da cidade emitiriam caso alguma coisa se aproximasse. Estremeceu quando suas mãos passaram pelo vazio do lago morto. Ainda ficava perturbada por não haver nenhuma magia ali, nenhum indício de vida ou calor. Nos campos, havia uma quantidade mínima e difusa de magia, mas nada que não fosse natural. Ao sul, sentiu as faíscas do acampamento de Rhoslyn, cheio de mulheres banidas de Camelot por praticarem magia. Era quase como visitar uma velha amiga, e ficou contente ao perceber que nada havia mudado por aquelas bandas. As duas não se viam desde que Guinevere fora atacada na floresta, pela Rainha das Trevas. Por um javali possuído e depois por uma aranha infectada com veneno. Lancelote a salvou do javali, e Rhoslyn, do veneno. Então Lancelote levou Guinevere até Merlin e a manteve escondida enquanto a Dama do Lago isolava o feiticeiro do restante do mundo. Esse foi o dia que consolidou a união dos destinos de Lancelote e Guinevere.

Sentindo uma onda de afeto pelo cavaleiro ao seu lado, Guinevere apontou para o norte e o oeste, afastando-se cada vez mais. No entanto, a não ser as pontadas provocadas por animais selvagens que se moviam pela noite, não sentiu nada de alarmante. Nada de novo. Nada de ameaçador.

Por fim, percebendo que estava esgotando suas forças, Guinevere direcionou sua magia para Arthur. Lá estava a linha de fogo. Embora não fosse mágico, pelo menos não da mesma forma que os nós, o fogo tinha uma energia própria – faminta e caótica e bastante parecida com a da Rainha das Trevas. Uma vida que poderia se tornar morte com uma simples mudança de direção do vento. Imprevisível, reluzente, bela e terrível.

Quase podia senti-lo queimando suas mãos, junto com as árvores e os cipós, cujas vidas se esvaíam. Era um recuo de energia, quase o equivalente a uma fumaça expelida sendo inalada de volta para os pulmões. Era uma luta que Arthur estava vencendo. E Arthur estava...

Guinevere encontrara Excalibur. *E Excalibur a encontrara.*

Os cabelos que amarrara nos dedos arrebentaram, e o sangue voltou a circular pelo seu corpo, em espasmos. De repente, Guinevere estava olhando para o rosto de Lancelote, sendo segurada por ela.

– Minha rainha? Guinevere!

– Eu... eu estou bem.

Guinevere não estava bem. Aquilo fora ainda pior do que quando Arthur desembainhou Excalibur ao seu lado, na noite anterior. Por um breve e aterrorizante momento, sentiu o rastro frio e vazio de Excalibur. Era bem diferente do fogo ou da Rainha das Trevas, que eram famintos, ativos, fervilhantes de vida e de destruição.

Excalibur era um vazio. Não tinha fome e, portanto, não podia ser saciada.

E houve um momento – uma fração de segundo – em que Guinevere teve certeza de que sua própria existência seria extinta, não apenas sua magia. Seus nozinhos tolos.

Lancelote não a soltava, e Guinevere também não pediu para que ela a largasse. Achava que não conseguiria se manter de pé sozinha. Pelo menos por um tempo. A presença firme de Lancelote era a base sólida de que necessitava naquele momento. O chão parecia oscilar sob seus pés, como se ela estivesse em uma maldita balsa. Guinevere não saberia dizer por quanto tempo ficou nos braços de Lancelote. Não conseguia sentir suas mãos e ficaria assim por vários dias.

Alguns minutos depois, Guinevere conseguiu se sentar. Com movimentos inseguros, se apoiou contra a superfície rochosa, ao lado de Lancelote.

– Eles estão vencendo a luta.

– Isso é bom.

– Mas não deve parar por aí. A Rainha das Trevas ainda está à solta. Eu teria sentido se ela estivesse entre as árvores. E Mordred também. – Guinevere tinha certeza de que o reconheceria só de sentir sua presença. – Eles estão em algum lugar e, com esse fracasso, sem dúvida vão tramar outra coisa, e eu não sei como evitar isso.

– E você precisa mesmo evitar?

– Claro!

Lancelote ficou em silêncio por um momento antes de responder:

– Certas coisas não podem ser evitadas. Nem todo adversário é previsível e nem todos os movimentos podem ser antecipados. Só é possível enfrentá-los quando aparecem, como fizemos hoje. E com sucesso. Então vamos fazer de tudo para nos preparar. Manter os olhos abertos e esperar.

– Eu *odeio* esperar.

Lancelote riu do tom petulante de Guinevere.

– Não pense que vamos passar nossos dias à toa. Imagine que estamos à espreita, prontas para dar o bote.

Guinevere apoiou a cabeça no ombro de Lancelote.

– Não vou conseguir dormir hoje à noite.

Suas mãos de alguma forma estavam ao mesmo tempo dormentes e terrivelmente doloridas. Não parecia justo, mas era o preço a pagar pela magia. Ela estremeceu, sentindo um frio terrível ao se lembrar de seu breve contato com Excalibur.

– Vamos ficar de guarda juntas, então.

– Na próxima vez em que Arthur estiver fora, você pode dormir na minha sala de visitas. Assim vai conseguir ouvir se houver alguma coisa errada. E não vai ficar de pé no escuro, sozinha.

Lancelote se mexeu um pouco para que a cabeça de Guinevere ficasse mais confortável em seu ombro. Sua voz grossa soou mais suave do que de costume quando respondeu:

– Nunca estou no escuro quando estou protegendo a senhora.

As duas passaram a noite escondidas no balestreiro, em um cômodo silêncio. Pela primeira vez, Guinevere não temia o que estava fora de seu controle. Arthur vencera sua batalha, e Brangien a ajudaria a descobrir o que invadira seus sonhos.

Lancelote tinha razão. Juntas, estariam preparadas para qualquer coisa.

CAPÍTULO CINCO

Ao raiar do dia, Guinevere e Lancelote viram uma balsa se aproximando e correram lá para baixo. Chegaram ao atracadouro quando a embarcação já estava bem próxima. Guinevere sentia um aperto doloroso no peito – como se tivesse passado a noite respirando fumaça em vez de aguardando em segurança – enquanto esquadrinhava os rostos sujos de fuligem. Então encontrou quem estava procurando.

Arthur.

Fechou os olhos, sentindo-se quase tentada a rezar, como havia aprendido na igreja de Arthur. Mas por que dirigir sua gratidão para longe, para um deus invisível? Gostava de ter esse sentimento exatamente onde estava: no fundo de seu coração, deixando-o aquecido e cheio de esperança.

Abriu os olhos e acenou, mas uma comoção se formara entre os cavaleiros. Arthur tinha começado a remover sua cota de malha e sua armadura de couro, ficando só com as roupas de baixo. Subiu na amurada da balsa, sua silhueta se destacou em contraste com o sol da manhã, que despontava no horizonte, e ele mergulhou na água, dando uma cambalhota.

Guinevere estremeceu ao imaginar como seria a sensação de mergulhar naquela coisa gelada e sem vida. Seria como submergir em uma tumba. Mas Arthur voltou à superfície com um grito de alegria e começou a boiar, com o rosto virado para o céu.

Em meio a berros e empurrões, vários dos outros cavaleiros mais jovens fizeram a mesma coisa. Sir Bors, robusto e sério, sacudia a cabeça. Sir Tristão ria, segurando o braço bom de Sir Bors e ameaçando empurrá-lo para a beirada. Sir Bors então jogou Sir Tristão pela amurada com uma gargalhada estrepitosa. Em seguida, soltando um suspiro por trás do bigode grosso, o próprio Sir Bors tirou as roupas e se juntou a eles.

Em pouco tempo, todos os cavaleiros de Arthur estavam no lago, jogando água uns nos outros e lavando a fuligem e a fumaça depois de sua vitória. Até mesmo o jovem Sir Gawain, que só cavalgara até o local da batalha depois de cumprir seus deveres no fim da tarde anterior, nadou com eles.

Não. Nem *todos* os cavaleiros de Arthur. Lancelote manteve sua postura perfeita ao lado de Guinevere, em posição de sentido, com a mão no cabo da espada. Apartada tanto da luta quanto da comemoração.

Guinevere não sabia quanto tempo demoraria o banho de lago dos cavaleiros. Precisava entrar no castelo e falar com Brangien, para confortá-la e conversar sobre o sonho e o que fazer a respeito. E não devia ser divertido para Lancelote ficar ali só observando. Excluída.

– Vamos, nós precisamos...

– Guinevere! – gritou Arthur, e ela conseguiu notar o sorriso em seu tom de voz. Virou-se para o lado. Arthur vinha em sua direção, com água até a cintura.

– Meu rei. – A água o agarrava como se o quisesse para si, puxando-o para baixo. Escorria por seu corpo como a carícia de uma amante. Guinevere se perguntou por um instante bastante incisivo como teria sido o relacionamento do rei com a Dama do Lago. Sempre que falava nela, Arthur parecia maravilhado, mas também quase não tocava em seu nome. Seria porque não havia nada a dizer ou porque era um assunto pessoal demais?

– Três vivas para minha rainha, que descobriu a ameaça e nos alertou! – Arthur ergueu o punho e liderou seus homens em uma saudação toda atrapalhada. Guinevere sacudiu a cabeça, recatada, sorrindo. Mas era só fingimento. Tinha a impressão de que aquela vitória não era sua. Embora tivesse descoberto a ameaça, havia feito pouca coisa na luta além de *ir embora*.

Isso sem contar que aquela ameaça era culpa sua. Cada incursão da Rainha das Trevas, toda vez que fossem encontrados e atacados – e os ferimentos e as perdas nas batalhas – seria culpa de Guinevere, por ter confiado em Mordred. Por ter tentado lutar como uma bruxa, não como uma rainha.

Arthur saiu do lago. Suas roupas de baixo se colavam ao corpo de uma forma interessante e, caso não estivessem cercados por cavaleiros, balseiros e os guardas do atracadouro, poderia merecer uma observação mais atenta. Mesmo assim, Guinevere sentiu suas bochechas ficarem vermelhas.

O rei escolheu justamente esse momento para prestar atenção nela. Percebeu o rubor de Guinevere e abriu um sorriso brincalhão e quase malicioso que deixou Guinevere sem fôlego. Pela primeira vez, notou a semelhança entre Arthur e seu sobrinho, Mordred.

Arthur estendeu os braços. Estava pingando da água do lago.

– Posso ganhar um abraço da minha rainha?

Guinevere deu um passo atrás, erguendo as mãos, na defensiva.

– Não enquanto estiver ensopado dessa água.

– Só um abraço rápido!

Arthur avançou em sua direção, e Guinevere deu um grito, se esquivando dele. Sabia que era só brincadeira – o rei também tinha consciência da presença da plateia –, mas seus risos e seu pavor não eram fingidos. Adorava ver Arthur assim: relaxado, feliz, *jovem*. E adorou a ideia de ele ter encontrado uma forma de envolvê-la na comemoração, apesar de não ter participado da luta. Mas de jeito nenhum permitiria que Arthur a tocasse enquanto estava coberto por aquela água fétida e maldita.

Guinevere se agachou atrás de Lancelote, posicionando o cavaleiro entre os dois.

– Salve-me, Sir Lancelote! – falou, aos risos.

O cavaleiro ficou completamente imóvel. Guinevere obrigava Lancelote a escolher entre seu rei e sua rainha. Era uma situação impossível. Então Lancelote estendeu o braço e soltou o manto azul com um emblema dourado de sol no meio. Em seguida, fez uma mesura e o entregou a Arthur.

Ele se enrolou no tecido.

– E agora?

– Tudo bem.

Guinevere saiu de trás de Lancelote e enlaçou Arthur pela cintura. Que lhe deu um beijo no alto da cabeça.

– Vencemos – murmurou ele.

– Sim, vencemos – concordou Guinevere.

– Eu não a encontrei lá. Nem ele.

Guinevere não precisava perguntar de quem Arthur estava falando. A Rainha das Trevas e seu neto, Mordred.

– Vamos encontrá-los.

– Sir Lancelote está descansada – resmungou Sir Percival ao sair do lago. – Pode assumir meu lugar no treinamento dos aspirantes hoje.

O cavaleiro passou por Lancelote sem olhar para ela nem perguntar se concordava com a ideia. Guinevere sentiu vontade de se virar para seu cavaleiro e ver como ela estava, mas Arthur segurou sua mão. E talvez tenha apertado um pouco. Guinevere gostaria de poder usar seu tato para senti-lo, para absorver um pouco de sua força. Mas suas mãos estavam afetadas pela magia da noite anterior e permaneceriam assim por vários dias.

Os dois foram andando na direção do castelo, seguidos por Lancelote.

A multidão vibrou, despertando Guinevere de seu breve cochilo. Se ela estava tão cansada, só poderia imaginar como Lancelote estaria.

Guinevere estava nas arquibancadas enquanto os cavaleiros se deslocavam pela arena, organizando os duelos dos aspirantes. O mínimo que podia fazer era se manter alerta. Arthur lhe informara dos detalhes quando voltaram ao castelo, mas foi obrigado a interromper a conversa com a chegada dos batedores que mandara para o norte. Guinevere queria que a pobre Brangien se distraísse. A dama de companhia demonstrara grande apatia, se recusara a responder às perguntas da rainha enquanto estendia as roupas, garantindo que estava tudo bem depois de seu último sonho com Isolda. Mas seus olhos estavam vermelhos e inchados, o que levou Guinevere a sugerir que as duas assistissem ao treinamento. Na verdade, só queria dormir um pouco, mas até isso era uma possibilidade inquietante. Será que os sonhos invasivos ainda teriam acesso a sua mente?

Guinevere piscou algumas vezes, se concentrando no chão de terra da arena e nos vários competidores que havia por lá. A plateia não gritava para Lancelote, que não tinha mais tantos admiradores como na época em que era o Cavaleiro dos Retalhos. Guinevere sabia que muita gente na cidade não aceitava Lancelote e não entendia por que Arthur decidira aceitar uma mulher como cavaleiro.

Guinevere às vezes imaginava se Arthur teria tornado Lancelote cavaleiro se as circunstâncias tivessem sido outras. Lancelote vencera o torneio sem sombra de dúvida, mas durante as comemorações posteriores Guinevere fora raptada pelo homem de Maleagant, e Lancelote revelou que era mulher. Caso o sequestro de Guinevere tivesse terminado mal, como Arthur lidaria com a situação? No meio da confusão e dos esforços para conseguir informações, Lancelote acabou esquecida, o que permitiu que se juntasse a Brangien e Mordred em uma missão de resgate que Arthur não teria como conduzir sem correr o risco de dar início a uma guerra.

Foi a bravura demonstrada por Lancelote ao libertar Guinevere da ilha onde Maleagant a mantinha cativa e, depois, sua ajuda na luta contra Mordred e a Rainha das Trevas que proporcionaram a Guinevere a possiblidade de requisitar que ela fosse seu cavaleiro. Arthur não poderia colocar Camelot em segundo plano para proteger Guinevere, de forma alguma. E Lancelote sempre colocaria Guinevere em primeiro lugar.

Mas, se não fosse o heroísmo demonstrado por Lancelote, será que ela teria mesmo se tornado cavaleiro? Se Maleagant não tivesse raptado Guinevere, será que Mordred teria encontrado outro estratagema para enganá-la e convencê-la a ajudá-lo? Ou ainda estaria ali, talvez sentado ao lado de Guinevere naquele exato momento, fazendo-a rir?

Era inútil pensar em como as coisas seriam caso tivessem acontecido de outra forma. Maleagant estava morto. Mordred era um traidor. E Lancelote era cavaleiro. *Seu* cavaleiro. Com uma coroa de tranças na cabeça e trajes vermelhos e azuis, Guinevere era uma presença bem visível, para que todos vissem que Lancelote tinha quem torcesse por ela. Era uma espécie de proteção, a única que podia oferecer. Como, em geral, Lancelote não participava daquele tipo de manobra, Guinevere estava empolgada para vê-la em ação.

Lancelote duelou com Sir Tristão e Sir Gawain enquanto todos esperavam que os aspirantes terminassem de escolher seus equipamentos e fossem postos à prova. Guinevere acenou um lenço, com um sorriso no rosto, e então voltou a se sentar à sombra com Brangien. O lenço caiu no chão entre as duas. Pelo menos seus dedos tinham aguentado firme enquanto havia gente olhando.

A dama de companhia tampouco percebeu. Parecia atormentada. Era angustiante para Guinevere não ser capaz de resolver aquela situação. Mas faria isso assim que possível.

Depois que os aspirantes concluíssem o treinamento do dia, seriam mandados de volta para o castelo, para os preparativos finais da viagem às terras do pai de Dindrane. Por mais tediosa que fosse a tarefa de organizar caravanas e suprimentos, Guinevere esperava ansiosamente pelo casamento. A viagem lhe daria a oportunidade de conhecer lugares que ainda não havia visitado. E passaria uma semana – no mínimo! – com Arthur ao seu lado. Talvez, longe do estresse de Camelot e das obrigações que monopolizavam o rei, os dois enfim pudessem fazer... alguma coisa. Guinevere foi incapaz de concluir a imagem mental do que esperava acontecer além de um beijo.

A maneira como Arthur lhe sorrira na beira do lago a levou a pensar que estavam se aproximando. Seria pelo gesto de intimidade ou porque a fez se lembrar de Mordred?

Brangien lhe ofereceu um pedaço de tecido para praticar seus nós, mas Guinevere fez que não com a cabeça. Só sentia formigamento e agulhadas nos dedos, o que a tornava inútil com uma agulha de verdade na mão. Mas se recuperaria em tempo para a viagem. Na estrada, longe das terras de Arthur, estariam vulneráveis. Não poderia estar incapacitada ou indisposta.

Lembrou-se da descrição que Lancelote fizera – uma predadora esperando para dar o bote – e sorriu, imaginando-se à espreita. Não cheia de nós de tensão, mas com um poder mortal nas mãos.

Um burburinho incomum atraiu sua atenção para a arena. Um dos aspirantes estava empunhando uma espada, com a ponta para baixo, virado de costas para o cavaleiro que lhe dava instruções. De costas para *Lancelote*.

Lancelote não comentava a maneira como era tratada pelos demais cavaleiros. Quando estava com Guinevere, mantinha-se sempre em guarda, em busca de ameaças, cumprindo seu dever. A rainha não fazia ideia de como era a vida de seu cavaleiro no restante do tempo. Mas Lancelote havia sido excluída de uma luta e de uma comemoração. E, em seguida, Sir Percival despejara o próprio trabalho sobre seus ombros, como se não fosse preciso sequer pedir. E agora aquele insulto! Guinevere ficou de pé, inconformada.

A mão de Brangien em seu braço a impediu de se manifestar.

– Deixe que ela cuide disso – murmurou. – Uma exigência de respeito por parte da rainha só provaria que Lancelote não é digna de respeito por seus próprios méritos.

Lancelote falou alguma coisa, e todos os cavaleiros – além dos aspirantes, a não ser o que estava de costas – caíram na risada. Assumiram suas posições, e ninguém hesitou em cumprir as instruções de Lancelote. O aspirante emburrado foi deixado para lá. Quando tentou se colocar em um círculo onde Sir Tristão passava instruções, este se moveu para ficar de costas para o aspirante. Sir Gawain fez o mesmo. Guinevere prendeu a respiração quando o homem se aproximou de Sir Bors, um dos cavaleiros mais velhos e mal-humorados. Mas Sir Bors agiu como os demais.

Guinevere soltou um suspiro de alívio.

– Eles reconhecem o valor de Lancelote.

Brangien tinha um ponto de vista mais prático:

– Eles protegem os seus. Lancelote foi nomeada cavaleiro pelo Rei Arthur e, se desrespeitassem isso, seria o mesmo que desrespeitar o rei e a si mesmos. Além disso, você é o motivo pelo qual Sir Bors está prestes a desfrutar da alegria do matrimônio. É a defensora de Dindrane. O homem não faria nada que lhe ofendesse.

Brangien podia ter razão, e talvez fosse menos uma questão de reconhecimento do valor de Lancelote por parte dos cavaleiros e mais um sentimento de orgulho próprio. Mas pelo menos em público eles estavam unidos. Guinevere se sentou e se pôs a observar Lancelote em ação. Era engraçado pensar na certeza que já tivera de que Lancelote era uma ameaça, quando a conhecia apenas como o Cavaleiro dos Retalhos. O que parecia inquietante a respeito do talento de Lancelote passara a enchê-la de orgulho. Era reconfortante ver seu cavaleiro levar a melhor sobre os homens ao seu redor o tempo todo, e então instruí-los com toda a paciência. Só havia visto duas pessoas capazes de deter Lancelote: Arthur – em um duelo que terminou empatado – e Mordred.

Que a venceu.

Uma sombra encobriu a entrada de seu camarote coberto. Guinevere ergueu os olhos, em parte esperando ver Mordred com seu sorriso sarcástico e seus olhos maliciosos, mas era apenas um pajem que chegava com refrescos. O restante da tarde foi arrastado. Guinevere se sentia incomodada pelo calor, além de exausta e com dor nas mãos. Quando, enfim, terminaram, Guinevere e Brangien podiam ir embora. Voltaram para o castelo a passos lentos.

– Baldes – Guinevere murmurou com seus botões.

Brangien deu risadas.

– O que você está comparando com a ideia de ter que carregar baldes ladeira acima o tempo inteiro?

Guinevere suspirou, ansiosa para desmanchar aquelas tranças apertadas e soltar os cabelos.

– Estou cansada, só isso.

– Vou velar seu sono esta noite.

Guinevere deu um tapinha na mão de Brangien, tomada pelo desânimo. As duas estavam quase no portão do castelo. A rainha se perguntava se deveria entrar pelo portão e subir a escada interna estreita e claustrofóbica ou pegar a escada externa que serpenteava pela lateral da construção. Ultimamente, espaços confinados demais ou não confinados o bastante pareciam ser suas únicas opções.

– Guinevere!

A rainha se virou. Uma garota corria na direção das duas, vinda do portão. Tinha cabelos loiros e compridos que revoavam atrás dela como o brilho de um campo pronto para a colheita. Seus olhos arregalados eram quase da mesma cor de mel, e as sardas se espalhavam sobre seu nariz e por suas bochechas. Seu vestido e seu manto eram belíssimos, ambos cor-de-rosa. Guinevere nunca a tinha visto antes.

Intrigada, ela olhou para Brangien, que parecia igualmente confusa.

A garota parou diante das duas.

– Minha irmã!

– Irmã?

De tão atordoada, Guinevere quase riu. Não tinha irmã. Mas então sentiu um frio na barriga. *Ela* não tinha irmã. Mas Guinevere – a verdadeira Guinevere, a falecida Guinevere – sim. Seu nome era Guinevach, se não lhe falhava a memória. Aquela era... Guinevach? E estava lá para visitar uma irmã que não tinha mais fazia tempo?

Em pânico, Guinevere não conseguia nem pensar. Aquilo seria o fim. Todas as lutas, todas as escolhas que precisaram fazer – tudo seria arruinado porque uma garota decidira visitar a irmã. A farsa havia funcionado porque ninguém em Camelot e adjacências conhecia a princesa do sul chamada Guinevere. Ninguém sabia qual era sua aparência. Mas não haveria quantidade de joias e roupas finas capazes de convencer Guinevach de que estava na presença da irmã.

Esperou pelo pior. Mas não fez diferença. Nada seria capaz de prepará-la para o que Guinevach fez em seguida.

CAPÍTULO SEIS

Guinevere permaneceu imóvel, com os braços colados junto ao corpo enquanto era abraçada por Guinevach.

– Estou tão feliz por ver você novamente! – exclamou Guinevach, aos risos. E logo em seguida se inclinou um pouco para trás. – E veja só! Somos da mesma altura agora. Quando você foi embora eu só chegava até o seu nariz sardento. – Então franziu o próprio nariz sardento, toda contente. – Lembra quando nossa babá sentava nós duas diante do fogo enquanto escovava nossos cabelos e nos dava bronca porque o sol estragava nossa pele?

– Eu...

Guinevere não se lembrava. Claro que não. E não conseguia entender o que estava acontecendo. Guinevach devia ter 14 ou 15 anos, portanto, tinha 11 quando a irmã – a verdadeira e falecida Guinevere – fora para o convento. Com certeza, uma criança dessa idade saberia reconhecer a diferença entre alguém que era sangue de seu sangue e uma impostora. Embora o abraço de Guinevach não fosse tão apertado, Guinevere não conseguia respirar. Não sabia o que dizer. Que expressão fazer. O que pensar de tudo aquilo. Deu um passo atrás.

– Desculpe, mas não estou me sentindo bem. Brangien? – Guinevere falou, virando-se para sua dama de companhia.

Brangien, que nada sabia sobre a identidade falsa de Guinevere, foi em seu socorro mesmo assim.

– A rainha precisa descansar. Vamos marcar uma audiência com você quando ela estiver melhor.

Brangien se colocou entre as duas, segurou Guinevere pelo braço e a conduziu para o castelo. Guinevere arriscou olhar disfarçadamente para trás. Duas mulheres corriam até Guinevach, que estava com uma expressão neutra, a não ser pelos olhos, que se estreitaram bem de leve.

– Chame Lancelote ou o Rei Arthur. Os dois. Quem você encontrar primeiro. – Guinevere andava de um lado para o outro por toda a extensão do quarto, com as mãos na barriga. Não havia mentido: estava mesmo se sentindo mal. Brangien não questionou nada e se retirou, com passos apressados. Guinevere gostaria de revelar a verdade a respeito de sua identidade para Brangien, mas era um segredo perigoso demais para compartilhar com qualquer um que já não soubesse.

Guinevere se inclinou na direção da porta e gritou para Brangien:

– E, se encontrar minha irmã, não fale com ela. Se ela abordar você, diga que estou doente!

Sua sensação era a de estar perambulando dentro de sua própria mente, em busca de detalhes fundamentais. O que sabia sobre a irmã da verdadeira Guinevere? Era dois anos mais nova. Seu nome era Guinevach. O pai delas, o Rei Leodegrance, era o soberano de um pequeno reino chamado Camelerd. E... isso era tudo. Foram só essas informações que conseguiu reunir.

– Muito obrigada, Merlin – murmurou, entredentes. Esse era

mais um caso em que o feiticeiro, que era capaz de enxergar o tempo em toda a sua extensão, falhara espetacularmente em prepará-la. Por várias razões, ela o odiava por ter se deixado aprisionar naquela caverna pela Dama do Lago. Não poder gritar com Merlin por causa daquela situação era só mais um motivo.

Ainda assim, era com uma sensação de lamento que pensava em Merlin e tudo o que tinha – e *não tinha* – feito. No entanto, havia outras preocupações no momento. Levou a mão ao nariz, às sardas indetectáveis ao toque. Nunca havia pensado em qual poderia ser a aparência da verdadeira Guinevere. Como ela era. Isso era triste e perturbador demais.

A porta se abriu, e Lancelote entrou. Sua espada já estava quase completamente desembainhada, como se esperasse por um enfrentamento.

– Brangien me disse que você precisa de mim.

Embora Lancelote não usasse mais seus retalhos de couro e metal, seus cabelos permaneciam soltos em cachos castanho-escuros e rebeldes, sem nenhum sinal das tranças ou dos ornamentos dos penteados das mulheres.

Guinevere se sentou e levantou em seguida. A revoada de pássaros que parecia viver dentro de seu peito nos últimos dias estava agitada. As aves lançavam-se contra suas costelas, esbarrando umas nas outras e batendo as asas de maneira frenética.

– Qual é a ameaça? – perguntou Lancelote, em postura de combate, com os pés afastados e um equilíbrio perfeito.

– Nada que possa ser resolvido na base da espada. A irmã de Guinevere está aqui.

Lancelote franziu a testa e, em seguida, fez uma expressão realmente alarmada.

– Espere. Guinevere, a princesa que você deveria ser, era uma pessoa de verdade?

Lancelote nunca havia pedido detalhes sobre quem era Guinevere e de onde vinha. Imaginava que Merlin fosse seu pai. Mas, fora isso, simplesmente aceitara Guinevere, da mesma forma que fora aceita por ela.

Guinevere assentiu e voltou a andar de um lado para o outro. Onde estava Arthur?

– Ela morreu, e eu assumi seu lugar. Guinevere era mesmo de Camelerd e tinha... *tem* uma irmã mais nova. Que agora está aqui.

Era difícil falar e pensar na verdadeira Guinevere depois de ter se acostumado à ideia de que Guinevere era ela. A confusão não era apenas verbal.

– Isso... não é bom.

A rainha soltou uma risada sonora.

– Não. Isso não é bom mesmo. Acabei de conhecê-la.

– E ela...

As duas foram interrompidas pela porta, que se abriu. Arthur entrou no quarto.

– Guinevere! O que aconteceu? – Ele a segurou pelos ombros, observando seu rosto como se estivesse à procura de algum ferimento.

– Minha *irmã* está aqui.

Arthur franziu o rosto, confuso, mas logo em seguida compreendeu tudo.

– Ah. Sua irmã. Eu não sabia que ela vinha fazer uma visita.

– Eu também não.

– Lancelote, você pode esperar lá fora?

– Ela sabe de tudo – Guinevere avisou. Mas, como Arthur não voltou atrás em sua ordem, Lancelote fez uma mesura para seu rei e fechou a porta ao sair.

Guinevere desandou a falar:

– Ela me viu. Ela me viu!

– O que ela fez?

– Me abraçou.

– Ela... espere. Ela tratou você como se fosse Guinevere?

Guinevere se sentou na beirada da cama e jogou as mãos para cima.

– Sim! Não. Eu não sei. Devia fazer três anos que não via a irmã, e obviamente ninguém aqui sabe como era a verdadeira Guinevere...

Deixou a frase no ar. Detestava a crueldade que era deixar uma família pensar que sua filha e irmã estava sã e salva quando, na verdade, a garota tinha morrido na primavera anterior. Era impor uma punição a pessoas que não fizeram nada para merecer isso, e tudo para manter a falsa Guinevere em segurança ao lado de Arthur.

Mas, como havia comprovado na própria pele, muito da magia de Merlin tinha desdobramentos absurdamente cruéis. Muita coisa era destruída para servir como meio para um fim que só ele era capaz de enxergar. E de decidir.

Arthur estendeu os braços, e Guinevere lhe deu as mãos, desejando poder voltar a sentir o mesmo que ele. Daria qualquer coisa para absorver um pouco da calma e da confiança do rei naquele momento.

– Merlin fez alguma coisa para mudar sua aparência? – indagou. – Para tornar você mais parecida com Guinevere?

– Não que eu me lembre, mas todas as minhas memórias podem ser guardadas em um dedal e ainda sobra espaço. Maldito seja aquele feiticeiro sem coração!

Arthur fez uma careta e soltou suas mãos. Por mais complexos que fossem os sentimentos de Guinevere em relação a Merlin, Arthur ainda o via como seu amigo e protetor de longa data. Guinevere esfregou o rosto, mas logo interrompeu o gesto, pois seus dedos dormentes faziam tudo parecer estranho e inapropriado. Aquele era mesmo seu rosto? Que segredos poderia haver ali? Sacudiu a cabeça.

– Pelo que sei, só alterou as lembranças das freiras para que pensassem que eu era a Guinevere que elas conheciam. – A informação estava lá, em sua mente, da mesma forma que o nó mágico e suas poucas lembranças de ter crescido em uma floresta. Não existia um contexto. Não houve um planejamento com Merlin, uma conversa, uma lembrança do que de fato aconteceu. – Pode ter feito alguma coisa com a minha aparência. Acho que não, mas pode ter acontecido.

– Então, ou Guinevach de fato reconheceu você ou...

Guinevere se inclinou para trás e olhou para o teto.

– Existem duas opções. A primeira é que Guinevach esteja apenas fingindo me reconhecer. Ou porque era nova demais quando a verdadeira Guinevere foi embora ou... – Arthur fez outra careta. Não gostava de ouvir Guinevere se referir à outra como a verdadeira. Mas não era a verdade? Ela era a impostora. – Como Guinevach era nova demais, pode ser convencida de que a forma como se lembrava da própria irmã não era muito exata.

– Você disse um segundo "ou"...

Guinevere fez uma tentativa desajeitada de desmanchar seu penteado. Aquelas tranças estavam repuxando seu couro cabeludo, mas seus dedos se revelaram inúteis.

– Ou então ela está fingindo que me reconheceu porque tem um motivo para isso. Já tivemos inimigos em trajes finos neste castelo antes.

Arthur estendeu a mão, pegou uma das tranças de Guinevere e começou a desfazê-la lentamente.

– Mas como sabia que era você chegando ao castelo? Você não estava acompanhada de arautos. E estava com Brangien. Guinevach não achou que Brangien fosse a rainha.

– Brangien não se parece com ninguém daqui.

O pai da dama de companhia atravessara o mundo em busca de uma vida melhor. As feições de Brangien vinham dele, com olhos grandes e bonitos no rosto redondo.

– É verdade. Mas, se não se lembrasse mesmo da aparência da irmã, teria perguntado. Não teria se jogado nos seus braços.

– Ela chamou meu nome antes de me virar em sua direção. E eu reagi ao chamado. Talvez, quando chegou até mim, já tivesse se convencido ou então estava confusa demais... Mas não. Isso não faz sentido. Comparou nossa altura em relação a antes e falou de nossas sardas. Parecia bem convicta.

Arthur ficou em silêncio. Seus dedos passeavam pelas ondas deixadas pelas tranças nos cabelos de Guinevere.

– Talvez *Guinevach* não seja Guinevach. A magia pode... a magia é capaz de alterar rostos. Talvez não tenha sido o seu que foi alterado.

Guinevere sabia exatamente a que acontecimento Arthur estava aludindo. A traição de sua mãe. Seu pai, Uther Pendragon, usando o rosto do marido de Lady Igraine por meio da magia. Da magia de Merlin.

– É verdade. Mas, se fosse esse o caso, os nós que coloquei em todas as portas teriam desfeito o feitiço. Por outro lado, Mordred tem conhecimento da existência dos nós. E, se quem a mandou sabe que não sou a verdadeira Guinevere, não haveria necessidade de alterar o rosto dela. Não tenho como reconhecer uma irmã que nunca vi. Seria fácil mandar alguém fingindo ser Guinevach. – Talvez, depois da derrota que a Rainha das Fadas sofreu na floresta, Guinevach seja outro método de ataque. Caso tivesse sido mandada para atacar Guinevere, isso explicaria como sabia exatamente quem procurar. Teria se preparado com antecedência para isso. – A Rainha das Trevas não tem como entrar em Camelot, então inventou alguém que jamais seria barrada.

– É uma possibilidade. Mas você disse que havia duas opções. Qual é a outra?

Guinevere bateu com o dedo no queixo, pensativa. A segunda opção fazia ainda menos sentido.

– Guinevach pode ter me reconhecido de verdade. Fui embora com os seus homens poucos dias depois de ter assumido o lugar da verdadeira Guinevere do convento. Merlin alterou as lembranças das freiras. Não consigo imaginá-lo caminhando lentamente para o sul por mais de um mês apenas para alterar a memória de Guinevach. Mas Merlin era capaz de ver o passado, o presente e o futuro. Então saberia que Guinevach viria para o castelo.

Arthur parecia duvidar dessa possibilidade.

– Se Merlin foi caminhando até lá, porque nunca o vi usar um cavalo... Mas, mesmo que tenha cavalgado, daria tempo de chegar a Guinevach e voltar antes de você vê-lo ser aprisionado na caverna pela Dama do Lago?

Guinevere achava que não. Mas não havia como saber ao certo. E, apesar de ter lembranças do próprio rosto – que viu refletido na água, emoldurado pelas árvores mais acima, em uma poça escura ... não, essa lembrança lhe escapou, e ela deixou que fosse embora –, Guinevere sabia que não podia confiar na própria mente.

– Merlin pode ter alterado meu rosto. Seria a opção mais simples para ele.

– E você saberia? Teria como sentir se ele fez isso? – Arthur tocou seu rosto com as costas dos dedos, acariciando-a de leve. Parecia triste, como se pensar que o rosto de Guinevere não era real o deixasse chateado.

Para ela, isso certamente era motivo de mágoa. Guinevere não conhecia sua mente, suas lembranças e talvez nem sequer conhecesse seu próprio rosto.

– Pode ser. Duvido que meus nós sejam capazes de desfazer a magia dele. Mas acho que, se eu me esforçasse para desfazer alguma coisa feita por Merlin, poderia conseguir. E depois, o que aconteceria? Sua esposa teria outro rosto. Seria bem difícil explicar isso para o reino.

Arthur caiu na risada, deitando-se na cama ao lado dela.

– Seria mesmo.

– Então o que fazemos?

– Vou designar Sir Gawain para acompanhá-la e vigiá-la de perto.

– Brangien pode espionar também.

Houve uma leve batida na porta. Arthur se sentou. Guinevere fez a mesma coisa.

– Entre – ordenou Arthur, apesar de estar no quarto de Guinevere.

Lancelote abriu a porta, mas não entrou.

– Guinevach chegou a Camelot com três guardas e duas damas de honra. Uma é uma mulher mais velha, e a outra ainda mal pode ser considerada uma mulher. Designei aos guardas os quartos na extremidade do castelo e posicionei sentinela para vigiá-los. Guinevach ficará no sexto andar, e a porta interior ficará trancada. As passarelas externas serão vigiadas noite e dia, e todos os movimentos dela serão rastreados.

Arthur assentiu com a cabeça.

– Muito bem. Pode se retirar. – Então ele se virou para Guinevere e disse: – Vamos partir para o casamento de Sir Bors dentro de três dias. Até lá, você pode ficar doente, de cama.

– E vou fazer o que puder para sentir se existe alguma magia em ação – falou Guinevere, se arrependendo amargamente de ter inutilizado suas mãos. Não poderia nem segurar as mãos de Guinevach para sentir se emitiam correntes de ameaça ou de raiva. – Mas, se ela estiver aqui para me pegar, vou precisar tomar cuidado. Não posso dar evidências de que faço uso de magia.

Os ombros de Arthur estavam alinhados, e a expressão em seu rosto era determinada, mas não preocupada.

– Hoje vou ao salão de jantar quando Guinevach estiver por lá e desembainhar Excalibur. Assim podemos saber se ela tem a magia das fadas.

– Mordred conseguia ficar perto de Excalibur, e o pai dele era um cavaleiro do reino das fadas.

Ambos ficaram em silêncio por um instante. Mordred havia explicado a Guinevere todo o sofrimento que passara vivendo ali. Deve ter se valido de uma dose imensa de paciência e determinação para suportar aquilo, para suportar Excalibur. Guinevere viu a mágoa estampada no rosto de Arthur, e se arrependeu amargamente de ter tocado no nome de Mordred.

– Mas é uma boa ideia. A depender da reação dela, teremos uma resposta.

Arthur se recompôs, parecendo mais confiante.

– Com ou sem magia, podemos lidar com isso.

Não só poderiam como fariam isso, e juntos. Se Guinevach fosse uma ameaça, Guinevere tinha pena dela. E se fosse mesmo só uma menina querendo visitar a irmã, tudo o que estavam fazendo era cruel, o que a tornava ainda mais motivo de pena.

Mas rechaçar Guinevach não era mais cruel do que deixá-la saber que sua irmã estava em um buraco no chão, em uma cova não demarcada, depois de ter seu nome roubado. Talvez até seu rosto.

Será que Guinevere não possuía nada que fosse de fato seu?

CAPÍTULO SETE

– E então? – Guinevere perguntou, observando a face do penhasco. Elas tinham ido quase até o alto do castelo, encravado em diferentes patamares da montanha. – Você acha que consegue escalar?

Lancelote espremeu os olhos, pensativa, em meio à luminosidade cada vez menor. Guinevere detestava ter que ficar sentada em seu quarto, só aguardando por mais informações sobre Guinevach – queria *fazer* alguma coisa. E se deu conta de que, em sua busca pela magia, não tinha se voltado para o leste. A montanha atrás dela transmitia segurança. E proporcionava segurança mesmo – contra os homens. Exército nenhum poderia empreender um ataque daquela direção. Mas e a Rainha das Trevas, impulsionada pela magia? Guinevere era capaz de imaginar os cipós superando os obstáculos e descendo sobre o castelo como uma cascata, por ambos os lados, chegando sorrateiramente e sufocando tudo.

Havia usado sangue para fazer a magia dos nós entrar em uma pedra. Isso a conectaria com as demais sentinelas rochosas e a informaria, caso uma ameaça viesse daquela direção. Mas antes era preciso posicioná-la lá em cima.

– Acho que sim – disse Lancelote, estendendo a mão. Guinevere lhe entregou a pedra, que o cavaleiro guardou em uma bolsinha na cintura. Estava apenas de túnica e calça – tinha tirado até as botas –, além de uma corda enrolada no corpo, entre o ombro direito e lado esquerdo do quadril.

– Já vi você fazendo isso uma vez. Descendo até o lago, para pegar seu barco.

– Meu barco? – Lancelote olhava para cima, analisando a trajetória a fazer. – Nunca tive um barco.

Isso pegou Guinevere de surpresa.

– Como você fazia suas travessias, então, sem usar a balsa?

– Existe uma caverna. Passei muitos anos por lá na infância, quando... – Lancelote ficou em silêncio. Guinevere desejou que ela continuasse falando. Queria saber mais. Como Lancelote tinha conseguido sobreviver como órfã. Como havia sido. Estava curiosíssima para conhecer detalhes de outras infâncias para preencher as lacunas da sua. Lancelote pigarreou e respondeu: – Bem. E eu sei nadar.

– A ponto de conseguir atravessar o lago inteiro? – perguntou Guinevere, horrorizada.

– A distância não é tão grande assim se você começar pela face dos penhascos – riu-se Lancelote. – Vamos, a luz natural está acabando.

Antes que Guinevere pudesse recomendar cautela, Lancelote começou a escalada. Sua velocidade era atordoante. Embora Guinevere não tivesse tanto medo de altura – aparentemente preferindo direcionar todo o seu horror para a água –, seu coração disparou só de olhar. Houve um momento que pareceu durar uma eternidade, em que os dedos de Lancelote escaparam, e ela ficou pendurada apenas por uma das mãos, mas logo em seguida se recuperou e concluiu a subida, desaparecendo acima da face do penhasco.

Então a corda desceu, fazendo Guinevere se lembrar dos cipós que imaginara. Mas aquela corda não trazia nenhuma ameaça, apenas proteção.

– Coloquei a pedra longe da borda, para que a senhora possa receber o aviso antes que qualquer coisa chegue à face do penhasco – gritou Lancelote, descendo tranquilamente pela corda, segurando-se só com uma das mãos enquanto observava a paisagem de Camelot. Aterrissou com suavidade na plataforma e deu um puxão forte na corda, que se soltou e caiu aos seus pés. Lancelote começou a recolhê-la e falou: – Não vi nada de diferente e consegui enxergar bem longe.

– Ótimo. Obrigada. Amanhã eu gostaria de pegar as montarias e inspecionar as fronteiras do leste, só por precaução.

– Podemos arrumar um pretexto para fazer isso, sim. A senhora parece cansada. Vamos voltar aos seus aposentos?

Guinevere suspirou, sentou-se e apoiou as costas na rocha. Ficou observando Camelot à medida que a luz de velas aparecia atrás das janelas e pelas ruas. Lá do alto, era tudo tão simples, tão tranquilo. Sabia que administrar uma cidade não tinha nada de simples e tranquilo. Mesmo assim, era uma bela visão, com o comércio e as casas de pedra cinzenta, os tetos de ardósia e os telhados de palha, os caminhos orgânicos das ruas percorrendo tudo feito costuras. Se fechasse os olhos, era capaz de imaginar que podia puxar a cidade toda sobre si, como se fosse um cobertor.

Virou-se para Lancelote e, para sua irritação, viu que ela estava como sempre: a postos.

– *Você* também deveria parecer cansada. Preciso dormir, mas estou com medo de sonhar.

– Conte mais sobre o sonho que deixou a senhora assustada.

Guinevere havia contado uma parte para Brangien, mas dessa vez entrou em maiores detalhes.

– Era como se eu estivesse vivenciando um sonho ou uma lembrança de outra pessoa – comentou, depois de explicar tudo. – Uma experiência alheia.

– Mas não parece coisa da Rainha das Trevas.

– Não mesmo, com isso eu concordo. Eu teria sentido sua magia, seu poder. Foi diferente.

– A Dama – Lancelote falou com um tom convicto. Ouvir essa afirmação a tornou ainda mais real. Guinevere passou a duvidar menos de si mesma. – O sonho parecia ameaçador?

– Sim! – Guinevere então ficou em silêncio e levou uma das mãos à rocha. Conseguiu sentir alguma coisa, o que era ao mesmo tempo um consolo e um incômodo. O sonho tinha *mesmo* sido ameaçador? Enquanto sonhava, não sentiu medo. Até o salto no abismo parecera necessário e bem-vindo. Todo o terror veio depois de despertar. – Talvez. Não sei. Mas por que ela invadiria meus sonhos? Será que foi porque Merlin me escondeu bem demais?

– Eu fico me perguntando se... – Lancelote parou de falar, hesitante.

– Continue.

– Nós a ouvimos quando aprisionou Merlin. Ela o acusou de roubar algo precioso, que queria de volta.

– Sim. A espada.

– Foi isso que deduzimos. Mas e se estivermos enganadas? – perguntou Lancelote, observando o crepúsculo. O lago refletia o céu, iluminado pelos últimos momentos de luz do dia. Guinevere quase conseguia apreciar a forma como a água capturava a luz. Desejava que o lago fosse o espelho que parecia ser, para poder se olhar nele e descobrir seu próprio rosto. Mapeá-lo, como era capaz de fazer com a cidade. Entendê-lo, rotulá-lo e tomar posse dele.

– Por que estaríamos erradas? – questionou. Com a aproximação da noite, parecia que sua pele ia perdendo a cor, assumindo um tom semelhante ao do lago. Observou as veias azuladas das próprias mãos, da cor dos afluentes de um rio, que irrigavam a paisagem de seu corpo.

– Por que a Dama atacaria Merlin por causa da espada, que está com Arthur? Por que Merlin teria medo de que ela fosse atrás *da senhora* para recuperá-la? – questionou Lancelote.

– Ora, porque... para castigar Merlin. Ele se deixou aprisionar naquela caverna para que a Dama não viesse atrás de mim, como uma forma de atingi-lo.

– Se uma entidade ancestral como a Dama do Lago quisesse Excalibur de volta, já teria pegado. Aliou-se a Arthur. Ficou do lado do rei contra a Rainha das Trevas. Não parece algo que ela faria.

– E parece algo que *quem* faria? – indagou Guinevere, genuinamente intrigada. A luminosidade estava diminuindo bem depressa, e ela não conseguia mais ver a expressão do cavaleiro, apenas o contorno de seu rosto, como se estivesse atrás de uma camada grossa e opaca de vidro.

– Enfim, a Dama não tem fama de ser especialmente geniosa ou cruel.

– Tirando o fato de ter emparedado Merlin vivo – acrescentou Guinevere, em tom sarcástico.

– Pois é. Sim. Estava arrasada com a perda do que ele roubou. Mas não veio atrás de Arthur. E a senhora não tem nada a ver com a espada. Não pode nem chegar perto de Excalibur. Existe algum outro motivo para Merlin querer tanto afastar a senhora da Dama?

Merlin implorou a Lancelote para que escondesse Guinevere no dia em que foi atacado pela Dama. E enviou Guinevere para Arthur para que fosse protegida. A rainha também tinha quase certeza de que Merlin incutira aquele medo debilitante de água em sua mente para que não se aproximasse de nenhum lugar onde a Dama pudesse estar.

O lago abaixo delas estava morto, livre de qualquer magia ou forma de vida. E se isso fosse obra de Merlin? Torná-lo inabitável para a Dama do Lago como uma forma de proteção extra? Guinevere especulou se Arthur não poderia ter ajudado no processo, usando Excalibur.

As estrelas começavam a perfurar o firmamento feito pequenas agulhas. Guinevere conhecia as estrelas não por lembrança, mas por observação. Ficava olhando para elas por tanto tempo que estavam gravadas em sua mente de uma forma que ninguém – nem mesmo Merlin – poderia apagar.

– O que mais Merlin poderia ter roubado da Dama? E por que eu teria alguma coisa a ver com isso? Eu... Ah. Oh, não.

Quem cuidou de você quando Merlin estava comigo?

Merlin não é seu pai.

A magia corre pelas suas veias.

Você roubou algo precioso de mim.

Guinevere tinha pouquíssimas lembranças. Todo o resto – sua infância, sua vida, sua mãe – havia desaparecido como a névoa de uma janela que se desembaça. Alguém havia arrancado as memórias de sua mente para que ela não soubesse de nada. Não perguntasse.

Levou as mãos ao rosto, escondendo-se das estrelas e do lago, lá embaixo.

– Lancelote. Acho que a Dama do Lago é minha mãe.

– Não diga nada para Arthur – pediu Guinevere, sentada na beirada da cama, respirando fundo e pensando que seu rosto poderia ser como sua mente: facilmente desprovido de tudo que fosse inconveniente, doloroso ou perigoso. – Pelo menos até descobrirmos mais a respeito, não quero preocupá-lo com isso.

– Mas se ela for sua mãe...

– Só sei, a *única* certeza que tenho na minha mente alterada por aquele maldito feiticeiro, é que acredito em Arthur. Eu o escolhi. E sei disso desde o início.

E não era da mesma forma que ela "sabia" que Merlin era seu pai, um fato que nunca aceitou de verdade. Sua crença em Arthur era parte de seu ser. Não havia nada que fosse capaz de inseri-la ou tirá-la de sua consciência.

– No momento, isso me basta – continuou. – Existe a ameaça da Rainha das Trevas, que está à solta, e a ameaça de Guinevach dentro do castelo. É nessas ameaças que estou me concentrando. Nesses questionamentos que posso responder. E, até encontrarmos as respostas, as perguntas sobre mim mesma podem esperar – concluiu Guinevere, erguendo os olhos, desesperada por algum consolo.

Lancelote não lhe ofereceu nenhum. O rosto de seu cavaleiro estava crispado de preocupação e mais alguma outra coisa. Ela parecia prestes a responder, mas bem nesse momento a porta se abriu. Logo em seguida, Arthur entrou, seguido por Brangien. Lancelote fez uma mesura rápida.

– Estarei aqui fora se precisarem de mim.

Guinevere não queria que ela saísse, mas não teve a chance de chamá-la de volta.

– Não houve nenhuma reação à espada – contou Arthur, levando a mão à cintura por hábito, mas havia tomado a precaução de deixar Excalibur em outro lugar antes de ir até o quarto de Guinevere.

A rainha demorou alguns bons instantes para entender o que isso significava. Guinevach não tivera nenhuma reação negativa à Excalibur.

– Como foi o comportamento dela durante o jantar?

Arthur pareceu hesitante em responder. Guinevere ficou esperando por más notícias. Se pelo menos Guinevach fosse uma floresta amaldiçoada. Um lobo possuído. Uma aranha transformada em venenosa pela magia. Tudo isso Guinevere tinha como enfrentar.

– Encantadora – disse Brangien, remexendo nos baús no canto do quarto. Ela já estava planejando e organizando a viagem para as terras da família de Dindrane.

– E com isso você quer dizer...

Brangien fechou a cara enquanto olhava para uma túnica amarela, como se aquela peça de tecido a tivesse ofendido de alguma maneira.

– Modos impecáveis. Sentada com as costas retas, se inclinando suavemente na direção de quem falava. Uma boca que parece um botão de rosa e uma risada doce e agradável. Sir Gawain com certeza concordaria com essa descrição. Até mesmo Sir Bors falou com ela – acrescentou Brangien. Sir Bors nunca conversara com Guinevere. Pelo menos não falara nada que não fosse o mínimo necessário para transmitir ou receber uma informação. – *Por que* estamos de olho nela, aliás?

– Isso é... é complicado.

– Existe a chance de Guinevach ser uma aliada da Rainha das Trevas – disse Arthur. Era verdade, pelo menos em parte.

Brangien virou o rosto franzido para Guinevere, enquanto segurava pensativamente a túnica amarela.

– Ela não parece ser desse tipo. Usa bastante cor-de-rosa.

– E por usar cor-de-rosa não pode ser uma aliada do mal?

– Não é isso, perdão. Esse é só outro detalhe. O cor-de-rosa combina com ela. Mas acho que não combinaria com você.

Guinevere se virou de novo para Arthur depois de ouvir a avaliação de Brangien.

– E a espada não fez nada? Como você a desembainhou? Vocês estavam perto um do outro?

Arthur olhou para Brangien com a testa franzida.

– Guinevere ficaria muito bem de cor-de-rosa.

– Ela não tem o tom de pele certo para isso.

– O que isso quer dizer? Guinevere está sempre bonita.

– Porque tem uma dama de companhia que toma o cuidado de vesti-la com as cores que combinam melhor com seu tom de pele.

Guinevere arrancou a túnica amarela da mão de Brangien e a jogou em cima da cama.

– Será que podemos nos concentrar na ameaça que temos aqui?

– Ah, sim. Certo. – Depois de mais um olhar torto na direção de Brangien, Arthur voltou toda a sua atenção para Guinevere. – Desembainhei a espada assim que entrei. Passei atrás dela com a lâmina na mão. Guinevach não reagiu. E estava usando um cálice de ferro especialmente reservado para ela.

Os ombros de Guinevere despencaram.

– Isso foi bastante inteligente.

– Você parece muito orgulhosa da minha inteligência – riu-se Arthur.

– Eu estou orgulhosa, sim! É que seria bem mais simples se ela tivesse, não sei, se dissolvido em flores ou desaparecido em uma lufada de fumaça – falou Guinevere, apontando para o alto, onde Guinevach poderia ter assumido a forma de uma nuvem de vapor.

– Você *quer* que ela seja uma força do mal? – Arthur questionou.

– Quê? Não. Claro que não. Mas preciso de respostas. E ela é uma ameaça, sendo ou não uma força do mal. Seja por ter sido mandada pela Rainha das Trevas ou por poder contar para todo mundo que... – deixou a frase no ar. Brangien não sabia que Guinevach poderia revelar a verdadeira identidade de Guinevere.

– Ela tem duas damas de companhia – falou Brangien, separando joias e fingindo que não estava curiosa para saber o motivo de Guinevere ter cortado aquela frase pela metade. – Uma bem jovem, que mal tem idade para receber a visita das regras todo mês. E não parece ser muito esperta. A outra é mais velha e, pelo jeito, faz a maior parte do trabalho. Está sempre costurando – complementou Brangien, já levantando a mão para não ser interrompida. – Fui conferir. É costura mesmo, não magia dos nós.

Houve uma batida na porta. Brangien atravessou o quarto para abrir, então saiu para o corredor e fechou a porta atrás de si.

– Mandei Sir Tristão interrogar os guardas – Arthur se apressou em dizer. – Guinevach veio com três. Um era conhecido de uma cozinheira, que confirmou que o homem era de Camelerd. Ao que parece, Guinevach é mesmo de Camelerd, o que significa que é mesmo Guinevach.

– Guardas podem ser subornados.

– Isso lá é verdade – concordou Arthur, sentando-se ao lado de Guinevere.

Brangien voltou para o quarto.

– Era a dama de companhia mais velha. Guinevach mandou dizer que espera que você esteja melhor pela manhã. Dindrane está furiosa, aliás. – Brangien guardou as joias não aprovadas de volta na caixa. – Está levando para o lado pessoal o fato de você estar "doente" e não poder ajudá-la a concluir os preparativos para o casamento. Partimos dentro de três dias.

Mais três dias tendo que se esquivar de Guinevach *e* Dindrane? Qualquer ameaça mágica parecia perder a importância diante da fúria de Dindrane. Seria preciso um contingente inteiro de cavaleiros e guardas para manter Guinevere a salvo de suas exigências.

Guinevere sentiu as pedras das construções de Camelot se fechando em torno de si. A cidade se tornara menos um refúgio e mais uma prisão, agora que Guinevach estava por lá.

– Lancelote e eu vamos inspecionar as fronteiras do leste amanhã. O rio...

– É intransponível – disse Arthur.

– Para exércitos humanos. Eu gostaria de conhecer a região pessoalmente, só por precaução.

– Não posso ir.

– Não solicitei sua companhia.

Arthur franziu a testa.

– E se houver alguma ameaça? Pode ser perigoso.

– *Eu* sou perigosa – disse Guinevere, erguendo uma sobrancelha, desafiando-o a contestá-la. Esse havia sido o acordo. Ela voltara como rainha, mas também como a primeira linha de defesa contra a Rainha das Trevas. Arthur cedeu.

– Podemos ir antes? – perguntou ele, de olho em Brangien, que remexia nas coisas de Guinevere. – Para o casamento, é o que estou dizendo.

– Antes? – Brangien ficou horrorizada com a sugestão. – Impossível.

– Você pode ir depois com o comboio principal, para ter tempo de terminar os preparativos. Partirei amanhã à noite com Guinevere e alguns guardas. – Arthur pareceu empolgado ao dizer isso. – Vá avisar Sir Caradoc e o capitão dos guardas. E as cozinhas. Vamos deixar a comitiva principal nos alcançar em um ou dois dias, para não precisarmos de muitas provisões.

Brangien parecia mais disposta a esganar seu rei do que a seguir o plano dele. Mas, quando se voltou para Guinevere, um pouco de sua irritação se tornou uma pontada de angústia.

– Mas como você vai *dormir* na estrada?

Os sonhos de Guinevere. Era preciso verificar, quando os sonhos dela voltassem, se o sonho invasivo com a cidade ocorreria outra vez. E, enquanto Guinevere não descobrisse isso, Brangien não poderia se encontrar com Isolda nos sonhos.

– Vou dormir o melhor que puder hoje à noite – respondeu Guinevere, tentando abrir um sorriso tranquilizador.

– Quando você partir, não vou estar por perto para ajudar.

Arthur fez um gesto, desdenhando das preocupações de Brangien, por desconhecer toda a complexidade da situação.

– Vou estar com ela. Você não tem nada a temer.

– Vou ficar bem e, assim que nos reencontrarmos, conto tudo para você – garantiu Guinevere, segurando as mãos de Brangien.

A dama de companhia mordeu o lábio e se retirou às pressas do quarto, para cumprir as ordens de seu rei.

Arthur parecia animadíssimo.

– Problema resolvido. Vou livrar você de Guinevach e levá-la para um casamento bem tedioso e cheio de pessoas desconhecidas!

Guinevere deu risada. Também queria estar assim, tão empolgada. Estava ansiosa para fazer aquela viagem, e sair mais cedo com tão pouca gente significava ainda mais tempo a sós com Arthur. Por outro lado, não podia ser egoísta. O rei estava tentando protegê-la da ameaça em potencial representada por Guinevach e todas as revelações que poderia fazer. Mas quem protegeria Camelot?

– Não podemos deixar o reino desprotegido – falou Guinevere, apontando para o lugar no cinto de Arthur onde Excalibur deveria estar.

– Precisaríamos sair de Camelot de qualquer forma. A presença de Guinevach não muda o fato de que nem sempre estou na cidade. Além disso, se ela representa uma ameaça a alguém, é apenas a você. Então a melhor forma de combatermos um eventual perigo é tirar você dessa situação.

Guinevere pensou a respeito. Caso Guinevach estivesse envolvida com magia, seus esforços para proteger Camelot já teriam surtido efeito. E, caso estivesse lá para revelar a verdadeira identidade de Guinevere, ainda não havia feito isso.

– Certo, vamos partir antes e mandar Guinevach para casa – concluiu.

– Escreva uma carta dizendo que você teve que comparecer a um casamento e não sabe quanto tempo precisará ficar fora, mas fará uma visita a ela em Camelerd na volta. Instruirei Sir Gawain a escoltar Guinevach e sua comitiva até as fronteiras de Camelot assim que partirmos.

– Mas essa solução não responde a nenhuma das nossas perguntas.

Por que Guinevach viera? Aquela era mesmo Guinevach ou uma impostora, como Guinevere? Por que fingiu ter reconhecido Guinevere? Ela levou a mão ao nariz, contornando as sardas que não conseguia ver. Como teria sardas se sua mãe era a Dama do Lago? Seu pai seria humano? Merlin era seu pai, no fim das contas? Havia indícios de todo um histórico pregresso na maneira como ele se dirigiu à Dama. *Nyneve, meu amor,* milady.

– Precisamos mesmo dessas respostas? Seja lá como for, Guinevach representa uma ameaça para você. Se a ameaça for embora, os questionamentos vão junto. – Arthur levantou e foi caminhando na direção da porta. – Vou cuidar dos preparativos!

Guinevere não concordava. As ameaças podiam ser repelidas ou neutralizadas, mas os questionamentos permaneciam por mais tempo, eram como feridas. E, sem as respostas, não haveria como curá-las.

CAPÍTULO OITO

Guinevere podia até ter sonhado algo, mas não se lembrava. Suas suspeitas em relação à Dama do Lago a atormentavam enquanto cavalgava lentamente ao lado de Lancelote, contornando a montanha de Camelot pelo sul. A travessia do lago naquela manhã a deixara aterrorizada como sempre, uma sensação agravada por seus questionamentos sobre as coisas das quais não se lembrava.

Sobre as coisas que desconhecia.

Como poderia ser uma pessoa sem saber de tantas coisas sobre sua própria vida? Sem ter a quem perguntar? Sem ter como se lembrar? Sem saber o que era ou não verdade?

Foi necessário meio dia de cavalgada para chegar ao outro lado da montanha e encontrar um terreno plano o bastante para permitir a passagem das montarias. A comitiva pararia quando chegassem ao enorme rio bifurcado que descia em cascatas, do outro lado de Camelot. Guinevere não tinha coragem de atravessar o rio nem considerava necessário. As terras do outro lado eram campos cultivados, onde possível, mas se tornavam bastante áridas e rochosas nas proximidades da montanha em si. Estavam sozinhos. O sol brilhava forte, e o calor era menos intenso do que no verão, mas de alguma forma ainda mais incômodo, por causa da promessa do frio do outono, que não chegava. Era um último e petulante momento de desconforto, e sem o alento de uma brisa ou de uma sombra sequer.

– Minha rainha? – chamou Lancelote, aproximando sua fiel montaria cega da égua cinzenta de Guinevere. – A senhora parece incomodada.

Guinevere deu risada, liberando um pouco da tensão, que ela imaginou escapando de seu corpo como uma lufada de vapor que sai de uma panela fervente quando a tampa é aberta.

– Ontem me dei conta de que a Dama do Lago pode ser minha mãe. Tenho uma inimiga em Camelot que ameaça minha posição no reino. Não sabemos quando a Rainha das Trevas vai atacar de novo. E minha melhor amiga está sofrendo porque não pode usar minha magia para visitar seu verdadeiro amor todas as noites.

– E a senhora ainda precisa ir ao casamento de Dindrane.

– *E* eu ainda preciso ir ao casamento de Dindrane. O que posso esperar desse acontecimento?

Lancelote lançou um olhar para ela, tentando não sorrir.

– Nunca fui a um casamento da nobreza.

– Ah, eu esqueci. Você cumpre tão bem a função de cavaleiro que parece que sempre foi um. – Guinevere tirou o manto e o colocou sobre o colo. O calor estava opressivo. Desejou poder remover ainda mais camadas de roupas. – O único casamento a que fui na vida foi o meu.

– Assisti à cerimônia do outro lado do lago. As luzes estavam lindas.

– Essa foi a minha parte favorita.

Aquele dia havia sido bem intimidador. Assustador, até. Guinevere estava determinada a não cometer nenhum erro. Era como se fosse outra pessoa. Aquela Guinevere ainda não era Guinevere. Ainda tinha seu nome. E ainda achava que estava chegando a Camelot como filha de Merlin para ser a protetora de Arthur.

Por acaso todo mundo sentia aquela mesma tristeza ao se lembrar de quem realmente era? Lancelote, com certeza, não parecia disposta a pensar ou falar a respeito de sua vida pregressa. Brangien também raramente falava de seu passado. Guinevere sabia que ela e Sir Tristão haviam sido banidos por causa de alguma coisa envolvendo Isolda, mas nunca entrou em maiores detalhes. Conseguia sentir o sofrimento de Brangien. O sofrimento de várias pessoas, pensando bem.

Talvez não fosse tão ruim assim ter poucas lembranças.

Lancelote esquadrinhou o terreno. Estava mais à vontade agora, guiando sua égua sem nenhum esforço consciente. Vê-la assim fez Guinevere se dar conta de como Lancelote ficava tensa quando estava em Camelot.

– Você sente falta de ser o Cavaleiro dos Retalhos? – indagou Guinevere.

– Por que sentiria?

– Pela liberdade. Por poder ir aonde quisesse. Fazer o que bem entendesse. Não dever satisfações a ninguém além de si mesma. Era uma vida bem diferente da que você leva hoje.

Esperava que Lancelote fizesse alguma objeção, mas seu cavaleiro parou para refletir um pouco a respeito. E por fim respondeu:

– Em alguns aspectos era melhor, sim. Mas tudo o que fiz foi para me tornar o que sou hoje. Quem sou hoje. Aceito de bom grado todos os problemas e todas as restrições, porque significam que posso usar as cores de meu rei e permanecer ao lado de minha rainha. Era exatamente isso que eu queria.

– Mas é o que você esperava?

Ao ouvir isso, Lancelote virou o rosto para o outro lado. Havia algo de evasivo em sua decisão de voltar a observar o horizonte em busca de ameaças.

– Nada é o que nós esperamos.

Isso, pelo menos, Guinevere era capaz de entender.

Era um rio largo, de águas revoltas e espumantes, correndo entre pedras pontudas e pequenas ilhas que lembravam até demais aquela em que Guinevere foi mantida prisioneira por Maleagant. Ela quase conseguia sentir o cheiro daquele lugar úmido, ouvir as respostas irônicas dos guardas. Mas estavam todos mortos.

Guinevere desviou os olhos do rio faminto, concentrando-se, em vez disso, nas árvores ao redor. As duas haviam subido uma inclinação bem íngreme para chegar ali e estavam deixando as montarias descansarem.

Depois de escolher um local sombreado sob um grande carvalho, Guinevere estendeu um dedo e amarrou cuidadosamente seu sangue à pedra. Se alguma coisa que passasse por ali representasse uma ameaça para ela – e, por extensão, a Camelot –, ficaria sabendo. Em seguida, pôs a pedra sob a árvore, fechou os olhos e sentiu o cheiro da vegetação, com suas formas de vida antigas e pacientes.

Que infelicidade era o fato de a natureza ser ao mesmo tempo o lugar mais pacífico e mais perigoso possível. Mas era essa sua dualidade característica. A natureza concedia a vida e a tirava, nutria e exauria, oferecia perigo e beleza na mesma medida. Camelot era um lugar seguro, ordenado e estruturado, por isso havia tanta coisa a separar seu povo da natureza. Telhados e paredes. Canos para trazer a água. Espadas e homens para empunhá-las. Essa separação proporcionava proteção, mas também era uma perda.

Mesmo assim, era melhor garantir tudo o que havia sido construído, e agora haveria um aviso de qualquer perigo.

Mas bastaria saber que havia uma ameaça a caminho? Guinevere se lembrou da sensação das árvores arranhando seus braços. De seu sangue pingando para dar vida. Para alimentar. Para criar uma nova forma para o terror e a morte.

Seus olhos se fecharam, e a repulsa a invadiu. Não pela lembrança do que havia feito entre aquelas árvores, mas pela ideia que passou por sua cabeça. Não queria pensar a respeito, mas devia isso a Arthur, a Camelot. Mesmo não sendo cavaleiro, ainda era um soldado na batalha pela proteção daquele reino.

Pensou a respeito com o maior distanciamento que pôde. Se incrementasse aquele nó com seus instintos, seus medos, se amarrasse tudo da maneira exata...

Guinevere já conseguia ver tudo assumindo o devido lugar, as torções e os laços do nó se remodelando. Com certeza daria certo.

Era o pior tipo de nó que conhecia. Sua vontade era de abrir os olhos, ver outra coisa, imaginar algo diferente. Mas Arthur também não teria tomado muitas decisões que preferia não encarar? Que teria preferido evitar?

Se havia uma forma de proteger Camelot, Guinevere tinha essa obrigação para com o reino. E isso não teria mais valor que um alerta de perigo? Algo que era capaz de eliminar um perigo antes mesmo que ele surgisse?

Arrancou vários fios de cabelo da cabeça e reabriu o corte na mão. Depois de banhar os cabelos em sangue, amarrou-os na pedra-sentinela. Nós feios e brutos, de uma magia faminta. Se alguma coisa passasse por aquela pedra com a intenção de prejudicá-la, esse apetite seria atiçado, e a própria terra devoraria seu sangue até que não restasse mais nada.

O pior era que isso não lhe custaria quase nada. Todos os feitiços, todos os nós, todos os tipos de magia tinham um custo. Mas aquela cobrava um preço apenas de quem a acionasse. Guinevere ficou olhando para a arma em sua mão. Aquela era a natureza das armas. As pessoas que as usavam nunca pagavam o preço. Só as vítimas.

– Posso atravessar a nado – falou Lancelote, descendo de uma árvore perto dela.

Guinevere teve um sobressalto e escondeu a pedra, em um gesto de culpa, como se o cavaleiro fosse capaz de identificar o que ela havia criado.

– Atravessar o quê? O rio? Não!

– Posso começar de um ponto mais acima. A correnteza vai me arrastar, mas eu consigo. Assim posiciono uma pedra do outro lado também. Podemos economizar uma viagem para proteger o lado norte do rio.

Guinevere detestou a ideia tanto quanto o nó que havia dado na pedra.

– Não me importo de ter que voltar.

Lancelote deu risada.

– A senhora não precisa nadar, nem mesmo olhar. Vou demorar no máximo uma hora. Além disso, quase não há terras cultivadas a noroeste. É mais difícil arrumar um pretexto para uma viagem assim.

Guinevere suspirou. Lancelote estava certa. Era melhor aproveitar a ocasião para fazer tudo o que fosse preciso e poder viajar para as terras da família de Dindrane com mais segurança. Ela não deixaria o reino de Arthur desprotegido.

– Você consegue chegar a alguma daquelas ilhas?

Guinevere não queria amarrar mais daqueles nós horrorosos. A água era uma força poderosa para a magia. Era por isso que ela nunca a usava. Mas, com a água conectada à ilha e a ambas as margens, posicionar o nó ali ampliaria seu alcance para toda a região.

Seria o equivalente a estender uma linha mortal pelos limites do território. Guinevere se contorceu por dentro. Seria melhor destruir aqueles nós, mas as amarrações só fariam mal a quem quisesse fazer mal a ela. Fazer mal a Camelot e a Arthur. Enfiou a pedra em uma bolsinha encerada e amarrou a abertura.

– Tente manter seca, se puder.

Lancelote pegou a bolsinha, sem saber o que carregava. Será que, se Guinevere contasse, seu cavaleiro – um cavaleiro tão nobre – ainda assim faria o que lhe fora pedido?

– Terei que nadar um pouco rio acima. Volto em uma hora. Aguarde aqui.

Guinevere fechou os olhos. O nó que havia amarrado estava marcado no interior de suas pálpebras, e continuava a ser atado sem parar. Aquilo não fazia parte do custo da magia. Era uma exigência de sua alma, obrigando-a a encarar seus atos, suas decisões. Ela não resistiu, apenas aceitou. Conforme os minutos foram passando, se viu capaz de encarar aquele nó sem se sentir horrorizada.

– Por Camelot – falou, com um tom de voz bem mais firme do que esperava. Se alguém passasse por ali com a intenção de lhe fazer mal, só estaria defendendo a si mesma, a cidade e seu rei.

Foi quando um pensamento lhe ocorreu. Seus inimigos até então vinham sendo tratados como abstrações sem rosto. Mas havia um que era conhecido. Imaginou Mordred se aproximando dali, com seus olhos verde-musgo, sua língua afiada, suas promessas e suas mentiras, seu ardor e sua paixão. Passando por aquele caminho. Desencadeando a magia. Mordred tombando sem que ninguém visse, sem que ninguém lamentasse, sem ter ao menos a chance de se defender. Sem que Guinevere jamais voltasse a vê-lo ou sequer soubesse que o matara.

Ficou de pé, sentindo-se enojada.

– Lancelote! – gritou, correndo entre as árvores na direção em que o cavaleiro desaparecera. Quanto tempo fazia? Será que Lancelote já estava dentro d'água?

– Lancelote! – Guinevere foi abrindo caminho pela vegetação rasteira e se esgueirando entre as árvores. Correu até ficar sem fôlego. Lancelote não poderia ter ido tão longe. Deu meia-volta.

Talvez pudesse pegá-la nadando. Ao ouvir um graveto se partir logo atrás de si, soltou um grito de alívio. Ainda não era tarde demais. Ainda era...

Um lobo preto e sarnento rosnava, com os pelos eriçados, o que o fazia crescer de tamanho até bloquear a visão de todo o resto. Seus olhos tinham um brilho vermelho bastante familiar, idêntico aos dos lobos possuídos que Guinevere já encontrara. O rosnado foi dobrado, depois triplicado, e por fim se tornou um coro de morte quando outros seis lobos surgiram das sombras das árvores silenciosas à sua volta.

Dessa vez não havia cavaleiros por perto. Nem Excalibur.

Guinevere só poderia contar consigo mesma.

Os lobos escancararam os lábios, mostrando os dentes amarelados em imitações grotescas de sorrisos.

CAPÍTULO NOVE

O triunfo de ter razão ao desconfiar da possibilidade de um ataque da Rainha das Fadas pela montanha não seria exatamente um consolo para Guinevere quando estivesse morta, estraçalhada por uma alcateia.

Poderia correr. Se conseguisse se afastar o suficiente com a velocidade necessária, poderia chegar ao ponto do rio onde Lancelote estava e desencadear a magia. Que, por sua vez, mataria os lobos. Mas estava usando saia longa e botas delicadas e seria perseguida por animais velozes de quatro patas. Suas chances não eram das melhores.

– Digam à sua rainha que ela não é bem-vinda aqui – declarou Guinevere, tentando firmar a voz trêmula. Dissera para Arthur que era perigosa. Aquela era sua chance de provar.

Os lobos deram um passo em sua direção. Guinevere acendeu chamas em sua mão.

A magia do fogo não era fácil para ela. Controlar e comandar as chamas exigia um tremendo esforço. E deixar que se extinguissem era bem fácil. Estar com as mãos ainda amortecidas não ajudava em nada, mas pelos menos não sentiria dor caso se queimasse.

Os lobos hesitaram. Mesmo naquele estado controlado pela magia, sabiam que precisavam temer o fogo e entendiam o perigo que ele representava.

– Por favor! – Guinevere fixou seu olhar no líder da alcateia. Não tinha nada contra lobos. Eram criaturas belíssimas, predatórias por natureza, mas não por crueldade. Aquela maldade que irradiavam não era deles. – Não me obrigue a machucar vocês.

O lobo rosnou e avançou com um salto. Guinevere levantou uma das mãos, liberando o fogo, que passou dela para o lobo, atingindo-o em pleno ar. Um fogo natural demoraria um certo tempo para se espalhar. Mas aquele era um fogo mágico. Consumiu o lobo em meio a um brilho ofuscante de calor e fúria. Guinevere soltou um grito de tristeza.

Para piorar a situação, o lobo despertou o apetite do fogo e lhe proporcionou outros alvos. Guinevere guiara o ataque, mas, depois de liberado, o fogo seguiria para onde bem entendesse. Uma faísca se elevou no ar e disparou na direção do lobo mais próximo. A criatura se incendiou.

– Corram! – gritou Guinevere, mas os demais lobos se recusaram a obedecer ou não entenderam.

Uma pontada de dor a alertou de que o fogo estava se alastrando pelos seus braços, queimando as mangas de suas roupas. Guinevere desviara sua atenção da necessidade de controlá-lo. Começou a bater nas chamas, sem a presença de espírito para lembrar de que era possível comandá-las. Seu poder assumiu o controle da situação, canalizado de uma forma indomada e livre, que nada tinha a ver com sua amarração dos nós ou com sua dificuldade para controlar o fogo. Foi um dilúvio de uma magia fresca e revigorante, que percorreu seus braços e extinguiu as chamas, deixando para trás apenas sua pele intacta e os restos carbonizados de suas mangas.

Quando ergueu os olhos, deu de cara com sete pilhas de cinzas em brasa, pequenas fogueiras espalhadas pelo chão da floresta. Os lobos não estavam mais lá. A luta fora vencida.

Chorou enquanto apagava o fogo que ainda restava.

Lamentava pelos animais e fervilhava de ódio por sua verdadeira inimiga. Se a Rainha das Trevas não tivesse sequestrado seu livre-arbítrio, aqueles lobos estariam vivos. Livres para correr e caçar pelas florestas.

Mas restava pouquíssimo da floresta naquela região. Talvez a Rainha das Trevas tivesse encontrado os últimos dos lobos, acuados e famintos, perdidos pelos campos cultivados que pouco a pouco iam tomando conta do território.

Guinevere enxugou os olhos. Não tivera escolha a não ser se proteger. Mesmo assim, o cheiro de fumaça e cinzas se impregnava nela, trazendo consigo uma culpa que a consumia até as entranhas. Se não tivesse queimado os lobos, eles teriam morrido quando atravessassem seus nós de proteção. Seria ainda pior encerrar vidas que já haviam sido roubadas? Acrescentar mais crueldade a uma crueldade?

Foi voltando para o local onde reencontraria Lancelote. Na metade do caminho, teve a breve sensação de que estava sendo enredada por uma teia de aranha. Conhecia seu próprio toque. A magia mortal havia sido posicionada.

– Guinevere?

Ela se virou com os punhos erguidos.

Mordred estava com metade do corpo escondido na sombra de uma árvore, com a outra metade visível sob o sol do início da tarde.

– O que aconteceu? – perguntou ele, com um tom de preocupação, apontando para suas mangas queimadas e seu vestido coberto de fuligem.

– Os lobos estão mortos – respondeu Guinevere, com uma voz fria e rouca de tanto chorar.

– Todos eles?

A expressão de Mordred era de desânimo, e ele abaixou a mão. Estava segurando uma jarra de barro. Suas roupas não eram coloridas e chamativas como as que usava em Camelot. Eram trajes simples, em tons de marrom e verde. Mas, de alguma forma, Mordred conseguia manter o mesmo aspecto de nobreza. Seus cabelos ondulados na altura dos ombros eram mais escuros do que as sombras. Guinevere sabia o quanto eram sedosos. E tinha raiva de Mordred por ter permitido que ela descobrisse isso.

– Seu plano não vai funcionar.

– Se os lobos estiverem mortos, não mesmo. – Ele olhou para a jarra. Tinha olheiras profundas sob as pálpebras, como se não dormisse há tempos, mas também poderia ser só uma ilusão causada pela sombra. – Pensei que fosse conseguir chegar a tempo. Eles não mereciam isso.

– E Camelot merecia? Merecemos ser atacados por lobos amaldiçoados? Como você pôde fazer isso?

Mordred sacudiu a cabeça, em negativa.

– Eu vim aqui para...

– Não minta para mim.

A mágoa estampada no rosto de Mordred provocou em Guinevere um prazer cruel. Ela queria que aquele homem sofresse.

– Eu estava tentando salvá-los. Os lobos – falou Mordred, emborcando a jarra. O líquido que escorreu de dentro do recipiente era leitoso e emitia uma luminosidade estranha. Acumulou-se no chão da floresta e desapareceu logo em seguida. – Lamento muito que você tenha chegado primeiro. Tanto pelos lobos quanto por você.

– Guarde seus lamentos para si. É melhor ir embora. Meus homens logo estarão aqui.

Ela só tinha Lancelote para protegê-la, e o cavaleiro não era capaz de superar Mordred em um duelo de espadas. Isso já havia sido comprovado.

– Você está ferida.

Mordred deu um passo à frente, e Guinevere soltou um grito agudo.

– Pare! Você vai morrer – avisou Guinevere, traçando uma linha no ar com uma das mãos. – Se você se aproximar... se qualquer um de vocês vier para cá, se a Rainha das Trevas vier para cá, se alguns dos animais torturados por ela vierem para cá para atacar Camelot pela montanha, vocês vão morrer. Qualquer um que atravessar esta linha com más intenções contra mim estará liquidado.

Mordred se deteve, mas não recuou, dando a entender que poderia dar mais um passo a qualquer momento.

– Então por que me alertar? – questionou ele, com um tom suave, bem diferente de sua voz galhofeira de sempre, que deu lugar a uma sinceridade que era ainda pior. – Você me largou na floresta. Fez sua escolha. Eu traí seu amado rei. E... e magoei você.

– É verdade.

Guinevere levou a mão aos pulsos, escondendo as dezenas de cicatrizes pálidas que demarcavam os lugares por onde as árvores extraíram seu sangue para reavivar a Rainha das Trevas. A avó de Mordred. Como parte dos planos dele.

– Então me mande atravessar a linha da magia.

– Eu não quero ver você morrer na minha frente!

Guinevere deu as costas para ele, desviando da intensidade de seu olhar, para conseguir se concentrar. Mordred a via como ela desejava ser vista. Guinevere confiara nele e fora traída. Por outro lado, ele não havia matado Lancelote quando tivera a oportunidade e até escondera o corpo inconsciente dela entre as árvores, para que ficasse a salvo da então recém-evocada Rainha das Trevas. E, apesar das diversas oportunidades que teve, nunca tentou matar Arthur. Guinevere não o entendia, mas queria entender, e tinha raiva de si mesma por sentir essa vontade.

– Vá embora – ordenou.

– Guinevere...

Ela sentiu uma mão em seu ombro e se virou, com o coração disparado e a mão sobre a boca. Estava prestes a testemunhar a morte de Mordred. Que estava bem próximo dela, além da linha da magia. Mas não havia nenhuma dor estampada em seu rosto. Apenas angústia.

– Não tenho nenhuma intenção de fazer mal a *você*. Peço desculpas pelo mal que causei. Você tem minha palavra de que nunca mais farei isso.

Guinevere cambaleou para trás, para longe dele. O alívio pelo fato de não ter visto Mordred morrer na sua frente se misturava ao pânico. Ou sua magia não funcionava ou Mordred realmente não queria lhe fazer mal. Ela não sabia o que era pior.

– Saia de perto de mim – falou Guinevere, com a voz embargada.

Não havia nada de evasivo na expressão dele, nada que fosse mentiroso ou enganoso, apenas uma tristeza resignada. Mordred baixou a cabeça, virou as costas e voltou pelo mesmo caminho por onde viera.

Quando Lancelote foi se reencontrar com Guinevere, estava quase seca.

– Sei que a senhora odeia água, então fiquei no sol para... Guinevere, o que *aconteceu*?

Guinevere encolheu os ombros, puxando as mangas queimadas que mal cobriam seus ombros. Estava sentada no chão, completamente exaurida.

– Havia lobos aqui. E não há mais.

Precisava mencionar também a presença de Mordred, mas não foi capaz. Ele havia ultrapassado a linha. Podia até ter como mentir para Guinevere, mas não para a magia. Mordred não desejava lhe fazer mal. O que isso significava?

Nada. Não significava nada. Ele a usou. E traiu a todos. Embora Mordred pudesse acreditar de verdade que não era uma ameaça para Guinevere, tudo o que ele fazia era uma ameaça para todos.

– Eu não deveria ter saído do seu lado – disse Lancelote, caindo de joelhos.

– Você estava fazendo sua parte. Eu fiz a minha. – Guinevere se levantou e estendeu a mão para Lancelote. – Temos uma longa cavalgada de volta a Camelot, e vamos partir para as terras de Dindrane ainda hoje.

– Ainda hoje? – perguntou Lancelote, franzindo a testa ao segurar a mão de Guinevere e ficar de pé.

– Sim, Arthur e eu vamos mais cedo. Ele não contou para você?

– Não.

– Então deve ter se esquecido. Você acha que consegue se preparar em tempo?

– Minha bagagem está sempre pronta.

Lancelote caminhava ao lado Guinevere com a espada em riste, esquadrinhando as árvores com seu olhar protetor. Guinevere desconfiava que uma parte dela estava torcendo para que houvesse mais lobos a fim de que pudesse protegê-la dessa vez, mas nenhuma outra ameaça viria. Não daquela direção.

Guinevere, por sua vez, em parte torcia para que Mordred aparecesse e desafiasse seu cavaleiro para uma luta limpa, simples e direta. Sem questionamentos sobre lealdades, sem nada que envolvesse magia. Espada contra espada. Talvez fosse assim que Arthur conseguia fazer o que fazia. Não havia um lado certo ou errado em uma luta de espadas. Apenas um vitorioso e um derrotado.

Mas já sabia que Mordred também sairia vencedor nesse caso.

Para surpresa de Guinevere, as duas estavam cavalgando há

apenas uma ou duas horas quando um homem a cavalo apareceu na trilha para encontrá-las. Seu coração reconheceu aquela silhueta antes que seus olhos pudessem distinguir os detalhes. Arthur.

Guinevere esporeou a égua e foi na direção dele.

– O que foi?

– Eu queria ver como estão as coisas por aqui, e... Guinevere, o que aconteceu com as mangas das suas roupas? – perguntou Arthur, estendendo os braços e passando os dedos nas pontas chamuscadas do tecido.

– Apareceram uns lobos.

Guinevere contou uma versão resumida do acontecido. E, assim como fizera com Lancelote, deixou a parte de Mordred de fora da conversa.

Era capaz de imaginar o que aconteceria. Arthur se sentiria compelido a perseguir Mordred. A confrontá-lo. E um dos dois sairia ferido. Ou pior: morreria. A solução pela espada era de uma simplicidade brutal. Mordred não era uma ameaça naquele momento, pelo menos não para Guinevere. Provavelmente ainda era para Arthur, mas a fronteira leste estava segura, os lobos estavam mortos, e o ataque havia sido repelido, não importando quem fosse o responsável.

Arthur tamborilou os dedos no cabo da espada, olhando para o caminho de onde Guinevere e Lancelote estavam vindo, sem saber que a história envolvia ainda mais coisas.

– Então ninguém pode vir pela montanha.

– Ninguém com a intenção de fazer mal. Para mim, especificamente, mas qualquer um que queira atacar Camelot acabaria me atingindo também. Acho que é uma proteção bem ampla.

Pelo menos esperava que fosse. Mas não tinha sido suficiente para deter Mordred.

– Você é um prodígio. – Arthur a observava com os olhos

arregalados. Normalmente, Guinevere adoraria receber esse tipo de atenção dele, mas, naquele momento, coberta com as cinzas de vidas perdidas, tendo deixado atrás de si uma armadilha mortal, preferiria ser invisível. Desaparecer. – E da próxima vez vou mandar mais homens. Você não poderia ter ficado sozinha.

Lancelote seguia logo atrás dos dois. Guinevere estava certa de que ela havia ouvido Arthur equiparar sua presença ao mesmo que nada.

– Não, isso só pioraria as coisas. Eu não poderia enfrentar os lobos se houvesse testemunhas. Lancelote e eu cuidamos de tudo. Somos uma equipe perfeita.

Arthur franziu a testa, mas não disse nada. Cavalgaram de volta para Camelot. Quando chegaram à beira do lago, estava quase escurecendo. Guinevere atiçou sua montaria para ir mais depressa, mas Arthur estalou a língua para ordenar que a égua fosse mais devagar.

– Vamos perder o toque de recolher! – alertou Guinevere. Ninguém tinha permissão para andar pelas ruas depois de anoitecer. Era a melhor forma de combater os crimes e os maus comportamentos em geral.

– Nós somos o rei e a rainha – riu-se Arthur.

– Então estamos acima da lei? – questionou ela, levantando uma sobrancelha.

Arthur pareceu ficar envergonhado com o questionamento.

– Ora, não. Mas a aplicação da lei é um pouco mais flexível no nosso caso. Quem vai nos jogar em uma cela por ficarmos na rua até tarde?

Ela não era capaz de imaginar que alguém em Camelot fosse exigir que o rei passasse a noite na prisão por violar o toque de recolher. Quando chegaram à balsa, sentiu vontade de permanecer ali mesmo e pedir para Arthur trazer suas coisas para a viagem, em vez de acrescentar mais uma travessia do lago a um dia já tão tumultuado. Mas precisava trocar de vestido e de botas, além de limpar a fuligem e as cinzas da pele. E desejou ser capaz se livrar delas em sua memória também.

Não. Isso nunca. Não desejava perder nenhuma de suas lembranças. Não depois de ter sido privada de tantas outras.

Guinevere envolveu o corpo no manto para esconder as mangas faltantes e se deixou abraçar por Arthur, para se sentir protegida do lago durante a travessia. Uma vez do outro lado, Arthur parou e instruiu o balseiro a esperar no atracadouro para transportar a comitiva de viagem. Guinevere não queria ficar nem mais um instante perto da água. Tinha acabado de colocar o pé para fora das docas quando viu um vulto cor-de-rosa correndo em sua direção.

– Aí está você! – disse Guinevach, com um sorriso e as tranças louras arrumadas ao redor da cabeça como uma coroa, o mesmo penteado tantas vezes usado por Guinevere. – Sua dama de companhia, que é bem grosseira, me falou que você estava doente. Mas Anna, a minha dama de companhia, viu você saindo do castelo hoje de manhã. Passei o dia todo esperando! Você deveria... Guinevere, o que aconteceu com seu vestido?

Guinevere se preparou para ser atacada assim que pôs os olhos em Guinevach, mas naquele dia já havia criado uma barreira mágica contra seus inimigos, destruído sete criaturas que queriam matá-la e encarado o homem que partiu seu coração. O que era Guinevach perto disso? Fosse ou não uma ameaça, uma impostora ou uma pessoa real, era só uma menina. Guinevere era uma rainha.

Arthur estava certo. Eles não estavam acima da lei: eles *eram* a lei. Mesmo se Guinevach subisse no atracadouro e começasse a berrar que Guinevere na verdade não era Guinevere, quem acreditaria? Quem desafiaria o amado rei caso ele ficasse do seu lado?

Se Guinevach estava lá para conspirar contra Guinevere, sua trama era bastante simplória. E, caso a única ameaça representada por ela fosse aparecer onde não era chamada e estragar tudo sem sequer saber o que estava fazendo, a melhor coisa para todos era que voltasse para o lugar em que deveria estar.

Despachar Guinevach de volta para casa era a opção menos cruel. Quanto mais ela permanecesse em Camelot, pior seria para todos. Guinevere não era sua irmã, e jamais seria. Não havia lugar em Camelot para Guinevach, fosse ela quem fosse.

– Estou realmente sem tempo agora – Guinevere falou, endireitando os ombros. – Amanhã você voltará para Camelerd, e eu irei visitá-la quando puder.

Era a solução perfeita. Mandá-la para casa, onde estaria a salvo se fosse a verdadeira Guinevach, e para onde não poderia ir caso não fosse.

– Quem é *você*? – estrilou Guinevach.

Guinevere ficou surpresa com aquela admissão. Guinevach de fato não a conhecia! Mas, antes que pudesse dizer o que quer que fosse, os olhos da garota se encheram de lágrimas, e ela subiu correndo para o castelo.

Em um dia de grandes vitórias, Guinevere se sentia absolutamente triunfante.

CAPÍTULO DEZ

Arthur passou as instruções para Sir Gawain. Que supervisionaria os preparativos para a viagem de Guinevach e escoltaria sua comitiva até a fronteira do reino na manhã seguinte. Guinevere nunca mais precisaria se preocupar com ela, embora achasse que jamais deixaria de se perguntar quem Guinevach era de fato e o que fora fazer em Camelot.

Quando chegaram aos estábulos, prontos para iniciar a jornada em plena noite, Arthur deteve o passo, surpreso.

– Lancelote – disse.

Lancelote não o ouviu: estava orientando os guardas sobre quais montarias deveriam ser carregadas.

– Uma charrete vai atrasar a viagem e chamar muita atenção – falou ela, sacudindo a cabeça. – Até que o restante da comitiva se junte a nós, precisamos ser capazes de nos deslocar com agilidade, se for necessário. Dois cavalos extras para os suprimentos e as bolsas. Podemos ir caçando no caminho.

Arthur pigarreou. Lancelote e os quatro guardas se viraram e se curvaram. Sir Tristão surgiu do interior dos estábulos, com os braços tão cheios de equipamentos que mal conseguiu fazer sua mesura. Guinevere nunca havia visitado os estábulos tão tarde. Já era noite, e quase todas as baias estavam ocupadas. O cheiro de feno lhe dava coceira no nariz, mas os ruídos dos cavalos que se preparavam para dormir, batendo com os cascos no chão e bufando, acalmavam seu espírito. Notou que sua égua cinzenta já estava preparada para levá-la. Claro que Lancelote a escolheria.

Os quatro guardas lhe eram vagamente conhecidos. Eram mais velhos do que Arthur – e do que Lancelote e Sir Tristão também –, e Guinevere ficou pensando se eles não se ressentiam de cumprir ordens de cavaleiros e de um rei tão jovens. Podia até ser, mas não demonstravam nem um pouco. Estavam todos andando de um lado para o outro, parecendo bastante ocupados, com expressões tão intensas que Guinevere podia ver sua empolgação, apesar do claro esforço que faziam para *não* demonstrá-la. A guarda era um posto cobiçado em Camelot, que vinha com a garantia de uma moradia na cidade – dentro do castelo, caso o homem não tivesse família – e de um bom pagamento. Ser escolhido para acompanhar o rei e a rainha era uma tremenda honra.

Guinevere até gostaria que essa honra não fosse tão grande assim. Os guardas eram extremamente *formais* em tudo. E isso significava que Lancelote e Sir Tristão também se sentiriam na obrigação de serem formais.

– Onde está Sir Caradoc? – indagou Arthur.

Lancelote aliviou um pouco a carga de equipamentos dos braços de Sir Tristão e respondeu:

– Está com dores no quadril. Achamos melhor eu assumir seu lugar, já que sou cavaleiro da rainha. O capitão da guarda permanecerá em Camelot para supervisionar as coisas em sua ausência, e Sir Tristão comandará os guardas. Assim posso me concentrar na segurança da rainha.

Lancelote falou com toda a tranquilidade, mas havia algo quase acusatório em sua postura, com os ombros retos, mas não exatamente de frente para Arthur. O rei não havia informado Lancelote da viagem. Por acaso não queria que ela fosse? Não faria sentido. Lancelote era o cavaleiro que protegia a rainha.

Arthur assentiu, escondendo qualquer eventual surpresa.

– Muito bem. Só seremos alcançados em uns dois dias pelos demais cavaleiros e o restante da comitiva de viagem. – Arthur ergueu as mãos e retirou sua coroa. – Acho melhor optar pelo anonimato até que estejamos com nossa força total.

O rei estava usando uma túnica verde simples. Guinevere havia colocado um vestido azul sem adornos e um manto verde. Por um instante, uma das cenas que imaginava de forma mais recorrente – como seria se ela fosse só uma garota e Arthur só um garoto, passeando pelos campos – surgiu em sua mente. Só que, se assim fosse, os dois não precisariam se disfarçar nem viajar acompanhado de guardas. Não era a mesma coisa.

Mas era quase.

Guinevere se comprometeu a deixar para trás seus medos, suas preocupações e seus questionamentos. Se Arthur podia ficar satisfeito com a neutralização de uma ameaça, sem se desgastar querendo saber o significado por trás de tudo, ela também poderia. Camelot estaria segura em sua ausência. Guinevach havia sido recebida e despachada sem que o reino corresse nenhum perigo. E, se Guinevere era filha da Dama do Lago, se Mordred ainda estava por perto em algum lugar e, por algum motivo, não tinha a menor intenção de lhe fazer mal, bem, nada disso importava. Estava onde deveria estar, sendo quem decidiu ser, ao lado da pessoa que escolheu.

– Uma decisão muito inteligente – disse Lancelote, pegando sua antiga armadura na bolsa. – Vamos, tirem as cores do rei.

Todos os homens usavam as cores de Arthur em suas túnicas, por cima das cotas de malha. Um sol dourado cercado por um tecido azul-escuro. Guinevere adorava a simplicidade daquele símbolo, a esperança que trazia. Arthur sempre fora seu Sol. As túnicas foram removidas e, em questão de minutos, o grupo estava na estrada, cavalgando, com as montarias sobressalentes seguindo logo atrás.

Sob o tecido grosso de seu manto liso, com sua égua trotando suavemente e o caminho se tornando cada vez mais estreito, Guinevere se sentia surpreendentemente livre. Estava contente por poder passar um tempo longe de Camelot. Era mais fácil desviar a mente de certas coisas em uma viagem em que haveria tantas coisas para ver e sentir.

Embora fosse noite fechada, continuaram cavalgando. O tempo todo, Guinevere ainda conseguia sentir Camelot e a montanha em que a cidade estava encravada, mesmo depois de terem se distanciado a ponto de não as enxergarem mais. Era uma presença constante, que exercia uma forte atração sobre ela. Guinevere se perguntou se era porque havia deixado para trás tantos nós que a conectavam ao lugar ou se Camelot simplesmente tinha esse poder sobre todos os que lá moravam.

Puxou um punhado de folhas de um galho baixo, que levou ao rosto para sentir o cheiro da vida, já alterado pela secura trazida pela proximidade do inverno. Aquelas folhas não provocaram nenhuma pontada em seu corpo. Não causavam quase sensação nenhuma.

Talvez fosse porque suas mãos ainda estavam um pouco amortecidas. Tiveram que lidar com duas investidas da Rainha das Trevas em pouquíssimo tempo. Os ataques eram os mesmos de sempre, mas Arthur e Guinevere, não. Estavam mais fortes e determinados e estavam *juntos*. Guinevere tentou não pensar na vergonha que sentia pelo que fizera com os lobos e se concentrar no orgulho que sentia de seu rei e de si mesma. E se esforçou para não pensar em Mordred.

Estava contente por poder cavalgar sem a presença pesada e agressiva do sol da tarde. Até apreciou o ar mais frio. As estradas estavam bem conservadas, com o caminho desobstruído e sem lama naquela época do ano. Os homens se mantinham atentos, mas não pareciam exatamente preocupados. Viajar dentro do reino de Arthur era mais seguro do que em qualquer outro lugar. Continuaram avançando noite adentro e só pararam quando estavam no interior da floresta, além das fronteiras de Camelot.

Guinevere tentou ajudar a montar o acampamento.

– Permita-me – falou Arthur, pegando a pederneira das mãos dela. Sua intenção era só usar o fogo mágico em último caso. Mas, pelo jeito, era péssima em acender fogueiras da maneira convencional. – Vá descansar. Está tarde.

Ela queria se sentir útil, mas os homens estavam fazendo tantas coisas que não sabia nem por onde começar. Havia sido um dia difícil – tanto em termos físicos quanto emocionais –, e estava dolorida de tanto cavalgar. Nesse momento, sentiu falta de Brangien, sua companheira, que poderia se sentar ao seu lado para conversarem enquanto desfazia suas tranças e escovava seus cabelos. Embora Lancelote também fosse mulher, ocupava um lugar entre os homens que Guinevere jamais teria.

Além disso, sentar em um tronco caído depois de cavalgar o dia todo doía muito, *muito* mesmo. Como eles aguentavam aquilo?

Ela pôs a mão dentro de sua bolsinha. Brangien levaria a maior parte de suas joias quando viesse, com o grupo seguinte, mas Guinevere encontrou algumas pedrinhas capazes de reter magia, o desgastado dente de dragão que gostava de segurar na palma da mão quando estava preocupada e seus materiais de costura. Remexendo no meio de tudo isso, ficou impressionada com a capacidade de organização de Brangien, até finalmente encontrar sua escova.

Ao tentar desfazer as tranças e escovar os cabelos, com a sensação de que suas mãos eram perfuradas por agulhas, sentiu ainda mais a falta de Brangien. O ar frio deixara de ser revigorante e se tornara incômodo. E, para piorar, não havia ninguém com quem reclamar. Não queria parecer fraca ou irritadiça na frente dos guardas e sempre queria causar a melhor impressão possível em Arthur. Começou a se movimentar discretamente, buscando um alívio para seu traseiro dolorido.

Depois de acender o fogo, Arthur foi se sentar ao lado dela, que logo se esqueceu do cansaço. Aqueles guardas não haviam servido com Arthur antes que ele fosse coroado. Arthur falava com eles de um jeito diferente, e Guinevere gostava de vê-lo assim – o rei, uma pessoa acessível, divertida e afetuosa, mas também sempre no comando, mesmo que fosse só uma conversa ao redor de uma fogueira.

Arthur estava contando uma história, e os guardas – e os cavaleiros, embora Sir Lancelote escondesse melhor – estavam vidrados em suas palavras.

– Estávamos cavalgando pela mata, exaustos pelo dia de batalhas. Eu só queria poder descansar antes de precisarmos enfrentar o Rei Lot de novo. Sir Lucan...

– Sir Lucan? – perguntou Guinevere, intrigada.

– Ele está em uma missão – Arthur falou com um tom saudosista, que dava a entender que invejava a missão de Sir Lucan, que já durava pelo menos o tempo que Guinevere estava em Camelot. Sir Tristão limpou a garganta com uma expressão de constrangimento e se virou para observar o perímetro do acampamento.

– Como eu ia dizendo, Sir Lucan, de posse de uma lança mágica, descobriu que não poderia parar de andar. Não sabia que a lança nunca descansava, exigindo luta após luta até que quem a empunhasse derrotasse a todos ou morresse. Eu estava montando acampamento e não vi que Sir Lucan tinha seguido em frente. Ouvi seus gritos de ajuda e corri até as árvores para encontrá-lo. Depois de um tempo, o encontrei em uma clareira. Tinha conseguido soltar a lança, mas estava diante de um dos aliados do Rei Lot. O braço do Rei Caradoc se ergueu para desferir um golpe fatal quando...

– Rei Caradoc? Assim como seu cavaleiro? Caradoc é um nome comum?

Com uma certa irritação, Arthur abriu um sorriso para Guinevere.

– Você logo vai entender.

– Ah, sim! Claro. Continue.

– O braço do Rei Caradoc estava erguido para dar um golpe fatal, então peguei uma pedra e atirei. Acertei bem na testa dele, deixando-o atordoando e dando tempo suficiente para Sir Lucan sair do caminho. Fui correndo na direção do Rei Caradoc e travamos uma tremenda batalha. Nossas espadas faiscavam e cantavam noite adentro. Eu tinha passado o dia todo lutando, mas o Rei Caradoc estava descansado, e o duelo foi equilibrado. Finalmente, depois de uma hora, ele ergueu as mãos em sinal de rendição. Em seguida, se sentou no chão, exausto, e olhou para mim com uma expressão de surpresa. "Nunca enfrentei uma luta como essa. Diga-me, qual é seu nome? Por sua atitude honrosa de aceitar minha rendição, juro servi-lo pelo resto de meus dias". Eu me curvei, aceitei sua espada e contei que era Arthur Pendragon. Ele ficou consternado. Estava naquela floresta para me matar em nome do Rei Lot. Mas acabou jurando lealdade a mim! Entendi sua situação difícil. Para cumprir um juramento, seria obrigado a trair o outro. Fiz uma mesura e permiti que ele voltasse à companhia do Rei Lot. Nós iríamos nos despedir como amigos, mas nos encontraríamos de novo como inimigos no campo de batalha. O Rei Caradoc ficou perplexo outra vez. O Rei Lot era um governante rígido e cruel, que exigia submissão até mesmo de outros reis. Nesse momento, o Rei Caradoc abandonou a coroa e passou a ser Sir Caradoc, abrindo mão de seu direito de nascença para atender ao chamado maior da justiça e da verdade. No dia seguinte, lutando lado a lado, derrotamos o Rei Lot, o que nos deixou um pouco mais próximos de destronar Uther Pendragon e conquistar Camelot.

– Sir Lucan é irmão de Sir Bedivere? – perguntou um dos guardas, um brutamontes com um nariz inexplicavelmente delicado em um rosto que parecia ser feito de pedra.

– Não, esse é Sir Yvain – respondeu outro guarda.

– Yvain, o bastardo? – o grandalhão perguntou.

– Não. Yvain, o... o que não é bastardo.

– Aquele que foi ferido por Sir Gawain?

– Quem?

– O Yvain que não é bastardo.

– Ele não é filho de Morgana Le Fay?

– Não – interveio um terceiro guarda. – Ela é feiticeira e só é capaz de parir demônios.

– Ela é a mãe de Mordred – Guinevere falou, franzindo a testa.

– Exatamente – murmurou Lancelote.

Guinevere percebeu que o sorriso espontâneo de Arthur havia se tornado uma expressão séria. O rei não estava gostando daquela conversa. Morgana Le Fay era sua meia-irmã e tentara matá-lo quando ele era bebê, para se vingar do estupro de sua mãe, Igraine. Um estupro cometido pelo pai de Arthur, Uther Pendragon, e orquestrado por Merlin usando magia. Arthur e Guinevere nunca haviam conversado sobre Morgana Le Fay.

– Yvain e Yvain, o bastardo, têm mães diferentes – declarou Arthur, claramente desejando excluir da conversa sua meia-irmã feiticeira e outros parentes traidores. – Por isso ele é *o bastardo*. Mas não gosta de ser chamado assim. Portanto, se vocês o encontrarem pessoalmente, recomendo que se refiram a ele apenas como Yvain ou Yvain, o jovem. A não ser que queiram conhecer em primeira mão sua habilidade com a espada. E o irmão de Sir Lucan é Sir Bedivere, não Sir Yvain.

O guarda grandalhão coçou a cabeça.

– Ainda me confundo com quem é irmão de quem e quem é filho de quem.

Arthur bateu de leve no ombro dele.

– Só com um diagrama nas mãos para entender tudo isso. Digam-me, vocês já ouviram a história do Cavaleiro Negro?

Guinevere se recostou e escutou a nova história sem prestar muita atenção. Preferia ouvir sobre Morgana Le Fay e como Arthur se sentia a respeito dela, mas o rei parecia determinado a mudar de assunto. Era impressionante tudo o que Arthur tinha vivido antes mesmo de conhecê-la. Ela, por sua vez, muitas vezes sentia que sua vida começara no dia em que os dois se encontraram. E não só por ter pouquíssimas lembranças anteriores a isso, mas também porque Arthur tinha algo que imediatamente o tornava o ponto central da existência de qualquer um. Sir Caradoc abriu mão de uma coroa depois de um único encontro. Lancelote treinou a vida toda para servir ao seu lado. E Guinevere colocou Camelot acima de tudo para ajudá-lo.

Levantou, sentindo necessidade de esticar as pernas, e encontrou Sir Tristão na extremidade do acampamento, vigiando.

– Está tudo bem? – perguntou ela, estranhando aquele silêncio carregado de tensão.

– Sir Lucan – respondeu o cavaleiro, baixinho.

– O que tem ele?

– Não está em missão. Durante meu torneio, eu o enfrentei. Saiu tão ferido que precisou se internar em uma abadia para se recuperar. Não tivemos mais notícias dele depois disso. Deve ter mentido para o rei a fim de manter as aparências. Mas o motivo para ele não estar aqui sou eu.

– Vocês estão todos cientes do risco que correm – disse Guinevere, colocando a mão no braço de Sir Tristão.

– É verdade. Porém, é mais fácil se arriscar em busca de glória do que aceitar o fato de que provocou um ferimento irreversível em alguém. E não em um inimigo. Em um amigo. Sir Bedivere não me perdoa até hoje, e acho que nunca vai perdoar.

– Pensei que todos os cavaleiros se dessem bem...

– Todos os cavaleiros amam o rei, e é isso o que nos torna unidos. Mas existe uma hierarquia complexa, com uma história que vem de longa data, e boa parte dela envolve sangue – explicou Sir Tristão, com um suspiro. – Às vezes, tenho inveja de Sir Lancelote.

– Como assim?

– Bem, ela não é... – Sir Tristão fez um gesto um tanto vago. – Ela fica longe de todos os conflitos políticos e dramas. A senhora sabe.

Guinevere sabia. Tinha visto a comemoração nas docas. Olhou para Lancelote, afastada da luz da fogueira, observando tudo e ouvindo as histórias de Arthur. Quando voltou para junto dos demais, Guinevere se sentou mais perto de seu cavaleiro do que de seu rei.

As chamas foram perdendo força, e os sacos de dormir foram desenrolados. Lancelote, que havia se oferecido para o primeiro turno de vigilância, franziu a testa.

– Deveríamos ter trazido uma tenda para a senhora.

– Prefiro assim – falou Guinevere, apontando para as estrelas. Naquela noite sem luar, as constelações estavam tão visíveis e brilhantes que quase pareciam formar um teto, um domo reluzente a protegê-los na escuridão.

Arthur posicionou seu saco de dormir perto do dela e dormiu logo depois de se deitar. Pelo som dos roncos, era possível constatar que quase todos também haviam pegado no sono. Era uma necessidade, concluiu Guinevere. Se não fossem capazes de dormir em quaisquer circunstâncias, jamais estariam aptos a cumprir seu dever quando estavam em campo aberto.

Ela tentou não se preocupar com o que havia deixado para trás. Arthur claramente não estava preocupado. Camelot estava bem protegida. Guinevach seria escoltada até a fronteira do reino na manhã seguinte, eliminando o risco de estragos intencionais ou acidentais que pudesse causar. O paradeiro de Mordred era desconhecido, mas a Rainha das Trevas tinha em Guinevere e Arthur oponentes à altura. Mordred devia saber disso. Estaria ele liderando o ataque dos lobos ou tentando de fato libertá-los da magia que os subjugava?

E como poderia não querer fazer mal a Guinevere, depois de todo o sofrimento que já havia lhe causado?

Não. Guinevere não queria mais pensar em Mordred. Estava pronta para encerrar aquele dia interminável.

Virou-se para Arthur, cujo rosto mal conseguia enxergar, mesmo estando tão perto. Ele sempre parecia tão distante quando estava adormecido. Guinevere se virou para o outro lado. Lancelote se movimentava como uma sombra na escuridão, percorrendo o perímetro do acampamento.

Observando seu cavaleiro, sempre tão alerta, Guinevere esqueceu de se preocupar com pesadelos.

Ele está logo à sua frente na trilha. Ela consegue ouvir suas risadas, sons baixos e provocadores, em contraste com o sol reluzente de verão que chega através das folhagens. Ela corre para diminuir a distância, mas, quando chega à clareira, percebe que está vazia.

Um braço enlaça sua cintura por trás, levantando-a do chão e a girando. Ela grita, mas logo começa a rir enquanto o bosque gira ao seu redor. Eles caem juntos, cara a cara, com os olhos verde-musgo dele fixados nos seus com uma intensidade impossível de ignorar.

Ela deveria estar fazendo alguma outra coisa. Deveria estar com outra pessoa. Mas é verão, e os trevos sob seu corpo são macios, e os cabelos dele são mais, e os lábios ainda mais.

— Você fez a escolha errada — murmura ele, com a boca colada a seu pescoço, e ela não se lembra de qual foi a escolha nem do motivo. Só consegue sentir um ardor, uma vontade fervorosa e perigosa de desejar e ser desejada e não se importa com mais nada.

Guinevere acordou ofegante.

– Mordred – murmurou, abrindo os olhos, esperando ver a luz do sol, mas só enxergou o manto frio de uma noite de outono.

O fogo estava fraco, e Arthur dormia a seu lado, alheio a tudo. Aquele sonho não fora como o de Camelot, que pertencia a outra pessoa. Aquele era seu mesmo. O que a deixou ainda mais preocupada.

Levantou e enrolou o cobertor nos ombros, como se fosse um manto. Não era apenas a sensação dos lábios e das mãos de Mordred em seu corpo que precisava apagar de sua mente. A luz do sol, o bosque, a liberdade. Era tudo uma grande mentira. E ficou com raiva de seu cérebro adormecido por ter lhe mostrado aquilo.

Um vulto escuro parou ao seu lado.

– Minha rainha? – sussurrou Lancelote.

Guinevere foi até seu cavaleiro.

– Ainda é você que está de vigia?

Havia muita noite pela frente. Guinevere olhou para seu saco de dormir com preocupação. Não queria mais voltar para o mundo dos sonhos. Por algum motivo, sonhar com Mordred a deixou ainda mais perturbada do que sonhar com a Dama do Lago. Talvez porque tivesse lembranças de Mordred, mas nenhuma de sua mãe. Ou talvez porque um mergulho na escuridão não tinha nenhum apelo na vida real, mas o toque de Mordred...

– É o terceiro turno – respondeu Lancelote. – Logo vai amanhecer.

– Mas você ficou de vigia no primeiro turno!

Aquilo não parecia nada justo.

– Eu dormi um pouco.

Pelo número de homens presentes, não era necessário que Lancelote ficasse de vigia em dois turnos. Sir Tristão não havia feito isso. Estava dormindo ali perto. Guinevere ajustou o cobertor em torno dos ombros.

– Posso ficar com você? Não quero voltar a dormir.

Lancelote não perguntou o motivo. Só assentiu, virando-se para a floresta e olhando de um lado para o outro.

– Minha rainha, preciso falar a respeito de uma coisa com a senhora. – Lancelote parecia hesitante, quase preocupada. – Tem a ver com nossa conversa sobre a Dama do Lago.

– Eu também ando pensando nisso.

Guinevere se preparou para o que viria. Lancelote sugeriria que ela contasse para Arthur. E Guinevere faria isso. Em algum momento. Mas ainda não estava preparada. Compartilhar a informação só a faria parecer ainda mais real.

– Eu... – disse Lancelote, ficando em silêncio em seguida.

– Eu também ouvi – sussurrou Guinevere.

Havia alguém – ou alguma coisa – no meio das árvores.

CAPÍTULO ONZE

– Volte para o lado de Arthur como se fosse dormir – sussurrou Lancelote. – Descanse um pouco – acrescentou, falando mais alto, porém com um tom mais grave do que o normal para que sua voz já naturalmente rouca parecesse de homem. – Logo vai amanhecer.

Guinevere voltou para seu saco de dormir, certa de que seu andar tenso e apreensivo arruinaria a encenação. Ajoelhou-se, nem um pouco disposta a se deitar. Isso a deixaria vulnerável demais. O que poderia fazer para ajudar? Usar o fogo mágico? Mas o fogo era difícil de controlar, e ficou com medo de ferir os guardas. A lembrança dos restos mortais incandescentes dos lobos a deixou enojada. E sua magia precisava permanecer em segredo. Caso fosse revelada, Guinevach teria sido despachada a troco de nada. E a própria Guinevere seria banida de Camelot.

Deitou e se aproximou de Arthur, pôs a mão em seu ombro e acariciou seu rosto.

– Arthur, acorde – falou, baixinho. – Não tenha nenhuma reação brusca, mas há alguém na mata, e podemos sofrer um ataque em breve.

Os músculos tensos, de prontidão, de Arthur mostraram para Guinevere que ele não estava mais dormindo.

Lancelote começou a assoviar, parecendo distraída, como se estivesse fazendo aquilo sem nem ao menos perceber. De sua localização não muito privilegiada, Guinevere viu diversas mãos saindo de dentro dos sacos de dormir e pegando as armas, que nunca ficavam a mais de um braço de distância.

– Agora! – gritou Lancelote.

Sir Tristão ficou de pé em um pulo, com o arco em punho e a flecha já posicionada. Mais da metade dos guardas seguiu seu exemplo. Os demais, ainda não completamente despertos, esforçaram-se para fazer a mesma coisa. Arthur levantou. Excalibur ainda estava no chão, embainhada.

– Espada! – gritou Arthur, estendendo a mão. Um guarda jogou sua arma, que Arthur apanhou no ar pelo cabo, sem dificuldade, e girou uma vez na mão para sentir seu peso e equilíbrio.

– Sabemos que vocês estão aí – declarou Lancelote, em um tom claro e firme. Guinevere reconheceu aquela voz: era a que ela usava quando encarnava o Cavaleiro dos Retalhos. Como, desde então, Lancelote relaxara e se permitia falar em um tom mais agudo, foi uma surpresa para Guinevere ouvi-la falar assim. Talvez tivesse retomado aquele tom porque estava usando sua antiga armadura de novo. Ou talvez fosse mais seguro falar daquele jeito naquela situação do que de um modo em que seria facilmente identificada como mulher. – Não importam quantos vocês sejam, não vão querer encarar esse confronto.

– Tem certeza? – ironizou uma voz masculina, em meio à escuridão. – Porque... ah.

A voz silenciou. Todos os guardas estavam de prontidão, virados para as árvores, em uma formação circular. O coração de Guinevere estava disparado. Ela deveria ajudar, mas se sentia impotente. Lembrou-se de quando estava naquele casebre horroroso no meio do rio, prisioneira de Maleagant, incapaz de fazer o que quer que fosse enquanto ele a usava como moeda de troca contra Arthur.

Ainda era possível sentir o ardor da mão de Maleagant em seu rosto. O pavor de ser pendurada sobre o rio, separada da água apenas pela pressão de suas mãos.

– Você... você é o Cavaleiro dos Retalhos – disse o homem. E em tom de afirmação, não de pergunta. Guinevere não conseguia ouvi-lo, mas parecia estar bem próximo.

– Sim, eu sou – respondeu Lancelote.

– Pensamos que você tinha morrido. Ninguém mais lhe viu. Por meses.

– Posso garantir que não morri.

– Não sabíamos que era seu acampamento. Estávamos, hã, só aguardando. Esperando para ver quem apareceria. Estamos indo. Sem ressentimentos. Tenha um bom dia.

Lancelote manteve sua postura de prontidão. Depois do que poderiam ter sido minutos ou horas, com o medo distorcendo a passagem do tempo, ela enfim se voltou para o acampamento.

– Foram embora.

Os guardas soltaram um suspiro coletivo de alívio.

– Não faziam ideia de que o rei estava aqui. Sua reputação nos precede – riu-se Sir Tristão.

– A reputação de Sir Lancelote nos *salvou* – disse o guarda grandalhão, com uma expressão estupefata.

– Eu costumava patrulhar este território. Foi um bom treinamento – explicou Lancelote, agachando-se para atiçar o fogo e, com isso, cortando qualquer possível conversa sobre a ameaça representada por suas habilidades de ser capaz de espantar, por si só, potenciais ladrões e assassinos.

Arthur deu um passo na direção das árvores.

– Teríamos vencido essa luta. Deveríamos ir atrás deles.

– Se a rainha não estivesse aqui, eu concordaria – respondeu Lancelote. – Não gosto de ver esse tipo de homem atacando as pessoas. Mas não podemos dividir nossas forças, e não posso deixá-la sem a proteção de uma guarda completa.

– Claro. Sim. Eu também não faria isso.

Arthur devolveu a espada emprestada e deitou-se com os braços atrás da cabeça, em uma postura relaxada que contrastava com sua testa franzida.

Guinevere percebeu que o incomodava ter deixado aqueles homens escaparem impunes. E se perguntou se o orgulho dele também não teria sido ferido. Os inimigos haviam sido afugentados pelo nome e pela reputação de Lancelote. Ou pelo menos de quem Lancelote era antes de se tornar cavaleiro.

– Também não gostei disso – falou Guinevere, sentando-se ao seu lado. – Gostaria de ir atrás deles e...

Feri-los? Matá-los? Ela já havia matado antes, inebriada pela magia e pelo poder. Não gostou da sensação – exatamente porque não sentiu nada, o que era assustador. Aqueles homens não faziam a menor diferença. Guinevere estava canalizando o poder da Rainha das Trevas na ocasião, o que significava que, em parte, entendia como ela via os seres humanos.

Como insetos. Ignorados até se tornarem um incômodo e então eliminados sem hesitação. Era assim que a Rainha das Fadas encarava todas as formas de vida, se é que os lobos também serviam como indicação. Roubara seu livre-arbítrio e os mandara para a morte.

Guinevere suspirou e se recostou, ficando ombro a ombro com Arthur.

– Quase chego a desejar que tivesse sido a Rainha das Trevas – murmurou. – Ou um ataque mágico. Homens perigosos e gananciosos podem ser bem mais complicados.

Arthur deu risada, virando-se para encará-la e desistindo de fingir que dormia.

– E enfrentar a Rainha das Fadas seria simples?

– Sabemos que ela precisa ser eliminada.

Arthur não parecia ter tanta certeza assim.

– Vivo pensando em como seria enfrentá-la de novo. Mas, sempre que imagino isso, Mordred acaba se colocando entre nós. E não sei o que faria nesse caso. Se o mataria. Se conseguiria. Sei que Mordred nos traiu, mas... é da família. E meu amor por ele continua igual.

Guinevere sentiu algo se soltar dentro dela. Não algum nó que a conectava a seus feitiços, mas um aperto emocional de medo e ansiedade. Agira certo ao não tentar matar Mordred. E talvez ainda mais certo por não ter mencionado a presença dele para Arthur e Lancelote. Se soubessem que estava por perto, os dois se sentiriam no dever de encontrá-lo. Não queria colocar Arthur nessa posição. Já havia sido difícil demais matar os lobos. Devia ser ainda mais difícil para Arthur tomar a decisão de matar ou não seu próprio sobrinho.

Mordred era um traidor. Era, pelo menos em parte, fruto da magia das fadas, e trouxera de volta a manifestação física da Rainha das Trevas. Mas também era sobrinho de Arthur, lutara com ele lado a lado, e fizera Guinevere se sentir bem-vinda, e a divertira, a confortara quando estava ferida, a beijara, a magoara e provara que não queria mais prejudicá-la. Como uma pessoa podia ser tantas coisas? E como poderiam tomar uma decisão a respeito dele levando em conta tudo isso?

– Se eu e você partirmos agora ainda podemos alcançar aqueles homens – sugeriu Guinevere.

Arthur ergueu a sobrancelha.

– Você quer persegui-los e matá-los?

Guinevere deu de ombros.

– Posso fazer um nó que bagunçaria tanto a cabeça deles que não saberiam qual lado da espada segurar. Mas eu ficaria *muito* desorientada e confusa por alguns dias também.

– Por mais divertido que isso possa parecer, Sir Lancelote tem razão. Não temos por que nos arriscar.

Mas Arthur já parecia mais animado. Só de pensar que poderiam ir atrás daqueles homens se assim quisessem já parecia fazê-lo se sentir melhor sobre a decisão de deixá-los escapar. Arthur também podia ser como Guinevere, que de tempos em tempos se sentia aprisionada em Camelot e todas aquelas regras e construções imponentes. Todas as histórias que ele contava eram de aventuras e viagens, fazer amigos e derrotar inimigos.

Talvez fosse por isso que passava tanto tempo patrulhando as próprias terras, fazendo coisas que a maioria dos reis delegaria a cavaleiros e soldados. Afinal, fora criado como servo e pajem órfão, não como príncipe. O papel de rei não era assim tão natural para ele.

Isso era mais uma coisa que os unia. Guinevere também não fora criada como princesa e se sentia mais em casa em meio à natureza do que em Camelot.

Guinevere sentiu crescer dentro de si um desejo pela imagem que aquele sonho traiçoeiro havia apresentado: um tempo agradável em um bosque sob a luz do sol. Queria ter uma possibilidade de fuga, um momento de intimidade e alegria com alguém. Mas tinha a convicção de que essa pessoa só podia ser Arthur.

CAPÍTULO DOZE

Retomaram a viagem mais para o fim da manhã. Guinevere desconfiava que Arthur havia adiado a partida na esperança de que os ladrões voltassem, e ele pudesse enfim lutar, mas os salteadores foram prudentes e se mantiveram a distância.

– Conte-me sobre sua irmã – pediu Guinevere, enquanto esperavam os homens terminarem de levantar acampamento. Não parava de pensar nas histórias que Arthur havia contado na noite anterior, todas tão simples. Tão diretas. Com certeza, a decisão de Sir Caradoc de abrir mão de sua coroa envolvera mais coisas. E ela sabia que havia mais coisas a dizer a respeito de Mordred e Morgana Le Fay, e que eram mais importantes do que qualquer uma das histórias que Arthur contava.

– Minha irmã?

– Morgana Le Fay.

– Minha meia-irmã – corrigiu Arthur. – Não há nada para contar. Ela me odeia. Quer me ver morto desde que nasci e tentou me matar várias vezes quando eu era criança.

– Como?

Guinevere não tinha essa informação. Ouvira falar uma coisa ou outra sobre a infância de Arthur, a maior parte da boca de Sir Ector e Sir Kay, da família que o abrigou. Da família *terrível* que o abrigou.

– Não sei detalhes – Arthur respondeu, dando de ombros. – Merlin só me contou muito depois.

– Mas você permitiu que Mordred lutasse ao seu lado, sabendo que era filho dela?

Arthur esfregou o rosto. Ficou olhando para as árvores como quem procurava uma ameaça ou uma forma de escapar.

– Não somos nossos pais. Eu queria mostrar que ele era capaz de superar suas origens. E me decepcionei.

Arthur sempre lutara contra tudo o que seu tirânico pai representava. Claro que ofereceria, generosamente, essa mesma oportunidade a Mordred, torcendo pelo melhor.

– Mas você nunca conheceu Morgana Le Fay? Nem mesmo agora, que ela não pode lhe fazer nenhum mal?

Guinevere estava curiosa para saber como era uma feiticeira. Já conhecera um feiticeiro e também bruxas, mas uma feiticeira lhe parecia algo especial.

– Merlin me disse para jamais permitir que ela fale comigo. Que era melhor cravar uma espada em seu coração antes que qualquer coisa saísse de sua boca.

Guinevere ficou um tanto horrorizada. Aquilo lhe parecia exagero. Sabia que Arthur precisava matar seus inimigos, mas liquidar uma pessoa sem questionamento ou hesitação assim que pusesse os olhos nela?

– Morgana tem algum tipo de poder? Pode evocar um encantamento contra você só com a fala?

– Não sei – respondeu Arthur, dando de ombros.

– Mas por que Merlin diria que é melhor matá-la do que permitir que ela fale?

Arthur deu de ombros de novo.

– Se Merlin me pede algo, eu faço. Ele sempre me protegeu.

Para isso, Guinevere não tinha resposta. Não concordava com aquela confiança em Merlin, mas não queria começar uma discussão nem ficar escavando as partes mais dolorosas das relações familiares de Arthur. Por isso deixou a conversa morrer quando partiram.

Depois de apenas uma hora na estrada, porém, ouviram o som de cascos se aproximando a galope. A companhia deteve o passo, e as espadas foram sacadas para receber quem quer que estivesse chegando. Mas, no fim, a pessoa sobre a montaria era ninguém menos que Brangien. Estava pálida e com as mãos agarradas às rédeas com todas as forças. Nenhuma das espadas foi embainhada – todos os homens continuaram olhando para a estrada, tentando ver quem a perseguia.

– Minha rainha – falou a dama de companhia, ofegante, ao parar o cavalo.

– O que aconteceu? Foi Guinevach?

Não deveriam ter partido antes! Se alguma coisa tivesse acontecido na cidade em sua ausência, seria por culpa de Guinevere. Fora compassiva demais. Com Guinevach. Com Mordred. Se sua compaixão custasse uma vida sequer, jamais se perdoaria. A culpa por essas mortes pesaria sobre sua cabeça.

– Não, é que... estou... Não queria deixar a senhora sozinha.

Brangien olhou para os guardas à sua volta. Guinevere percebeu o significado por trás daquelas palavras e desceu da montaria, ajudou Brangien a descer também, e as duas se afastaram o suficiente para pudessem conversar sem ser ouvidas.

– O que foi?

– Dindrane recebeu uma notícia – falou, em um sussurro. – O Rei Marco não poderá ir ao casamento porque sua esposa será levada a julgamento.

Guinevere franziu a testa. Por que Brangien precisava sair cavalgando em pânico pelo reino para contar isso, ela não entendia.

Mas então se deu conta. O Rei Marco era o governante de quem Brangien e Sir Tristão haviam fugido. O rei que se casara com sua amada Isolda.

Guinevere segurou as mãos de Brangien e percebeu que estavam trêmulas.

– Ela vai ser julgada pelo quê?

– Bruxaria. Acho... ela devia estar tentando encontrar uma forma de se conectar comigo sem a sua ajuda. Guinevere, ele vai matá-la.

Brangien caiu no choro, e Guinevere a puxou para junto de si.

Arthur, Sir Tristão e Lancelote se aproximaram.

– O que aconteceu? – perguntou Arthur, alarmado.

– O Rei Marco. Levará a esposa a julgamento por bruxaria.

Os olhos castanhos de Sir Tristão se arregalaram de terror.

– Isolda – murmurou.

– Isolda? A sua Isolda? – questionou Arthur.

Guinevere sacudiu a cabeça.

– A Isolda de Brangien.

Arthur franziu a testa, confuso.

– Não entendi.

– Nunca contamos toda a verdade – declarou Brangien, afastando-se de Guinevere. – Mas está na hora. Vou contar a verdadeira história de Tristão e Isolda.

– E Brangien – acrescentou Sir Tristão, baixinho, com um tom de tristeza.

Tristão, Isolda e Brangien

Não era uma história heroica como a de Arthur e a Floresta de Sangue, nem divertida como de Sir Mordred e o Cavaleiro Verde. Não era uma história que circulava entre os bardos nem mesmo era compartilhada por mais alguém além de Brangien e Sir Tristão, que deram as mãos e se uniram para narrá-la. Era uma história secreta de amor, traição e fracasso.

O Rei Marco queria uma esposa. Já havia se livrado de três delas, que se revelaram uma decepção. Encarregou seu sobrinho, Sir Tristão, de sair em viagem e encontrar para ele a mais linda das donzelas.

Sir Tristão atendeu ao pedido com toda a sincera devoção de que um jovem cavaleiro é capaz. Sabia que seu tio era um homem ciumento, irritadiço, temido tanto em sua casa como em seu reino. Portanto, quando Sir Tristão ouviu falar de uma mulher conhecida não só pela beleza, mas também pela gentileza, decidiu procurá-la. Isolda era exatamente quem seu tio precisava. Quando Sir Tristão a conheceu, teve a esperança de que ela poderia moderar o temperamento do Rei Marco e proporcionar ao reino uma leveza e uma compaixão que eram muito necessárias.

Ao tomar conhecimento do dote oferecido pelo Rei Marco, o pai de Isolda teve certeza de que seria sua filha quem traria o ouro tão necessário para sua casa.

O acordo foi fechado sem que Isolda e Brangien soubessem. A casa toda lamentou quando a notícia de que perderiam Isolda se espalhou. Sir Tristão percebeu o quanto ela era amada, o tornou suas esperanças de ter feito a escolha certa ainda maiores. O cavaleiro amava os súditos de seu tio, ainda que não seu rei, e queria o melhor para eles.

Seu tio queria uma moça jovem e bonita, e Isolda era nova o bastante para cumprir essa exigência. Também era bonita, de acordo com todos, mas para Sir Tristão isso não importava. Ela era gentil. Apesar de entristecida por ir embora de casa, Isolda o tratava com toda a gentileza. Sua dama de companhia, por outro lado, nem tanto.

Brangien sempre soube que esse dia chegaria. Mas, por algum motivo, achava que ainda estava distante. Tão distante que sequer precisava pensar a respeito. E então aquele rapaz tolo e adorável apareceu com o ouro de seu rei, e Isolda — sua Isolda — foi vendida como uma égua parideira. Brangien foi dominada pela ira e pelo rancor. Pensou em envenenar o pai de Isolda, mas como o acordo já fora fechado, e Isolda tinha um irmão que também iria honrá-lo, isso nada resolveria. Pensou em envenená-lo mesmo assim, mas sabia que isso faria Isolda sofrer.

Enquanto arrumava os pertences de seu verdadeiro amor, sua raiva era tamanha que ela quase não percebeu que Isolda chorou até adormecer.

Se Brangien estava sofrendo, quanto mais estaria a sensível Isolda? Brangien precisaria ver Isolda se casar com outro, mas era Isolda quem teria que se casar. Pela primeira vez na vida, Brangien se deu conta de que não suportaria testemunhar o sofrimento de outra pessoa. Faria o que fosse preciso para garantir a felicidade de Isolda. Mesmo que isso significasse perdê-la.

Brangien arrumou toda a bagagem e se preparou. Sua mãe lhe havia ensinado muitas coisas. Era uma praticante de bruxaria que tinha soluções para qualquer problema, incluindo os amorosos. Brangien colocou a poção do amor — uma magia que permitiria a Isolda, sua Isolda, ser feliz com outro — na sua bolsinha e partiu para a jornada que representaria o fim definitivo de sua felicidade.

Mas, enquanto cruzavam territórios, atravessavam rios e acampavam todas as noites, Brangien notou que o jovem cavaleiro que as acompanhava era de uma bondade semelhante à de Isolda. Era gentil, respeitoso e generoso. E não duvidava de que fosse um guerreiro de valor, já que fora encarregado de tarefa tão importante.

Isolda começou a perguntar a respeito do Rei Marco, e Sir Tristão respondeu com a maior diplomacia possível. Mas Brangien conseguiu formar uma imagem do homem a partir das coisas que não eram ditas e começou a ficar com medo. Embora fosse capaz de fazer Isolda e o Rei Marco se apaixonarem, não tinha como transformar alguém cruel em um homem bom. Não havia poção capaz de tal feito.

Brangien teve uma ideia.

Uma ideia terrível.

Se aquele valente cavaleiro se apaixonasse por sua preciosa Isolda, não faria qualquer coisa para protegê-la? Para não perdê-la?

Embarcaram em um navio que os transportaria pela costa e os levaria até o rei. Brangien tinha duas poções. Uma para fazer duas pessoas se apaixonarem e outra para fazer uma pessoa parecer morta.

Seu plano era simples: unir Tristão e Isolda. E então sair da vida de Isolda para que ela pudesse ser feliz. Enquanto Isolda existisse, Brangien jamais conseguiria amar de novo. Com ou sem poção, desconfiava que o mesmo valia para Isolda. Mas Isolda só a vira usar poções de efeitos mais modestos: não fazia ideia do poder que Brangien era capaz de manipular e jamais suspeitaria de que era tudo um ato deliberado. Isolda teria um amor, e Brangien estaria "morta".

Não seria justo para nenhuma das duas. Mas Isolda sempre cuidava das pessoas que a cercavam, e Brangien achava que essa era a única forma de que dispunha para cuidar dela.

E teria funcionado. Mas, enquanto servia as taças de vinho e preparava a poção do amor, Brangien chorou pelo que estava perdendo. Sir Tristão, ao ouvi-la chorar, apareceu na cabine cedo demais. Ela foi pega em flagrante. Esperava uma reação de violência e raiva ou uma condenação fria e impessoal.

Mas o que aconteceu foi pior. Sir Tristão a ouviu com compaixão e compreensão, mas obrigou Brangien a encarar a gravidade de suas intenções. Isolda já havia perdido a capacidade de decidir o próprio destino, e Brangien queria tirar dela até a possibilidade de amar quem seu coração escolhesse.

Brangien esteve prestes a se jogar no mar, mas Sir Tristão a deteve. Jurou fazer qualquer coisa para proteger Isolda e Brangien também. Prometeu ajudá-las a encontrar uma maneira de serem felizes. E, em um ato de generosidade suprema, se comprometeu a não contar a Isolda o que Brangien pretendera fazer.

Fizeram um pacto de segredo e se uniram em sua determinação de proteger Isolda. Ficaram acordados até tarde da noite, traçando planos para libertar Isolda assim que desembarcassem.

Sem que eles soubessem, uma outra pessoa também havia ficado acordada naquela noite, escutando tudo. Quando desembarcaram no reino, o Rei Marco já estava à sua espera com um contingente de homens. Brangien e Sir Tristão foram condenados à morte por conspirar contra ele. Isolda se jogou aos pés do rei, aos prantos, implorando para que a vida dos dois fosse salva, como um presente de casamento para ela. O Rei Marco cedeu, e Sir Tristão e Brangien foram mandados para o exílio.

As tramas e a magia de Brangien e a bravura de Sir Tristão não valeram de nada. No fim, foi Isolda que os salvou com sua bondade e acabou condenando a si mesma.

CAPÍTULO TREZE

– Depois disso, nós fugimos – Brangien concluiu, enxugando os olhos. – Sir Tristão sabia que o perdão do Rei Marco era só da boca para fora, e que ele mandaria homens para nos matar. Sir Tristão não precisava me ajudar mais do que já tinha ajudado. Eu destruí sua vida. Mas ele permaneceu comigo, e acabamos indo parar em Camelot.

Sir Tristão passou o braço sobre os ombros de Brangien.

– Você não destruiu a minha vida. Eu era cavaleiro de um rei que não tinha meu respeito nem minha confiança. E hoje sou cavaleiro do maior entre os reis da cristandade. Na verdade, você me salvou. Só lamento não termos conseguido salvar Isolda.

Guinevere entendia por que Brangien tinha vergonha de contar aquela história. Isso a fez lembrar de Merlin. Roubar o livre-arbítrio de outra pessoa era um ato de extrema violência. Brangien agira motivada pelo amor, mas isso não a tornava melhor que o feiticeiro, ainda que *ele* tivesse em mente o bem da humanidade.

Mas as pessoas não podiam ser resumidas a seus piores impulsos. E a própria Guinevere não era isenta de culpa. Tinha manipulado as lembranças de Sir Bors para proteger um dragão. Tinha matado os lobos possuídos para salvar a própria pele. E tinha se entregado à magia e matado Sir Maleagant e seus homens.

A lembrança dos ossos deles se partindo enquanto as árvores os devoravam ainda a atormentava. Sentia repulsa e horror ao recordar, mas o pior era o fato de, quando isso aconteceu, não ter sentido *nada*. Guinevere jamais voltaria a ver a vida humana como um meio para atingir um fim ou como um preço a pagar pelo que quer que fosse. Merlin fizera isso com Igraine, a mãe de Arthur. Sempre havia outra maneira de fazer as coisas. Precisava haver. Embora tivessem fracassado, pelo menos Brangien e Sir Tristão tentaram salvar Isolda sem recorrer a esse tipo de expediente.

Arthur estava com a testa toda franzida.

– Brangien e Isolda se amavam... como um homem e uma mulher se amam?

– Sim – confirmou Brangien, sentindo-se como uma aspirante na arena de treinamentos, preparando-se para ser atacada.

Mas o golpe não veio. Arthur ainda parecia um tanto confuso, mas não havia uma expressão de julgamento em seu rosto.

– Sinto muito que você a tenha perdido. E ainda mais pela notícia que acabou de trazer.

Não. Guinevere se recusava a permitir que aquilo acontecesse. Isolda não fizera nada de errado. Perdera tudo o que tinha para proteger Brangien e Sir Tristão. Portanto, também merecia proteção. E Guinevere não queria ver o coração já partido de Brangien se destroçar de vez.

Havia sofrimento demais no mundo. E com o envolvimento de Guinevere, de forma direta ou indireta. Os feitos de Merlin a envolviam como correntes. Fosse filha dele ou não, tinha uma conexão com o feiticeiro e, portanto, com cada um de seus feitos terríveis. Não havia como voltar no tempo e salvar Igraine, nem proteger ninguém que Merlin prejudicara nem mesmo impedi-lo de fazer o que havia feito em sua mente para apagar seu passado, sua mãe e quem de ela fato era. Guinevere só podia seguir em frente e tentar fazer o bem, na medida do possível.

– Você já saiu em missão antes, Sir Tristão? – perguntou Guinevere.

Brangien pareceu confusa com a mudança de assunto. Sir Tristão sacudiu a cabeça.

– Você eu sei que não, Lancelote.

Lancelote se virou imediatamente para ela, estreitando os olhos.

– Resgatar minha rainha de Sir Maleagant não foi uma missão digna de nota?

– Como cavaleiro, foi o que eu quis dizer – respondeu Guinevere, com uma careta. E, de qualquer forma, as missões eram destinadas a virar lendas. Lutas contra forças mágicas e reis cruéis, aventuras idealistas, românticas e emocionantes. Seu resgaste havia sido assustador e terrível. – E se nós resgatássemos Isolda?

– Não – disse Arthur, com um suspiro.

– Como assim, não?

– Não podemos fazer isso. Por mais que eu queira... e eu *quero*. Mas o Rei Marco é um homem poderoso. Se eu entrasse em seu território com meus homens e levasse sua esposa, Camelot pagaria o preço. Ele tem aliados entre todos os lordes e reis do sul. Seria uma declaração de guerra.

– Não há como provocar uma guerra por causa de uma mulher – murmurou Brangien, enquanto as lágrimas escorriam silenciosamente pelo seu rosto.

– Você não entendeu – falou Guinevere. – Não estou convocando você. Essa não é uma missão para um rei. É uma missão para dois cavaleiros e duas bruxas.

A expressão de Arthur se tornou brutal e afiada como sua espada.

– Não.

– O Rei Marco jamais conseguiria relacionar o que aconteceu a Camelot. Vamos todos disfarçados. – Guinevere mordeu o lábio, planejando os detalhes. – Precisamos levar Isolda sem que ninguém veja. E de um jeito que impeça que sejamos perseguidos. – Ela deu risada e bateu palmas. – Brangien já nos deu a ideia perfeita! Vamos matar Isolda!

– Isso não é... não é exatamente o que estamos tentando evitar? – questionou Sir Tristão, olhando para Guinevere como se ela tivesse perdido o juízo.

– Não vamos matá-la de verdade. Vamos usar a poção de Brangien para fazer parecer que ela está morta. E então vamos tirá-la de lá antes que acorde e alguém se dê conta do que aconteceu.

A testa franzida de Sir Tristão se transformou em uma expressão mais pensativa. Mais esperançosa.

– O Rei Marco enterra suas esposas em penhascos à beira-mar. Seria simples tirá-la de lá depois do sepultamento.

– Vocês não têm tempo suficiente para isso – objetou Arthur, mas seu tom não era de triunfo. Quando muito, era de amargura. – Se o Rei Marco mandou avisar que não vai ao casamento, significa que o julgamento é iminente. Seu reino fica na extremidade sul da ilha, a pelo menos uma semana de cavalgada daqui. E, se Guinevere não aparecer no casamento de Dindrane, vão comentar. Não é improvável que ele vincule você a Brangien e a Sir Tristão e, ao se dar conta do que aconteceu, volte-se contra Camelot.

Guinevere sentiu vontade de arrancar os cabelos de frustração. Precisava haver um jeito. Não podiam deixar Isolda morrer.

– Um barco – Brangien disse baixinho, olhando para o chão, em vez de encarar Guinevere. – Se partirmos para leste agora, podemos chegar à costa ainda esta tarde. Um barco pode nos levar à extremidade sul da ilha em dois dias e nos trazer de volta a tempo de comparecer ao casamento.

– Um barco – Guinevere repetiu, com um tom distante.

– Guinevere. – Arthur apoiou a mão em seu braço. – Imagine o lago se expandindo até chegar ao horizonte. Com ondas maiores que você, quebrando o tempo todo. Com o desconhecido à sua frente. Mais água do que você é capaz de imaginar. Água *por toda parte.*

– Eu dou conta. – Ela o encarou, esforçando-se para manter a voz firme. – Nós damos conta.

– Mas...

– Se você não fosse rei, se isso acontecesse três anos atrás, por acaso hesitaria em resgatar uma mulher inocente das mãos de um rei cruel?

Arthur contraiu os maxilares, mas em seguida seus ombros desabaram, e ele sacudiu a cabeça.

– Eu teria ido sem pensar duas vezes. E ainda iria hoje, se houvesse uma forma de fazer isso sem prejudicar meu povo.

– Mas temos uma forma de fazer isso. E vamos fazer.

Guinevere não queria pedir permissão. E isso não era necessário. Mas queria o aval de Arthur. Se não por si mesma, por Lancelote e Sir Tristão. A tensão tornava a expressão dos dois imóvel, e sua postura, rígida. Porque, se o rei dissesse "não", não iriam. Pelo menos não sem quebrar os votos sagrados de obediência que deviam a ele. Sem abrir mão do título de cavaleiro que ambos se esforçaram tanto para merecer.

Arthur se virou para os cavaleiros.

– Se acontecer alguma coisa com ela...

– Não permitirei que nada aconteça com ela – garantiu Lancelote, baixando a cabeça.

– O senhor tem nossa palavra. – Sir Tristão se apoiou sobre um dos joelhos. – Eu juro. Se a missão se tornar perigosa demais, tiramos a rainha do local. Ela é nossa prioridade.

Com relutância, Arthur foi assumindo uma postura mais resignada.

– Muito bem, então. Sua missão tem o meu aval.

Brangien caiu de joelhos, aos soluços:

– Obrigada, obrigada, obrigada, meu rei!

– Irei encobrir a ausência de vocês – falou Arthur. – Direi aos guardas que desejo explorar melhor o território, e que vocês quatro vão ficar à espera do restante da comitiva. Depois, podemos falar que se perderam da comitiva e seguiram viagem sozinhos. Mas vocês *precisam* chegar em tempo nas terras da família de Dindrane.

Lancelote e Sir Tristão correram até o restante do grupo, para buscar montarias e suprimentos. Para o plano dar certo, não poderiam perder tempo.

– Estaremos lá – garantiu Guinevere, lançando os braços sobre o pescoço de Arthur e o puxando para si. Sentiu o rosto quente dele contra o seu, com apenas uma leve aspereza no local onde não havia se barbeado naquela manhã. – Obrigada.

Arthur apoiou as mãos na parte inferior de suas costas e a abraçou.

– Muito cuidado.

Em seguida, a beijou no rosto e a ajudou a montar em sua égua. Quando os quatro começaram a cavalgar, Guinevere olhou para trás. Em meio à empolgação, sentiu apenas uma pontada de culpa por ser quem partia e não quem é deixado para trás.

CAPÍTULO CATORZE

As estradas para o leste estavam em mau estado de conservação. Sir Tristão e Lancelote seguiam com cautela entre lavouras malcuidadas e vilarejos decadentes, sempre preparados para se defender de um ataque. Cavalgavam com vigor, mas não a uma velocidade que pusesse as montarias em risco. Em pouco tempo chegariam à costa.

Embora fosse óbvio que não estavam mais dentro das fronteiras do reino de Arthur, Guinevere não sentia ameaçada pelo território em si. Não havia sinal da Rainha das Trevas nem de sua magia. Só a ameaça de homens tornados violentos pelo medo e pelo desespero, mas contra isso ela confiava na proteção de Tristão e Lancelote.

Compreendia a tensão de seus companheiros de viagem, mas estava quase eufórica. Arthur estava sempre viajando para salvar pessoas, resgatar cidades e proteger os inocentes. Ela não nascera para ficar sentada em um castelo, para viajar no conforto, comparecer a celebrações, ser protegida. Talvez aquela fosse uma má ideia, mas parecia a coisa *certa* a fazer, como se estivesse recuperando uma parte de si mesma. Já que só conseguia se lembrar de uma parte ínfima de seu passado, pelo menos poderia preencher seu presente com aquilo que desejava ser.

– Existem muitos assentamentos saxões ao largo da costa leste – falou Lancelote, com os olhos fixos no horizonte. – Como são um povo de pescadores, poderemos conseguir um barco sem muita dificuldade. Mas, se demorarmos mais de um dia para conseguir transporte, teremos que voltar.

– Vamos conseguir um barco. – Guinevere parecia confiante. Aquela era sua missão. Não falhariam. Ela usaria sua magia para o bem. Para ajudar as pessoas que amava, gente que merecia sua ajuda. Seria melhor do que Merlin em todos os sentidos.

– E se não conseguirmos? – questionou Brangien, que parecia mais apreensiva do que esperançosa. – Eu deveria ir sozinha. Estou pedindo demais de vocês.

– Você não pediu nada. Estamos fazendo isso de livre e espontânea vontade. Porque podemos. Temos liberdade para decidir o que fazer com nossa vida e com nossas habilidades. Justamente o que Igraine não teve.

– Isolda – corrigiu Brangien, com um tom suave.

– Sim, foi isso o que eu disse.

– Você disse Igraine.

Guinevere sentiu seu corpo gelar. Sua língua a traíra. O que estava fazendo envolvia mais do que Isolda, por mais que não quisesse admitir. Será que sua missão seria menos nobre se fosse motivada pela raiva que sentia de Merlin? O feiticeiro havia roubado muitas coisas. Vidas, inocências, lembranças. Ela não roubaria nada. Apenas daria.

– Estão sentindo esse cheiro? – perguntou Sir Tristão, ajeitando-se na sela.

Guinevere respirou fundo. O cavaleiro tinha razão. Algo havia mudado, mas ela não sabia o quê. A poeira, o calor e a vegetação em processo de ressecamento ganharam a companhia de outra coisa. Tinha cheiro de... vida. Um odor nítido, pungente e frio, com um toque de decomposição.

– O mar – disse Brangien, atiçando sua montaria.

Uma légua depois, o viram, enfim, se revelando no topo de uma elevação, fazendo o horizonte desaparecer.

– Ah – falou Guinevere, sem saber o que dizer. O azul se espalhava até onde suas vistas alcançavam, até o fim do mundo. Havia a terra, depois água. E nada mais.

Uma mão apoiada na parte inferior de suas costas a fez perceber que estava perdida, paralisada, enquanto contemplava a água. Lancelote havia descido da montaria e estava ao seu lado. Guinevere em parte esperava ver uma expressão de julgamento no rosto dela. Em vez disso, só encontrou compreensão e apoio.

– Está tudo bem, minha rainha? – perguntou Lancelote.

Guinevere assentiu, ainda atordoada, mas pelo menos capaz de se concentrar um pouco. Manteve os olhos fixos em Lancelote para não ter que ver o mar outra vez.

– Barcos – falou Brangien, ofegante.

Se Guinevere queria fazer o que se dispusera a fazer, precisaria encarar a situação. Virou-se para a água e se preparou para contemplar o que veria. Embora ainda estivesse perplexa, era um sentimento mais de admiração do que de medo. Talvez a Dama não tivesse poder sobre o mar. E, mesmo que tivesse, como conseguiria encontrar Guinevere em meio a algo tão imenso? Guinevere riu sozinha, mais próxima da histeria do que do deleite, mas pelo menos conseguia se mover. Fosse porque o mar era de fato diferente dos rios e lagos ou porque seu corpo simplesmente não tinha espaço para conter tanto medo, conseguiu se controlar. Ao longo da costa, havia uma série de construções de madeira. E, boiando na água como cadáveres tristes de árvores perdidas, estavam os mastros das embarcações.

– Sim, barcos. Vamos encontrar um para nós? – perguntou Guinevere, segurando firme as rédeas.

Brangien irrompeu em lágrimas. Lancelote olhou para Guinevere, alarmada. Guinevere aproximou sua montaria de Brangien e estendeu a mão para a amiga.

– Obrigada – disse Brangien.

– Nós vamos salvá-la.

Brangien assentiu, puxando a mão de volta e enxugando os olhos. Para dar a ela um tempo para se recompor, Guinevere se virou para Lancelote, que estava montando de novo em seu cavalo. Sir Tristão ia na frente, como batedor.

– Você está pelo menos um pouco animada para a missão, Lancelote?

– Não estou aqui para resgatar Isolda – declarou Lancelote, bem séria. – Estou aqui para proteger a senhora. Farei o que for preciso, mesmo que não seja de seu agrado. Mesmo que signifique o *fracasso* desta missão.

– Venham! – gritou Sir Tristão, guiando a montaria que carregava as bagagens. – Podemos conseguir um barco e partir antes do anoitecer.

Lancelote estalou a língua, e sua montaria seguiu seu comando. Guinevere observou suas costas enquanto cavalgava, com um aperto no peito, de preocupação. Nada poderia sair errado. Lancelote não precisaria tomar a decisão de salvar Guinevere e deixar qualquer um ou qualquer coisa para trás.

De longe, o cheiro do mar até era revigorante, mas de perto era invasivo. Guinevere levou a manga da roupa ao nariz para filtrar aquela mistura de peixe podre, madeira molhada e repulsa.

– Aquele ali – apontou Sir Tristão. O barco escolhido não era dos maiores, mas parecia ter tamanho suficiente para transportar as montarias. Os animais não poderiam ser deixados para trás. Além de ser a carga de maior valor que os quatro levavam, a égua de Lancelote era o que seu cavaleiro tinha de mais importante na vida.

Guinevere sabia que não poderiam seguir em frente sem ela. Só tinha medo de como a fiel égua cega se comportaria em uma situação tão incomum como uma viagem por mar.

Foi decidido que a negociação ficaria a cargo de Sir Tristão. Ele era o mais indicado dos quatro para isso. Lancelote até *poderia* ser confundida com um homem por causa dos trajes e dos cabelos curtos e da ausência de adornos, mas quando falava por muito tempo, essa confusão se tornava menos provável. Guinevere e Brangien infelizmente não eram parecidas entre si nem com nenhum dos outros. Sir Tristão tinha a pele mais escura, pois sua família havia sido trazida pelos romanos para a ilha, e as feições de Brangien eram mais parecidas com as do pai, que percorrera meio mundo partindo do leste em busca de fortuna. Guinevere era mais clara que Lancelote, e seus rostos não possuíam nenhuma semelhança de família. Não havia como fingir que eram irmãos.

Guinevere esperava que não houvesse questionamentos quando o pagamento fosse oferecido. Mas, caso isso ocorresse, Sir Tristão se apresentaria como um cavaleiro em viagem, Guinevere seria sua esposa, Brangien seria sua dama de companhia, e Lancelote seria... bem, isso não tinha sido definido ainda. O escudeiro de Sir Tristão? Um amigo de cavalaria? Um primo distante?

Sir Tristão acenou para um jovem que retirava um emaranhado de redes do fundo de uma pequena embarcação.

– A quem pertence aquele barco? – perguntou, apontando para o que queria.

Para Guinevere, parecia absurdo acreditar que algumas tábuas pregadas umas nas outras poderiam atravessar aquela imensidão de água. Precisou virar de costas para não pensar muito a respeito. Mas podia ouvir a conversa. E esperar. Enquanto as ondas atingiam a praia, espichando-se em sua direção.

– Wilfred – o jovem falou, limpando o nariz na túnica toda remendada.

– Onde posso encontrá-lo?

O pescador sacudiu a cabeça e, em seguida, apontou para um casebre equilibrado precariamente sobre as pedras na praia.

Os quatro trocaram olhares confusos. Balançar negativamente a cabeça e depois apontar pareciam gestos contraditórios, mas havia a barreira do idioma entre eles e os saxões. Sir Tristão encolheu os ombros e se dirigiu às pedras onde ficava o casebre indicado, enquanto os demais aguardavam junto com as montarias.

– Vou tentar ficar em silêncio – avisou Lancelote. – É melhor que pensem que sou homem. – Sua voz era grave, mas não como a que um cavaleiro com seu porte físico teria. – Quando embarcarmos, ficaremos à mercê deles em certo sentido. Vamos torcer para que esse Wilfred seja honrado, mas se não for... – Então levou a mão ao cabo da espada. – Não vou permitir que nenhum mal aconteça a vocês.

– Também sabemos nos defender – respondeu Brangien, sacando um pedaço de tecido e começando a bordar. Guinevere não viu nenhum nó, mas duvidava que fosse só uma peça decorativa.

– Não gostaria de estar na pele de quem tentasse alguma coisa com qualquer um de nós – Guinevere falou, em tom brincalhão, mas se sentindo realmente extasiada.

Sir Tristão saiu do casebre e veio até eles com passos apressados. As pedras na praia eram cinzentas, quase pretas por causa da umidade e dos despejos deixados pelas ondas incessantes. Guinevere tentou não pensar que aqueles pedaços encharcados de madeira eram restos de outros barcos.

A expressão de Sir Tristão quando chegou até eles era um tanto peculiar.

– Wildred não está em casa. Mas a irmã dele, Hild, nos levará. Ela também tem como transportar as montarias. Contratei seus serviços pelos próximos sete dias.

– Quanto isso vai nos custar? – indagou Lancelote.

Também tinham algumas das joias de Guinevere para usar como moeda de troca, guardadas na segurança de sua bolsinha, junto com a escova de cabelos e o dente de dragão.

Sir Tristão pareceu meio sem jeito, e coçou o pescoço em um gesto apreensivo, lançando outro olhar em direção ao casebre.

– Menos do que deveria, acho eu... Ela ficou bem animada com a ideia.

– De nos matar e ficar com as montarias? – perguntou Lancelote, em um tom tão tranquilo que Guinevere ficou em choque, mas Sir Tristão entendeu como deveria e fez que não com a cabeça. Deveriam mesmo esperar esse nível de violência sempre que saíam de Camelot? Os homens de fato podiam ser piores que a Rainha das Trevas? A violência dela era aleatória, o que parecia no mínimo menos cruel do que pessoas se matando em busca de lucro.

– Hild não parece ser esse tipo de gente, e nós dois somos maiores que ela. Falei que pagaríamos metade agora e que o restante viria só no desembarque, entregue pelos companheiros que estariam à nossa espera. Me pareceu mais prudente. De acordo com a moça, serão dois dias navegando até a extremidade sul da ilha, e mais um dia e meio na volta até nosso ponto de desembarque. E não fez perguntas a respeito de nossa rota.

– Melhor assim, provavelmente – concordou Guinevere, sentindo uma onda de empolgação se espalhar por seu corpo. Até então, toda a ação existia apenas na teoria, mas estava começando a acontecer na prática. Fariam mesmo aquilo.

Passariam dois dias em um barco.

Sua animação começou a dar lugar a um nó no estômago.

Hild era mais jovem do que Guinevere imaginava. Não devia ter mais de 18 anos. Só a viram depois que ela havia remado até sua embarcação e a manobrado até a menor distância possível da praia. Uma prancha comprida foi arrastada e posicionada na água. Os animais teriam que atravessar a vau até lá. Lancelote foi primeiro, para estar a bordo com as montarias caso Hild pretendesse fugir com os animais.

– Bem-vindos, bem-vindos! – falou, no idioma deles, mas com um sotaque carregado. Seus cabelos eram quase amarelos, suas bochechas eram vermelhas e seus olhos azuis claros já demonstravam indícios das rugas que viriam depois de anos espremendo as pálpebras sob o sol. Havia algo inerentemente jovial naquela moça que, se é que as aparências queriam dizer alguma coisa, estava felicíssima em recebê-los.

Hild conversou alegremente com Lancelote enquanto conduzia sua montaria pela rampa e então voltou para pegar os outros animais.

– Esse cavalo não enxerga? Que bom! Muito bom! – riu-se. – Belos cavalos. Detesto cavalos. Dentes grandes demais. – Apontou para os próprios dentes e fez um gesto de mordida um tanto exagerado. – Nunca confie em um bicho que consegue enfiar seu... – então apontou para o ombro, olhando para Sir Tristão.

– Ombro.

– Sim! Ombro. Nunca confie em bicho que consegue enfiar seu ombro na boca. – Cerrou os próprios dentes para enfatizar o que dizia, e em seguida deu risada, aproximando-se um pouco mais de Sir Tristão. – Eu nunca mordo.

O cavaleiro arregalou os olhos. Guinevere também não compreendeu muito bem o que aquele comentário significava. Talvez fosse um mal-entendido relacionado ao idioma. Ou talvez...

Bem, Sir Tristão era um homem *bem* bonito.

O cavaleiro limpou a garganta.

– As montarias são só essas. Podemos embarcar? Onde está sua tripulação?

Hild apontou para os quatro, e então para Lancelote.

– Tripulação! Meus irmãos foram todos trabalhar em colheita. Última viagem do ano. Época boa.

Isso explicava sua animação e disposição em aceitar o trabalho. Era a chance de ganhar um dinheiro extra antes do inverno e de poder voltar ao mar, na primavera.

– Como vamos fazer para chegar ao barco? – perguntou Guinevere.

Hild estreitou os olhos.

– Não entendi.

– Como *nós* vamos entrar no barco? – repetiu Guinevere, apontando para si mesma, para Sir Tristão e para Brangien e por último para a embarcação.

Hild se voltou para Sir Tristão.

– Ela está… – falou, apontando para a testa, arregalando os olhos e inclinando a cabeça para o lado com uma expressão vazia.

– Não, ela não está, não! – retrucou Guinevere, cruzando os braços.

– Andamos até o barco? Como cavalos? – riu-se Hild. – Botas secam. Tudo seca. Tudo molha. É o mar – complementou, estendendo os braços para o lado e dando uma volta em torno de si antes de seguir caminhando pela água na direção do barco.

Brangien olhou para Guinevere, alarmada. De forma ruidosa, Lancelote veio correndo do barco até onde eles estavam. Sem dizer palavra, pegou Guinevere no colo e a carregou até o barco.

– Precisamos chegar antes de Hild, caso ela decida fugir com as montarias – alertou Lancelote.

Guinevere procurou apoiar o máximo possível de seu peso nos próprios braços, apoiados sobre os ombros de Lancelote, para aliviar o esforço de seu cavaleiro.

– Obrigada – murmurou. A prancha rangeu ameaçadoramente quando Lancelote a pôs com os pés no chão, e Guinevere correu para o convés.

Mas a movimentação não parou por aí. O barco inteiro sacudia e oscilava com as ondas. Guinevere estava torcendo para que, como a embarcação era maior que as balsas que faziam a travessia do lago, fosse também mais estável, mas suas esperanças se mostraram infundadas. O centro do convés era coberto por uma grade, e os cavalos relinchavam assustados abaixo dela. Havia uma pequena cabine em uma das extremidades, um mastro no meio e uma quantidade mínima de madeira a separando do mar. Não sabia se eram as tábuas que estavam gemendo ou ela mesma.

– Balde – disse Hild, apontando para um balde velho enfiado em um canto ao lado da cabine.

– Quê? – A cabeça de Guinevere estava girando, e a ideia de se lançar sobre as ondas a deixava ainda mais enjoada.

Hild fez uma mímica, fingindo vômitos violentos, e apontou de novo.

– Balde. Depois despejar – explicou, levando o balde imaginário que segurava e fingindo despejar o conteúdo no mar. Em seguida, começou a gritar ordens, mas Guinevere não se considerava capaz de ser útil de modo algum.

Estava mais disposta a se sentar, abraçar os joelhos e esconder a cabeça entre as pernas. Sua respiração estava acelerada e rasa, e seu coração disparado. O som da água vinha de todos os lados. O cheiro. A umidade. Aquilo era demais. Ela não conseguiria. Dissera para Arthur que daria conta, mas estava enganada, e a missão fracassaria porque Merlin lhe incutira aquele medo da água.

– Guinevere? – chamou Brangien, pondo a mão de leve em seu ombro.

– Me faça dormir – respondeu, por entre os dentes cerrados. – Me faça dormir. Eu não consigo. Por favor. Me faça dormir.

– Mas...

– Brangien!

O corpo de Guinevere tremia inteiro. Não suportaria aquilo, não conseguiria lidar com o medo, sentia-se caindo em um buraco escuro. Não o de Camelot em seu sonho, um mais escuro e profundo, em que ela havia entrado por vontade própria, apenas para...

CAPÍTULO QUINZE

– Beba isto. Vamos, você precisa beber.

Guinevere sentiu alguma coisa ser pressionada contra seus lábios, e fez o melhor que pôde para engolir. Metade do líquido escorreu pelo seu rosto. Estava escuro. Guinevere não sabia onde estava. Uma porta se abriu e se fechou. O quarto estava se movendo. Por que o quarto estava se movendo?

– Continue bebendo. Precisa de alguma coisa? – perguntou a voz de Brangien.

Sir Tristão falou em seguida. Por que ele estava em seu quarto? Por que seu quarto estava se movendo?

– Hild é muito... amigável.

– Você está interessado nesse tipo de amizade?

– Só quero servir ao Rei Arthur. Cumprir minhas missões. Lutar pelo bem e proteger meus amigos.

– Farei um trabalho melhor com Hild – disse Brangien. – Me desculpe. Eu deveria ter ajudado mais. Diga a ela que é fiel a sua esposa inconsciente.

Sir Tristão não era casado. Desde quando tinha esposa? E por que ela estava inconsciente? *Por que o quarto estava se movendo?*

– Não quero causar um constrangimento e nos fazer perder sua colaboração. Mas ela parece ser uma moça bem-intencionada.

Um barco. Estavam em um barco. Guinevere estava no meio do mar. Havia água ao seu redor, abaixo dela, em todo lugar. Seu coração disparou. Não conseguia respirar, não conseguia...

– Termine de beber se quiser voltar a dormir – falou Brangien, em um tom firme. Guinevere ingeriu o líquido com a maior pressa que pôde.

A porta se abriu de novo, trazendo o cheiro do mar. Guinevere queria morrer. Mas não ali. Não em um lugar onde a água pudesse ficar com seu corpo.

– Hild disse que vamos baixar âncora em algumas horas – avisou Lancelote. – Vai nos deixar a uma hora de caminhada do castelo do Rei Marco. Como ela está?

– O coração dela está acelerado como o de um coelho. *Termine de beber isso,* Guinevere.

Guinevere virou o restante do líquido e sentiu o pedaço de pano ser colocado de volta no lugar, aliviando sua vergonha por ser tão inútil.

– Vamos. Preciso que você acorde – disse Brangien, em um tom brusco. Guinevere estendeu os braços para puxar o cobertor acima da cabeça e bloquear a luz, mas não havia coberta a que pudesse recorrer. Sentou-se e teve um sobressalto ao se ver em terra firme. Estava deitada em um terreno coberto de agulhas de pinheiros. A luminosidade era fraca, filtrada pelos galhos mais acima, mas ainda assim a deixou maravilhada a ponto de ir às lágrimas. Era possível ouvir o mar, mas ela estava em terra firme.

– E você vai ficar aqui – acrescentou Lancelote, com firmeza. Guinevere não conseguia fazer sua visão entrar em foco a ponto de conseguir distinguir pessoas. Estava se sentindo fraca e frágil, como uma árvore cujas folhas estão prestes a cair ao toque da mais leve brisa.

– Vou, sim! – Guinevere demorou vários segundos para identificar a voz de Hild. – Ela está viva! Isso é bom. Pensei que podia ter morrido, e que eu ia ficar sem dinheiro nenhum.

Alguém levou um cantil aos seus lábios, e Guinevere bebeu tudo. Em seguida, tentou organizar seus pensamentos. Estava em terra firme. Resgatariam Isolda. Dormira por dois dias.

– Agradeço, Hild – falou Lancelote. – Voltaremos ao cair da noite.

– Vou esperar até amanhã.

Guinevere aceitou o pão colocado em sua mão e comeu com apetite. Seu estômago não parecia bem, mas, agora que estava recobrando a consciência, precisava se recuperar fisicamente o quanto antes. Embora estivesse em terra firme, o pânico ainda a dominava. Era capaz de jurar que o chão sob seus pés oscilava de leve. Levando a mão a sua bolsinha, agarrou o dente de dragão, esfregando-o com o polegar e deixando-o mais quente ao toque.

Ao recobrar melhor a consciência, captou o sinal sutil de uma forma de inteligência. Seria seu toque mágico ou algo relacionado ao dragão? Largou o dente, e a sensação desapareceu, depois voltou quando o segurou de novo. O dragão estava por perto. Devia ter migrado para o sul, seguindo o Sol à medida que o inverno se aproximava.

Não fazia diferença. Ela precisava se concentrar.

Sir Tristão se agachou perto de Guinevere enquanto Lancelote preparava a montaria. Rapidamente a informou dos planos elaborados enquanto ela dormia.

– O Rei Marco não é um homem emotivo. Quando suas três esposas anteriores morreram, foram sepultadas em questão de horas. Sem cerimônia. Brangien vai se infiltrar no castelo e entregar a poção, e vamos esperar perto das tumbas no penhasco até que Isolda seja colocada lá.

– A poção está pronta? – indagou Lancelote.

Brangien moeu alguma coisa entre os dedos e salpicou em um cantil de couro.

– Quando chegarmos lá, estará.

– Não – interveio Guinevere, sacudindo a cabeça dolorida. – Brangien será reconhecida. O Rei Marco já a viu, assim como vários dos homens dele.

– Eu poderia... – A voz de Lancelote falhou. Ela limpou a garganta e continuou com mais convicção. – Eu poderia me vestir de mulher.

Já haviam discutido isso antes. Lancelote envergava uma armadura com toda a naturalidade, mas vesti-la de mulher seria uma mentira fácil de desmascarar.

– Você chama atenção demais – argumentou Guinevere, gesticulando. – É alta e forte, e não tem a postura de serva. Duvido que convenceria alguém. Eu vou.

– Não – os três disseram ao mesmo tempo, mas Guinevere ficou de pé. Precisou reunir todas as forças para não cambalear nem estremecer, mas conseguiu.

– Sou a mais indicada para essa tarefa, e vocês sabem disso. Posso fazer o papel de criada sem chamar atenção e, mesmo que alguém desconfie, tenho vários artifícios que podem me proporcionar tempo suficiente para fugir. Mas isso não será necessário, porque vou entrar no castelo com tamanha convicção que ninguém vai ousar me barrar. E quando encontrar Isolda e explicar quem sou...

– Ela sabe quem você é – interrompeu Brangien. – Já conversamos a seu respeito.

Guinevere ficou comovida por Brangien a ter levado para dentro de seus sonhos e compartilhado aquela parte de sua vida com Isolda.

– Ótimo. Então saberá que pode confiar em mim quando eu lhe der o veneno e disser para tomar e morrer.

– Mas e se estiver trancafiada em uma cela? – especulou Lancelote. – E se a senhora não conseguir encontrá-la?

– Nesse caso, posso improvisar. Sou boa nisso.

Guinevere lançou um olhar cheio de significado para Lancelote. Vinha agindo de improviso desde o dia em que os homens de Arthur a tiraram do convento. Guinevere subiu em sua égua, aceitando a ajuda de Lancelote como se fosse um gesto bem-vindo, mas desnecessário, embora não tivesse certeza de que conseguiria montar sozinha. Com sorte, estaria plenamente recuperada quando chegassem à cidade.

Brangien terminou sua poção durante a cavalgada e entregou o cantil a Guinevere. Lancelote observava tudo com apreensão. Guinevere tomou o cuidado de não fazer contato visual com ela e de manter uma postura firme e confiante. Tinha certeza de que Lancelote mudaria de ideia a respeito do plano ao menor sinal de perigo ou hesitação, e ela não permitiria que isso acontecesse.

– Esquerda, direita, corredor até a escadaria dos fundos, segunda porta, direita, última porta – Guinevere repetiu para si mesma as instruções. Sir Tristão explicara a disposição do castelo e lhe ensinara a chegar aos aposentos reais. E Lancelote a fizera jurar que, se não encontrasse Isolda, Guinevere sairia imediatamente de lá.

Sir Tristão as conduziu pela praia, desviando da cidade. Mas mesmo a distância Guinevere conseguia sentir seus odores. De fumaça, de bicho, de curtume. Era um horror. Tão ruim que Guinevere até preferia o cheiro do mar. Sentiu-se mais do que grata a Arthur pela visão que demonstrava ao administrar Camelot. Não bastava ter uma cidade funcional. Arthur fez com que sua cidade se tornasse *agradável* para todos que viviam lá.

O castelo também era bem menos imponente. Guinevere não conseguia enxergar os detalhes de tão longe, mas era possível ver que se tratava de uma construção baixa e nada elegante, de apenas dois andares. As fundações eram de pedra, mas o restante era de madeira e, portanto, vulnerável ao fogo. Como ficava na encosta de um penhasco e virado para a água, contava com uma defesa natural em pelo menos um dos lados.

Sir Tristão as levou até uma elevação rochosa. Todos desceram das selas, amarraram as montarias e escalaram até um local que proporcionava um bom ponto de observação. Sir Tristão apontou para uma pequena praia onde havia uma caverna no penhasco.

– Ali ficam as tumbas. Quando fizer sua parte, nos encontre lá.

Brangien enfiou um cardo roxo atrás da orelha de Guinevere.

– Falei sobre você com Isolda em nossos sonhos, claro, mas esta é a prova de que você é você e está aqui em meu nome.

– Guinevere – falou Lancelote, em um tom baixo, mas impositivo.

– Darei meia-volta a qualquer sinal de perigo – garantiu Guinevere, descendo das pedras antes que Lancelote pudesse dizer qualquer outra coisa.

Alinhou os ombros, baixou o capuz da capa – ninguém que trabalhava no castelo usaria capuz lá dentro – e caminhou com passos seguros, mantendo distância da beirada do penhasco e os olhos voltados para o chão. Entrou por uma porta lateral e seguiu as coordenadas passadas por Sir Tristão como se soubesse exatamente para onde estava indo.

E sabia mesmo. Resgataria uma donzela em perigo. Arthur não era o único herói de Camelot.

CAPÍTULO DEZESSEIS

Guinevere só não contava com o fato de que, na verdade, havia entrado em um único castelo na vida e quase nunca andava sozinha por lá. O castelo de Camelot tinha vários pavimentos, mas eram todos pequenos e de uma arquitetura não muito complexa. Alguns contavam apenas com um punhado de aposentos, e ela nem sabia o que havia em várias de suas partes, porque nunca tivera motivos para visitá-las.

Em menos de dez minutos dentro do castelo do Rei Marco, Guinevere se perdeu. Aquilo era um labirinto de teto baixo, uma floresta sem vida e sem brisa. E parecia tão frágil. Tão impermanente. Metade dos pisos que atravessou eram de junco e estalavam sob seus pés. Algumas fagulhas, e o castelo inteiro – e, com ele, a autoridade do Rei Marco – viraria fumaça.

Não era à toa que Arthur vinha sendo tão bem-sucedido. Camelot por si só lhe rendia crédito e *status*. Sua solidez, sua organização, sua beleza. Sim, Arthur era jovem, mas quem não se sentiria inspirado ao ver sua cidade? Era óbvio que todos que o procuravam iriam querer fazer parte de um reino como aquele. Considerando também a espada que ficara à sua espera no coração de Camelot, era como se alguém tivesse preparado tudo com capricho especialmente para ele.

A espada tinha *mesmo* sido preparada para Arthur, mas ninguém conhecia a origem da cidade. Estava lá desde sempre. Os romanos a usaram, assim como Uther Pendragon. Guinevere se perguntou se Merlin saberia quem a construiu, mas Camelot era muito mais antiga do que o feiticeiro.

Ela teve que se esforçar para não estremecer ao se lembrar do sonho com a cidade quando era nova, o que a levou a pensar na Dama do Lago. Guinevere não tinha tempo para pensar nisso. Arthur não fracassava em suas missões por se perder em devaneios com castelos impermanentes e cidades antigas. Tentou se lembrar das instruções de Sir Tristão. Mas, como não conseguia reconstituir seus passos até o ponto de partida, as instruções eram inúteis. Não fazia ideia de onde estava nem de como chegar ao local aonde precisava ir. Não era à toa que Arthur sempre preferia métodos mais diretos de enfrentamento e duelos de espadas.

– Por gentileza? – falou um jovem com o brasão do Rei Marco – o brasão era preto com o que parecia ser uma lança vermelha ou uma estranha árvore no meio –, estendendo o braço para mandá-la parar. Guinevere estava em um corredor comprido e mal iluminado. Não havia janelas para ajudá-la a se orientar. Seus olhos ardiam por causa da fumaça de algo que estava sendo cozido ali perto, emitindo um cheiro forte que dominava o ambiente. – O que você está fazendo aqui?

Guinevere havia jurado para Lancelote que ninguém notaria nem questionaria sua presença. Como o pânico em nada ajudaria, ela o suprimiu. Não havia como impedir que os outros a vissem, mas era possível controlar a *maneira* como a enxergavam. Se conseguira convencer uma cidade inteira de que era rainha, certamente era capaz de convencer um jovem de rosto redondo de que era dama de companhia.

Guinevere imediatamente foi às lágrimas.

O jovem arregalou os olhos, assustado. Eram castanho-escuros, com cílios grossos. Mordeu os lábios com os dentes tortos e disse:

– O que... o que aconteceu?

– Recém cheguei aqui, ontem à noite, e meu pai teve que ficar devendo uma porção de favores para conseguir um lugar para mim no castelo. Ficou todo orgulhoso e contou para todo mundo, até para a minha tia que me *odeia,* que está sempre dizendo que eu sou uma inútil, uma burra e que seria melhor para o meu pai não ter filho nenhum do que ter uma filha como eu, e ela tem razão, porque eu só precisava ir pegar vinho na cozinha e me perdi, e meu pai vai ficar muito decepcionado comigo quando eu for mandada de volta para casa. – Então parou de falar e fungou, com o lábio inferior tremendo. – Você acha que vão me mandar para casa ou me prender por não saber fazer nada direito?

O rosto do jovem ficou todo vermelho em seu esforço para segurar o riso.

– Ora, hoje é seu dia de sorte. Sei onde fica a cozinha. E pode enxugar as lágrimas. Ninguém vai nem reparar na sua presença aqui hoje. A rainha será queimada esta noite.

O jovem lhe ofereceu o braço, e Guinevere aceitou, aproveitando-se desse movimento para esconder a expressão de choque. *Naquela noite!* Isolda seria executada em poucas horas. Não tinha um instante a perder.

– Obrigada! Minha tia me falou que ninguém seria generoso comigo no castelo, nem um tantinho que fosse, mas ela estava errada. Que hora é... que hora é a... a fogueira?

Guinevere hesitou em usar a palavra "fogueira" para se referir ao destino de Isolda, mas não soube como dizer aquilo de outra maneira.

– Na hora do pôr do sol – respondeu o rapaz, conduzindo-a para a cozinha. – Você perdeu o julgamento? Foi bem triste.

A rainha chorou, e o rei esbravejou. A mesma coisa de sempre, portanto. – Ele soltou uma risada com gosto. – Mas é uma pena que seja uma bruxa. Sempre foi muito boa para nós. Minha irmã acha que tem mais a ver com o fato de nosso Rei Marco querer um herdeiro do que com bruxaria, mas acho que a rainha devia estar aprontando alguma, sempre trancada nos aposentos, dormindo o tempo todo.

– Ela está presa em uma cela? Eu não ficaria tranquila em saber que estou dividindo o castelo com uma bruxa.

Guinevere estremeceu. Não foi difícil fingir. Estava mesmo apavorada com o pouco tempo disponível e com o nível de dificuldade da tarefa que precisava cumprir. E tinha prometido a Lancelote que daria meia-volta ao primeiro sinal de problemas.

Era uma promessa que seria obrigada a descumprir.

– Depois que o sol se puser, você nunca mais vai precisar se preocupar com ela – garantiu o rapaz, fazendo um ruído com a boca e elevando os dedos no ar em uma imitação macabra e brincalhona de uma fogueira. – A cozinha é aqui – avisou, apontando para uma porta. Guinevere poderia ter encontrado o local facilmente, apenas seguindo o cheiro de fumaça e banha derretida. – Agora preciso ir. É minha vez de montar guarda diante da porta do rei – complementou, estufando o peito de orgulho.

– Obrigada, meu herói.

Guinevere sorriu quando ele virou as costas, mas seu sorriso se desfez em um piscar de olhos. Não havia encontrado Isolda, mas poderia encontrar o homem que sabia onde ela estava. Seguiu o jovem, puxando fios de sua túnica enquanto andava e os amarrando furiosamente para causar confusão mental. Aquele artifício tornava sua visão embaçada e seus passos inseguros, mas também faria qualquer um que pudesse querer barrá-la ou interrogá-la passar direto sem notar sua presença.

Depois de subir uma escadaria estreita e atravessar outro corredor escuro, ele parou para cuspir em frente a uma porta antes de seguir adiante.

Precisava fazer uma aposta. Segui-lo até onde estava o rei ou investigar a porta que ocasionou aquele ato de desprezo? Guinevere deteve o passo. A porta estava trancada por fora. Ela poderia encontrar o rei mais tarde, se fosse necessário. Em vez disso, soltou a tranca e examinou a fechadura. Dentro de sua bolsinha, afastou a poção para o lado e considerou suas opções. Encontrou fios. Pedaços de tecido. O dente do combalido dragão, que não ajudaria em nada. O fio de ferro não estava lá, infelizmente, pois daria conta do recado com facilidade.

Soltou um suspiro e, levando a mão à bota, sacou a adaga de ferro que Arthur lhe dera. Não gostava daquela magia, nem do preço que cobrava e nem da sensação que causava. Abriu um corte na ponta de um dedo, que pressionou contra a fechadura, traçando um nó simples de envelhecimento. Em seguida, deixou cair uma gota de sangue no buraco da chave. Não aconteceu nada de muito dramático ou espalhafatoso. Alguns segundos depois, a fechadura simplesmente se abriu, expelindo um pó fino de ferrugem no processo. Se alguém decidisse olhar mais de perto, pensaria que o mecanismo sucumbira à passagem do tempo e à maresia.

Guinevere encostou a cabeça na porta. A magia de sangue exigia mais dela que as outras. Não sabia o preço exato daquela. Desconfiava que havia perdido vários dias de vida ao concentrar a passagem do tempo naquele objeto. A magia sempre tinha um preço, a ser pago uma hora ou outra.

Abriu a porta. Era um cômodo mal iluminado, com uma única janela de venezianas fechadas. Havia uma cama em um canto, com cobertores caprichosamente dobrados. Mas nada de pinturas ou tapetes. Uma mulher estava sentada diante de uma mesa simples de madeira, junto à parede.

– Quem é você? – perguntou uma voz suave como a primavera.

Guinevere entrou. Os cabelos da mulher eram longos e abundantes. Os olhos eram separados por um nariz pequeno, os lábios eram como botões de rosa, as bochechas eram cheias, as mãos eram carnudas e as curvas generosas preenchiam todo o tecido verde das roupas. Era impossível não perder um pouco o fôlego diante de um rosto de tamanha beleza.

– Quem é você? O que está acontecendo? – perguntou Isolda, ficando de pé com uma expressão alarmada enquanto tentava se concentrar no rosto de Guinevere, mas não conseguia por causa do nó de confusão mental. – Quem é você?

O tom de voz dela estava se elevando. Desse jeito, as duas seriam descobertas. Guinevere levou a túnica até a boca e cortou os fios do nós, dissipando a magia. Sua mente clareou feito um espirro que libera a pressão de dentro do nariz. Isolda deu um passo atrás, piscando várias vezes quando seus olhos enfim pousaram sobre Guinevere.

– Eu vim em nome de Brangien – Guinevere revelou, mostrando o cardo roxo.

O rosto de Isolda ficou pálido, e ela estendeu a mão trêmula.

– A flor de Brangien. Bonita, não apesar dos espinhos, mas por causa deles. – Então apertou o cardo contra o peito e perguntou: – Quem é você?

– Guinevere.

– A rainha? – As sobrancelhas expressivas de Isolda se elevaram até o alto da testa. – Brangien pediu para a *rainha* do Rei Arthur vir até mim?

– Bem, é uma expedição coletiva. Estou aqui para libertar você.

– E Brangien? – questionou Isolda, com a voz trêmula.

– Brangien está à espera, para ajudar. Temos um lugar para você em Camelot, se quiser.

– Eu não faria isso. – Isolda levou a mão ao coração, sacudindo a cabeça. – Colocaria todo o reino em perigo. Brangien e eu teremos que fugir. Teremos que fugir para sempre.

– Tínhamos um plano e era muito bom. Mas ficou um pouco mais complicado, agora que sei que você vai ser queimada assim que o sol se puser.

Guinevere puxou as venezianas. Estavam presas com pregos. O quarto ficava no segundo andar, e elas provavelmente conseguiriam descer pela janela. Mas como fazer isso sem serem vistas? Guinevere temia que, caso usasse a poção da falsa morte agora que Isolda havia sido condenada por bruxaria, seu corpo seria simplesmente cremado, em vez de sepultado em uma caverna.

Refez o corte no dedo e deixou seu precioso tempo agir sobre vários dos pregos, até conseguir abrir as venezianas. Estava quase escurecendo. A execução era iminente. Guinevere sentiu o cheiro de madeira queimada. Devia ser constante, por causa da lenha dos fogões, mas era também um prenúncio da morte. Só que a sorte enfim virou para o lado delas. Havia uma árvore perto da janela que poderiam alcançar para descer ao chão e que também serviria para ocultar a fuga.

– Vamos. Primeiro fugimos, depois pensamos no que vem pela frente.

Não era o plano ideal, mas era melhor do que queimar amarrada a uma estaca. Guinevere estendeu a mão para Isolda, que a segurou.

Durante o tempo que passara dormindo, Guinevere havia recuperado a sensação nas mãos. E pôde sentir o ano inteiro de tormento e terror que aquela boa alma sofreu em poder do marido. Isolda mantinha sua dor logo abaixo da superfície, e era tamanha que deixou Guinevere sem fôlego. De alguma forma, porém, sob a dor ainda havia esperança, bondade e luz. Todas as pequenas formas que Isolda encontrou de oferecer a bondade que a vida lhe negava. E, no centro de tudo, o amor ardente que Guinevere sabia ser reservado a Brangien. Sem dúvida, fora aquilo que manteve Isolda viva durante todo esse tempo.

– Quando descermos, pode ser uma boa ideia pôr fogo neste castelo até não restar mais nada – falou Guinevere, cerrando os dentes ao sentir a dor que ainda a atordoava. Então ajudou Isolda a subir no parapeito.

Nesse momento, a porta se abriu, revelando um homem com uma coroa na cabeça.

CAPÍTULO DEZESSETE

Guinevere estava cara a cara com Rei Marco, justamente o encontro que haviam planejado evitar. Estava tudo arruinado. Ficou surpresa com sua tranquilidade naquela situação. Tudo o que poderia dar errado tinha dado errado. Só lhe restava reagir ao que ele fizesse. Então se colocou entre Isolda e o rei.

Mas Rei Marco a surpreendeu. Fechou a porta atrás de si, isolando os três do restante do castelo.

– Você está aqui a mando de quem? – indagou ele.

Guinevere imaginava que Rei Marco tivesse uma aparência como a de Maleagant, um homem bruto com um rosto bruto. O rosto de Rei Marco, porém, era gorducho e inchado. O nariz era cheio de veias, e os lábios úmidos e inchados transmitiam uma sensação das mais desagradáveis.

Sabia muito bem do que aquele homem era capaz. Mal havia tocado a pele de Isolda, mas o que aquela mulher havia suportado... Rei Marco era um monstro. Mas Guinevere havia falado sério quando disse que ela e Brangien formavam um par formidável. Em vez de medo, o que sentiu foi *fúria*.

Abriu um meio-sorriso.

– Você sabe quem me mandou.

– Se meu irmão acha que vai conseguir conquistar o trono tirando o que é meu, está redondamente enganado. Eu vou reduzi-lo a cinzas em dois tempos – grunhiu Rei Marco. – Mas antes tenho duas bruxas para queimar hoje à noite.

Agarrou Guinevere pelo pulso. Por sorte, o tecido da roupa bloqueou a pele dele, pois não queria sentir como era aquele homem. Não era necessário.

Isolda permaneceu imóvel no parapeito, como um cervo paralisado pelo medo.

Havia algumas opções. Rei Marco não convocara seus guardas porque considerava Guinevere uma ameaça que podia neutralizar sozinho. Se, de alguma forma, pudesse forçá-lo a beber a poção de Brangien, sua "morte" causaria comoção suficiente para acobertar a fuga. E gostou da ideia de que o rei poderia acordar em uma tumba. Mas como fazer isso?

– Ele não deveria ter mandado uma mulher – falou Rei Marco, olhando-a de cima a baixo. – E que não tem nem tamanho para proporcionar um pouco de diversão. Diga, minha esposa, você pensou mesmo que fosse conseguir escapar?

Isolda soltou um gemido baixinho.

– Desça daí agora se não quiser que eu machuque a moça e obrigue você a assistir.

– Pule para a árvore – retrucou Guinevere. – Esse homem não tem como me fazer mal. Pode ir. Ela está à sua espera – Guinevere falou antes de se virar e forçar Isolda a olhar para ela e não para Rei Marco. – Confie em mim.

Isolda hesitou por um breve instante, mas saltou para a árvore.

– Bruxa insolente!

Guinevere estava pronta para entrar em ação assim que Rei Marco corresse para a janela ou para a porta. Podia amarrar um nó do sono e então...

Soltou um suspiro de espanto, pega de surpresa porque Rei Marco levou as mãos à sua garganta e começou a apertar. Não havia armas nem ferramentas nem maneiras de fazê-lo engolir a poção. Ele a estava atacando…

Sua visão começou a oscilar…

O rei iria matá-la…

Sem ar, não havia ar, estava tudo escuro e só restavam bolhas subindo para a escuridão lá em cima, a água esperando para invadir seu corpo e…

De novo, não.

Tocou a testa dele com os dedos, reuniu seus poderes em um surto de desespero e os *projetou.* Foi um ato motivado pelo pânico, uma reação animalesca em sua intensidade. Guinevere perdeu a noção de quem era e onde estava. Só sabia que aquela coisa, aquela criatura à sua frente, estava lhe provocando dor. Tentando matá-la. E não permitiria que isso acontecesse.

Inundou a mente de Rei Marco como um rio que transborda de suas margens, destruindo tudo de forma indiscriminada. Sua visão ficou borrada, com as mãos dele ainda em torno de seu pescoço, e sua determinação só se fortaleceu com isso.

Apenas quando Rei Marco foi ao chão é que Guinevere voltou a si. Ofegante, com uma dor terrível na garganta, estava de pé ao lado dele, esperando mais um ataque. O rei estava com os olhos vazios e sem foco voltados para o teto, com a respiração rasa e descontrolada.

– Ah, não – murmurou Guinevere. Sua magia entrara em ação. Não a magia cautelosa e contida dos nós, e sim um poder selvagem e feroz que ela não compreendia. Só havia usado sua magia do toque em uma mente uma única vez, quando forçou Sir Bors a achar que matara o dragão, para poder libertá-lo. Mas fizera isso com cuidado. Com cautela e precisão. E, mesmo assim, lhe pareceu um ato desmedido, violento.

Dessa vez, havia destruído uma mente por inteiro.

Cambaleou para trás e esbarrou em uma parede, olhando para aquele homem caído. Um monstro, verdade, mas não deixava de ser um homem. O motivo pelo qual o odiava não era justamente o fato de ele usar o poder que tinha para fazer mal aos outros? Guinevere queria ser melhor que Merlin, não provocar o mesmo mal que o feiticeiro, e mais uma vez se via forçada a usar a magia em benefício próprio, deixando um rastro de destruição atrás de si.

Talvez não fosse tão ruim assim. Talvez Rei Marco estivesse apenas dormindo. Afinal, continuava respirando. Guinevere se abaixou e passou os dedos na testa dele, mas os puxou de volta como se tivessem sido queimados.

Não havia *nada* ali.

Quem quer que fosse – o que quer que fosse –, não existia mais. Havia sido apagado por completo.

Guinevere se levantou e sacudiu as mãos, desejando que pudessem ser arrancadas, separadas do restante do corpo. Pareciam poderosas demais, capazes de fazer estrago demais, e ela não conseguia controlá-las. Estava cega de terror, e o poder que havia provocado aquele ataque estava voltando para as profundezas de sua mente, impedindo-a de analisá-lo. E, na verdade, ela nem queria. Seu desejo era poder se esquecer daquilo. De tudo. Do que havia feito, mas também do que sentira quando aquele homem violento e cruel a tocara. Do que sentira em Isolda.

Isolda. Guinevere não tinha tempo para ficar horrorizada. Debruçou-se para fora da janela e viu que Isolda havia descido pelos galhos até chegar ao tronco da árvore, onde estava agarrada.

– Não saia daí – murmurou.

Isolda levantou os olhos, em choque. No fundo, não acreditava que Guinevere pudesse sair vencedora daquele duelo. Só torcia para que ela conseguisse escapar com vida daquele quarto.

– Guinevere!

– Preciso de alguns minutos. Não se mova.

Voltou para dentro do quarto. Precisava fazer alguma coisa. Qualquer coisa. Dar um jeito na situação.

Mas não havia como remediar uma situação como aquela.

Tanto planejamento... A garantia que dera de que faria tudo sem pôr Camelot em risco. Tudo havia se perdido porque ela não conseguiu se controlar. Com um nó do sono, poderia ter dopado Rei Marco, que acordaria pensando que seu irmão havia raptado sua esposa.

Mas não. Não houve tempo hábil para atar o nó. O rei jamais a deixaria sair viva daquele quarto. Guinevere deveria ter dado meia-volta assim que se deu conta de que o plano inicial fracassara. Essa foi a promessa que fizera a Lancelote e Arthur. E traíra a confiança dos dois.

Fechou os olhos, tentando acalmar sua respiração. Isolda merecia ser livre. Fosse qual fosse sua promessa, não tinha a opção de dar meia-volta e abortar a missão.

Guinevere ergueu o queixo e abriu os olhos. Era preciso improvisar. O que seria um pouco mais de caos considerando o que já provocara? Apoiou as mãos espalmadas na parede oposta. A madeira áspera estava fria. Seca. Pronta para ser destruída por Guinevere.

Evocou as fagulhas e não se importou quando atingiram suas mãos. A dor a manteve concentrada, impedindo que ignorasse o custo de suas decisões. Quando a madeira começou a queimar, escancarou a porta. Segurou Rei Marco pelas axilas e o arrastou para o corredor. A cabeça dele quicava nas tábuas do piso. Pelo menos já estava vazia.

– Socorro – gritou, com a voz rouca e abafada pelo dano sofrido na garganta. Mas, com a fumaça já tomando conta do quarto, havia uma desculpa para falar desse jeito. – Alguém me ajude!

Três homens vieram correndo. Detiveram o passo quando viram o rei caído no chão e Guinevere ainda tentando arrastá-lo para fora do quarto em chamas.

– Ela ateou fogo no próprio corpo! – Guinevere berrou. – A rainha! Queimou suas vestes! O rei desmaiou. Ela poderia ter matado os dois.

Os guardas seguiram em frente para atravessar a porta, mas, recebidos por uma lufada de ar quente e uma coluna de fumaça, foram obrigados a recuar, protegendo os olhos. Guinevere sentiu uma pontada de irritação, pois eles consideraram uma prioridade se certificar de que a rainha estava morta em vez de ajudar a salvar vidas.

– Onde está o restante dos homens? – questionou. – Onde estão todos?

– Já estão lá fora para a execução! – respondeu um dos homens, observando com olhos arregalados as chamas que consumiam o quarto.

Ainda restava alguma sorte a Guinevere, portanto. O castelo estava vazio.

– Depressa, precisamos tirar o rei daqui. Soem o alarme antes que o castelo todo pegue fogo!

Os homens entraram em ação prontamente. Dois deles pegaram o rei, carregando-o de forma desajeitada pelo corredor enquanto o terceiro ia correndo na frente, gritando "Fogo!".

Guinevere foi atrás, cobrindo o rosto com a manga da roupa e tossindo. Era tudo parte de sua encenação para impedir que alguém prestasse atenção nela e fosse capaz de identificá-la. E também serviu para filtrar um pouco sua respiração. Com a quantidade de fumaça que já dominava o ambiente, era pouquíssimo provável que o castelo pudesse ser salvo.

– Fogo! – exclamava. – Fogo!

Na escadaria, as pessoas se espremiam contra a parede, abrindo passagem para o rei inconsciente, depois continuavam a descer atrás dele.

– A rainha está morta! – Guinevere gritou para ajudar aquela parte da história a se espalhar.

– Fogo! Fogo! A rainha está morta! – começaram a berrar outras pessoas.

Guinevere reuniu toda a sua esperança como se fosse um nó, desejando que fosse capaz de envolver todo o castelo.

Que todos consigam sair.

Que todos consigam sair.

Que todos consigam sair.

Os gritos de pânico acompanhavam sua fuga. Várias pessoas repetiam que a rainha estava morta. Ela também ouviu algumas exclamações sobre bruxarias e, inexplicavelmente, várias menções a um dragão. E se eles pensassem que um dragão havia feito aquilo? Seria mais um estrago causado por ela se o incidente ocasionasse uma caçada a um dragão e colocasse seu amigo em risco.

Mas não podia interromper aqueles gritos e dizer algo como "Foi bruxaria, não obra de um dragão!". Não podia atrair mais atenção para si. Afastou-se dos guardas que carregavam o rei e se infiltrou em um salão lateral, pelo qual vários criados estavam fugindo. Guinevere se aproveitou do caos para derrubar uma porta junto com duas servas e sair pela direita, percorrendo a lateral do castelo na direção dos fundos da construção.

Não foi difícil encontrar a árvore onde deixara Isolda, envolta por um brilho alaranjado, enquanto a construção inteira era consumida pelas chamas.

– Isolda! – berrou Guinevere. Isolda ainda estava agarrada à árvore, usando o tronco para se proteger do calor intenso. As folhas secas estavam começando a se enrolar, e algumas já soltavam fumaça. – Vamos!

Isolda desceu desajeitadamente da árvore, saltando os últimos metros e aterrissando sobre as várias camadas de sua saia.

– Você se machucou? – perguntou Guinevere, ajudando-a a se levantar.

Isolda sacudiu a cabeça e arregalou os olhos.

– O que aconteceu lá dentro?

– Precisamos ir. Agora mesmo. Pensam que você está morta.

Guinevere a pegou pela mão, e as duas correram. Fugir era uma necessidade, mas ela também não queria contar a Isolda o que acontecera. Não queria que ninguém soubesse. Não queria nunca mais ter que pensar a respeito.

A noite estava abençoadamente escura e fria quando escaparam do alcance das chamas, mas era difícil se locomover pela superfície escarpada do penhasco com aquela luminosidade cada vez menor. Guinevere teve um momento de pavor, quando achou que não conseguiria encontrar o ponto combinado, que ficaria presa ali para sempre, com seu sentimento de culpa ardendo como um farol enquanto a fumaça se elevava ao céu. Mas, depois de alguns minutos de tensão, reconheceu as rochas protuberantes por onde viera.

– Somos nós! – tentou avisar, mas sua garganta estava danificada demais pela violência de Rei Marco, pela gritaria e pela fumaça. Sua voz saiu como um gemido sofrido.

Um vulto surgiu de trás das pedras. Isolda gritou como um animal ferido, passou correndo por Guinevere e se jogou nos braços de Brangien. Elas foram ao chão, unidas em um choro silencioso, murmurando palavras que diziam respeito apenas às duas.

Lancelote e Sir Tristão apareceram também. Guinevere deu graças por já ter escurecido e por não poderem ver a expressão em seu rosto. Sentia-se apartada de si mesma, como se aquele pesadelo tivesse sido algo que apenas testemunhara e não fizera. Como uma história contada por alguém. Guinevere e o Rei Cruel.

Não gostou daquela narrativa.

– O que aconteceu? – indagou Lancelote, olhando para Isolda, que deveria estar inconsciente, parecendo morta, àquela altura do plano.

Guinevere estava morrendo de frio. Estremeceu, se segurando para não bater os dentes.

– Complicações.

– Por que a senhora está falando desse jeito? – perguntou Lancelote, chegando mais perto.

A noite era como um escudo, que protegia Guinevere da necessidade de revelar a verdade.

– Fumaça. Tive que pôr fogo no castelo.

– A senhora teve que *pôr fogo no castelo?*

– Todo mundo acha que ela está morta. Não temos mais o que fazer aqui.

Guinevere passou por Lancelote e saiu andando na direção onde haviam escondido as montarias. Obrigou-se a não olhar para trás. Em parte, ainda queria voltar ao castelo e se certificar de que todos saíram vivos. Sinceramente, não sabia o que a atormentava mais: saber que pessoas haviam morrido por sua causa ou passar o resto da vida temendo que isso tivesse acontecido.

Mas achava que merecia esse tormento.

CAPÍTULO DEZOITO

Enquanto se afastavam do incêndio cavalgando, Guinevere arrancou vários fios de cabelos e amarrou no dente do dragão, em um feitiço para se conectar com ele. Não podia voltar para se certificar de que não havia mais feridos, mas podia ao menos proteger aquela única criatura. Assim que a magia fez efeito, a percepção de uma outra mente surgiu. Daquela vez, felizmente, o custo da magia era reconfortante. Não estava sozinha.

Se tudo saísse de acordo com os planos – o que não era garantido, ainda mais naquela noite –, o dragão se sentiria atraído pelo nó e acompanharia o barco na viagem pela costa, e ela o desataria quando estivessem em um lugar desabitado, por mais que fosse cada vez mais difícil encontrar um.

Isso a fez pensar de novo nos lobos que havia enfrentado em Camelot. O dragão sentira o chamado da Rainha das Trevas, mas resistira. Será que os lobos teriam feito a mesma coisa se tivessem a proteção de uma floresta ampla o bastante para perseguirem suas presas naturais sem saírem de lá? Sem esse refúgio, era mesmo surpreendente que tivessem sucumbido à magia dela?

Guinevere esfregou os olhos. Estavam vermelhos e ardiam por causa da fumaça. Fechá-los quase não trazia alívio. Muitas outras imagens que ela desejaria não ver invadiam sua mente quando estava distraída. Portanto, permaneceria concentrada. Quando voltassem ao barco, poderia dormir. A inconsciência nunca lhe parecera um estado tão atraente.

Embora tivessem trazido uma montaria extra para Isolda, ela e Brangien cavalgavam juntas, com Brangien na frente e Isolda agarrada à sua cintura e a cabeça colada a suas costas. Podiam até estar conversando, mas Guinevere não conseguia ouvir e estava contente por isso. Aquele reencontro era só das duas. Como Lancelote se mantinha próxima de Guinevere e várias vezes pareceu prestes a interrogá-la em busca de maiores detalhes, várias vezes Guinevere precisou atiçar sua égua para deixar Lancelote para trás.

Por fim, quando estavam mais perto do barco – e foi possível ver uma fogueira acesa na escuridão funcionando como um farol a assinalar a localização de Hild –, Lancelote entrou na frente de Guinevere e a forçou a parar.

– Antes de reencontrarmos Hild, precisamos decidir como explicar a presença de Isolda. Tanto para Hild como para Camelot. E a senhora precisa contar o que aconteceu.

– Ela pode ser uma prima minha – sugeriu Brangien. – Uma nova dama de companhia, trazida por minha recomendação.

Isolda olhou para o grupo por cima do ombro de Brangien. Sir Tristão se mantivera próximo das duas, a uma distância suficiente para lhes fazer companhia sem tirar sua privacidade. Guinevere viu o sorriso dele mesmo em meio à escuridão, era possível *sentir* a felicidade que irradiava do cavaleiro. Havia cumprido uma missão, salvando a mulher que não conseguira salvar antes e reunindo suas melhores amigas. Sua alegria parecia ser a mais pura. A de Brangien e de Isolda sem dúvida era maculada pelo sofrimento que Isolda passara para chegar até ali. E Guinevere não sentia alegria nenhuma, apesar de estar feliz por sua amiga.

– É isso o que você quer, Isolda? – questionou Guinevere, lembrando que passara de bruxa da floresta a rainha, e isso lhe causara uma série de problemas. Deixar de ser rainha para se tornar dama de companhia não seria nem um pouco mais fácil. Sua primeira noite de viagem sem Brangien lhe mostrara que não era nada difícil se acostumar a ter ajuda para fazer até mesmo as coisas mais básicas.

– É uma proposta mais do que justa. É extremamente generosa.

Isolda parecia estar sendo sincera. E as histórias contadas por Brangien deixavam claro que Isolda não via problema nenhum em trabalhar. Fazia isso com frequência para aliviar o fardo das pessoas que a serviam em sua casa. Pelo menos, em seu novo lar, desfrutaria de algo que nunca tivera antes: a verdadeira liberdade.

– Podemos dizer que Brangien já tinha escrito para Isolda e combinado de encontrá-la no caminho. – A alegria de Sir Tristão era tão inegável quanto a escuridão da noite. – É normal uma rainha ter mais de uma dama de companhia. Não haverá nenhum questionamento.

– O meu nome é bem comum no lugar de onde venho – Isolda falou. – Mas podemos mudar, se for mais seguro.

– Algumas pessoas conhecem seu nome, mas pensam que você era, hã, minha amante – respondeu Sir Tristão. Em seguida, limpou a garganta, constrangido. – Não consegui convencê-las do contrário. Mas você obviamente não estará comigo. Então acho que ninguém pensará que se trata da mesma Isolda.

– Com certeza a história da morte dela não vai demorar para se espalhar – disse Guinevere. Falar era doloroso.

– E que história é *essa*? – questionou Lancelote, aproximando-se ainda mais com sua égua.

– Ela seria queimada viva. Era tarde demais para executar nosso plano. Então improvisei.

– Não lamentei nem um pouco quando vi aquele castelo pegar

fogo – disse Isolda. Brangien se mexeu na sela, estendendo a mão para trás e colocando no rosto de Isolda. – Mas espero que ninguém tenha se ferido. Guinevere foi tão corajosa!

Lancelote não fez nenhum comentário a respeito. Com certeza, preferiria mais precaução e menos coragem.

– E o rei? Será que também vai se deixar convencer?

– Rei Marco não é mais problema. Estou cansada. Deixe-me passar – respondeu Guinevere, estalando a língua e usando sua montaria para se desvencilhar de Lancelote.

Foi a primeira a chegar ao acampamento. Hild estava sentada junto à fogueira e ergueu os olhos, surpresa.

– Chegaram cedo. Só vamos zarpar de manhã.

– Podemos passar a noite acampados aqui, com o maior prazer – disse Guinevere, descendo da sela. Sir Tristão pegou sua égua e a levou, junto com os demais cavalos, para comer e beber água.

Lancelote orbitava ao seu redor, sempre por perto para ouvir tudo o que ela dizia, mas mantendo um certo distanciamento calculado. Guinevere a magoara. Mas não conseguia nem imaginar o quanto seria pior se Lancelote soubesse toda a verdade.

Guinevere sentou-se perto de Hild. O oceano cravava os dedos ao longo da costa, tentando arrastar a terra para suas profundezas. Um manto foi colocado sobre seus ombros, e Isolda pôs a mão de leve em suas costas antes de se acomodar diante delas, perto do fogo.

– Essa é nova – falou Hild, apontando para Isolda.

– Minha prima – disse Brangien.

Hild franziu a testa, duvidando. Sob a luz da fogueira, os cabelos de Isolda revelaram seu tom vermelho cobre. A pele dela era clara, e seu corpo curvilíneo não se assemelhava em nada à silhueta angulosa de Brangien. Era como comparar uma rosa com um cardo.

– Pelo lado da mãe dela – acrescentou Isolda, como se isso explicasse tudo.

Hild soltou um grunhido, perdendo o interesse.

– De manhã, vamos zarpar. Conheço um rio. Posso deixar vocês mais perto. Sem cobrar mais dinheiro. Mas… – então espichou o olhar para Lancelote, com uma expressão astuta no rosto queimado de sol – … meus irmãos estão lá. Precisam de trabalho. Todos eles. Homens bons. Fortes. Sabem plantar. Pescar. Homens bons para o seu Rei Arthur.

Lancelote arregalou os olhos e tossiu de susto.

Sir Tristão demorou alguns segundos a mais do que deveria para responder.

– Sinto muito, mas não podemos ajudar. Nós não conhecemos o Rei Arthur.

Hild sacudiu a cabeça, impaciente, sem se deixar enganar.

– Cavaleiro mulher. – Ela apontou o dedo para Lancelote. – Nós ouvimos coisas. Um cavaleiro mulher é uma boa história. Ninguém mais tem um.

Lancelote ficou paralisada, sem reação. Guinevere sabia como ela ficava abalada quando seu disfarce falhava. Mas então Hild se virou para Guinevere.

– E você é rainha.

– Quê? – retrucou Guinevere.

Hild acenou com a cabeça, confiante.

– Você dormiu. Muitos dias! Todo mundo trabalha. Só rainha pode fazer isso.

Foi a vez de Guinevere ficar envergonhada. Ela queria se defender e se explicar, mas dizer que estava apavorada demais para conseguir ficar acordada não era uma desculpa muito melhor do que ser uma rainha preguiçosa.

– Podemos ajudar Rei Arthur. Transportar coisas. Transportar homens. – Hild apontou para Sir Tristão. – Como esse! Quero mais como ele. Mas quem quer… – Ela deixou a frase no ar, franzindo a testa, pensativa, e em seguida fez uma série de gestos que Guinevere não entendeu direito e definitivamente não queria perder tempo tentando entender. E, nesse momento, Sir Tristão ficou tão constrangido quanto Guinevere e Lancelote.

Não havia sentido em tentar negar. Era melhor ter Hild ao lado deles do que irritá-la com mais mentiras. Guinevere se sentou direito, ergueu o queixo e assumiu a postura que tinha durante os jantares com os cavaleiros e suas esposas.

– Você não pode contar para ninguém que estivemos aqui. Isso é importantíssimo.

Hild assentiu prontamente.

– Eu guardo segredos, vocês ajudam meus irmãos.

– Poder contar com homens que conhecem as terras costeiras e sabem navegar não seria de todo mal – falou Lancelote, em um tom relutante.

– Como explicar nossa ida ao vilarejo deles? – questionou Sir Tristão.

Guinevere precisaria retomar seu papel de rainha antes do esperado. Era decepcionante perder a liberdade de ser outra pessoa, mas pelo menos aquilo lhe proporcionava algo para ocupar a mente. Uma desculpa para olhar para a frente e não para trás.

– Vamos fazer exatamente o que Hild quer. Podemos dizer que estávamos passando por perto, conhecemos Hild e resolvemos fazer uma visita para levar um convite do Rei Arthur. O seu povo pode ter uma audiência com ele e discutir uma forma de cooperação no futuro. Podemos inclusive levar um de seus irmãos conosco. Estamos indo a um casamento.

Hild assentiu com a cabeça, mas então contorceu o rosto, pensativa.

– Pode ser melhor chegar perto do vilarejo e depois ir andando. Não posso usar o barco.

Guinevere deu risada.

– Mas você navega tão bem!

– Como você sabe? Fica dormindo o tempo todo – retrucou Hild, franzindo a testa. Em seguida, estendeu o manto no chão, deitou em cima e fechou os olhos. – Nós zarpamos de manhã.

Brangien e Isolda se abraçaram, com a cabeça de Brangien apoiada sobre o ombro de Isolda e o rosto de Isolda pousado sobre a cabeça de Brangien. Os lábios delas se mexiam, mas falavam tão baixo que Guinevere não conseguia ouvir. Sir Tristão se voltou para a noite fechada, assumindo o primeiro turno de vigia.

Lancelote foi se sentar perto de Guinevere.

– A senhora está com hematomas no pescoço.

Guinevere levou os dedos à garganta. Esperava que Brangien tivesse algo que pudesse usar no casamento para encobrir os vestígios deixados pela violência de Rei Marco. E também no encontro com os irmãos de Hild. Era melhor que nenhum boato começasse a se espalhar.

Continuou com os dedos na garganta, imaginando se seria capaz de apertar um pescoço com tanta força quanto Rei Marco fizera. Mas as mãos dele eram muito maiores do que as suas. O rei era bem mais forte. Assim como Maleagant. Se Guinevere não tivesse conseguido evocar aquele poder selvagem e violento, se dependesse só de si mesma, de seu corpo de garota, como poderia ter resistido ao ataque de qualquer um dos dois?

Mas, se Guinevere fosse apenas uma garota normal, Maleagant sequer tomaria conhecimento de sua existência. Jamais teria enfrentado Rei Marco para resgatar Isolda. E ele não a teria atacado. Ainda seria um ser humano, em vez de uma carcaça vazia.

Maleagant ainda estaria vivo e desestabilizando o reinado de Arthur, e Rei Marco ainda teria Isolda. Guinevere estava com os olhos voltados para as fagulhas e chamas quando Brangien disse alguma coisa que fez Isolda rir discretamente. Foi apenas por um breve instante, mas, para alguém que havia sofrido tanto como Isolda, significava *muito*.

– Estou bem – Guinevere falou para Lancelote, então levantou e deu alguns passos na direção das árvores. O vento tinha mudado de direção, soprando a fumaça em seu rosto, o que lhe deu vontade de chorar.

Lancelote a seguiu. Seu rosto parecia um livro fechado, incapaz de revelar o que quer que fosse.

– Você está brava comigo? – indagou Guinevere.

– Estou furiosa comigo mesma. E com aquele homem.

– Mas deu certo. Nós vencemos.

– Não vencemos nada. A senhora *sobreviveu*. Não é a mesma coisa. Como vou explicar isso ao Rei Arthur? Como posso continuar sendo seu cavaleiro depois disso? Meu fracasso está estampado em sua pele.

– A decisão foi minha. Do início ao fim.

– A senhora *jamais* poderia ter ido até lá. Foi uma tolice da minha parte concordar.

– Por que outra pessoa deveria ir no meu lugar?

– Porque a senhora é a rainha!

– Você sabe muito bem que esse título é uma mentira. Não significa *nada*.

Guinevere ficou surpresa com sua própria veemência. Mas era verdade. Não só porque ela não era a verdadeira Guinevere, mas também porque era uma pessoa como qualquer outra. Por que deveria ser mais importante que os demais? Por que alguém como Rei Marco tinha poder sobre uma cidade inteira? Por que era filho de quem era? Por causa do ouro, de uma espada ou...

Interrompeu seus pensamentos. *Arthur* era rei por causa de uma espada. E por ser filho de quem era. Mas era melhor do que aquele homem vil.

Lancelote sacudiu a cabeça.

– A senhora pode não ter nascido rainha, mas isso não muda o fato de que é, *sim*, a rainha. Isso é importante para mim. E para o Rei Arthur. Eu errei ao concordar com o que foi feito. Ele vai me destituir do posto de cavaleiro.

– De jeito nenhum. Você fez o que eu pedi. Se o Rei Arthur quiser se irritar com alguém, que seja comigo.

– Sou eu que vou responder por isso! A senhora não pensou nisso em nenhum momento? – A expressão de Lancelote era de aflição. – Ele vai me mandar embora, e eu tenho que... eu *preciso* proteger a senhora. Desde o instante em que nos conhecemos naquela floresta, tive certeza de que a missão da minha vida é protegê-la.

Guinevere não suportaria ter que carregar aquela culpa além de todas as outras. Lancelote precisava entender que ela não era a rainha de verdade e jamais seria.

– Mas antes disso a missão da sua vida não era matar Uther Pendragon? E depois se tornar cavaleiro para servir Arthur? – Guinevere não queria ser cruel, mas estava cansada, seu corpo todo doía, e ela não merecia ser protegida. – É melhor você voltar a se concentrar em sua missão anterior. Arthur é muito mais merecedor do que eu.

Lancelote a encarou como se tivesse levado um tapa na cara. Voltou para o acampamento pisando duro, deixando Guinevere sozinha no escuro.

CAPÍTULO DEZENOVE

Mordred está deitado ao seu lado, com os dedos entrelaçados aos seus. Cercados de flores, os dois olham para cima, para as nuvens que escrevem histórias ininteligíveis no céu.

— Cometi um erro?

Guinevere não sabe ao certo por que fez essa pergunta. Parece haver uma espécie de névoa nas extremidades do bosque, uma fonte de desconforto. Tem cheiro de fumaça. Mas, quando ela se vira para ver, não encontra nada lá.

— Defina erro. — Mordred se vira para ela e a encara, passando o dedo pelo seu rosto, demorando-se um pouco em seus lábios. — Ou melhor, diga quem define o que é errado e por quê.

Guinevere se vira para ele.

— Arthur.

Mordred dá risada.

— Por quê?

— Porque foi ele que eu escolhi.

— Mas por quê?

Guinevere quer expor seu argumento, mas não sabe qual é, nem por que estão discutindo. Os lábios de Mordred estão bem próximos dos seus.

Guinevere abriu os olhos. Sob seus pés, não havia um convés de barco, apenas a terra firme e estável. Mas estar acordada significava voltar a sentir. Guinevere decidiu não fazer isso. Sentou-se e pegou o cantil que Isolda lhe entregou. Isolda acariciava suas costas em pequenos gestos circulares, um toque simples e reconfortante que era tanto inesperado quanto desconcertantemente afetuoso.

– Seus nós são maravilhosos – Brangien comentou, examinando a corda que Hild amarrava para prender o barco. Não estavam mais no mar e sim nas margens de um rio. Mas isso não fazia Guinevere se sentir nem um pouco melhor. – Foram seus irmãos que lhe ensinaram?

– Não – riu-se Hild. – Eles queriam que eu... – Ela apontou para a própria barriga e fez um gesto como se a fizesse crescer. – Mas só tinha homens que cheiravam mal e homens que eram maus. – Hild lançou um olhar de lamento para Sir Tristão, que estava preparando a montaria. – Nenhum homem bom. Mas bom barco. Barco muito bom.

– Vamos – disse Brangien, estendendo a mão para ajudar Guinevere a levantar. – Está na hora de deixar você com aparência de rainha.

Guinevere aceitou a ajuda. Estava fraca e precisava se alimentar, mas não dormira tanto tempo daquela vez. Levou a mão à bolsinha para pegar a escova de cabelo, e seus dedos esbarraram no dente do dragão.

– Ah! Esta região é muito populosa? – perguntou, virando-se para Hild. Como estava dormindo, não conseguira procurar um bom lugar para interromper sua conexão com o dragão. Agora que estava acordada, sentia a presença de seu velho amigo. Não exatamente a que distância estava, mas a ligação entre os dois. E podia sentir também um calor adicional descendo de sua cabeça do local onde havia retirado os cabelos para o nó.

Hild apontou para as árvores ao redor.

– Terra não cultivada. Muitas pedras. Meus irmãos ficam no vilarejo ali – complementou, apontando para um ponto rio acima. – Mas são poucos homens.

Guinevere sacou o dente de dragão e soltou o nó, soltando um leve suspiro de tristeza quando a conexão com o dragão se desfez. De repente, tudo pareceu mais frio. Sentiu uma solidão aguda e dolorosa.

– A propriedade da família de Dindrane fica a meio dia de cavalgada a oeste – falou Lancelote, já montada em sua égua. Não dirigiu o olhar para Guinevere. – Precisamos falar logo com os irmãos de Hild e encontrar o rei antes que ele chegue.

Guinevere removeu sua túnica simples. Brangien lhe entregou uma azul bem bonita, que chegava quase até o chão.

– Preciso de uma gola – disse Guinevere, enquanto afivelava um cinto feito de quadrados de metal em torno da cintura. Brangien observou os hematomas, mas não disse nada. Apenas foi especialmente suave nos gestos ao posicionar um manto de gola rígida e bordada nos ombros de Guinevere, prendendo-o com um broche para que permanecesse fechado e escondesse as marcas.

Embora não tivessem trazido nada para Isolda, ela usava um traje de dama de companhia que lhe servia muito bem. Brangien devia ter aproveitado a viagem de barco para ajustar algumas de suas roupas para a amada.

Sir Tristão a ajudou a montar em sua égua. Ele sempre a tratava com formalidade e, agora que estava toda trajada, o distanciamento se tornara ainda maior. Guinevere se perguntou se o cavaleiro se dava conta desse comportamento. Voltar a ser rainha proporcionava um isolamento equivalente à quebra de conexão com o dragão.

Hild os guiou pela margem do rio. A trilha mergulhava e emergia do meio das árvores, pedregosa e indistinta. Hild seguia na montaria extra, enquanto Isolda e Brangien dividiam a sela novamente.

– Não falta muito agora – avisou Hild. A fumaça de uma fogueira pairava no ar. Alguém gritou, e Hild respondeu com uma longa sequência de palavras em um idioma que Guinevere desconhecia.

Um homem apareceu na trilha diante deles e veio caminhando em sua direção com passos largos.

– Meu irmão Wilfred.

Hild não parecia muito animada com o reencontro, o que surpreendeu Guinevere, já que ela chegava com boas notícias. Wilfred era bem parecido com Hild, caso ela fosse dez anos mais velha e vinte anos mais endurecida pela vida. Os cabelos clareados pelo sol já rareavam ao redor da testa, e seus olhos eram quase invisíveis sob as sobrancelhas permanentemente franzidas. Uma barba espessa escondia a metade inferior de seu rosto. Falou alguma coisa para Hild. Ela respondeu, e os dois entabularam um diálogo ininteligível, com Wilfred parecendo cada vez mais irritado e Hild cada vez mais emburrada, deixando de lado o comportamento jovial de antes. Por fim, Wilfred grunhiu e fez um gesto para que o seguissem.

Hild desceu da sela e começou a puxar a montaria pelas rédeas, e os demais fizeram a mesma coisa. O vilarejo mais parecia um acampamento. As construções eram precárias e distribuídas sem a menor lógica. Várias haviam apodrecido e desmoronado. Se o inverno fosse rigoroso, Guinevere teria pena de quem vivesse por lá. Talvez fosse um assentamento temporário, e os moradores se abrigassem em outro lugar na estação mais fria. Porém não fazia o menor sentido ficar ali durante a época de colheita: não havia nenhuma terra cultivada por perto.

Vinte ou trinta homens reunidos ao redor de uma fogueira os saudaram com olhares desconfiados. Eram todos parecidos com Hild e Wilfred. Guinevere ouvira dizer que os saxões estavam chegando à ilha e se apossando de terras, mas aqueles homens não pareciam ser do tipo que tinham interesse em conquistar territórios ou assumir o controle sobre propriedades firmando relações de matrimônio. Ninguém levantou. Outro homem barbudo continuou a cutucar a pele morta dos dedos do pé com uma faca suja como se nada estivesse acontecendo. Caso quisessem lutar como soldados sob o comando de Arthur, precisavam de um bom chacoalhão. Ele não toleraria aquele comportamento indolente.

Hild começou a falar, mas Wilfred a interrompeu. Apontou para a comitiva e disse algumas poucas frases curtas. Uma palavra em especial fez todos os homens se virarem para Guinevere e caírem na gargalhada. Não era uma risada como a de Hild, que era um convite ao divertimento mesmo quando não a compreendiam. Era um riso maldoso e ofensivo. Guinevere teve vontade de sumir.

Lancelote deu um passo à frente, com a mão na espada.

– Estamos aqui em nome do Rei Arthur de Camelot. Se alguns de vocês desejarem servi-lo, podem se tornar soldados e lutar pela chance de ser nomeados cavaleiros. Não é um caminho fácil, mas...

O homem descalço soltou um arroto ruidoso, coçando a barriga com a ponta da faca.

– Sentem – falou, apontando para os troncos posicionados ao redor da fogueira. – Nós comemos. Depois conversamos.

O cheiro do que quer que estivesse sendo preparado no caldeirão grande de ferro sobre o fogo era tão convidativo quanto a lavagem que os porcos da feira comiam. Guinevere não queria chegar nem perto daquilo. Sentou-se em um tronco, e Brangien e Isolda se acomodaram cada uma ao seu lado. Lancelote continuou de pé, assim como Sir Tristão.

– Ramm – disse Hild, com os olhos voltados para baixo. – Ele é líder do acampamento.

Guinevere estava acostumada a ficar em meio a grandes grupos de soldados e cavaleiros. Havia viajado diversas vezes com Arthur e seus homens. Mas, embora nenhum deles estivesse se movimentando ou prestando muita atenção em sua presença, estava se sentindo vulnerável de um jeito que não lhe agradava em nada. Estava com medo daqueles homens. E também do que poderia ser obrigada a fazer para se defender.

Não havia mais como fingir que aquilo que fizera com os homens de Maleagant fora apenas porque estava infectada pela magia da Rainha das Trevas. Afinal, a Rainha das Trevas não estava naquele quarto com Rei Marco. Quem estava lá era Guinevere e apenas ela.

Guinevere assumiu sua postura de rainha. Era uma forma de lembrar a si mesma o que era esperado dela. Uma maneira de controlar como as pessoas a viam e reagiam à sua presença. Endireitou as costas e levantou o queixo de modo que, apesar de ser mais baixa do que os homens, parecesse estar olhando para eles de cima para baixo. Não de um jeito desrespeitoso, mas deixando bem claro que não era inofensiva. Nem estava com medo.

Era uma postura que lhe conferia força. A Rainha Guinevere não permitiria que a deixassem esperando para satisfazer aos caprichos de ninguém. Ficou de pé.

– Estamos oferecendo a vocês uma posição como soldados do Rei Arthur. Ele também tem interesse em sua reputação como excelentes marujos. Vocês têm muito a oferecer a Camelot, e o reino tem muito a lhes oferecer. Podem aceitar a oferta ou não. Caso aceitem, podem designar um homem para nos acompanhar e se reunir com o rei para discutir os termos do acordo.

Ramm estreitou os olhos, pensativo. Então soltou um grunhido e ficou de pé. Foi até Guinevere e estendeu a mão grande e imunda.

– Ótimo – disse Ramm, com a mão ainda estendida. Guinevere entendeu que precisaria apertá-la. Colocou sua palma contra a do homem, que sorriu. Ramm então a puxou e a virou, colando suas costas ao peito dele e encostando uma faca contra sua garganta.

Lancelote imediatamente sacou a espada, assim como Sir Tristão. Isolda deu um grito. Brangien se colocou na frente dela, tirando uma adaga da saia. Os homens ao redor deles pareciam felinos, que com um salto assumiram uma postura ameaçadora, armas em riste e prontos para a luta. Ninguém tomou a iniciativa de atacar, mas estavam todos preparados. Qualquer movimento em falso, e a violência irromperia.

Hild começou a gritar na língua deles, gesticulando freneticamente. Seu irmão tentou calá-la, mas ela o empurrou e correu na direção de Guinevere. Um homem deu um murro em seu queixo. Hild caiu sentada no chão, atordoada.

– Solte a rainha – exigiu Lancelote.

Ramm deu risada, soltando seu hálito pútrido no rosto de Guinevere. Falou alguma coisa, que Hild traduziu com uma voz de desânimo:

– Migalhas por trabalho ou ouro por rainha. Resgate é mais fácil.

– E ter um rei como inimigo? – Sir Tristão estremeceu de raiva. – Isso não é assim tão fácil.

Ramm deu de ombros, e a ponta da faca raspou de leve a pele de Guinevere logo abaixo do queixo. Ele voltou a falar.

– Nada a perder – traduziu Hild, apontando para o acampamento ao redor. Em seguida, falou por si mesma: – Desculpe. Eu não sabia. Eu não sabia.

Lancelote ergueu a espada, olhando ao redor. Os saxões estavam em maioria, no mínimo dez para um. Apontou a espada para Ramm e declarou:

– Vamos fazer um duelo por ela.

Ramm deu outra risada. Guinevere queria se afastar daquela barba grossa e incômoda, que arranhava sua cabeça e se embaraçava com seus cabelos. Era quase pior que a faca.

– Não.

– Está com medo de lutar com uma mulher? – rebateu Lancelote, dizendo aquelas palavras como se fossem um tapa na cara.

Hild traduziu a resposta. Ainda estava sentada no chão, com as pernas afastadas e as costas curvadas.

– Ele disse que estão em vinte e cinco, vocês em dois. Ele não é burro. Por que lutar mano a mano?

– Pela honra.

Hild nem se deu ao trabalho de transmitir as palavras de Lancelote. Simplesmente sacudiu a cabeça, com uma expressão de tristeza.

– Que honra?

– Muito bem. Então mato todos vocês – disse Lancelote, com um sorriso e uma postura tranquila que era mais assustadora que qualquer pose de ameaça ou gritos furiosos.

– Mato a rainha primeiro – disse Ramm, forçando a faca para mostrar que estava falando sério.

Guinevere ficou na ponta dos pés, tentando manter sua garganta à maior distância possível da lâmina.

– Levem Brangien e Isolda – falou com uma voz clara e firme, torcendo para que todo mundo também mantivesse a calma. – Podem ir, todos vocês. Vão buscar o resgate.

– Não – declarou, Lancelote com um tom afiado como o gume de sua espada. – Não sairei do seu lado.

Guinevere sentiu vontade de estrangular Lancelote e toda aquela coragem. Voltou-se para Brangien e disse:

– Procurem o Rei Arthur e peguem o ouro com ele. É a mesma situação de quando ajudamos Sir Bors a libertar o dragão.

Brangien franziu a testa, com a adaga ainda em riste para proteger Isolda.

– Quê?

Sir Tristão sacudiu a cabeça.

– Sir Bors matou...

– Lembra? – interrompeu Guinevere. Sua garganta estava seca, mas ela não queria engolir, não com aquela lâmina horrenda tão perto de sua pele. – Depois de ser libertado por Sir Bors, o dragão se comprometeu a ser leal a ele, e depois nos reencontramos duas léguas a oeste de lá para comemorar. Estou permitindo que vocês vão embora porque são leais a mim. Como dragões.

Brangien assentiu, ainda com uma expressão de dúvida, mas com o entendimento já começando a despontar em seus olhos. Sabia do que Guinevere era capaz. Pelo menos em parte. Podia não compreender os detalhes, mas captou a mensagem. *Vão embora. Esperem a duas léguas a oeste daqui.* Guinevere deveria ter contado que salvou o dragão. Mas o grupo precisava confiar nela, saber que era capaz de lidar com a situação e garantir a segurança de todos.

Brangien se virou para Lancelote.

– É melhor irmos. Quanto antes pegarmos o ouro, mais cedo resolvemos isso.

– Não – respondeu Lancelote, reajustando sua postura de batalha.

Brangien chegou mais perto de Lancelote e começou a cochichar. Os olhos de Lancelote percorriam todo o acampamento, fazendo cálculos mentais de quantos homens precisaria matar para chegar até Guinevere.

Guinevere queria atrair o olhar de Lancelote. Precisava fazê-la entender.

– *Por favor.* Como sua rainha, estou dando uma ordem. Como sua amiga, estou implorando. Leve Brangien e Isolda. Busque o resgate. Agora.

Lancelote enfim encarou Guinevere. Ela ficou chocada ao ver as lágrimas nos olhos de seu cavaleiro. Lancelote não embainhou a espada, mas recuou, fazendo um gesto para Brangien e Isolda irem buscar a montaria. Sir Tristão se posicionou ao lado de Lancelote, ambos com as espadas em riste.

– Vou matar você – falou Lancelote, apontando a lâmina para Ramm.

– Se Ramm fizer mal a ela? – Hild perguntou.

– Não. Vou matá-lo de qualquer forma. Se Ramm fizer mal a ela, mato *todos* vocês.

Lancelote estalou a língua, e sua montaria se aproximou. Ela subiu na sela sem embainhar a espada enquanto esperava Brangien e Isolda montarem também. Isolda ficou com a égua cinzenta de Guinevere. Sir Tristão foi o último, empunhando as rédeas do cavalo extra.

Guinevere abriu um sorriso, por mais que sentisse um aperto no peito.

– Nos vemos em breve.

A fúria e a tristeza batalhavam pela predominância na expressão de Lancelote, mas ela esporeou a égua e saiu galopando. Guinevere viu seu cavaleiro e seus amigos se afastarem, torcendo para que tivessem entendido o que quis dizer.

E também para que fosse de fato capaz de salvar a própria pele.

CAPÍTULO VINTE

A porta se fechou atrás de Guinevere, e ela se viu sozinha. Tinha sido levada para um lugar que só podia ser definido como uma choupana com muita generosidade e imaginação. A construção de um cômodo era escura e cheirava a umidade e madeira podre, e a única mobília era uma pilha de velas de barcos em um canto.

– Muito bem, então – falou Guinevere, sentando-se no chão imundo. Os homens nem haviam se dado ao trabalho de revistar ou tomar sua bolsinha. Afinal, ela era apenas uma garota, apesar de ser uma rainha.

Guinevere encostou o olho em uma fresta entre as tábuas da choupana. Havia mais homens chegando ao acampamento. Alguns eram recebidos com cumprimentos efusivos, outros com certo distanciamento. A notícia sobre a refém de Ramm estava se espalhando depressa, e ele não queria se arriscar. Estava formando um exército. Pelo que Guinevere pôde ver, havia pelo menos três dúzias de homens, e não dava para prever quantos mais chegariam. Precisava agir antes deles. Ou pior, antes de Lancelote voltar e acabar arriscando a própria vida.

Esvaziou a bolsinha no chão de terra e analisou suas opções, com o dente de dragão na mão. Os nós do sono funcionariam bem se houvesse só meia dúzia de pessoas, mas não dariam conta de dezenas. Os nós de confusão em seu manto não a deixariam passar por tanta gente determinada a mantê-la em cativeiro. Só funcionavam se a pessoa não soubesse ao certo o que – ou quem – estava procurando.

Sua magia de nós não bastaria. Por natureza, era um artifício limitado. Contido. Mas Guinevere não usaria sua magia de toque de forma tão descontrolada quanto havia feito com Rei Marco. Em parte, desejava jamais recorrer àquilo de novo. Era como o restante de sua mente: tão desconhecido que era impossível prever as consequências.

Além disso, não tinha como pedir para três dúzias de homens fazerem uma fila e esperarem sua vez para se tornarem inválidos pelas mãos dela.

Guinevere provocou um incêndio no castelo para criar uma distração. As construções ali também eram feitas de madeira. Será que conseguiria correr para salvar a própria pele? Uma vez na mata, poderia deixar nós de confusão pelo caminho para impedir que a seguissem.

Só teria uma chance. Não poderia desperdiçá-la. E não conseguiria fazer aquilo sozinha. Guinevere sentiu o dente do dragão, quente e liso em sua mão. Talvez o dragão estivesse destinado a ser usado em um momento de necessidade. E ela já o atraíra até lá. Foi o acaso que providenciou aquela convergência. Arrancou alguns cabelos e refez o mesmo nó de antes. A conexão foi imediata e ainda mais forte. O dragão estava por perto. Amarrou o nó com mais força, reforçando sua capacidade de atração.

Durante alguns minutos, nada aconteceu. Guinevere ficou pensando no que poderia fazer sozinha, tentando não ceder ao desespero. Talvez sua magia não tivesse funcionado ou o dragão não tivesse entendido.

Mas então *sentiu* sua presença, se movimentando e se agitando sob o sol da manhã. Era fim de outono, e ele estava aproveitando os últimos dias antes da chegada do inverno. Depois que a estação mais fria começasse, Guinevere sabia que ele se enterraria nas profundezas da terra e nunca mais sairia de lá. Havia feito um acordo com o dragão que salvara de Sir Bors, concedendo a ele uma última temporada de estações.

Guinevere agarrou o dente, que esquentou bastante. Assim como ela, que parecia ter um fogo aceso dentro do peito, ficando cada vez mais quente.

A porta se abriu, e Guinevere escondeu o dente na bolsinha.

Hild estava com os olhos voltados para o chão.

– Muitos homens – falou, apontando para trás de si em um gesto sem vigor. – Muitas ideias! Dinheiro! Lutas! Trabalhar para seu rei! Matar seu rei e tomar Camelot! – Ela viu a expressão de alarme de Guinevere e levantou os braços. – Bobagem. Não tem porto lá. Guerreiros ruins sem barcos. Ramm quer dinheiro.

Hild se apoiou ao batente da porta, o que fez a choupana inteira se inclinar um pouco.

– Eles realmente acham que o Rei Arthur vai simplesmente entregar o ouro e deixar essa história por isso mesmo?

Guinevere sentiu o calor do dente através da bolsinha que estava do seu lado.

Hild encolheu os ombros.

– Barcos bons. Marujos bons. Podem conseguir fugir. E o Rei Arthur pode querer ficar com eles também. – Então fez um gesto vago ao seu redor para transmitir uma ideia de expansão. – Movimentação mais rápida, mais guerras ganhas, mais terras.

– Mas nunca vamos poder confiar em vocês.

Hild deslizou pela parede até sentar ao chão. Guinevere ainda estava preocupada com a própria fuga e mais do que temerosa em relação a Ramm, mas Hild parecia tão *triste*. Guinevere queria confortá-la. Hild sacudiu a cabeça:

– Não dá para confiar em ninguém. Só em você mesma.

– Eu confio em muita gente.

– Sim. E agora está aqui. Confiança é ruim.

– Você não traiu nossa confiança. A culpa não é sua.

– Eu sabia que Ramm é homem mau. Pensei que ele tinha ido embora. Wilfred escutaria sozinho. Talvez. Mas não com Ramm aqui.

Guinevere percebeu uma possibilidade.

– Então vá falar com Wilfred. Tente convencê-lo a nos ajudar. Vocês dois podem ir para Camelot conosco. Podem ter seu próprio barco.

– Não. – Hild olhou por cima do ombro com uma expressão melancólica. – Está tudo acabado agora.

Guinevere enfiou a mão dentro da bolsinha. O dente estava ficando cada vez mais quente. Temeu que pudesse fazer um buraco em sua bolsinha. Tinha usado um nó similar ao que Rhoslyn, a mulher que acabou banida de Camelot, havia feito nas pedras para que as mulheres pudessem localizar umas às outras em segredo. Quanto mais o dragão se aproximasse, mais quente o dente ficaria.

– Podemos pelo menos ir lá fora? – perguntou Guinevere. – Estou com fome.

Hild encolheu os ombros e deu um passo para o lado, para que Guinevere pudesse sair da choupana. Os homens estavam reunidos ao redor do fogo, conversando, rindo e discutindo naquele mesmo idioma bruto que Guinevere não conseguia entender. Ramm ia passando um jarro de alguma coisa, e os demais iam dando seus goles. Mal olharam para ela, o que era um alívio. Ninguém parecia temer uma fuga ou que não fossem capazes de recapturá-la caso tentasse.

Hild a levou até uma mesa e Guinevere pegou um pedaço de um pão áspero e duro. As árvores dominavam os arredores. O rio fazia uma curva mais adiante, longe de onde estavam, refletindo a luz do sol. Na outra margem, partes da floresta haviam sido derrubadas. Com o tempo, se tornariam boas terras cultiváveis, mas isso não acontecia de uma hora para outra. Era muito mais fácil raptar uma rainha do que investir no futuro com trabalho pesado. O jeito de Arthur fazer as coisas era muito melhor. Ele sabia esperar o tempo necessário para criar um futuro que valesse a pena.

Guinevere se virou para Hild.

– Fuja comigo, por favor.

– É minha família – respondeu Hild, sacudindo a cabeça.

– Não é uma boa família. Escolha outra. Foi isso que eu fiz.

Era mentira. Guinevere não havia se esquecido da Dama do Lago por escolha própria. Merlin tomara essa decisão por ela.

Hild olhou para Wilfred, que estava pegando o jarro da mão de Ramm e bebendo tanto que o líquido escorreu pelo seu pescoço e molhou sua camisa.

Guinevere enfiou a mão em sua bolsinha. O dente estava quentíssimo: só conseguia roçar os dedos por sua superfície. Logo em seguida, ouviu um farfalhar na mata atrás delas.

– Ramm! – gritou Guinevere. – Liberte-me agora mesmo ou vai se arrepender.

Ramm limpou a boca com a mão e sacou a faca. Seu sorriso era obscurecido pela barba, mas não havia nada que fosse capaz de esconder sua maldade. Disse alguma coisa e apontou para Hild, pedindo que traduzisse.

Hild sacudiu a cabeça, desesperada.

– Não.

Ramm vinha correndo com a faca em riste.

Foi nesse momento que a primeira nuvem de chamas rugiu entre as árvores.

CAPÍTULO VINTE E UM

– *Drachen!* – gritaram os homens, já começando a correr.

Um segundo jato de fogo envolveu as construções do acampamento. Ramm estava com metade do corpo em chamas, debatendo-se enquanto suas roupas queimavam e sua barba começava a fumegar. Não havia nenhum prazer em ver aquilo, nenhum triunfo. Apenas horror. Guinevere precisava fugir e levar o dragão consigo antes que causasse ainda mais estragos.

Guinevere segurou Hild pelo braço.

– Venha comigo!

Hild começou a acompanhá-la, mas então olhou para trás.

– Meu irmão! – gritou, voltando para o acampamento.

Guinevere não tinha como arrastar Hild ou forçá-la a ir embora. Precisava fugir. Imediatamente. Correu para a mata, desviando de uma árvore em chamas.

– Pare! – berrou Hild, soltando um grito de pavor logo em seguida.

Guinevere se virou para ver o que tinha acontecido, mas uma asa de couro zuniu pelos ares, cortando seu caminho. A asa a apanhou e a colou ao corpo do dragão, e ela subiu às pressas nas costas da criatura para não ser esmagada. O dragão continuava a correr, derrubando e partindo árvores. Tinha uma perna debilitada – Guinevere se lembrava disso do encontro anterior dos dois –, mas seu andar parecia tão errático que dificilmente poderia ser explicado pelo antigo ferimento. Os gritos do acampamento foram logo abafados pela floresta.

Guinevere se mantinha agarrada ao dragão, enlaçando seu pescoço grosso com os braços o melhor que podia. Era um animal muito maior que um cavalo, e não havia como se segurar direito nem com as mãos nem com as pernas. Escorregou para trás, morrendo de medo de cair, e conseguiu se segurar nos ossos da asa. Torcendo para não estar machucando o dragão, apertou com todas as forças.

Depois de alguns minutos de correria desenfreada em meio às árvores, o dragão foi diminuindo a velocidade, cambaleando. Logo em seguida, tropeçou e foi ao chão. Guinevere saiu rolando, e um de seus braços ficou preso embaixo do corpo. Ouviu um estalo, e uma dor intensa se espalhou pelo seu ombro. Respirou fundo, caída de costas, olhando para o céu através das folhas alaranjadas de outono. Havia também um som áspero que não conseguia identificar de onde vinha.

Apoiada no braço que não estava machucado, ficou de joelhos e soltou um gemido de dor ao tentar mover o ombro machucado. E soltou outro logo em seguida, diante do que viu.

O dragão estava caído de lado, e aquele som áspero era de sua respiração. Seu corpo maltratado, ferido e marcado por tantos anos de luta pela sobrevivência, estava se contorcendo. Uma lança estava alojada na parte posterior de sua perna. Um sangue preto e espesso escorria do ferimento.

– Não – murmurou Guinevere, com as mãos pairando sobre o peito do dragão. – Não, não, não.

Olhou para o rosto da criatura. Um olho dourado sob uma pálpebra caída a observava. Guinevere não queria tocar o dragão, não queria sentir o que ele estava sentindo, mas era preciso. Pôs as mãos em sua testa sob um dos enormes chifres encurvados.

As folhas. A estação do fogo pacífico, o mundo inteiro brilhante e radiante. Guinevere chamando. Guinevere indo junto com dragão para que não dormisse sozinho. O dragão responde ao chamado. E então...

Homens.

Os homens de quem Guinevere o salvara para que pudesse ter um último inverno.

Durma, implorou a criatura, enviando para ela imagens de escuridão e repouso. O dragão queria que Guinevere fosse descansar com ele.

– Vamos precisar seguir por caminhos diferentes – disse Guinevere. – Sinto muito. Por favor, vá embora. *Esconda-se.*

O dragão atendera ao chamado porque pensara que ela havia mudado de ideia e queria se esconder nas profundezas da terra e dormir também, deixando que o mundo seguisse mudando sem os dois. Guinevere havia lhe prometido paz e, em vez disso, o atraíra para outra luta.

Deu um passo atrás, com o rosto cheio de lágrimas, e estendeu a mão que não estava machucada, segurando o dente.

– Pode ir. Sinto muito.

O dragão espichou a língua roxa e pegou o dente de volta. Em seguida, saiu mancando entre árvores, sozinho e ferido de corpo e alma.

Lute como uma rainha, dissera Merlin. Merlin, o mentiroso. Merlin, o monstro. Merlin, cujos conselhos ela não queria e não seguiria. Mas continuou lutando como uma bruxa da floresta, como *ele,* e todos e tudo ao seu redor estavam pagando o preço.

Era melhor assim. O dragão estaria fora de seu alcance. Recostou-se em uma árvore, olhando para o local de onde viera. O rastro do dragão era inconfundível, uma trilha de destruição. Guinevere pensou em Ramm, com a barba farta e a faca imunda em riste, correndo atrás dos dois.

Amaldiçoando a si mesma, arrancou alguns fios de cabelo e amarrou nós de confusão, que espalhou pelo rastro do dragão. Aquela magia cobrava um preço que não estava em condições de pagar, mas o dragão não podia ser encontrado.

Colou o braço ferido ao peito e saiu andando na direção oposta. O dragão tinha ido para leste, na direção da costa, e Guinevere seguia para oeste, amarrando mais nós, que ia deixando pelo chão conforme avançava. O mundo começou a girar, e sua visão ficou borrada. Aquilo era insuportável. Seu próprio senso de direção, seu próprio equilíbrio, estavam sendo afetados pela confusão que criara. Guinevere foi cambaleando até onde conseguiu. Minutos ou horas se passaram. Estava desorientada e ferida demais para saber ao certo. Por fim, quando não conseguia mais sentir o cheiro da fumaça e sequer enxergar, desabou ao lado de uma árvore e fechou os olhos para descansar um minuto. Só um minutinho.

– Guinevere? Guinevere! O que você está fazendo aqui?

Ela abriu os olhos. Estava tudo embaçado, como se o mundo estivesse atrás de um véu. Guinevere levantou a mão que não estava machucada para removê-lo, mas não havia véu nenhum. Mordred se aproximou, e ela deu um tapinha de leve em seu rosto.

– O que *você* está fazendo aqui? – perguntou.

– Eu estava procurando algo. Vi fumaça e resolvi investigar, e acabei encontrando um rastro bem confuso mandando que eu não o seguisse. Então resolvi segui-lo, claro. O que aconteceu?

– Não quero falar sobre isso. Não agora.

Ela tentou levantar, mas soltou um suspiro de dor e sentou de novo.

– Seu braço. – Mordred parecia chateado. Guinevere não gostou disso. Ele deveria estar sorrindo, tentando beijá-la. – Tente relaxar.

– Mordred segurou seu pulso com uma das mãos e o cotovelo com a outra. – Fiz isso para Arthur uma vez. E ele para mim. Duas vezes. Então agora vai ser mais tranquilo, acho eu.

– Fez o quê? – questionou Guinevere.

Mordred deu um puxão e torceu seu braço.

Ela soltou um suspiro de choque ao sentir uma dor que fazia parecer que seu corpo iria pegar fogo, mas que em seguida foi se amenizando até não restar quase nada. Qualquer que fosse o problema com seu ombro, estava resolvido.

– Doeu – disse, dando um tapa em Mordred enquanto ele enrolava uma faixa de pano em seu ombro e amarrava seu braço à cintura. – Gosto mais dos beijos.

– Quê? – Mordred parou o que estava fazendo, tocando de leve seu pulso com os dedos.

– Isso é um pesadelo. Não quero que continue.

As extremidades de seu campo visual continuavam enevoadas. Quando tentava falar, sua boca demorava alguns segundos para formar as palavras. Ela queria acordar.

– Você prefere os sonhos com beijos.

O tom de diversão na voz de Mordred a fez sorrir. Guinevere sentia falta daquele jeito dele, de dizer as coisas sem falar, de rir sem dar risada, de deixá-la confusa das maneiras mais irritantes e deliciosas.

– Sim. Este aqui é... Mordred, o dragão está ferido por minha causa. Está triste, e é culpa minha. E feri alguém gravemente. Não era boa pessoa, mas o que fiz pode ter sido ainda pior, e o dragão queimou um homem e... – Não conseguia mais enxergar, mas dessa vez era por causa das lágrimas. Estava detestando esse sonho. Estava detestando o fato de seus sentimentos serem capazes de invadir aquele espaço também. Queria uma fuga, dormir sem sentir culpa. Mas sua culpa era forte demais e a seguira até lá. – Sou tão ruim quanto Merlin.

– Só que bem mais bonita.

Guinevere olhou feio para Mordred, ou pelo menos tentou fazer isso, mas então o mundo começou a girar de novo, azul, marrom e laranja, e ela não conseguia mais manter o foco. Teve de se ancorar no verde dos olhos de Mordred.

– Estou falando sério.

– Eu também. Você não é tão ruim quanto Merlin.

Mordred chegou mais perto, e Guinevere perdeu seu olhar, mas era bom estar perto dele. Sentia-se menos próxima de chegar ao precipício e mergulhar no céu.

Apoiou a cabeça no ombro dele.

– Você me perguntou quem define o que é errado e por quê.

– Ah, foi? E o que você disse?

– Eu não sabia a resposta. Ainda não sei. Mas posso sentir. O que é certo e errado. Mas só depois. Por que não consigo sentir que uma coisa é errada antes de fazer?

– Porque, nesse caso, você seria realmente como Merlin e faria o que é errado do mesmo jeito. – Mordred fez menção de se levantar. – Seus amigos estão procurando por você ou só seus inimigos?

Guinevere estendeu a mão para ele, agarrando-o pelo pescoço e o puxando para mais perto.

– Lancelote, Sir Tristão, Brangien e Isolda estão me esperando quando eu acordar. Acho. Espero. Mas fique. Não podemos ficar aqui mais um pouco? Não quero voltar. É difícil e confuso.

Camelot significava sonhos com a Dama do Lago, questionamentos sobre sua mãe, política e estresse mesmo quando não havia um perigo imediato como Guinevach. E quando visse Arthur – ah, precisaria contar para ele, teria que confessar todas as coisas terríveis que fizera.

As árvores não eram seguras, mas pelo menos eram simples.

– Tem certeza?

O tom de voz de Mordred não revelou nada, mas ele apoiou a testa contra a sua.

– Não tenho certeza de nada. Por que você está me fazendo tantas perguntas? Não pode me beijar?

Mordred soltou um longo suspiro.

– Não. Ainda não. Mas da próxima vez, sim.

Ele tirou o braço de Guinevere que estava em volta do seu pescoço, colocou algo na mão dela que estava amarrada ao corpo.

Guinevere se apoiou na árvore e fechou os olhos. O cheiro de fumaça voltou, e ela chorou de novo ao pensar em como tinha usado o dragão. Na tristeza que o dragão sentiu quando tentou convencê-lo a acompanhá-la.

– Tento ser astuta, e funciona, mas isso causa muito estrago.

– Ah, sim, esse é o preço da astúcia. Vencemos, ferimos outras pessoas e sempre saímos feridos. Sempre mesmo. É melhor ser mais obtuso e encarar o mundo de peito aberto, como Arthur. Isso torna as coisas muito mais simples.

– Você me disse que fiz a escolha errada.

– Parece mesmo uma coisa que eu diria.

Mordred não voltou a se aproximar, e ela sentiu frio e dor no ombro e o desejo da proximidade. Gravetos estalavam e se partiam, e o cheiro da fumaça voltou. Sempre a fumaça. Lembrando-a do que havia feito. De quem havia ferido.

– Queria que você ficasse comigo – murmurou.

– E agora você sabe como eu me sinto.

Um leve toque dos dedos dele fez seu rosto se incendiar, e o calor persistiu mesmo depois que Guinevere saiu daquele delírio.

– Minha rainha? Minha rainha! – O tom de voz foi se tornando mais suave, mais preocupado. – Guinevere?

– Lancelote – disse Guinevere, abrindo os olhos.

Lancelote a abraçou com força. Doeu. Guinevere estava com o rosto esmagado contra a armadura de couro de seu cavaleiro, sentindo um cheiro reconfortante. Quando Lancelote a soltou, a vulnerabilidade transmitida pelo abraço de esmagar os ossos foi substituíra pela determinação. Ela pisoteou a pequena fogueira que soltava a fumaça intensa de uma madeira verde.

– Isso foi inteligente – falou. – Mas não queremos que ninguém mais encontre a senhora. Estão no seu encalço?

Guinevere se apoiou na árvore e levantou. Um de seus braços estava amarrado ao corpo, impedindo-a de movê-lo. Seu ombro doía, mas não tanto quanto deveria. Não se lembrava de ter feito a tipoia nem o sinal de fumaça.

– A senhora está ferida – observou Lancelote, tomando o cuidado de não falar em tom de acusação, enquanto examinava o braço de Guinevere. – E fez um bom trabalho com a tipoia.

Guinevere examinou o local onde estava sentada, com as costas apoiadas à árvore. Entre as folhas caídas, havia um único e delicado botão roxo e amarelo, idêntico ao que Mordred lhe dera depois de tratar uma queimadura em sua mão tanto tempo atrás.

– Não foi um sonho.

Pegou a flor e ficou observando, ao mesmo tempo admirada e horrorizada. Mordred estivera lá. Consertara seu ombro, enviara o sinal de fumaça para os cavaleiros e... fora embora. De novo.

Talvez Guinevere ainda estivesse delirando. Talvez os nós de confusão que havia amarrado fossem muito mais poderosos do que pretendia. Estendeu a mão com a flor. Era inacreditável haver um botão como aquele no fim do outono.

– Está vendo isto? – indagou.

Lancelote pareceu alarmada.

– Sim...?

Guinevere guardou a flor no espartilho, pressionando-a contra o coração. Tinha a impressão de que o botão desapareceria caso não soubesse exatamente onde estava, que acabaria se dissolvendo na luz da realidade como sempre acontecia com seus sonhos.

– O que aconteceu? – perguntou Lancelote.

Guinevere sentiu uma pontada de culpa, como se Lancelote soubesse que tinha estado com Mordred, mais uma vez, e não aceitasse a presença dele. Era impossível explicar aqueles encontros. Primeiro, Mordred provou que não queria lhe fazer mal. E agora a socorria e desaparecia em seguida.

Por que Mordred disse que estava lá? Guinevere não lembrava. Se estivesse a perseguindo ou acompanhando os movimentos de todos eles, por que a ajudaria e depois iria embora? O encontro tivera um aspecto onírico e nebuloso, era impossível lembrar dos detalhes.

Mas isso não importava. Não podia deixar Lancelote se distrair perseguindo Mordred. Era preciso chegar até Arthur. E, mais uma vez, Mordred não lhe fizera nenhum mal. Muito pelo contrário.

– Eu… eu fugi. Houve um incêndio. – Também não se sentia capaz de contar aquela verdade, que havia usado o pobre dragão e depois o mandado embora. Lancelote não entenderia. O grito de Hild ecoou em sua memória, e Guinevere estremeceu, torcendo para que ela não estivesse ferida. – Usei a magia para confundi-los e não conseguirem me encontrar. – A lembrança de Ramm rolando no chão para tentar apagar chamas que não podiam ser extintas a fez tremer tanto que seu ombro até doeu. – Eu deveria ter esperado pelo resgate – sussurrou.

Lancelote a colocou em sua montaria e subiu na sela atrás dela.

– Quando a senhora estiver segura com Sir Tristão, volto lá e deixo uma mensagem para eles – falou Lancelote, em um tom de frieza.

– Não! – protestou Guinevere, fazendo menção de se virar, quase caindo da montaria. O cavaleiro a segurou e a colocou sentada direito de novo. Não queria que Lancelote visse o que tinha acontecido. O custo de seu resgate. – Ramm já pagou seu preço. Todos eles pagaram.

O custo da magia era inescapável.

Guinevere baixou a cabeça e, em sua mente, se misturaram o berro de Hild, a tristeza e a confusão do dragão e a inexplicável bondade de Mordred.

– Sua segurança é o que importa – declarou Lancelote, com firmeza, sem discutir. – Se nos apressarmos, podemos encontrar Arthur e sua comitiva na estrada antes de chegarem à propriedade.

Guinevere sentiu um frio na barriga. Com todas as verdades terríveis que precisava contar – e outras que tinha certeza de que não conseguiria –, pela primeira vez, Arthur era a última pessoa que queria encontrar.

CAPÍTULO VINTE E DOIS

Guinevere e Lancelote cavalgaram por uma hora antes de se juntarem ao aliviado Sir Tristão e às agitadíssimas Brangien e Isolda. Guinevere desceu da montaria rápido demais e quase foi ao chão.

– Você disse duas léguas a oeste! – reclamou Brangien, com o rosto vermelho de raiva. – Tínhamos que esperar duas léguas a oeste. Não foi isso o que você quis dizer?

– Sim. Vocês fizeram exatamente o que eu pedi.

Guinevere estava se sentindo exausta de corpo e alma. O preço que pagara pelos nós de confusão praticamente já havia se dissipado, mas isso não mudava a dor em seu ombro, a inquietação persistente com as atitudes de Mordred e a tristeza de deixar Hild com homens que jamais lhe dariam ouvidos.

– Mas por que você mencionou o dragão?

Guinevere fechou os olhos e esfregou a testa. O dragão estava melhor sem ela. E com certeza sabia disso a essa altura.

– Para o caso de aqueles homens entenderem algumas palavras do que eu estava dizendo. Eles se concentrariam mais na menção ao dragão do que no detalhe das duas léguas a oeste.

– Como a senhora escapou? – indagou Isolda, dirigindo a

Guinevere um olhar gentil, mas também carregado de significado. Isolda havia testemunhado toda a dor que Guinevere se recusava a admitir. E Guinevere não gostou de ser vista e compreendida com tanta clareza. Não naquele momento. Isso a fazia lembrar de Mordred, o que não era nem um pouco desejável diante das circunstâncias.

– Provoquei um incêndio. Isso está virando minha marca registrada. Vamos, precisamos ir.

Guinevere montou em sua égua e se pôs em movimento sem esperar pelos demais.

Cavalgaram apressados, parando apenas para trocar as roupas impregnadas de fumaça de Guinevere e arrumar seus cabelos. Não havia o que fazer quanto a seu braço, mas Brangien usou um tecido melhor, que combinava com o vestido de Guinevere, para refazer a tipoia.

Quando chegaram a uma estrada, Sir Tristão foi na frente como batedor, e as surpreendeu voltando com mais homens. Guinevere sentiu um aperto no peito ao ver Arthur ao lado do cavaleiro. Ela não estava preparada. O sorriso largo de Arthur desapareceu quando ele a viu mais de perto. Seu pescoço estava coberto, mas não era possível esconder o braço nem a tensão a que se submetera.

– Guinevere... – O rei desceu do cavalo e estendeu os braços para ajudá-la. Ela não queria sair de cima da montaria e perder aquela barreira que impedia os dois de conversar mais de perto. Mas deslizou para fora da sela e deixou que Arthur a segurasse e a colocasse de pé no chão. Ele a abraçou, tomando cuidado com seu braço e murmurou em seu ouvido: – O que aconteceu?

– Coisas demais – respondeu Guinevere, afastando-se com um sorriso. Então falou mais alto para que todos pudessem ouvir: – Tivemos sorte. Íamos esperar pela comitiva de Dindrane, mas a prima de Brangien, Isolda, estava viajando para Camelot. Nossos caminhos se cruzaram. Ela passará a me servir como dama de companhia. Decidimos não procurar os demais viajantes. Senti sua falta.

– O que aconteceu com seu braço, minha rainha? – perguntou o guarda mais jovem que tinha ficado confuso com a linhagem dos cavaleiros Yvain e Yvain, o Bastardo.

– Caí do cavalo. Cavalgar de saia é mais difícil do que você imagina.

O jovem franziu a testa, pensativo.

– Imagino que deva ser bem difícil

Guinevere deu risada.

– Então cavalgar de saia é exatamente como você imagina.

Arthur a segurou pelo braço que não estava machucado e se virou para as árvores, para que tivesse privacidade.

– Podemos acampar aqui. Não precisamos avançar mais por hoje.

O guarda mais jovem falou:

– Mas Aron foi na frente como batedor e disse que estamos a apenas uma hora de viagem e que a comitiva do casamento já está lá. Devem ter saído mais cedo também. – Ao perceber que tinha acabado de contradizer o rei, baixou a cabeça. – Mas o que meu rei decidir é o melhor a fazer.

– Vamos em frente – disse Guinevere. – Eu gostaria de dormir em uma cama hoje à noite.

Queria mais tempo para pôr os pensamentos em ordem. Para decidir o que contar e como contar.

Arthur olhou para o aconchego das árvores, claramente dividido, e agora à espera de respostas, não mais à espera de Guinevere. Mas era bondoso demais para negar um pedido de sua rainha. Além disso, uma demonstração de preocupação da parte de Arthur atrairia ainda mais atenção e talvez questionamentos à história que ela estava contando.

– Muito bem – falou, acomodando Guinevere em seu próprio cavalo e montando atrás dela, enlaçando sua cintura com um dos braços para equilibrá-la. Arthur era uma presença tão palpável, tão real. Guinevere recostou a cabeça no corpo dele e ficou surpresa ao constatar como isso aliviou a tensão em suas costas e seu pescoço.

– Também senti sua falta – disse Arthur, com seu hálito quente no pescoço dela.

Guinevere precisava contar a verdade para ele. Sem esconder nada.

Assim que Guinevere desceu da sela, do outro lado dos pesados portões de madeira da propriedade, antes que pudesse sequer dar uma olhada ao redor, Dindrane já estava ao seu lado.

A raiva dela foi expressa com um sorriso e com uma mão possessiva no braço de Guinevere que não estava machucado.

– Eu *queria* que você tivesse me *contado* que partiria mais *cedo* – disse Dindrane, enfatizando cada palavra com um aperto quase doloroso em seu braço. Guinevere tinha certeza de que ela não tinha noção do que estava fazendo, mas entendia a situação de sua amiga. Sem Guinevere por perto, Dindrane fora obrigada a viajar por vários dias com sua sempre intratável cunhada, Brancaflor. Não era um bom começo para uma celebração.

– Sinto muito. De verdade. Para compensar, faço questão que você use minhas joias. – Então abraçou Dindrane e lhe deu um beijo no rosto. Era uma demonstração de intimidade surpreendente para uma rainha, e Guinevere sabia que todos notariam. Em seguida, falou, em um sussurro: – Se alguém for cruel com você, mande me chamar imediatamente, que vou fazer chover elogios até o teto cair em cima da cabeça de todo mundo aqui.

– Obrigada – murmurou Dindrane, recobrando a compostura para que seu rosto não revelasse a vulnerabilidade transmitida em seu agradecimento. – Ah, meu pai, olá! – Dindrane acenou para um homem mais velho, que parecia perplexo. Apesar de saber que Guinevere estava a caminho, parecia incrédulo ao ver a filha de braços dados com uma rainha.

Guinevere estava mais do que ciente da presença de Arthur, sabia o que a esperava assim que estivessem a sós. Havia muito a contar. Deixou-se distrair pelas apresentações, sorrindo e acenando sempre que necessário. Sir Bors estava constrangido quase a ponto de parecer engraçado, fazendo mesuras tão exageradas para o sogro que quase foi ao chão. Guinevere nunca o vira tão ansioso para agradar alguém, o que serviu como uma espécie de bálsamo para sua alma ferida. Ele amava de verdade sua amiga e, como tratava sempre Lancelote de forma respeitosa em público, era um cavaleiro de quem Guinevere gostava.

Um homem encarava todos de cara fechada sob as sobrancelhas brancas e grossas e os cabelos ralos. Parecia mais disposto a esfaquear Sir Bors do que a fazer uma mesura para ele.

– O primo de meu pai – murmurou Dindrane, com um tom tenso. – Sir Bors roubou a noiva dele.

– Roubou... o quê? – Guinevere se virou para o velho, horrorizada, e então olhou de novo para Dindrane.

– Existe um motivo para eu ter ido para Camelot mesmo sem estar prometida a ninguém. Qualquer coisa seria melhor do que o que eu teria aqui – explicou, acenando com uma expressão de desdém para uma tia que veio cumprimentá-la.

O pai de Dindrane tinha vários filhos, e três eram mulheres. Para Guinevere, parecia cruel prometer a mão de uma filha a um velho como aquele. Mas isso explicava por que a amiga sempre se mostrou tão disposta a suportar Sir Percival e a esposa dele. Em

Camelot, pelo menos estava livre para fazer suas próprias escolhas. Sir Percival tinha ido para lá pela mesma razão. Como segundo filho, não teria direito à herança, e decidiu fazer fortuna como cavaleiro.

Era difícil para Guinevere avaliar se a propriedade da família de Dindrane era ou não imponente. Seu primeiro contato com cidades e castelos se dera em Camelot e, em comparação com um lugar tão notável, todos os demais perdiam o brilho. Sem dúvida, havia muita lama. As damas de companhia deviam passar horas limpando as bainhas do vestido. Guinevere tentou passar pelas poças de barro com o maior cuidado possível, para não tomar mais tempo de Brangien do que o necessário. Mas a casa em si parecia bem construída, com janelas pequenas e um telhado vermelho que criava um belo contraste com os campos dourados ao redor.

– Quem é essa? – perguntou Dindrane, olhando para Isolda. – Ela é bem bonita.

O comentário soou menos como um elogio e mais como um veredito.

– É a prima de Brangien, Isolda. Brangien mandou avisá-la, e ela nos encontrou na estrada. Ajudará Brangien, como minha dama de companhia.

– Que alívio! – A animação de Dindrane com sua resposta pegou Guinevere de surpresa, mas então ela continuou: – É um absurdo uma rainha ter apenas uma dama de companhia. E um mau exemplo para as demais mulheres. Sir Bors vive dizendo que, se é assim no caso da rainha, só preciso contratar uma mulher para me ajudar alguns dias por semana. Agora está bem melhor. Ele não pode mais me dizer que eu não posso ter ninguém em casa conosco. Isolda deveria ter trazido irmãs. Mas, na verdade, eu jamais permitiria que uma dama de companhia tão bonita entrasse em minha casa. Elas precisam ser sem atrativos, por respeito.

As duas saíram da ensolarada parte externa da propriedade para o interior escuro e claustrofóbico da casa. As paredes eram caiadas e cobertas de tapeçarias. O piso era de pedra, áspero e irregular, mas limpo.

– Com sua licença, Dindrane – disse Arthur, apoiando a mão na parte inferior das costas de Guinevere. – Certamente minha rainha está cansada depois de tanto tempo de estrada. Sofreu uma queda e precisa de repouso até amanhã. Mostre nossos aposentos.

– Claro! Justificarei sua ausência no jantar. – Dindrane pareceu surpresa ao notar o braço de Guinevere na tipoia. Mas seu manto de rainha era pesado e cobria quase todo o corpo. Dindrane estalou os dedos para a pessoa mais próxima que parecia ser da criadagem. – Você. Leve meus convidados especiais, o Rei Arthur e a Rainha Guinevere de Camelot, aos seus aposentos – ordenou. Em seguida, cochichando para Guinevere, em tom de confidência: – Vocês ficarão no quarto de meu pai. A casa não tem nenhum outro lugar digno de hospedar um rei.

Ela parecia bem contente por ter desalojado o pai.

Brangien e Isolda fizeram menção de seguir Guinevere, mas Dindrane as chamou.

– Brangien! Precisamos terminar meu vestido. Sua prima sabe costurar? Ela não tem cara de quem sabe. Isolda, não é?

– Sim, *milady* – respondeu Isolda, fazendo uma bela mesura.

– Bem, você vai ter que servir. Sua prima é a melhor dama de companhia de todo o reino. Se tivéssemos mais... – Dindrane continuou a falar enquanto levava Brangien e Isolda para longe.

Brangien lançou um olhar disfarçado, afiado como uma flecha, para Guinevere, que adoraria poder resgatá-la para não precisar ficar a sós com Arthur. Não estava preparada para aquela conversa. E não sabia se algum dia estaria.

Lancelote e Sir Tristão acompanharam Arthur e Guinevere. Arthur levantou a mão quando eles chegaram à porta.

– Sem dúvida vocês estão cansados, mas não conheço esta casa nem seu dono. Não quero a rainha sem proteção em momento algum.

– Não estamos cansados, milorde – disse Lancelote, curvando a cabeça. – Não abandonaremos o posto.

Ela não fez contato visual com Guinevere, que queria assegurar a Lancelote que, fosse qual fosse a reação de Arthur a suas revelações, não permitiria que seu cavaleiro sofresse nenhuma punição. Mas logo os dois entraram no quarto, e a porta se fechou, deixando-os sozinhos. Apenas os dois e a verdade.

CAPÍTULO VINTE E TRÊS

O quarto estava mal iluminado, com as janelas fechadas barrando a entrada do sol da tarde. Uma cama grande ocupava a maior parte do espaço, e havia uma lareira e duas cadeiras em um canto. Guinevere teria preferido um quarto menor e que não fosse do pai de Dindrane. Despiu o manto, foi até uma das cadeiras e se sentou, de pernas cruzadas.

Arthur soltou um pequeno gemido de desolação. E então, para surpresa de Guinevere, uma expressão de raiva tomou conta de seu rosto. Ela nunca o vira assim tão exaltado, nem mesmo quando estava enfrentando Mordred e a Rainha das Trevas. Sentiu-se minúscula, mas não era de Guinevere que o rei estava com raiva.

– Quem fez isso? – questionou, apontando para seu pescoço.

Guinevere havia se esquecido daqueles malditos hematomas. Havia tantos outros ferimentos, tanto internos como externos.

– Rei Marco – respondeu, falando aquele nome com o mesmo tom que usava para se referir aos mortos. E o homem era mesmo praticamente um cadáver.

– Foi ele que machucou seu braço também? – Arthur estava com os punhos cerrados nas laterais do corpo.

– Meu ombro. Não. Isso foi... é melhor você se sentar. Não restou ninguém que você possa enfrentar. Ninguém de quem se vingar. Eu me certifiquei disso. – Seu tom de voz era sinistro, e suas lembranças eram ainda mais.

Arthur não seguiu seu conselho e preferiu ficar andando de um lado para o outro.

– Você não deveria ter chegado nem perto de Rei Marco. Como conseguiu convencê-lo a deixar Isolda ir embora?

Seu lábio inferior começou a tremer. Ela se lembrou da dor daqueles dedos em sua garganta e recobrou a compostura.

– Eu não o convenci a nada. Eu... ele estava me esganando, e senti o que fez com Isolda, o que a fez passar, e aquele homem era... – Guinevere se interrompeu e respirou fundo. – Usei magia. Não fui cautelosa. Quem quer que Rei Marco tenha sido ou o que tenha feito não tem mais importância agora.

Arthur ficou estupefato.

– Você o *matou*? Por que Lancelote e Sir Tristão deixaram que você fosse sozinha?

– O plano foi meu. Eles não têm nenhuma responsabilidade nisso.

– Claro que eles...

– Você me ensinou que o responsável é sempre o rei. Isso não se aplica à rainha também?

Arthur finalmente se sentou. Fechou os olhos e repetiu a pergunta:

– Você o matou?

– Não. Mas é como se ele estivesse morto. Não está mais aqui, de qualquer forma. O que Merlin fez comigo, com a minha mente, fiz pior. Arthur, eu... eu apaguei a mente de Rei Marco.

Arthur ficou imóvel por um longo tempo. Então assentiu com a cabeça.

– Alguém viu você? Virão atrás de Isolda?

– Não. Acham que ela morreu no incêndio.

– Incêndio?

– Eu também pus fogo no castelo.

– *Guinevere...*

– Eu sei. Isso foi... nada saiu como o planejado. Era um bom plano. Seguro. Mas Isolda seria queimada na fogueira. Não havia tempo.

– Você deveria ter ido embora.

– Eu não podia fazer isso. Você teria ido embora?

– Isso não vem ao caso.

– É exatamente esse o caso. Por que minha vida valeria mais que a dela?

– Porque você é a rainha!

– Na verdade, não sou, *não!*

Arthur a encarou como se tivesse levado um tapa na cara. Mas Guinevere estava abalada demais para reconfortá-lo ou retirar o que disse. Não era a rainha. Além de não ser a verdadeira Guinevere, o matrimônio dos dois não era legítimo. Arthur parecia determinado a fingir que se tratava de um casamento normal, mas ela não aguentava mais e não estava disposta a levar aquilo adiante.

Juntou as mãos com força para não estender o braço para o rei. Mesmo em meio a uma raiva tamanha, seu primeiro impulso era de confortá-lo. De apoiá-lo.

– Ela não tinha como se salvar. Eu sim.

Guinevere desejou que sua voz tivesse soado tão triunfante quanto suas palavras deram a entender, como Arthur ao narrar suas aventuras, mas só pareceu cansada. Lembrar-se de tudo não parecia uma vitória. Parecia uma tragédia, embora tivesse saído vencedora.

– O que eles acham que aconteceu com o rei?

– Isolda já havia sido condenada como bruxa. Pensam que foi tudo obra dela.

– Você os fez acreditar que uma mulher destruiu seu rei?

– Rei Marco fazia muito mal às mulheres. O povo de lá está melhor sem…

– Não, Guinevere, *isso* vai fazer mal às mulheres. Se algum homem pegar uma doença desconhecida ou morrer de forma inesperada, as esposas deles serão acusadas de ser aliadas da bruxa que acabou com a vida do rei. Banimos a magia para eliminar o caos trazido pela Rainha das Trevas, mas também para as pessoas se *esquecerem* disso. Assim, deixa de ser um pretexto para acusar as mulheres de más ações, de jogar sobre elas a culpa de tudo o que é desconhecido e inexplicável. Você usou o medo como uma arma, mas o medo e o terror só geram violência.

– Com um rei como aquele, as pessoas já estavam submetidas à violência!

Guinevere ficou de pé, furiosa e em pânico. Arthur estava enganado. Precisava estar. Ela não poderia ter tornado as coisas ainda piores do que já eram.

– Eu sei. Mas não é com violência que se combate a violência. É com justiça.

– Ninguém estava lá para garantir a justiça! Ninguém salvaria Isolda! Ninguém enfrentaria Rei Marco! Sinto muito se eles não têm um Rei Arthur para trazer paz e bondade ao reino. Só tinham a mim, usei o que precisava usar e derrubei quem precisava sair do caminho para…

Uma lembrança repentina surgiu em sua mente. Será que já havia discutido aquilo com Mordred? O que ele havia dito?

Mordred dissera que Guinevere não era como Merlin. Mas a verdade a atingiu de tal forma que a deixou sem fôlego. Ela era *exatamente* como Merlin. Quando queria que alguma coisa fosse feita, usava a magia. Uma magia violenta. Queria que uma situação fosse revertida e havia causado um dano permanente a uma pessoa por causa disso. Mas, ao contrário de Merlin, não era capaz de prever o resultado de seus atos. Talvez estivesse ajudando. Talvez o próximo rei fosse um governante melhor. Mas talvez tivesse prejudicado aquele reino. Mulheres inocentes poderiam ser mortas por causa de suas palavras e suas ações. E ela não tinha nem como saber.

Assim como desconhecia o grau de destruição que deixou para trás quando fugiu com o dragão. Sabia o que aquilo lhe custara e também ao dragão. Mas e Hild? E aqueles homens, por mais gananciosos e preguiçosos que fossem? Será que morreriam congelados no inverno que se aproximava? Passariam forme? Suas feridas infeccionariam e os matariam?

– Eu queria ser diferente de Merlin – falou, sentindo seu rosto queimar de vergonha. – Mas sequer sou igual. Pelo menos ele sabia o que estava fazendo. Quando atacava as pessoas, era com um propósito. Faço isso sem nem ao menos pensar.

– O que aconteceu com seu braço? – perguntou Arthur, amenizando o tom de voz. Então puxou Guinevere para sua cadeira e a acomodou no colo.

– Hild... os irmãos da capitã do barco tentaram me fazer refém. Pedi para nossos amigos irem embora e convoquei o dragão.

– O dragão? O dragão de Sir Bors?

Guinevere assentiu, apoiando a cabeça no ombro dele, desejando que pudesse se esconder na escuridão que surgia quando fechava os olhos.

– Ele queimou o vilarejo, e eu fugi, mas... ele saiu ferido, e eu o mandei embora mancando pela floresta, com o coração partido. Poderia ter deixado o dragão em paz. Poderia ter esperado. Você teria me resgatado. Estava tão determinada a salvar minha própria pele que ele se feriu, e eu me feri, e *usei* o dragão. Nem parei para pensar em como ele poderia se sentir com isso. Foi uma crueldade de minha parte, Arthur.

– Mas é um dragão.

O rei pareceu confuso com a afirmação dela de que havia ferido os sentimentos da criatura.

Guinevere sacudiu a cabeça, tentando encontrar uma forma de explicar tudo. E de contar a Arthur a parte seguinte, que envolvia Mordred. Alguém bateu à porta. Arthur se desvencilhou dela com um movimento um tanto desajeitado, tomando o máximo de cuidado com seu ombro. Guinevere se manteve de costas para que ninguém a visse chorando quando o rei abrisse a porta.

– Sim, claro. Falo com ele agora mesmo. A rainha está descansando.

Arthur fechou a porta devagar, e Guinevere se viu sozinha. Se Arthur não conseguia entender a questão do dragão, como compreenderia seus sentimentos tão complexos em relação a Mordred?

A luminosidade do ambiente assumiu a coloração arroxeada do crepúsculo. Guinevere não esperou Brangien vir ajudá-la, e com muito custo conseguiu se despir do vestido. Seu ombro estava rígido e dolorido, mas era possível movê-lo. Magoada, encolheu-se toda na cama e tentou dormir.

Em algum momento depois do anoitecer, Arthur veio se deitar. De certa forma, Guinevere esperava que ele fosse passar a noite toda fora e ficou surpresa. E sua surpresa foi ainda maior quando ele colou o corpo às suas costas.

– Você fez o que precisava fazer – murmurou, abraçando-a. – Quando voltarmos a Camelot, tudo será mais fácil. Guinevach se foi. Sabemos que somos páreo para a Rainha das Trevas, não importa o que ela faça. Você feriu pessoas, é verdade, mas era uma gente *má*. Homens que fizeram mal a você e a outras pessoas. Precisa deixar tudo isso para trás e seguir em frente. Não pense mais nisso. Como seu rei, estou dando uma ordem.

Ela deu uma risadinha bem leve, quase uma fungada.

– Ah, agora você me dá ordens?

– Sim. Pelo menos nesse assunto. – O tom de Arthur se tornou mais sério. – É o lado doloroso de ser rei. De ser rainha. Tomar decisões que vão prejudicar alguns, mas salvar outros. E, muitas vezes, só descobrimos tarde demais quem vai ser prejudicado e quem vai ser salvo. Sinto muito que você tenha que passar por isso também, mas estou contente por ter sua companhia.

– Eu também – murmurou Guinevere.

Não era justo achar que Arthur não compreenderia sua dor. Ele podia até não entender tudo, mas entendia aquilo. Não conhecia Guinevere por completo, mas sabia o suficiente. E aqueles homens eram cruéis, Rei Marco e Ramm. Como Uther Pendragon. Como Maleagant. Se Guinevere não fosse capaz de aceitar o fato de que precisaria atacar homens maus para proteger os demais – e a si mesma –, não teria como ser nem uma rainha nem uma *bruxa* muito boa.

As escolhas sempre seriam difíceis, e ela precisaria conviver com as consequências. Teria que seguir vivendo com a consciência de que Rei Marco e Ramm haviam sofrido porque atravessaram seu caminho e tentaram detê-la.

Mas Arthur não conhecia a história toda. O espectro de Mordred surgiu atrás de seus olhos fechados. Ela havia guardado a flor na bolsinha e, apesar de não ser mágica, era possível senti-la pulsando bem ao lado da cama, denunciando seu jogo duplo.

Ela a descartaria ao amanhecer. Mordred – tanto o real quanto o onírico – estava enganado. Guinevere fizera a escolha certa. E naquele momento também, ao não revelar a Arthur que seu sobrinho traiçoeiro não era simplesmente bom ou ruim, era mais complicado do que isso. Se Arthur tivesse que se defrontar com Mordred algum dia, precisava fazer isso sem nenhum tipo de dúvida em mente. Guinevere já se sentia dividida o suficiente pelos dois.

CAPÍTULO VINTE E QUATRO

Guinevere olhou pela janela de vidros grossos da sala de estar. Havia acordado de manhã com Arthur ainda a seu lado, pelo menos uma vez. Isso a encheu de energia e determinação para se livrar do tormento da culpa. Era o dia do casamento de Dindrane, e precisava dar apoio à amiga. Mas isso era quase tão desafiador quanto se permitir aceitar o que havia feito com Rei Marco e com Ramm.

O mundo parecia distorcido através da janela, uma visão de azul e dourado na qual ela gostaria de estar inserida, em vez estar costurando em uma sala abafada com mais uma dúzia de mulheres. As paredes de pedra da casa eram mais brancas que as cinzentas de Camelot, mas mesmo assim o local parecia mais escuro, por causa dos anos de manchas de fumaça da lareira. Os cômodos eram todos pequenos e abarrotados de móveis. E aquele estava abarrotado de mulheres também. Guinevere imaginou como teria sido crescer em uma construção de corredores labirínticos e cômodos minúsculos, com todos os acessos ao lado de fora bloqueados por janelas, grades e pátios com cercas. Será que Dindrane alguma vez teve liberdade para sair? Para passear?

Ainda desejava saber como seria ter uma infância, as sensações, as diferentes coisas que as pessoas experimentam. Sabia mais ou menos como tinham sido os anos de criança de Arthur – servindo Sir Ector e Sir Kay e sendo instruído por Merlin –, mas Brangien nunca falava muito sobre isso. Parecia nutrir um afeto pelos pais, pelo menos. Sobre o passado de Lancelote, Guinevere sabia pouquíssimo. Assim como sobre o de Mordred. Será que fora criado por Morgana Le Fay, sua mãe e meia-irmã de Arthur, a feiticeira que queria matar o rei ainda no berço? Teria conhecido seu pai, o Cavaleiro Verde, uma das crias da Rainha das Trevas e protetor do reino das fadas? Teria passado muito tempo com a avó?

Pareciam informações vitais. Guinevere queria conhecer aqueles passados e absorvê-los, torná-los parte de si mesma, entender todas as pecinhas que foram se encaixando para formar as pessoas que conhecia. Talvez assim pudesse entendê-las. Talvez pudesse até chegar mais perto de ter uma compreensão melhor de si mesma. Preencher as lacunas usando os outros. Livrar-se de Merlin e dos buracos deixados pelo apagamento da Dama do Lago.

– E a rainha me pediu para ser sua guia pessoal sobre os assuntos de Camelot. Estava um pouco assoberbada.

Guinevere ergueu os olhos, perdida no fluxo da conversa, mas assentiu apenas uma fração de segundo atrasada para confirmar a história de Dindrane. Como Dindrane não morava lá, não tivera tempo para reunir todo o necessário para uma noiva assumir seu novo lar. E era importante ter suas próprias coisas. Isso, além do dote que seria pago pelo pai de Dindrane naquela noite, garantiria que, o que quer que acontecesse com Sir Bors, Dindrane e os filhos que eventualmente tivesse não estariam desamparados.

Guinevere aprovava essa prática. Mas a que exigia que ela ficasse sentada costurando era bem menos agradável. Mesmo assim, tentou sorrir e fazer parecer que estava contente por estar ali e ser um contraponto à cara de ressentimento de Brancaflor e outras parentes de

Dindrane. Brangien e Isolda tinham se juntado a elas, mas se puseram no canto da sala, sem falar com ninguém.

– O que será que os homens estão fazendo? – perguntou Guinevere, tentando disfarçar o desejo de estar em outro lugar.

– Os homens? – repetiu Dindrane, sem interromper os trabalhos na túnica que estava costurando. – Ah, imagino que estejam bebendo, contando bravatas ou brigando.

Uma tia idosa ergueu seus olhos leitosos.

– Às vezes, organizam torneiros, mas duvido que os rapazes gostariam de fazer isso com um *rei* presente. Todos teriam que tomar muito cuidado para não feri-lo.

– Rei Arthur tem habilidade de sobra para lutar – retrucou Guinevere, sentindo-se na obrigação de defendê-lo.

– Claro, majestade. É claro – disse a mulher, assentindo, e a pele de seu pescoço se dobrou como o pano que ela segurava em suas mãos esqueléticas. – Todos os homens são úteis com uma espada ou uma lança na mão quando assim desejam.

– E quando nós preferiríamos que não fizessem isso – complementou uma das cunhadas de Dindrane, com um risinho de deboche. Seu rosto estava franzido ao redor de um nariz proeminente e ossudo, que lhe conferia um aspecto de ave de rapina. E a maneira como ela observava as demais, com olhos cautelosos e predatórios, não ajudava em nada a desfazer essa impressão.

– Estão sempre em busca de ação no meio da noite – concordou a outra.

– Ou assim que amanhece. Embainhe essa espada, seu tolo. Ninguém quer dar de cara com isso assim que acorda.

– Espada é generosidade sua. Eu estava pensando mais em uma faca. Ou talvez uma agulha.

As duas caíram na gargalhada. Dindrane ficou furiosamente vermelha. Guinevere até tinha ideia do que estava sendo falado, mas para Dindrane deveria ser pior ouvir aquilo, já que o assunto eram seus irmãos.

– Mas é claro que Sir Bors é tão velho que, provavelmente, Dindrane não terá esse problema – comentou Brancaflor, enfiando a agulha em um tecido e abrindo um sorriso tão pontiagudo quanto o instrumento de costura.

– Ele só tem cinco anos a mais que Percival – esbravejou Dindrane.

– Pena que você não conseguiu fisgar o filho dele.

– O filho dele tem 14 anos!

– Em todo caso, você teve sorte de encontrar alguém disposto a levá-la para casa na sua idade. Apesar de todos saberem por que ele está fazendo isso – falou Brancaflor, espichando os olhos para Guinevere.

O que Brancaflor queria dizer era claro: Dindrane só tinha valor por causa de suas relações com a rainha. Pelo jeito, as mulheres também faziam seus duelos. Mas não com armas. Guinevere sabia de que lado estava, e sua boca entrou em ação antes mesmo que pudesse pensar no que iria dizer:

– Você sabia que Sir Mordred, o sobrinho do rei, também queria a mão de Dindrane?

Nada do que viria depois seria verdade, mas era uma mentira segura. Ninguém em Camelot sabia por que Mordred desaparecera. Arthur mantivera tudo em segredo, só dizia que Mordred não voltaria mais. Então por que não contar uma história mais interessante? A verdade era muito dolorida. Era melhor substituí-la.

– Quê? – perguntou Brancaflor, franzindo a testa.

– Ah, sim. Foi terrível.

– O que foi terrível?

– Ora, a luta. – Guinevere largou a costura e fez a melhor expressão de confusão fingida que pôde. – Você não sabe?

Brancaflor sacudiu a cabeça. As outras mulheres da sala se inclinaram para mais perto de Guinevere, com exceção de Brangien, que sabia se tratar de uma mentira. Mas a única indicação que deu disso foi um leve estreitar de olhos.

Guinevere se virou para Dindrane e abriu um sorriso afetuoso.

– Você sempre foi tão modesta, minha amiga querida. Posso contar para elas? Por favor?

Dindrane deu de ombros, fingindo desinteresse.

– Se quiser.

Depois se virou para Guinevere e disse "Quê?", sem emitir som.

– Ah, foi emocionante! – Guinevere levou a mão ao coração, ao local onde a flor de Mordred ficara. – Foi na noite do torneio em que Sir Lancelote se provou. Aquele dia, na arena, Sir Bors foi a campo usando o lenço de Dindrane, como suas cores. Ninguém ficou surpreso, já que o cavaleiro estava claramente apaixonado por ela fazia anos, mas seu temperamento reservado o impedia de dizer o que quer que fosse. Os torneios deixam os homens mais corajosos. Só que também mais descuidados. Quando Sir Mordred, sobrinho de Rei Arthur e seu herdeiro mais próximo... – isso não era nem um pouco verdadeiro, mas aquelas mulheres não precisavam saber: era um detalhe que tornava tudo mais romântico – ... enfim, quando ele viu, o ciúme veio à tona. Mordred também nutria uma paixão secreta pela adorável Dindrane. Naquela noite, quando o vinho começou fluir à vontade, o mesmo aconteceu com a paixão e a raiva dos dois. Sir Mordred confrontou Sir Bors, exigindo permissão para cortejar Dindrane, pois sua hierarquia em Camelot era mais elevada. Um homem menos digno, que estivesse preocupado apenas com sua posição entre os cavaleiros do Rei Arthur, certamente teria cedido Dindrane a Sir Mordred. Mas o amor de Sir Bors desafiava os limites da racionalidade. Ele imediatamente desafiou Sir Mordred para um duelo. O vencedor poderia cortejar Dindrane, e o perdedor teria que deixar Camelot. Para sempre.

– Quê? – Brancaflor parecia perplexa. – Percival não me contou nada disso.

– Ele não sabia. Você deve se lembrar que, imediatamente após esse acontecimento, fui raptada, e a agitação e a confusão se instalou entre os cavaleiros. – Guinevere fez um gesto de desdém, como se isso fosse menos importante do que o relato ficcional que estava criando. – Sir Bors e Sir Mordred foram à luta, armados apenas de seus punhos e de sua determinação para conquistar o coração e a mão de Dindrane. Eu estava lá com minha dama de companhia, Brangien.

– Humm, foi muito emocionante – murmurou Brangien, lá do canto, sem tirar os olhos da costura.

– Apesar de Sir Bors ter uma experiência insuperável no campo de batalha, Sir Mordred nunca havia sido derrotado em um combate. Era considerado o mais letal entre os cavaleiros de Arthur.

– Ele era detestado – comentou Brancaflor, franzindo o nariz.

– E por um bom motivo – complementou Guinevere, sem permitir que a outra mulher assumisse as rédeas da narrativa. – Sir Mordred era frio e arrogante, e fiquei morrendo de medo de que ele saísse vencedor.

Mordred parecia frio e arrogante, mas na verdade era reservado e observador, e sempre sentia dor na presença do ferro, por causa da herança do reino das fadas que recebeu do pai. Mas, quando visto mais de perto, era perspicaz, divertido e desoladoramente traiçoeiro. Guinevere jamais deveria ter se aproximado dele. E não podia permitir que isso se repetisse. Era melhor voltar à história. As histórias eram bem menos complicadas. Bem mais fáceis.

– Sir Mordred amava Dindrane, mas eu sabia que não seria um marido tão bom quanto Sir Bors. Acompanhamos cada movimento da luta. E, embora Sir Mordred fosse mais jovem e mais ágil, Sir Bors tinha no coração uma motivação pura, e cada golpe seu se tornava ainda mais poderoso por causa de seu amor por Dindrane. No fim, foi ele que terminou de pé na arena às escuras. Ferido, mas triunfante. Derrotou Sir Mordred e foi recompensado com a mais bela das donzelas.

Guinevere sorriu para Dindrane, que contraiu os lábios no que parecia ser uma demonstração de modéstia, mas provavelmente era um esforço para segurar o riso.

– O que aconteceu com Sir Mordred? – indagou uma das tias.

– Ah, ele foi banido. E honrou os termos do acordo. E, na minha opinião, não suportaria ficar em Camelot e ver Dindrane casada com outro. – Guinevere mordeu o lábio, fingindo preocupação. – Eu não deveria ter contado essa história. Sir Bors se recusa a falar sobre isso. Ama seu rei e jamais iria se gabar de uma vitória que obrigou o sobrinho dele a ir embora. Por favor, não toquem nesse assunto perto dele.

– Mas Rei Arthur não ficou furioso? – questionou uma das cunhadas.

– Ele valoriza tanto Sir Bors que não quis se envolver. Sir Mordred fez suas próprias escolhas.

Guinevere abriu um sorriso enganador, mas dizer aquilo a abalou mais do que imaginava. Mordred fizera de fato suas escolhas, mas por amor à sua família. Parecia uma espécie de traição inventar uma história envolvendo seu nome, ciente do amor que Mordred sentia por ela. Mas será que esse amor era mesmo real? Já era a segunda vez que ele provava que não queria lhe fazer mal. Por outro lado, Mordred sabia que a Rainha das Trevas continuava tentando destronar Arthur. E escolhera ficar do lado dela. Os dois eram inimigos, fossem quais fossem seus sentimentos.

Guinevere pigarreou, tentando desfazer o desconforto que se instalou em sua garganta. E não era apenas uma dor residual provocada pelo ataque de Rei Marco.

– Enfim, tudo terminou como deveria, e agora estamos aqui para celebrar o casamento da linda Dindrane com o valente Sir Bors, o matador de dragões.

A história do matador de dragões também era falsa. Seria possível que *todas* as histórias fossem mentira?

– Dois pretendentes – comentou Brancaflor, olhando para o chão com uma expressão vazia.

Dindrane deixou de lado sua costura, abriu um sorriso para Guinevere e então assumiu uma expressão mais séria.

– Ora, eu não teria contado essa história logo hoje. Um episódio envolvendo outro homem no dia da celebração do meu casamento me parece um tanto impróprio. Mas não estou em posição de censurar as palavras de minha rainha. Enfim. Temos outra atividade a fazer antes de nos reunirmos aos homens.

Aliviada, Guinevere largou o trabalho que estava fazendo. Pelo menos aquele castigo terminara.

Dindrane ficou de pé, ajeitando a saia.

– Vamos à casa de banho! Em Camelot, não há nenhuma, e senti muita falta disso!

Guinevere se arrependeu de sua ânsia de se livrar da costura.

– Uma casa de banho. O que... como isso funciona?

– São quatro cômodos. Cada um mais quente que o outro, com fornos e pedras aquecidas onde criadas despejam água para criar vapor. E, no último cômodo, elas esfregam você até ficar bem limpa, e depois nós todas ficamos relaxando na água. – Dindrane bateu palmas. – Vamos, não queremos que os homens cheguem lá antes de nós. Não vou querer ficar na mesma água que eles, depois de terem cavalgado e treinado combate corpo a corpo.

As mulheres começaram a se movimentar, guardando as peças que estavam costurando. Guinevere se voltou para Brangien, apavorada.

Brangien levantou e segurou Guinevere pelo cotovelo.

– Infelizmente, a rainha não poderá acompanhá-las.

– Quê? Por quê? – Dindrane parecia desolada.

– Ela não tem permissão de se despir na frente de ninguém além do marido. – Brangien usara o mesmo pretexto que Guinevere dera da primeira vez em que sua dama de companhia se ofereceu para ajudá-la no banho. E, como se a rainha não fosse capaz de falar por si mesma, Brangien se dirigiu às outras mulheres em tom de confidência: – As regras para reis e rainhas são diferentes em Camelot.

As demais assentiram, apesar de ser uma explicação sem o menor sentido. Guinevere foi retirada da sala.

– Obrigada – murmurou.

Brangien abriu um sorriso de satisfação.

– Nem sempre você precisa de um cavaleiro para protegê-la. Também posso fazer isso.

– Podemos ir ver o que os homens estão fazendo?

Guinevere queria passar mais tempo com Arthur, absorver o máximo possível de sua força e confiança. Os dois haviam se separado cedo demais naquela manhã.

– Devem estar tratando de negócios. Não seríamos bem-vindas, e ainda bem. Não quero ficar ouvindo conversa sobre quanto Dindrane vale em termos de ouro.

– A história que você contou foi impressionante – falou Isolda, com um tom suave.

– Uma mentira impressionante – riu-se Brangien. – Isso nunca aconteceu.

Isolda pareceu alarmada e perplexa com aquela revelação.

– Mas então por que contá-la?

– Dindrane é minha amiga. Foi a única forma que encontrei de protegê-la daquelas mulheres horrorosas.

Isolda assentiu de leve com a cabeça.

– Elas pareciam mesmo... bem pouco gentis.

– Sempre protegemos umas às outras, seja como for.

Guinevere apertou a mão de Brangien, e Isolda se aproximou das duas.

– Fico contente com isso – murmurou Isolda. Seu belo rosto parecia perturbado. Brangien também percebeu. Ela deu o braço para Isolda.

Esse era outro aspecto mentiroso das histórias. Mesmo quando eram verdadeiras, ninguém nunca falava sobre o que acontecia depois da aventura. Sobre as feridas – visíveis ou não – que continuavam abertas depois do final da narrativa. A donzela foi resgatada. Fim. Mas ainda havia muitas dores a curar, e talvez sempre haveria. Guinevere sabia que Brangien era inigualável nos cuidados que dispensava. Como dizia que aprendera isso com Isolda, parecia uma bênção que Brangien pudesse usar seu dom para confortá-la. Com sorte, dispondo de tempo, amor e liberdade, Isolda poderia voltar a se sentir segura. Mas Brangien precisava de mais privacidade para cuidar de sua amada.

– Vocês se importam se eu descansar sozinha? – perguntou Guinevere, ao levar a mão à porta. – Não dormi bem ontem à noite. Um pouco de solidão me faria bem.

Brangien assentiu, sentindo-se grata, e conduziu Isolda até o pequeno quarto designado às duas. No outro lado do corredor, Sir Tristão e Lancelote continuavam de guarda. Guinevere queria falar com eles, passar seu tempo em um clima de camaradagem amigável. Mas os cavaleiros também tinham um trabalho a fazer.

Entrou no quarto. Arthur ordenara que ela tirasse certas coisas da cabeça. E tinha razão. Não podia ficar remoendo a culpa pelo rei que destruíra nem pelo dragão que havia traído ou pensando em um homem em quem não podia confiar nunca mais.

Tirou a flor de Mordred de sua bolsinha e a amassou na palma da mão até que não restasse mais nada das delicadas pétalas além de manchas coloridas. E então ficou sozinha com seus pensamentos e arrependimentos, o que parecia ser o maior de todos os castigos.

CAPÍTULO VINTE E CINCO

Guinevere está sentada à mesa, com uma expressão agradavelmente vazia no rosto enquanto sua mente divaga para longe do que está sendo discutido entre Arthur e os outros homens. Não é incluída na conversa, e nunca será, mas permanece em seu lugar, porque é obrigada a fazer isso. As paredes do cômodo parecem próximas demais, e a mesa, grande demais, e ela, pequena demais.

Um riso que não combina com aquele ambiente chama sua atenção: ela é fisgada como um peixe pelo anzol. Mordred está recostado no batente da porta. Seu sorriso é ao mesmo tempo convidativo e promissor.

Alarmada, Guinevere se volta para Arthur. Ele olha para o sobrinho e então para Guinevere.

– Ah, pode ir. Posso terminar sem você – diz, com um sorriso, e retorna a seus afazeres de rei.

Dominada pela empolgação e pelo nervosismo, sem saber ao certo se o que estava fazendo é errado – mas contando com a permissão de Arthur –, Guinevere levanta e segura a mão que Mordred lhe estende. Juntos, saem pela porta que dá na floresta, em meio a uma chuva torrencial. Aos risos e soltando um grito de surpresa, Guinevere permite que Mordred a conduza até o abrigo de uma árvore ancestral e retorcida. Encostam-se no tronco, e a água que escorre pelo rosto dos dois se mistura quando seus lábios se encontram.

A cama se moveu, e Guinevere se sentou, sobressaltada, com o coração disparado, sentindo o gosto da chuva e de outra boca nos lábios.

– Desculpe – disse Arthur, deitando-se ao seu lado. – Não queria acordar você.

O quarto estava às escuras, com o ar carregado, fosse pela realidade ou pelos vestígios do sonho que ainda persistiam dentro dela. Sem pensar a respeito e sem se permitir a chance de desistir, Guinevere estendeu a mão, tocou o peito de Arthur e levou os lábios aos dele. Sentiu que o corpo do rei ficou tenso de surpresa e aguardou ansiosamente para que o coração de Arthur disparasse sob sua mão.

Mas isso não aconteceu.

E os lábios dele continuaram imóveis.

Arthur continuou deitado, sem esboçar nenhuma reação. Morta de vergonha, Guinevere se afastou, sentando-se com os joelhos colados no peito. Seu ombro doía, e teve vontade de chorar. Não sabia se deveria se desculpar. Mas não queria.

– Guinevere... – disse Arthur, mas sem nenhum tom de desejo ou arrependimento na voz. Apenas tristeza.

– Por que não? – Era uma pergunta que ela sempre se fazia. Por que não? Eram casados. Ela o amava, desde o instante em que se conheceram. Por que não podiam se amar daquela outra maneira? Guinevere *queria* isso. Tornaria tudo mais fácil. E também tornaria tudo melhor. Guinevere queria que Arthur a olhasse da mesma maneira que Mordred a olhava.

Não! Não daquela maneira. Da maneira como Brangien olhava para Isolda, como se não existisse mais ninguém no mundo. Aceitaria até a maneira como Sir Bors olhava para Dindrane, sempre um pouco desconcertado, mas feliz.

Arthur se sentou e se apoiou na parede atrás da cama.

– É que... não existe motivo para pressa.

– O que você quer dizer com isso?

Arthur suspirou. E estendeu os braços.

Os olhos de Guinevere haviam se ajustado o suficiente à escuridão para conseguir ver a silhueta dele. Não queria ser abraçada como uma amiga ou uma irmã. E sabia que Arthur não a estava convidando a tentar de novo. Então permaneceu onde estava.

– O que você quer dizer com isso? – repetiu.

– É que... – o rei deixou a frase no ar e ficou em silêncio.

Guinevere desejou que não estivesse tão escuro. Queria ver a expressão de Arthur. Mas podia fazer melhor que isso. Estendeu a mão e entrelaçou os dedos dele aos seus. Suas mãos enfim estavam de volta ao normal. Arthur estava como sempre – firme, caloroso, forte –, mas também triste. E... assustado. Será que Guinevere já o havia sentido tão temeroso?

– Por favor, me conte. Não pode ser pior do que eu estou pensando. Que você se arrepende de ter casado comigo, que não gosta de mim, que gostaria de...

– Não – interrompeu ele, apertando sua mão. – É o contrário. Você é minha melhor amiga, a única pessoa com quem me sinto à vontade. – Arthur a puxou para mais perto, fazendo-a se aninhar junto a ele. Guinevere estendeu a mão em um gesto carinhoso até o peito do rei e, por fim, sentiu a pulsação acelerada indicando que, por trás da firmeza transmitida por aquelas palavras, havia um certo nervosismo. – Não é que eu não goste de você como... Enfim, eu me preocupo. Minha mãe. E Elaine. Todas as mulheres importantes da minha vida morreram ao dar à luz. E não posso, não quero, expor você a esse risco.

– Mas...

– Não estou dizendo que *nunca* vai acontecer. Temos todo o tempo do mundo.

Arthur levou os dedos ao queixo de Guinevere e levantou sua cabeça. Dessa vez, quando seus lábios se juntaram, foi em um beijo de verdade. Gentil. Paciente. Ela sentiu faíscas de desejo, mas não eram nada em comparação com a determinação de fazer a coisa certa. De protegê-la.

O beijo terminou como havia começado: cheio de consideração, suavidade, cuidado.

Ela fechou os olhos para suprimir as lágrimas que os faziam arder e a trairiam. Guinevere amava Arthur, valorizava a relação que tinha com ele e não desejava perdê-la, mas também queria viver uma *paixão*. Descontrolada. Delirante. Imprudente. O amor *deveria* ser urgente. Um sentimento impulsivo, uma necessidade inevitável. Uma fagulha de um ardor que consumia tudo, que incinerava qualquer noção de cautela e só deixava lugar para o desejo.

Mas Arthur tinha sofrimentos que Guinevere desconhecia. E não queria que o mesmo acontecesse com ela. Precisava ser paciente, para o bem dele. E para o seu também.

No dia seguinte, durante as festividades do casamento, Arthur parecia mais atencioso que o normal, fazendo questão de falar com ela ou de estar sempre ao seu lado. Em certo sentido, isso tornava sua mágoa ainda pior.

Dindrane estava linda. Fizera questão de estar vestida como Guinevere, para que não houvesse distinção entre as duas. Estavam usando túnicas brancas acinturadas e mantos azuis e vermelhos. No entanto, Guinevere havia emprestado suas melhores joias a Dindrane, para garantir que a noiva brilhasse de todas as formas possíveis no dia de seu casamento. E Brangien costurou às pressas uma gola delicada para adicionar ao traje de Guinevere e cobrir os hematomas que demoravam a sumir.

Apesar da família desagradável, e de tudo por que tinha passado para chegar até ali, Dindrane estava radiante no momento em que trocou alianças com Sir Bors. O noivo estava vermelho e sorridente, e Guinevere era capaz de jurar que havia lágrimas nos olhos dele quando beijou Dindrane. Guinevere ficou satisfeita. Dindrane estava casada com um homem que, com certeza, se esforçaria muito para lhe proporcionar uma vida feliz. E Guinevere estava ciente de que isso exigiria uma tremenda dose de esforço.

Mas, depois do casamento houve o banquete, a bebedeira, as danças, tudo isso em um salão lotado e abafado. O cheiro de corpos aglomerados e vinho em abundância lhe deu dor de cabeça. Ela se pegou olhando para a porta, como se Mordred pudesse aparecer para resgatá-la.

Tinha sido o pior tipo de sonho, porque era destrutivo em todos os sentidos. O Mordred de seus sonhos não era o verdadeiro, e Guinevere não precisava ser resgatada. Não de uma festa.

Arthur se manteve por perto quando ela se sentou à mesa para observar as pessoas que dançavam. Mas a tensão do rei foi perceptível ao desviar o olhar para um grupo de lordes de reis da região. Havia aliados e informações a apenas alguns passos de distância.

Guinevere o cutucou de leve com o cotovelo. Ele usava roupas relativamente simples, um colete azul escuro sobre uma túnica branca. A coroa prateada sobre os cabelos curtos era seu único adorno. Arthur se virou para Guinevere com uma expressão de interrogação no rosto, e ela sentiu a mesma afeição de sempre. Seu rei bonito e *bondoso*. Aprenderia a ter paciência.

– Pode ir falar de política.

Ele abriu um sorriso culpado.

– Não quero deixar você sozinha.

– Sozinha como? – Guinevere apontou para o salão lotado. Parecia um campo de batalha, com os combates travados na forma de danças, fofocas, competições de bebedeira. Ela não tinha talento para nenhuma dessas coisas. – Bem que eu gostaria de estar sozinha.

– Podemos dançar mais tarde?

– Não conheço essas danças. Merlin nunca achou conveniente pôr essas informações na minha cabeça.

Abriu um sorrisinho para Arthur quando ele se afastou. O que teria recuperado de seu passado se Merlin a houvesse ensinado a dançar? Isso fazia alguma diferença? A essa altura, sabia tão pouco sobre quem tinha sido que era como se não existisse antes de se tornar Guinevere.

Precisava fingir que isso era verdade. Esquecer o medo daquilo que não sabia sobre si mesma, sobre sua mãe, sobre seu passado. Voltar a Camelot para um recomeço, livre do passado, tanto do seu como do da verdadeira Guinevere. Sem a presença de Guinevach, da Dama do Lago, de Merlin. Apenas Guinevere e a família que escolhera.

Brangien e Dindrane apareceram diante dela, segurando-a cada uma por uma mão e a colocando de pé.

– O que vamos fazer? – perguntou Guinevere.

– Dançar! – riu-se Dindrane. – É o meu casamento, você não pode me negar isso.

– *Você* vai dançar? – Guinevere perguntou para Brangien, em choque. Isolda estava sentada em um banquinho perto da porta, observando a dama de companhia com um sorriso.

Brangien levantou o braço de Guinevere que não estava machucado, e de alguma forma conseguiu fazê-la dar um rodopio.

– Eu adoro dançar!

– Não acredito!

– É verdade!

Brangien entrou na roda dos dançarinos da festa e começou a seguir seus movimentos com habilidade. Nenhuma das outras damas de companhia já estava dançando, mas Brangien desfrutava de um *status* especial por trabalhar para a rainha. Estava tranquila, graciosa e *feliz*. Guinevere se perguntou se já havia visto Brangien realmente feliz antes daquele momento, dançando sob o olhar de sua amada. Sabendo que, no fim da noite, as duas estariam juntas, e que isso aconteceria todos os dias dali em diante.

Guinevere deu risada, deixando-se contagiar pela felicidade de Brangien.

– Vamos – disse Dindrane, posicionando Guinevere na roda, corrigindo o tempo todo seus movimentos, mas sem maldade, e sim como parte de uma diversão entre amigas. Sir Bors, que não estava dançando, observava tudo com o mesmo olhar apaixonado de Isolda. Para Guinevere, foi inevitável verificar se também não estava sendo acompanhada por olhos amorosos.

Arrependeu-se de ter feito isso. Arthur estava concentrado em sua conversa com um grupo de homens e não observando Guinevere. Mas, em certo sentido, isso facilitou as coisas. Ninguém estava interessado no que ela estava fazendo. Guinevere relaxou e se deixou orientar e corrigir por Dindrane. Em pouco tempo, estava acompanhando o ritmo dos demais enquanto os músicos preenchiam o recinto de barulho na mesma proporção em que fluíam as bebidas e conversas. Seu ombro estava dolorido, mas isso não atrapalhou sua diversão.

Dar risada e ficar de mãos dadas com Dindrane e Brangien aplacou uma parte de seus medos. As duas estavam com seus respectivos amores, mas ainda eram suas amigas. Ganhara uma nova amiga com a chegada de Isolda e, se não podia definir sua relação com Sir Bors como uma amizade, pelo menos era alguém que contava com seu respeito. E o papel que Guinevere cumprira na consolidação daquela união amenizava um pouco da culpa que sentia em relação a Sir Bors pelo que havia feito em sua mente para proteger o dragão. Pelo menos um dos dois acabou em uma boa situação, afinal de contas.

Enquanto Brangien a rodopiava para dentro e para fora da roda, Guinevere percebeu que havia, *sim*, alguém a observando. Lancelote não tirava os olhos dela. Animada com a dança, Guinevere pôs a língua para fora e envesgou os olhos. A expressão vigilante de Lancelote se transformou em um sorriso, e ela sacudiu a cabeça.

Guinevere desejou poder puxar Lancelote para a dança. Mas ela era a rainha e Lancelote, um cavaleiro. Era preciso respeitar isso. O sorriso que trocaram bastava para encerrar o sofrimento dos dias anteriores.

Escolhera aquela vida, e a adorava. Em troca, passara a ser amada por várias pessoas que faziam parte daquele mundo.

Guinevere dançou até seus pés doerem tanto quanto suas costelas, de tanto rir. Foi se sentar à mesa com Brangien e Dindrane, e Isolda se juntou às três. Formaram uma ilha de sororidade, comendo, bebendo e se divertindo, isoladas de todos os demais. Havia geleias de frutas e castanhas cobertas de mel cristalizado. Até as fofocas eram doces, enquanto Brangien e Dindrane falavam em detalhes para Isolda sobre as maravilhas que a aguardavam em Camelot. Guinevere só se lembrou de que estava em um casamento quando os homens começaram a bater ruidosamente nas mesas.

– Para a cama! – gritavam em coro, sem parar. Sir Bors lançou para eles um olhar que deixou tão claro seu desagravo que os gritos cessaram na hora.

Foi andando até Dindrane, fez uma mesura e estendeu a mão.

– Se estiver pronta, podemos nos recolher?

Dindrane, que parecia mais empolgada do que nervosa, levantou-se e segurou a mão dele.

– Estou.

Algumas almas corajosas soltaram gritos de incentivo e assobios quando eles se retiraram, mas o olhar de Sir Bors desencorajava as manifestações mais grosseiras, e certamente ninguém ousaria seguir o casal pelos corredores.

Guinevere se lembrou de seu casamento, quando tudo parecia tão novo e estranho. Mas ela estava determinada. Assustada, sem dúvida, mas convicta de quem era e do que estava fazendo. Pensar naquela garota a entristeceu. Aquela foi a noite em que lançou seu verdadeiro nome às chamas, livrando-se para sempre da tentação de revelá-lo. Caso soubesse do que só veio a descobrir depois – o nível de manipulação de Merlin, a falsa premissa em torno de seu papel em Camelot, o estrago feito em sua mente –, será que teria tomado a decisão de sacrificar, por livre e espontânea vontade, o pouco que ainda restava de si mesma?

– Vamos lá, para a cama – disse Brangien, notando sua mudança de humor. Sir Tristão estava ao lado de Arthur e ficaria ali até que ele se recolhesse. Brangien e Isolda acompanharam Guinevere até o quarto, com Lancelote as seguindo em silêncio. Seu cavaleiro revistou o quarto para se certificar de que estava vazio e se retirou enquanto Brangien e Isolda ajudavam Guinevere a se despir, desamarrando e soltando cada camada de roupa. Brangien escovou os cabelos de Guinevere enquanto Isolda guardava cuidadosamente os trajes em um baú.

Ouviram uma conversa vinda do corredor, uma voz masculina que se erguia cada vez mais. Então, escutaram uma pancada, e a parede estremeceu com o choque. Guinevere e Brangien correram para a porta. Lancelote estava de guarda, com as mãos cruzadas na frente do corpo. Um homem estava caído inconsciente ao seu lado.

– Ele bebeu demais – explicou Lancelote, encolhendo os ombros. – Talvez seja melhor Brangien e Isolda ficarem no seu quarto hoje à noite. Teremos muitos bêbados circulando pela casa.

– Obrigada – disse Guinevere, concordando com a avaliação de Lancelote.

Caso Arthur tenha se incomodado ao encontrar sua cama ocupada por outras duas mulheres quando foi para o quarto, em algum momento da madrugada, não disse nada. Guinevere acordou e o encontrou deitado no piso frio, usando apenas o braço como travesseiro. Uma onda de afeição a invadiu enquanto olhava para ele. Era inimaginável que algum outro rei dormisse no chão para ceder lugar às damas de companhia da rainha.

Brangien e Isolda passaram na ponta dos pés por Arthur, que ainda dormia, e foram se aprontar para o restante do dia. Quando o café da manhã foi trazido por uma criada, Guinevere deu uma espiada no corredor. O homem inconsciente não estava mais lá, mas Lancelote permanecia em posição de sentido. Sir Tristão estava posicionado mais adiante, no corredor.

– Você passou a noite inteira aí? – perguntou Guinevere.

– Sim, minha rainha.

– Então entre para tomar o café da manhã.

Lancelote franziu a testa.

– Posso?

– Deve.

Guinevere não esperou Lancelote responder, já foi pondo mais uma almofada junto à mesa baixa onde o desjejum estava servido. Arthur havia acordado e se espreguiçava.

– Como foi sua noite? – perguntou Guinevere, arrancando pedaços de um pão grande e rústico.

– Interessante – respondeu Arthur, juntando-se a elas. Podia até ter estranhado a presença de Lancelote, mas não disse nada. – A questão dos colonos saxões está gerando muita discussão. Estão chegando por todos os lados. Nos lugares onde não conseguem se apossar das terras, infiltram-se nas famílias por meio de casamento. O pai de Dindrane, inclusive, me pareceu aliviado por ela estar casada, porque assim pode dizer "não" a eles. Pensei que os pictões fossem nosso maior problema, mas não iniciam movimentação ou conflito há semanas. Essa fronteira está segura sem Maleagant por perto para causar problemas.

Um silêncio carregado se instalou enquanto os três – os únicos em Camelot que conheciam a verdade a respeito da morte de Maleagant pelas mãos de Guinevere – se lembravam do que havia acontecido.

Arthur continuou falando como se quisesse impedi-los de refletir a respeito:

– Os homens daqui me avisaram que é preciso tomar cuidado com os saxões, o que nós já sabíamos por causa da sua tentativa de sequestro. Essas pessoas já atravessaram o mar para chegar até aqui. Passar por cima de um rei não é um desafio tão grande depois disso. Devo mandar batedores para conseguir mais informações ou esperar que eles venham até mim?

– Quando navegamos ao longo da costa, tomei nota de cada assentamento – declarou Lancelote, corrigindo sua postura. – Posso informar a localização e o número de homens de cada um. Embora não tenhamos ido para o norte, isso já nos dá uma ideia do panorama atual da situação.

Arthur assentiu, e suas feições marcantes se contorceram em uma expressão pensativa. Coçou o queixo, onde havia a sombra de uma barba por fazer. Seu rosto não tinha muitos pelos, mas era mantido sempre muito bem escanhoado.

– Obrigado. Foi muito perspicaz da sua parte fazer isso.

Um sorriso reluzente passou como um relâmpago pelo rosto de Lancelote, que logo em seguida retomou sua mais típica expressão estoica de cavaleiro. Guinevere sentiu um orgulho semelhante. Lancelote era astuta e inteligente, e o fato de Arthur reconhecer isso a alegrava. E também poderia servir como uma espécie de compensação para o estrago em sua reputação que o resgate de Isolda havia causado. Embora tivesse assumido toda a responsabilidade, Guinevere sabia que Lancelote se sentia culpada por seus ferimentos e não sabia ao certo se aquilo causara alguma tensão entre Arthur e seu cavaleiro.

– Eu diria para fretarmos uma embarcação novamente, mas acho que isso está fora de cogitação – falou Arthur, mordendo uma maçã.

– E eu pus *fogo* no vilarejo deles – Guinevere respondeu, com um tom bem-humorado, em uma tentativa de transformar em anedota uma de suas lembranças mais dolorosas. Quase funcionou. Talvez fosse por isso que as pessoas contavam histórias daquela maneira. Depois de ouvi-las tantas vezes, talvez passassem a considerá-las verdadeiras.

– A cavalo, então. Amanhã partimos para casa.

Guinevere se surpreendeu com a pontada de saudade que sentiu ao ouvir aquela palavra. A viagem havia sido exaustiva tanto física quanto mentalmente. Por mais ansiosa que tivesse se sentido para sair de Camelot, agora tinha vontade de voltar para o lugar onde as coisas eram, se não perfeitas, pelo menos mais fáceis. E também de assumir e se aprofundar no papel que desempenhava, o de Guinevere, a rainha.

CAPÍTULO VINTE E SEIS

Guinevere fazia o desjejum no quarto, mas em sua última manhã na casa de Dindrane foi ao salão principal, para uma última aparição social. Arthur saíra ao nascer do sol para conversar com governantes locais. Brangien e Isolda estavam ocupadas com os preparativos da viagem de volta. Lancelote montava guarda na porta. Guinevere desejou que Lancelote pudesse comer com ela, mas estava decidida a se submeter aos parentes desagradáveis de Dindrane.

Só que a própria Dindrane a salvou antes da chegada dos demais.

– Venha, podemos tomar o café da manhã nos jardins. É muito mais agradável do que aqui – falou, com um gesto de desdém na direção do salão enfumaçado. Fez sinal para a criada servi-las e levou Guinevere para o lado de fora da casa. Lancelote foi atrás, e assumiu seu posto perto de uma porta de onde tinha visão total dos jardins. O pequeno espaço verde ficava nos fundos da propriedade e parecia ter sido criado mais como uma obrigação do que como a intenção de ser um espaço bem cuidado. Mas proporcionava uma bela visão dos campos cultivados, que se espalhavam diante delas como um manto dourado e verde. Guinevere e Dindrane se sentaram em um banco de pedra e esperaram a criada chegar com os pratos.

O café da manhã era bem simples, consistindo apenas de pão e carnes curadas, uma refeição feita mais por seu caráter utilitário do que por prazer. Guinevere remexeu na comida, desejando que houvesse mais daquelas castanhas com mel cristalizado.

– Como você está? – perguntou a Dindrane. As duas não tinham se visto no dia anterior, que fora o mais sossegado da viagem, com a maior parte dos convidados debilitados pela bebedeira da festa.

– Estou ótima. Eu... Ah, estou tão feliz. – Dindrane abriu um sorriso mais radiante do que as flores que as cercavam. – Finalmente estou livre.

Guinevere não entendeu bem aquela frase. Afinal, Dindrane estava casada, legalmente vinculada a Sir Bors para sempre. E os maridos desfrutavam de muitos mais direitos do que as esposas.

Dindrane foi listando os fatos um a um, contando nos dedos.

– Tenho um marido, ninguém pode desdenhar de mim. Não preciso mais suportar Brancaflor nem morar na casa dela. Meu pai não foi generoso, mas, considerando a colaboração que se viu forçado a fazer e o que Sir Bors me deu, tenho um baú que me garante que nunca vou precisar me casar de novo caso aconteça alguma coisa. E espero que nunca aconteça! Ele foi... ele é... Guinevere, ele... ele me aprecia. – O rubor tomou conta do rosto de Dindrane, que parecia desconcertada de um jeito que Guinevere jamais vira. – Sei que às vezes sou inconveniente. As pessoas sempre me disseram isso, a vida inteira. Mas Sir Bors gosta de mim. Eu o faço rir. E não da minha cara, mas porque está...

– Deleitado com a sua companhia?

– Sim! Exatamente isso.

Guinevere colheu uma flor vermelha e colocou nos cabelos castanhos de Dindrane.

– Fico feliz que você tenha encontrado alguém que reconheça a sorte que é estar ao seu lado. E fico contente por poder ter vindo até aqui para celebrar isso com você.

– Obrigada. Eu não teria conseguido encarar tudo sozinha.

Os ombros de Dindrane ficaram tensos. Ela não olhou na direção da casa, mas isso não era necessário. Guinevere entendia que sua amiga se sentia atacada por aquele lugar, mesmo do lado de fora.

– Lamento informar, mas partimos hoje à tarde. Camelot precisa de nós. Sei que as celebrações ainda vão se estender por...

– Eu também vou! – Dindrane ficou de pé em um pulo.

– Mas você...

– Vim até aqui para obrigar meu pai a pagar o dote e para mostrar a essas pessoas que não preciso delas e nunca mais vou precisar. Mal posso esperar para ir embora. Vou avisar Sir... meu marido. Vou avisar meu *marido*.

Ela riu sozinha, deu um rodopio de alegria e puxou Guinevere para se juntar à dança.

– Hora de ir para casa – falou Guinevere, rindo com a amiga.

– Para casa! – gritou Dindrane, dando um belo pontapé nas fundações de seu antigo lar quando voltaram para dentro.

Como Guinevere, por ser rainha, não tinha a menor obrigação de demonstrar gratidão ou o que quer que fosse àquelas pessoas, voltou às pressas para seus aposentos.

– Você precisa arrumar sua bagagem? – perguntou para Lancelote, que retomou seu posto junto à porta.

– Não, minha rainha. Estou pronta.

– Claro.

Guinevere sentiu uma onda de afeição a invadir. Lancelote tornara aquela viagem possível. Tinha se sacrificado e se arriscado para protegê-la. Guinevere era incapaz de imaginar sua vida sem ela. Como fora possível que, há poucos meses, tivesse chegado a suspeitar de que Lancelote pudesse ser uma ameaça do reino das fadas?

Quando entrou, encontrou o quarto sem nenhuma evidência

de sua passagem por lá. Brangien e Isolda haviam trabalhado depressa. Guinevere estava indo ter com elas para perguntar se precisavam de alguma coisa quando a porta se abriu, e Arthur entrou. Bastou um olhar para o rosto dele, e o bom humor de Guinevere se dissipou.

– O que foi? – indagou.

Ele nem tentou sorrir. Fez um aceno para o corredor, e Sir Tristão e Sir Bors entraram.

– Você também, Sir Lancelote.

Guinevere deu um passo para o lado enquanto os três cavaleiros entravam e assumiam sua posição de sentido, um tanto constrangidos. Não havia cadeiras suficientes para todos, e o quarto mal tinha espaço para tantos ombros largos.

– O que foi? – repetiu Guinevere.

– Sir Percival me informou que os demais lordes da região estão sabendo de minha presença aqui e querem falar sobre tratados. Existe a questão do sucessor de Rei Marco... – Arthur teve a elegância de não olhar para Guinevere ao dizer isso – ... e estão todos uma pilha de nervos por causa dos saxões. Não posso perder essa oportunidade de conversar com eles e garantir sua proteção para nossas fronteiras ao sul. Precisei dedicar muito tempo aos pictões ao norte e negligenciei esta região. Agora é minha chance de fazer isso.

Guinevere se sentou, sentindo suas boas maneiras se esvaírem junto com suas esperanças.

– Ah. Por quanto tempo mais vamos ficar?

Ela detestava a família de Dindrane e detestava ser uma rainha estrangeira em um lugar desconhecido. Em Camelot, pelo menos sabia como desenhar seu papel, e havia um motivo para isso. Fazer uma encenação para aquela gente era perda de tempo. E isso a incomodava. Guinevere deveria estar em Camelot, protegendo seu povo. Quem poderia saber o que a Rainha das Trevas seria capaz de apronta na ausência dela e de Arthur?

– Não quero que você fique.

Guinevere ergueu os olhos de repente: as palavras de Arthur lhe provocaram uma reação quase física. Será que o rei ainda estava irritado por causa do que ela fizera para resgatar Isolda?

Arthur começou a andar de um lado para o outro, com as mãos às costas.

– Sir Bors, quero o seu conselho. Você e Sir Percival têm vínculos com a região, e Camelot ganhará mais credibilidade quando ficarem sabendo que temos relações com famílias sulistas de alta hierarquia.

Sir Bors assentiu e fez uma mesura.

– Vou informar minha esposa. Ela pode... – Uma expressão de medo surgiu no rosto do cavaleiro por um momento.

– Dindrane pode voltar conosco – sugeriu Guinevere, tentando não demostrar o quanto estava magoada. – Isso vai lhe dar mais tempo para arrumar a casa ao gosto dela sem nenhuma interferência.

Sir Bors abriu um sorriso que era uma combinação de preocupação e afeto.

– É uma boa ideia. Obrigado, minha rainha – respondeu, fazendo uma mesura e se retirando do quarto.

Arthur continuava andando de um lado para o outro.

– Não sei quanto tempo isso vai levar. Não gosto de estar longe durante a colheita. Quando voltar a Camelot, quero que você governe na minha ausência.

– Quê? – Guinevere ficou de pé, surpresa. Arthur não a estava mandando de volta porque ela fracassara e sim porque a achava *capaz*? – Mas você deixou Sir Gawain e Sir Caradoc no comando.

Arthur segurou suas mãos.

– Daqui em diante, quero que seja você. Quando eu estiver fora, Camelot ainda tem uma governante, a rainha. Você já conhece a cidade. Sabe como funciona, quais são suas necessidades. E a cidade precisa de você.

Guinevere sentiu uma mistura de emoções. Decepção com a permanência de Arthur, orgulho e emoção pelo voto de confiança recebido. Mas também preocupação. Porque, se ela seria deixada no comando em Camelot, isso significava que precisaria *ficar* sempre que Arthur partisse.

Mas isso era uma conversa para outro dia. Arthur, Sir Tristão e Lancelote já estavam discutindo as questões logísticas da viagem. O rei queria saber de todos os detalhes – em parte para se certificar de que Guinevere não tentaria improvisar de novo. Brangien e Isolda apareceram e deixaram os baús à espera na porta. Com tudo arrumado, o horário da partida poderia ser adiantado.

Guinevere queria alguns minutos para ter uma conversa particular com Arthur mas, em meio ao frenesi de atividades, não teve oportunidade para isso.

Foi só quando Guinevere estava indo embora que Arthur foi até ela e a puxou de lado.

– Tenha cuidado – disse. – Nada de aventuras, por favor. Se houver uma nova ameaça da Rainha das Trevas, espere por mim, se puder. E se não puder...

Ela abriu o sorriso mais brincalhão de que era capaz.

– Vou tentar não me divertir muito ao derrotá-la sem você.

Arthur deu risada.

– Deixe algum heroísmo para o restante de nós. – Então se aproximou e a abraçou. – *Por favor,* tome cuidado desta vez.

– Sabemos que damos conta da Rainha das Trevas – falou Guinevere, segurando a nuca de Arthur com uma das mãos. – Não existe ameaça em Camelot que não tenha sido debelada por nós. O maior risco é eu ficar entediada esperando por você.

– Então lhe desejo esse tédio.

Arthur se afastou e, em um impulso repentino que Guinevere sentiu na forma de um calor na pele dele, beijou-a nos lábios. Foi como um raio de sol em um dia frio, caloroso, radiante e bem-vindo.

A lembrança dos lábios de Arthur permaneceu com Guinevere no caminho de casa, onde governaria a cidade como uma rainha.

CAPÍTULO VINTE E SETE

Quando chegaram ao atracadouro abaixo do castelo de Camelot, Guinevere estava com dor de cabeça, e o ombro ainda em recuperação estava tenso. A viagem de volta fora rápida, pois não havia motivos para se deter no caminho. A travessia do lago foi excepcionalmente cruel depois de uma jornada tão longa. Ela não podia nem contar com Arthur para apoiá-la e lhe dar forças. Lancelote, Brangien, Isolda e Dindrane formaram uma barreira ao seu redor, bloqueando tanto sua visão da água quanto a protegendo de olhares potencialmente críticos à maneira como a rainha lidava com ela.

Ao descer da balsa, Guinevere voltou estampar no rosto sua expressão de rainha. Majestática. Responsável. Não a de uma garota que morria de medo de água nem a de alguém que não conhecia a própria história nem a de quem deixara um rastro de mágoas, destruição e morte ao fazer uma simples viagem para comparecer a um casamento.

Arthur ordenara que aquilo ficasse no passado, e ela se esforçaria ao máximo para isso.

Ninguém esperava que voltassem tão cedo, mas os cidadãos que as viram acenaram e fizeram mesuras. Guinevere sorriu graciosamente ao ser reconhecida. Naquela noite poderia descansar, mas no dia seguinte teria que falar com Sir Caradoc e Sir Gawain sobre o andamento da colheita em sua ausência e sobre o que ainda precisava ser feito. E perguntaria como Guinevach tinha se comportado quando Sir Gawain a escoltou até a fronteira do reino. Embora aquela ameaça houvesse sido neutralizada, agora que estava de volta, Guinevere queria saber exatamente que *tipo* de perigo fora aquele. Involuntário ou deliberado? A atitude de Guinevach ao ser expulsa da cidade poderia revelar algumas pistas.

Quando chegaram ao portão do castelo, Guinevere tirou o capuz. Isolda levantou a cabeça para observar o castelo escavado na encosta da montanha. Guinevere também se lembrava do espanto que sentira quando o viu pela primeira vez.

– Estamos em casa – falou, segurando o braço de Isolda em um gesto amigável. – Seja bem-vinda.

– Assim que estiverem descansadas, vocês precisam ir me visitar – comentou Dindrane, apontando para a casa de Sir Bors, prestigiosamente localizada bem perto do castelo. Abriu um sorriso de satisfação e completou: – Posso recebê-las quando quisermos, em meus próprios aposentos. *Todos* os cômodos são meus.

Lancelote falava com os guardas, passando instruções. A entrada principal do castelo, um portão grande de madeira reforçado com uma estrutura metálica – e um nó de ferro oculto que desfazia qualquer magia que o atravessasse –, se abriu. Guinevere piscou várias vezes, confusa, enquanto seu cérebro tentava assimilar o que ela estava vendo diante de si. Sir Gawain, simpático como sempre, com um sorriso no rosto vermelho enquanto olhava, encantado, para a pessoa que o acompanhava.

Guinevach.

– Ah, Guinevere! – Guinevach abriu um sorriso agradável, dobrando os joelhos em uma mesura. – Que maravilha você estar de volta.

Dindrane, por desconhecer a tensão que cercava o assunto, abraçou a garota.

– Guinevach! Você ficou. Queria que tivesse ido ao meu casamento. Foi maravilhoso. Você precisa me visitar também, é claro.

Guinevach retribuiu o abraço, olhando para Guinevere por cima do ombro de Dindrane.

– Eu não poderia ir para casa, não sem passar algum tempo com minha amada irmã.

Os cabelos dela refletiam os últimos raios de sol, mas o olhar era frio como a noite que se aproximava. Eles a haviam subestimado.

– Amanhã nós conversamos, Dindrane – falou Guinevere. Então entrou no castelo, passando direto por Guinevach e Sir Gawain. – Sir Lancelote, venha comigo, por favor.

Brangien e Isolda a acompanhavam ao seu lado, e Lancelote cobria sua retaguarda.

– Ela deveria ter ido embora. Arthur providenciou isso – Guinevere sussurrou enquanto subia com passo apressado os diversos lances de escada que levavam ao seu patamar do castelo.

Ofegante, Brangien abriu uma porta pesada no segundo andar e olhou feio para um guarda postado naquela passagem.

– Você pode ir na nossa frente e abrir as portas, em vez de ficar aí parado feito um objeto de decoração!

Com um olhar apavorado, o guarda correu na frente delas. Em geral, as mulheres usavam a escadaria externa, evitando as passagens estreitas e as portas difíceis de abrir.

– Pois é – respondeu Brangien, dirigindo-se a Guinevere. – O Rei Arthur é um rei e um homem, e quando manda as pessoas fazerem alguma coisa presume que será feita.

O guarda estava ao lado da porta de Guinevere quando elas chegaram ao quinto andar.

– Ora, *obrigada*, e agora você pode ir buscar comida e bebidas para nós.

– Mas não sou...

– Você se recusa a fazer o que a sua rainha está pedindo? – O tom de Brangien foi o equivalente verbal a um tapa no traseiro de uma criança levada. O guarda praticamente saiu correndo. – Francamente – complementou, soltando o manto e jogando sobre a cômoda. Em seguida, fez a mesma coisa com o de Guinevere, mas o colocou com cuidado no seu devido lugar.

Isolda estava parada no centro do quarto, olhando ao redor. Não fazia ideia de quem era Guinevach nem do porquê sua presença era indesejável.

– É impressionante – murmurou Isolda, com os olhos arregalados. Foi até a janela e colou o rosto ao vidro. – Que alto!

– Brangien pode levar você para conhecer melhor o reino.

Guinevere ansiava por um pouco de conforto – estava se acostumando a ser mimada –, mas àquela altura só queria ficar sozinha para poder acalmar a mente, que zunia como uma colmeia de abelhas. E precisava falar com Lancelote, que estava aguardando na porta:

– Entre – falou, acenando para ela.

Lancelote entrou no quarto e assumiu posição bem no centro do cômodo.

– Não vamos sair enquanto você não estiver devidamente instalada – disse Isolda, com as mãos inquietas enquanto percorria o quarto com os olhos, tentando encontrar uma maneira de ser útil.

– Por favor! – Guinevere ficou em silêncio por alguns instantes, tentando atenuar o tom de desespero em sua voz. – Por favor. Quando cheguei a Camelot, também não conseguia acreditar no que via. Meu ombro está me incomodando. Só quero descansar. Vá conhecer seu novo lar.

Brangien parecia desconfiada enquanto desfazia alguns laços das vestes de Guinevere, que ela não conseguiria desatar sozinha quando quisesse descansar.

– Vou pegar algumas coisas que podem ajudar com a dor.

Mas nada mágico! – acrescentou, antecipando-se à preocupação de Guinevere. – Não é nada que uma boa dama de companhia não saiba.

Guinevere se virou para Isolda.

– A magia é proibida em Camelot.

Isolda assentiu com a cabeça.

– Brangien me contou. Nunca tive talento para isso, de qualquer forma, apesar do que disseram no meu… – Deixou a frase no ar, e sua expressão se tornou vazia enquanto certamente se lembrava do julgamento. Da condenação. Do marido. Piscou algumas vezes e abriu um sorriso forçado. – Brangien é que sempre foi boa nessas coisas. A especial aqui é ela.

– Existem muitas maneiras de ser especial. – Brangien apertou a mão de Isolda ao passar por ela. A maneira como as duas se moviam, sempre reagindo uma à outra, parecia uma dança. Brangien abriu a porta na primeira batida, pegou a bandeja da mão do guarda e fechou sem agradecer. Pôs a comida – algumas frutas e uma carne – junto com um jarro de vinho diluído com água sobre a mesa, e então sentou Guinevere em uma cadeira.

– Descanse. Não existem problemas que não possam esperar até amanhã – falou, estreitando os olhos, deixando claro que queria saber qual era o verdadeiro problema representado por Guinevach. Mas Guinevere não podia contar. E não faria isso.

Assim que a porta se fechou, Guinevere se voltou para Lancelote.

– Descubra o que aconteceu. Sir Gawain deveria ter levado Guinevach embora. Ela o enfeitiçou? Ou o subornou?

– Ou sorriu e fez caras e bocas para ele? – Lancelote encolheu os ombros ao ver a cara fechada de Guinevere. – Sir Gawain é bem jovem. Guinevach também. Imagino que ele não tenha precisado de muito convencimento para desobedecer às ordens do rei. Mas vou descobrir exatamente como tudo aconteceu.

Guinevere assentiu. No dia seguinte, reuniria seu conselho de guerra. Talvez, depois de fracassar em duas frentes, a Rainha das Trevas estivesse sendo bem-sucedida na terceira. Guinevach havia começado uma briga ao resolver ficar. E não sairia vencedora.

Guinevere havia reunido suas aliadas mais leais: Lancelote, o melhor cavaleiro de Camelot; Brangien, uma bruxa de respeito e dama de companhia de uma esperteza infinita; e Dindrane, a maior fofoqueira que conhecia.

– Você quer que nós façamos *o quê*? – perguntou Dindrane, inclinando-se para a frente com uma expressão bem séria. Elas estavam na sala de visitas de Guinevere, que seria convertida em um quarto para Isolda e Brangien, para proporcionar mais privacidade às duas. Guinevere prometera o local para Lancelote, mas isso fora antes da nova adição a suas fileiras. Lancelote teria uma cama em seu quarto quando Arthur estivesse fora. Assim poderia descansar ao mesmo tempo que protegia a rainha.

Por ora, no entanto, ainda era uma sala de visitas. Guinevere estava sentada em uma almofada, recostada à parede. Dindrane se acomodara em uma cadeira, Brangien, em um banquinho, e Lancelote estava de pé junto à porta.

– Quero que vocês espionem Guinevach. Reúnam todas as informações que puderem sobre ela. Por que está aqui. Com quem anda conversando. O que estava fazendo.

Guinevere esperava questionamentos por maiores detalhes ou uma recusa a ajudá-la caso não desse mais explicações. E se preparou para essa eventualidade.

– Isso é fácil – declarou Dindrane, em um tom cordato. – Posso convidá-la para jantar comigo hoje à noite. Você quer estar presente também ou acha melhor me deixar trabalhar sozinha?

Guinevere quase perguntou por que Dindrane não questionou seu pedido, mas então se lembrou de como haviam sido as coisas no casamento dela. Dindrane sabia que o parentesco não fazia de um grupo de pessoas uma verdadeira *família*.

– Sozinha. Ela pode se abrir de um jeito que não faria comigo por perto. E obrigada – disse Guinevere.

– Não por isso. – Dindrane sorriu e então se aproximou de Brangien, passando os dedos na manga azul-clara da roupa da dama de companhia. – Você acha que essa ficaria boa na minha sala de visitas? Como podemos incorporá-la à decoração?

Brangien tirou suas vestes do alcance de Dindrane.

– Uma almofada ou duas dão um toque de cor e não custam muito dinheiro. Trouxe esta roupa comigo, mas uma mulher na Rua da Mer... na Rua do Mercado vende um tecido com um tom similar.

Dindrane levantou, empolgadíssima, e pediu licença.

– Depois conto como foi a visita – gritou, ao sair do quarto.

– Minha rainha – começou Brangien, acomodando-se na cadeira mais confortável, que Dindrane desocupara –, seria útil saber por que precisamos vigiar Guinevach tão de perto. Como posso saber se encontrei alguma coisa se não sei o que estou procurando? – complementou, requisitando a informação que Dindrane não se interessou em obter.

Guinevere estava mexendo em um anel pesado de prata que levava no dedo. Não estava acostumada a usar coisas assim, mas Brangien andava insistindo mais na ideia de que Guinevere deveria ostentar joias e roupas finas. Parecia uma distração desnecessária.

– Desconfio que isso tenha alguma coisa a ver com a Rainha das Trevas.

– Sua *irmã*? – questionou Brangien, contorcendo o rosto.

Guinevere não podia admitir que não fazia a menor ideia se Guinevach era mesmo quem dizia ser.

– O próprio sobrinho de Arthur é um aliado dela. E não sabemos o alcance de seu poder e sua influência. Guinevach pode estar sendo influenciada sem saber. Ou pode ser inocente. Não sei. Mas o momento em que ela chegou e essa insistência em ficar aqui são bem suspeitos. Confiamos em Mordred. Não vamos cometer o mesmo erro com Guinevach.

– Ainda tem alguma coisa que você não está me dizendo – insistiu Brangien, com uma expressão fria.

– Sim – confessou Guinevere, com um suspiro. – Há várias coisas que não posso contar. E, assim como antes, preciso que você acredite que eu contaria se pudesse, mas não vou dizer nada que possa colocá-la em perigo.

– Mas isso põe *você* em perigo?

– Por ora não. Mas você vai ser a primeira a saber se isso mudar. Por enquanto, vamos ficar de olho em Guinevach e reunir todas as informações que pudermos. Esteja atenta para qualquer tentativa de prejudicar a minha imagem ou a do rei. Verifique se eventuais boatos que possam começar a circular podem ser ligados a ela. E me avise se detectar o menor sinal de magia.

– Muito bem. – Brangien parecia determinada, apesar de não estar feliz. – Mas deixe Isolda fora disso. Ela não tem o menor traquejo para mentiras.

– Essa é uma boa qualidade – comentou Lancelote.

– É uma ótima qualidade – concordou Guinevere, sentindo uma pontada no peito por desejar ter o mesmo problema ou, pelo menos, poder se dar a esse luxo. Sua vida inteira era uma mentira. Precisava ser mestra nisso.

CAPÍTULO VINTE E OITO

Mesmo com a complicação representada por Guinevach, Guinevere não se esqueceu de que Arthur a havia encarregado de governar Camelot. Não deixaria as tarefas se acumularem na ausência do rei.

Guinevere se instalou na sala de banquetes. Era o melhor lugar para reunir grandes grupos, e havia muita gente com quem conversar. Arthur tentava tratar seus súditos sem levar em conta as hierarquias, e ela faria o mesmo. Nada de tronos ou privilégios.

Foi difícil se concentrar com tantos comerciantes argumentando ao mesmo tempo que sua barraca na feira da primeira colheita deveria estar mais bem posicionada. Ela prometeu lugares melhores no festival da colheita, um evento muito maior, e se ofereceu para emprestar cavalos e carroças para diminuir seus custos.

Depois disso, foi a vez de um engenheiro da cidade vir falar do problema em um dos aquedutos. Guinevere não entendeu nada do que ele dizia. Mas, como sabia que Arthur só confiaria o fornecimento de água da cidade a alguém competente, aprovou todos os pedidos de verbas e mão de obra. Se os aquedutos parassem de funcionar, não seria um desastre total – afinal, ainda havia o lago –, mas a vida dos criados com certeza ficaria mais difícil. Lembrou-se do passeio que fez pela cidade com Brangien, tanto tempo antes, e do comentário de sua dama de companhia sobre o que as pessoas de Camelot diziam quando as coisas saíam errado: "Menos mal que não são baldes".

Continuou repetindo isso para si mesma a cada problema que aparecia e lidando com eles com mesmo empenho que imaginava que Arthur dedicaria. *Menos mal que não são baldes.* Poderia continuar prisioneira de Ramm, esperando para ser resgatada. *Menos mal que não são baldes.* Poderia ter se casado com um monstro como Rei Marco, incapaz de proteger a si mesma ou a quem quer que fosse. *Menos mal que não são baldes.* Poderia ter que ficar sentada no quarto esperando o retorno de Arthur, sem nada com o que se ocupar a não ser suas próprias aflições.

Sir Gawain estava sentado ao seu lado, anotando as justificativas e os pedidos de perdão daqueles que haviam violado o toque de recolher. Lancelote confirmara suas suspeitas: o jovem cavaleiro estava perdidamente apaixonado por Guinevach e não escondia isso de ninguém. Quando a garota falou que preferia ficar e esperar pelo retorno da irmã, ele concordou de imediato. Os guardas dela se foram, deixando-a com as duas damas de companhia. Não poderia ir para casa desacompanhada. Foi uma manobra inteligente.

Lancelote estava de pé junto à porta, observando tudo. Havia alguns funcionários do reino presentes também, de prontidão para o caso de Guinevere precisar deles. Por mais que a rainha se esforçasse, porém, o trabalho nunca terminava. Depois que os violadores do toque de recolher se foram, chegou a vez de discutir um contrato de arrendamento entre dois agricultores. Em seguida, o capitão da guarda solicitou que ela aprovasse o rodízio de homens para proteger as estradas nos preparativos para a feira da primeira colheita e, depois disso, foi necessário analisar e destinar verbas aos trabalhadores adicionais que seriam recrutados para trabalhar nos campos. Camelot não estava nadando em recursos e dinheiro, o que significava que era preciso ser bastante prudente.

Depois que os detalhes foram acertados – felizmente, a maior parte do planejamento de Arthur já estava em execução –, restou a questão do festival da colheita.

– A senhora prefere discutir isso amanhã? – perguntou um dos funcionários, um homem magro com cabelos ralos e uma pele tão pálida que chegava a parecer azulada.

Não havia nada que Guinevere quisesse mais do que encerrar o dia. Mas Arthur confiara nela. Era preciso convencer aqueles homens de que essa confiança era merecida. E, para isso, não podia dar pretexto para eles assumirem a frente da situação, para considerá-la fraca. Mesmo que a intenção dos homens ao sugerir que a rainha se poupasse fosse das melhores, Arthur jamais pediria ou aceitaria isso.

– Não, obrigada. Já que estamos todos aqui, vamos aproveitar o tempo que temos.

Solicitaria a Arthur uma coroa similar à dele. A sua era ornamentada demais, apenas decorativa. Seu desejo não era projetar uma imagem de beleza e riqueza, e sim de confiança, segurança e responsabilidade. Como o rei. Quantas vezes já não tinha absorvido aqueles sentimentos ao tocá-lo?

Guinevere observou as anotações referentes ao festival.

– O que faremos se aparecerem retardatários querendo vender produtos no festival?

– Não podemos dar a eles os melhores lugares! – disse um dos comerciantes, que havia permanecido no fundo da sala. O rosto dele estava vermelho de raiva só de pensar nisso.

– Claro que não – concordou Guinevere, levantando a mão para tranquilizá-lo. – Pensei em reservar um setor mais próximo do lago. Não é o melhor dos terrenos, por ser enlameado demais, porém não vamos usar para mais nada. Assim podemos atendê-los sem causar inconvenientes a nossos comerciantes de confiança, que solicitaram com antecedências seus lugares e vêm prestando serviços inestimáveis à cidade –complementou, abrindo um sorriso para o homem, que aceitou a explicação com um suspiro de alívio e um aceno positivo de cabeça.

A porta se abriu, e Lancelote se posicionou para bloquear a passagem, mas o brilho de uma cabeleira dourada revelou a chegada de Guinevach.

– Ah, olá! – falou, dobrando os joelhos em uma bela mesura e abrindo um sorriso tão radiante quanto seus cabelos. Guinevere notou que vários homens se empertigaram em reação à sua chegada. Sir Gawain quase caiu da cadeira, tamanha foi sua agitação.

– Desculpe, eu queria fazer uma visita à minha irmã, a rainha.

Guinevere se perguntou se ela não havia enfatizado demais as palavras *minha irmã* ou se era só impressão sua.

Sir Gawain levantou, espalhando papéis para todo lado. Fez uma careta, horrorizado por ver todo o seu trabalho ir parar no chão. Mas, mesmo assim, fez uma mesura tensa. E, com a mesma rigidez, tentou se curvar mantendo a coluna reta para recolher as anotações que provavelmente estavam arruinadas.

Diversos funcionários se voltaram para Guinevere em busca de uma resposta. Guinevach havia conseguido o que queria. Guinevere *precisava* apresentá-la. E, com isso, conferiria a ela reconhecimento e poder.

– Essa é minha irmã, Guinevach de Camelerd.

O sorriso de Guinevach se tornou ainda mais bonito. Era como se ela conseguisse deixar as bochechas coradas quando assim desejasse.

– Lá em casa, sou chamada de Princesa Lili de Camelerd. Vocês também podem me chamar de Princesa Lili, se quiserem.

– Princesa Lili – Sir Gawain murmurou com seus botões. Seu rosto assumiu uma coloração tão vermelha, parecia que tinha passado tempo demais exposto aos vapores do tingimento de tecidos. Continuava ajeitando suas anotações, sem tirar os olhos dos papéis.

Guinevere se recusava a se referir a Guinevach como *Princesa Lili*. Parecia uma coisa absurda. E por que ela queria ser chamada por outro nome? Guinevere se lembrou de como se sentira tentada a revelar a Arthur seu nome verdadeiro. Isso foi parte do motivo para entregá-lo ao fogo e obliterar sua existência. Caso não o soubesse mais, não teria como mencioná-lo. Será que o nome daquela garota não era Guinevach, e ela estava pedindo para ser chamada por seu nome verdadeiro? E por que a insistência no título? Será que Guinevach era mesmo princesa? Guinevere tinha sido. A *verdadeira* Guinevere. Sacudiu a cabeça, tentando não se perder em suas próprias mentiras, lembrando a si mesma que não era a Guinevere real. Às vezes se esquecia. Mais tarde, perguntaria a Dindrane se Guinevach se tornara princesa depois que Guinevere se casou ou se sempre tinha sido. Não fazia ideia de como as coisas funcionavam em Camelerd, o que era um problema, já que supostamente era o lugar onde nascera e fora criada.

– Não estou disponível no momento, Guinevach. – Guinevere reparou que os olhos de Guinevach se estreitaram em uma expressão de insatisfação ao ser chamada pelo nome. – Estamos discutindo o próximo festival da colheita.

A raiva no rosto de Guinevach, fosse qual fosse o motivo, foi substituída por olhos arregalados e aplausos.

– Ah, que maravilha! Haverá torneio?

– Nós não...

– Até em Camelerd já ouvimos falar dos torneios de Camelot! Sempre quis ver um! Os cavaleiros do Rei Arthur são os melhores do mundo.

Guinevach sorriu para cada um dos cavaleiros presentes, dedicando alguns segundos a mais a Sir Gawain, cujo rosto ainda não havia se recuperado de um rubor tamanho que qualquer comerciante pagaria para poder transferir aquele tom de vermelho para seus tecidos.

– O festival não é para nossos cavaleiros. É para nosso povo. É para celebrar a colheita – falou Guinevere.

– Mas que mal faria um torneio? – Guinevach se sentou em um espaço vazio no banco ao lado de um funcionário, que abriu mais espaço às pressas para ela. – Os cavaleiros são o orgulho de Camelot, e o povo é de Camelot, então celebrar os cavaleiros é uma forma de celebrar o povo e sua colheita.

– Os torneios trazem mais visitantes, o que significa que podemos vender mais – falou o ansioso comerciante do fundo da sala.

Guinevere abriu um sorriso forçado, mantendo um tom de voz tranquilo.

– Sim. Mas este é o festival da *colheita*. Teremos comidas e bebidas, menestréis, danças e…

– Ah, e animais? – Guinevach interrompeu. – Uma vez um homem com um urso apareceu em Camelerd. Ele o criava desde filhote. O urso sabia dançar e equilibrar um prato no focinho! Ah, que coisa mais linda e impressionante.

Guinevere considerou aquela ideia aterradora. Mas vários homens olhavam para Guinevach com expressões encantadas, e o funcionário de cabelos ralos foi logo se apressando em dizer:

– Minha irmã me escreveu para falar de um urso adestrado uma vez! Talvez ela possa encontrar o homem, e nós podemos…

– Sim, obrigada – Guinevere falou com firmeza. – Podemos discutir as questões de entretenimento em maiores detalhes amanhã. No momento, estávamos tratando dos detalhes da organização do festival.

– Mas precisa haver um torneio. Mesmo que seja pequeno. – Guinevach cravou os olhos em Guinevere, faiscando com tamanha intensidade que ela suspeitou que expressassem um sentimento de agressão, apesar do tom de voz tão doce. – Você pode ter um torneio de agricultores competindo para ver quem consegue fazer o sulco mais reto com o arado ou abrir as valas mais depressa.

– Na verdade, essa é uma ótima ideia – disse Guinevere, virando-se para o funcionário encarregado de planejar o festival, um homem tranquilo e meticuloso de vinte e tantos anos com cabelos encaracolados e uma pele negra de uma cor parecida com a de Sir Tristão. – Temos como criar uma arena com desafios similares aos dos torneios, mas para celebrar nossos agricultores e lavradores? Uma competição de força, para ver quem consegue erguer os fardos de feno mais pesados e carregá-los para o outro lado do campo. Uma disputa de derrubar árvores para os lenhadores. Nesse caso, precisaríamos trazer as árvores, claro. Ah, e podemos fazer uma exposição de animais de criação! E um concurso de ordenha.

Os homens presentes riam ao imaginar cada uma dessas coisas, mas também assentiam positivamente com a cabeça. Era uma boa ideia. Guinevere sabia que sim. As pessoas iriam adorar, e isso daria a ela a chance de brilhar na frente de seu rei. E o fato de ser uma coisa diferente do que Guinevach havia pedido e insistido era responsável por apenas uma fração da satisfação que Guinevere sentiu.

– Excelente. Verei o que é possível fazer. Agora, de volta ao planejamento. Até onde precisamos posicionar guardas e quantas milhas da estrada devemos proteger?

Guinevere não olhou mais para Guinevach, e esperava que ela fosse se retirar. Mas Guinevach permaneceu sentada até o fim da reunião, duas horas depois, e a cada minuto Guinevere se sentiu fuzilada por aquele par de olhos dourados.

Por fim, chegou a hora do jantar. Guinevere estava satisfeita. Tivera um dia produtivo como o de qualquer rei. Provavelmente mais que um dia típico de Arthur, para ser sincera. A capacidade dele de manter a concentração era menor que a sua.

– Agradeço aos senhores. Até amanhã.

Todos fizeram suas mesuras e se retiraram. Guinevach também levantou. Guinevere se voltou para Sir Gawain para falar sobre detalhes da reunião. Sabia que Guinevach jantaria com Dindrane naquela noite e não queria se atrasar. Guinevach se manteve por perto por alguns momentos e então se retirou da sala.

– A senhora vai comer aqui? – indagou Lancelote. Já havia criadas virando os bancos e recolocando as mesas no lugar. Vários dos cavaleiros faziam todas as refeições naquela sala. Guinevere às vezes se juntava a eles. Mas, depois de tantas horas no papel de rainha, não queria passar mais tempo cumprindo as expectativas dos outros.

– Nos meus aposentos.

Guinevere levantou-se, e seu ombro ferido estalou em protesto pela movimentação súbita depois de tanto tempo em repouso. Lancelote ofereceu o braço para ajudá-la, e a rainha aceitou. Quando estavam sozinhas no corredor, Guinevere as guiou para a direção oposta à de seus aposentos.

– Para onde estamos indo? – questionou Lancelote.

– Guinevach não está aqui e, conhecendo Dindrane, sei que só vai ser liberada perto do toque de recolher. Vamos revistar o quarto dela.

CAPÍTULO VINTE E NOVE

O castelo ficava encravado na encosta da montanha, por isso era estreito e alto, com muitos pavimentos. Os aposentos de Guinevere, próximos aos de Arthur, ficavam no quinto andar. O primeiro tinha o salão principal e os pequenos dormitórios ocupados pelos cavaleiros que não eram casados. No segundo, ficavam o grande salão – também usado como sala de banquetes – e as cozinhas. O terceiro e o quarto abrigavam a criadagem e os depósitos. O quinto era reservado aos aposentos reais, mas também contava com alguns depósitos e pequenos cômodos usados pelos pajens. O sexto era onde Uther Pendragon – o pai de Arthur e rei de Camelot até ser derrotado por ele – mantinha suas companhias prediletas. Guinevere nunca tivera muitos motivos para ir ao sexto andar. A maioria das escadas que levavam de um andar ao outro eram externas, com degraus estreitos de pedra que se esparramavam pela fachada e a contornavam, às vezes levando a lugar nenhum, às vezes a lugares como o balestreiro predileto de Mordred e nada mais. Por sorte, o sexto andar também poderia ser acessado por uma passagem interna, o que significava que Guinevere e Lancelote poderiam ir do quinto andar para lá, onde Guinevach estava hospedada, sem serem vistas do lado de fora do castelo.

Como não tinha janelas, a passagem era escura. Quando chegaram lá em cima, Guinevere sentiu uma pontada de pena das favoritas de Uther. Lancelote precisou empregar uma boa dose de força para abrir a porta pesada. Arthur mencionara que a porta e a escadaria do lado de fora haviam sido bloqueadas. A única forma de entrar e sair dali durante o reinado de Uther era por aquele túnel imerso no breu. Aquelas mulheres eram prisioneiras.

Arthur, claro, tinha liberado a porta exterior. Guinevach e todos os que se hospedavam ali podiam circular à vontade. Mas aquela porta continuava lá, como um lembrete incômodo de quem viera antes de Arthur e do que aquele castelo – tão imponente e seguro – poderia se tornar caso caísse nas mãos erradas. A proteção poderia se tornar uma prisão.

Guinevere foi seguindo Lancelote pelos últimos degraus que levavam ao corredor, que podia até ter sido uma prisão, mas era bem bonito. As janelas tinham vidros coloridos, e os tapetes eram mais luxuosos do que os do quarto de Arthur, tornando o piso de pedra mais macio, menos gelado e diminuindo o eco no ambiente.

– Não sei em que quarto ela está – falou Guinevere. Havia três portas, uma em cada ponta e uma diante delas. Aquele quarto, voltado para a montanha, não teria janelas externas. Guinevere achava improvável que Guinevach tivesse sido colocada nele. Os cômodos sem janelas eram usados como depósitos ou quartos para a criadagem.

– No da direita – apontou Lancelote.

Guinevere se virou para ela, surpresa.

– Você já descobriu?

– Fui eu que designei esse quarto para ela, por motivos estratégicos – respondeu Lancelote, parecendo quase ofendida. – Ela não tem mais guardas. Só duas damas de companhia. Uma é uma menina de 12 anos, e a outra, uma mulher mais velha. Não sei se a senhora... se Guinevere poderia ter conhecido alguma delas em Camelerd. O pajem com quem falei não sabia há quanto tempo estão a serviço de Guinevach.

Guinevere assentiu. Era uma informação importante. A criada, como só tinha 12 anos, questionaria a própria memória antes de levantar dúvidas sobre a identidade de Guinevere, caso tivesse conhecido a verdadeira Guinevere. Era improvável que já trabalhasse no castelo em Camelerd antes da partida da verdadeira Guinevere para o convento. A mulher mais velha provavelmente seria um problema. Brangien precisaria interrogá-la primeiro, para saber se conhecia bem a verdadeira Guinevere.

– Não podemos simplesmente bani-la? – questionou Guinevere, lançando um olhar incomodado para a porta.

– Não sem explicar o motivo. Principalmente agora que ela se estabeleceu no castelo e forçou a senhora a apresentá-la como sua irmã. – Esse detalhe também não passara despercebido por Lancelote. – Guinevach lhe pareceu ameaçadora na reunião hoje?

– Não. Apenas... irritante. Tentou enfraquecer minha posição e assumir o controle da discussão.

– A senhora fez certo ao se decidir por outra coisa que não fosse um torneio. O festival da colheita não é lugar para cavaleiros ou soldados. É uma celebração do que todos nós fazemos juntos. Mas para mim ela pareceu menos afrontosa e mais... – Lancelote ficou em silêncio por tanto tempo que Guinevere precisou relembrá-la de continuar falando.

– Mais o quê?

– Jovem – concluiu Lancelote, encolhendo os ombros. – Bem jovem.

Jovem ou não, Guinevach ainda era a maior ameaça potencial à segurança de Guinevere. Que deu um passo à frente e abriu a porta dos aposentos, configurados mais ou menos como os seus. O quarto principal tinha uma cama, vários baús e duas cadeiras, tudo em tons de azul, muito elegante e feminino. A cama estava bem arrumada e não havia nada fora de lugar.

– Sabemos que qualquer magia seria desfeita ao entrar aqui, mas isso não a impede de fazer alguma coisa aqui dentro, desde que não passe pelas portas de novo – falou Guinevere, constatando uma falha de seu sistema de proteção. Havia se preocupado apenas com ameaças mágicas que viessem de fora. Foi sua falta de imaginação nesse sentido que permitiu a Mordred enganar a todos.

Levou a mão ao coração, onde havia guardado a flor que não estava mais lá. Confiar em Mordred tinha sido um erro que não repetiria. Guinevere não confiaria naquela garota de jeito nenhum, fosse ela quem fosse. Estava se aproximando dos baús em busca de evidências de magia ou intenções malignas quando a porta do quarto de vestir se abriu.

Era uma mulher de meia-idade, de cachos escuros entremeados por alguns fios brancos e maxilar quadrado. Os olhos eram de um castanho bem intenso, emoldurados por sobrancelhas com arcos perfeitos e por rugas de alegria e preocupação. Sua beleza era como a de uma árvore de folhagem perene: eficiente, resistente e imponente. O vestido e o manto eram cinzentos, simples e funcionais, mas muito bem costurados e com alguns detalhes graciosos.

– Ah, olá, eu... – Ela se interrompeu, olhando para Guinevere e Lancelote. Guinevere xingou a si mesma em silêncio. Imaginara que Guinevach fosse levar ambas as damas de companhia para o jantar com Dindrane. Mas Guinevere era mais dependente de Brangien do que a maioria das outras mulheres de sua classe, que eram de fato *ladies* e sabiam o que se esperava delas em diferentes eventos sociais.

A mulher franziu a testa.

– Por favor me perdoe, mas... a senhora é a rainha?

Guinevere assentiu, sem saber o que dizer. A mulher não parecia questionar sua própria memória. Caso tivesse conhecido a verdadeira Guinevere, teriam problemas. Guinevere sentiu seus dedos coçarem. Daria um jeito na situação, se fosse preciso. Só não queria ter que fazer isso.

Felizmente, a mulher fez uma mesura logo em seguida.

– Rainha Guinevere. Meu nome é Anna. É um prazer conhecê-la. Ouço falar da senhora desde que fui admitida na casa de seu pai.

– E quando foi isso? – Guinevere tentou manter um tom de voz leve e agradável, como se fosse uma conversa e não um interrogatório. O fato de Anna não a conhecer era benéfico, certamente, mas também levantava suspeitas. Guinevere também poderia muito bem ir a outro reino com Brangien e Isolda e se apresentar como outra pessoa, e saberia que suas damas de companhia confirmariam sua mentira.

– Há três meses. Antes disso, eu servi na casa de Lady Darii. A senhora a conhece? O domínio da família dela fica um dia de viagem ao sul de Camelerd, perto das praias negras da costa oeste.

– Esse nome me soa conhecido – mentiu Guinevere. – O que levou você a Camelerd?

– Com o seu casamento, chegou a hora de preparar a Princesa Guinevach para se casar também. Seu pai queria uma dama de companhia mais experiente.

– Ele não quis mandá-la ao convento para ser preparada, como eu?

Anna contorceu os lábios. Foi um gesto sutil, mas Guinevere se perguntou o que a mulher estaria tentando esconder.

– Guinevach é mais velha do que a senhora era na época. E, com seu casamento, agora pode se casar.

Guinevere quis perguntar sobre o pai de Guinevach, o Rei Leodegrance, mas como não o conhecia – e não havia ninguém no castelo que tivesse contato com ele –, não teria condições de verificar as informações passadas por Anna.

– E como foi a viagem de Camelerd até aqui?

– Longa – respondeu Anna, com um sorriso. – A senhora por favor perdoe sua irmã por querer ficar. Ela ficou bem decepcionada com sua partida: não se conformava com a ideia de ter viajado tanto e não conseguir seu reencontro.

Guinevere abriu um sorriso tenso.

– Sim, fico feliz que meu pai tenha permitido a presença dela por mais tempo.

Uma sombra se abateu sobre o rosto de Anna. Seu sorriso se tornou tenso como o de Guinevere.

– Como a senhora há de se lembrar, isso não é nenhum sacrifício para ele – a dama de companhia respondeu, contrariada. Estava incomodada com alguma coisa, mas fez seu comentário em tom de cumplicidade, como se Guinevere também compartilhasse daquela mesma raiva.

Guinevere preferiu não responder.

– Estou vendo que minha irmã não está aqui. Volto para visitá-la mais tarde. Talvez amanhã ou depois. Mas, por favor, tente mantê-la longe do salão principal quando eu estiver em audiência. Tenho deveres a cumprir na ausência do rei, e não há tempo para visitas sociais.

– Sim, minha rainha. Vou me esforçar para orientá-la. Mas a senhora conhece Guinevach – disse Anna, em um tom carinhoso. Mais uma vez, esperava que Guinevere demonstrasse algum conhecimento a respeito do que estava falando.

– Depois de tantos anos, eu receio que não mais. Boa noite, Anna.

Guinevere estendeu a mão. Era a melhor maneira de que dispunha para conhecer alguém. Faria isso com Guinevach assim que tivesse oportunidade. Poderia ter feito diante do portão, mas estava tão desconcertada que essa ideia nem passou por sua cabeça.

Anna segurou sua mão. A sensação que a mulher transmitia era bem diferente do que era possível inferir apenas por suas palavras: compostura, tranquilidade, inteligência. Havia também um indício de uma curiosidade intensa, mas nada de ameaçador, violento ou sinistro, pelo que Guinevere pôde sentir. Além da curiosidade, era perceptível também a tristeza, mas Guinevere descobrira que a maioria das mulheres carregava esse sentimento dentro de si em uma medida muito maior do que a demonstrada.

Guinevere soltou a mão dela. Anna fez uma mesura, e Guinevere saiu, seguida por Lancelote.

– Bloqueie a porta da escada – ordenou Guinevere quando estavam de volta ao quinto andar, em segurança. – Não quero que ela tenha acesso aos nossos aposentos, a não ser que venha por fora, onde possa ser observada e tenha que passar pelas barreiras mágicas.

Havia sempre um guarda posicionado na entrada dos aposentos dos dois quando Arthur estava no castelo, e Lancelote ficava sempre por lá, independentemente da presença do rei.

Isolda estava nos aposentos de Guinevere, costurando. Ela sorriu, mas não disse nada quando Guinevere desabou sobre uma das cadeiras, exausta.

– Devo pedir para trazerem seu jantar aqui? – perguntou Lancelote.

Isolda ficou de pé em um pulo, com a determinação estampada em seu belo rosto.

– Eu faço isso! É um trabalho para mim. Por favor, avise se eu estiver me esquecendo de alguma coisa que uma dama de companhia precisa fazer. Pensei que entendia desse trabalho, mas tenho muito a aprender. É muito interessante. – Ela parecia contente de verdade. – Sir Lancelote, vou trazer a sua comida também!

Isolda saiu correndo do quarto. Brangien estava fora, ao que parecia. Guinevere não sabia o que sua dama de companhia estava fazendo, mas sem dúvida era algo necessário.

Brangien chegou antes de Isolda, no entanto. Chegou apressada, trazendo o cheiro do anoitecer em seu manto. Seu rosto estava vermelho, e seus olhos faiscavam.

– Trago notícias! Várias, aliás. – Ela fez um aceno de cabeça para cumprimentar Lancelote. – A primeira: o Rei Arthur estará de volta em três dias.

Isso era bom. Embora Guinevere achasse que ele não conseguiria dar um jeito em Guinevach, o queria por perto para que eles contassem com força total contra todas as ameaças.

– A segunda: a dama de companhia mais nova da sua irmã é uma inútil. Nunca conheci uma criatura com a cabecinha tão vazia. Ela disse conhecer Guinevach há três anos, mas pode estar mentindo. O problema é que não sei muito sobre Camelerd ou sobre sua família para confirmar o que a garota me falou. Como não parece ter inteligência suficiente para mentir, ou está falando a verdade ou é a melhor mentirosa que já vi na vida.

Guinevere assentiu. Ela também não tinha conhecimentos suficientes sobre Camelerd para interrogar a menina, mas Brangien não sabia disso.

– Caso esteja mentindo, deve ter sido orientada sobre o que dizer, então não podemos descartar a hipótese.

– Foi o que pensei. Dindrane virá amanhã para contar sobre o jantar com Guinevach. E por falar na Princesa Lili... – Brangien falou aquele nome com um desdém absoluto, o que fez Guinevere dar uma risadinha de deboche – ... ao que parece, andou bem ocupada enquanto estávamos fora. Segundo os boatos que circulam pelo castelo, nada menos que três cavaleiros estão pensando em cortejá-la.

– Como é? – Guinevere franziu a testa. – Ela só está aqui de visita. E é uma criança.

– Tem quase 15 anos. É idade suficiente para ser prometida a um marido, sem dúvida. De qualquer forma, ela visitou todas as *ladies* que ficaram por aqui e flertou com todos os cavaleiros com menos de 25 anos. Já virou o assunto do momento em Camelot.

– No bom ou no mau sentido?

– Vai saber... Mas todo mundo adora uma fofoca, o que significa que Guinevach se tornou uma pessoa bem quista. Tem convites para jantar todas as noites desta semana e da próxima também.

– Interessante. Obrigada, Brangien.

Qualquer que fosse a intenção de Guinevach, ela estava fazendo um jogo mais complexo do que Guinevere esperava.

Demora muito tempo para moldar uma cidade. Está tudo construído de acordo. Está tudo pronto. À espera.

A escuridão toma forma no fundo da cidade. Ela olha ao redor e dá risada.

Por quê?

Porque eles estão vindo.

Você se importa com isso por quê?

A pergunta não faz sentido. Não é uma questão de se importar ou não. É um fato. Eles estão vindo e ainda precisarão da cidade, que estará pronta para eles. Para ele. Haverá um feiticeiro, e ele ajudará com a espada. E então...

Bem. Quando o agora *infinito se tornasse o futuro* e então, *a Dama faria sua escolha.*

Estou entediada, *diz a escuridão, zumbindo e sibilando. Venha dançar comigo. Ela é movimento e caos, a vida mais intensa e a morte mais letal. Não existe paciência nela, nenhuma vontade de realizar a mesma ação diversas e diversas vezes até obter um resultado diferente.*

Ainda assim, a Dama a adora, porque a escuridão é vida, e a Dama adora a vida acima de tudo. Ela a nutre e a torna possível. É algo dolorosamente importante para a Dama, embora esteja sempre apartada dela. A Dama flui por suas ruas silenciosas e prontas e saúda a escuridão com um abraço alegre. E, nesse momento, a Dama se sente viva.

CAPÍTULO TRINTA

Guinevere despertou e se sentou, ofegante, olhando para as próprias mãos. Eram mãos de verdade. Ela era real. E piscou algumas vezes até seus olhos se ajustarem ao quarto, à sua cama.

Deitou de novo, tentando acalmar sua mente acelerada. Mais um sonho que não era seu. A Dama do Lago. Se o sonho merecia credibilidade, Guinevere sabia oficialmente qual era a origem de Camelot – a misteriosa cidade na encosta, o milagre à espera. A Dama do Lago a escavara na montanha. Quando Guinevere especulara que Camelot parecia ter sido criada para dar *status* e poder a Arthur, não imaginava o quanto estava perto da verdade.

Mas a alegria que a Dama sentiu ao abraçar a Rainha das Trevas a deixou chocada. Isso a fez se sentir profundamente triste. Porque sabia como a história terminava. Na beira do lago, com a Rainha das Trevas convocando sua aliada e não tendo resposta.

Ao que parecia, as duas eram mais que aliadas. Eram muito diferentes, mas capazes de entender uma à outra de uma forma que nenhuma criatura viva conseguiria. E a Dama dera as costas para isso em benefício de Arthur e Merlin. O que o será que o feiticeiro havia feito para desfazer séculos de espera e trabalho por parte da Dama?

Ela havia traído a Rainha das Trevas em favor de Merlin e Arthur e depois traído Merlin também. Será que tudo isso era mesmo por causa de Guinevere? Se Merlin chegara ao ponto de apagar a Dama das lembranças de Guinevere, *inevitavelmente* devia haver um motivo mais sinistro. Mais complicado.

No entanto, o que poderia ser mais complicado do que questões familiares?

Sentindo que não conseguiria dormir mais naquela noite de jeito nenhum, Guinevere se sentou e acendeu uma vela. Normalmente, não se incomodava em ficar no escuro. Mas, com o abraço da Rainha das Trevas ainda vivo na memória, não como algo terrível e sim como um acontecimento alegre, precisava da distração proporcionada pelo fogo.

– Minha rainha? O que foi?

Guinevere levou um susto. Esquecera que Lancelote dormiria em seu quarto enquanto Arthur não voltava com Excalibur.

– Outro sonho.

Guinevere ficou olhando para a pequena chama por mais alguns segundos, desejando dolorosamente, com todas as forças, que o fogo pudesse sussurrar seu nome. Precisava de alguma coisa – pelo menos uma – que de fato lhe pertencesse.

Mas tinha aberto mão disso quando chegou ao reino, e não havia como voltar atrás. Soprou a vela.

– Com a Dama? – perguntou Lancelote.

– Sim.

– Quem mais estava no sonho?

– A Rainha das Trevas – respondeu Guinevere, entristecendo-se com a lembrança.

– Ninguém mais?

– Era muito tempo atrás. Quando Camelot ainda era nova.

– Ah, quando ela criou a cidade.

Guinevere quase respondeu que sim, mas então ficou paralisada. Ficou contente por ter apagado a vela, porque assim Lancelote não veria o terror estampado em seu rosto. Como Lancelote sabia que foi a Dama do Lago quem criou Camelot? Mas o silêncio de Guinevere a traiu. Ouviu que Lancelote estava atravessando o quarto. No escuro, só conseguia enxergar a silhueta de seu cavaleiro, de pé ao lado da cama.

– Tem uma coisa que preciso contar para a senhora. Algo que já deveria ter contado há muito tempo – declarou Lancelote, sentando-se ao seu lado na cama. – Eu conheço a Dama do Lago. Ou pelo menos conhecia.

– Como? – murmurou Guinevere.

Lancelote e a Dama

Excalibur foi devolvida para a Dama do Lago sem cerimônia, jogada de um barco enquanto seus ocupantes fugiam do rei que mataria o jovem Arthur antes que ele fosse capaz de se defender. Ainda não era a hora dele. Ela esperaria, como sempre havia feito.

Mas aquela não era a única criança escolhida nem a única de quem a Dama cuidava.

Lancelote estava na beira do lago, com uma túnica esfarrapada que não cobria nem seus cotovelos ossudos. Os joelhos apareciam sob as calças finas demais. As botas estavam cheias de grama para que fosse capaz de seguir os passos do pai. Era alta para sua idade, desnutrida, mas com um corpo que poderia ser forte com o tempo, a alimentação e o treinamento que jamais teria.

Estava sozinha e prestes a morrer.

Atrás dela, era possível ouvir o bando de homens, soldados que marchavam sob o estandarte de Uther Pendragon, mas eram criminosos e estupradores, usando ou não aquelas cores. Eles a perseguiram até lá, e a faca de Lancelote estava suja com o sangue do homem que atacara enquanto o sangue de sua mãe ainda estava quente, na choupana em que moravam.

Ela sabia que precisava cuidar bem da arma. Mantê-la limpa. Ao menos isso seu pai lhe ensinara. Então se agachou e lavou cuidadosamente a lâmina no lago enquanto os homens se aproximavam. Talvez pudesse levar consigo mais alguns. Era só isso o que lhe restava. Desejou que Uther Pendragon estivesse lá, que fosse ele a sentir a faca entrando na carne e a vida chegando ao fim. Mas ela nunca conseguia o que desejava.

Suas mãos debaixo d'água pareciam distorcidas. Menores do que de fato eram. Delicadas, como as de sua mãe. Um grito ressoou atrás dela, mais animalesco do que humano, um som de raiva e violência e um ódio das próprias fraquezas que se convertia em ódio de qualquer coisa que fosse mais fraca que eles. Lancelote fechou os olhos e segurou a faca. E então duas mãos translúcidas se fecharam em torno de seus pulsos e a puxaram para baixo.

Quando acordou, estava em uma caverna. Havia uma grande extensão da superfície reluzente do lago entre ela e a margem, e seus agressores não estavam por perto. A água pingava no fundo da caverna, fazendo um som parecido com uma risada.

Uma ondulação trouxe sua faca para o chão da caverna, junto com três maçãs machucadas e um peixe que se debatia.

A Dama do Lago salvara Lancelote. Ao longo dos anos seguintes, Lancelote voltava à caverna sempre que precisava de um lugar seguro. Cresceu forte, bem alimentada e protegida pela Dama. Treinou e trabalhou com um único propósito em mente. A Dama a salvara, e Lancelote sabia o que isso significava: ela fora a escolhida. Para matar o rei. Para executar a vingança da Dama.

Lancelote ganhou sua primeira espada, velha e enferrujada como se tivesse sido dragada do fundo de um lago. Para ela não havia Excalibur, reluzente e perfeita, e sim uma espada defeituosa e pesada que a obrigaria a treinar anda mais para compensar as falhas da arma. Era preciso ficar mais forte. Peça por peça, sua armadura foi sendo entregue pela água, arrancada de corpos inchados e putrefatos deixados para trás em ataques ou retiradas. E sempre com o som suave das ondulações na extremidade da caverna a embalá-la, com um impulso extra da água quando nadava, fazendo-a flutuar e ganhar mais velocidade quando fazia suas excursões para o mundo de violência insana que havia fora do lago.

Quando Lancelote não estava treinando nem trabalhando, voltava para a caverna. Mas era um tormento saber quem morava lá em cima. Quando fez 16 anos, tentou escalar o penhasco e entrar em Camelot pela primeira vez.

Caiu depois de um terço da escalada.

A água se ergueu para apanhá-la, interrompendo sua queda e a jogando de volta na caverna. Ela tentou de novo, muitas e muitas vezes, até não precisar mais ser apanhada. Conseguia escalar aquele penhasco até dormindo. O penhasco que dava acesso a Camelot. A Uther Pendragon.

Estava pronta. Tinha uma espada melhor, conquistada a duras penas em uma luta. Na maior parte do tempo, tinha a sensação de que tudo, desde seus músculos até sua voz e sua alma, havia sido conquistado a duras penas com muita luta. Ajustando a armadura que confeccionou juntando os pedaços de combatentes menos afortunados, Lancelote abaixou a cabeça para o lago e murmurou sua gratidão. A Dama lhe dera tudo o que precisava. Estava pronta.

Era uma madrugada sem luar, mas Lancelote já havia escalado o penhasco tantas vezes que não precisava ver nada. Chegou até o topo e se esgueirou pelos becos a caminho do castelo. À procura do rei que mataria. Entrou na rua principal e ficou surpresa ao ouvir o som da água. Lancelote olhou para baixo. A rua estava inundada.

Inundada não. Inundando. *A água estava subindo. Lancelote saiu correndo, mas a água a seguiu, transformando-se em uma correnteza e arrancando seus pés do chão, carregando-a para longe do castelo e jogando seu corpo de um lado para o outro até arremessá-la contra uma rocha. O ar foi expulso de seus pulmões, e ela temeu que fosse se afogar, mas a correnteza desapareceu com a mesma velocidade com que surgira. Lancelote levantou, dolorida e furiosa, apoiando-se na rocha.*

Sentiu palavras sob seus dedos. Não era uma rocha qualquer. Era a pedra que prendia Excalibur até alguém ser capaz de retirá-la de lá. Um garoto. Uma criança idiota, que já havia morrido.

Lancelote afastou o os cabelos dos olhos, com a visão borrada pelas lágrimas de dor e de raiva. Voltou-se novamente para o castelo, mas seu caminho estava bloqueado pela correnteza, que assumira a forma de uma mulher que ondulava à sua frente.

"Lancelote", disse a Dama.

Lancelote cambaleou para trás, em choque, chocando-se contra a pedra. Passara tanto tempo sozinha. Às vezes, se perguntava se não enlouquecera, se não imaginava a Dama para não se sentir tão sozinha. Para que pudesse fingir que fazia diferença para alguém se estava viva ou morta. Se matava ou não Uther Pendragon.

"Não é você", falou a Dama, em uma voz que lhe soou muito familiar. Fria, cristalina, triste e alegre ao um só tempo. "Não é você", repetiu ela, e Lancelote escondeu o rosto entre as mãos, de vergonha e desespero. Todo o seu trabalho, todo seu treinamento, havia sido para isso. Mas a Dama escolhera outra pessoa.

"Partirei em breve", declarou a Dama, sem se dar conta ou se importar com o fato de que toda a vida que Lancelote levara então estava acabada. Havido sido em vão. Por que a Dama a salvara, se Lancelote não era a escolhida?

"Você retribuirá minha bondade". Não era um questionamento. Era uma ordem. "Você saberá quando." A água avançou, morna e avassaladora, cercando Lancelote por completo antes de atingir o chão e descer ladeira abaixo, deixando de ser a Dama e ansiosa para se tornar o lago novamente.

Naquela noite, enquanto Lancelote descia o penhasco com todo o cuidado e voltava para sua caverna, foi com a certeza de que não havia nada para ampará-la caso caísse. Estava sozinha de novo. E continuaria sozinha até descobrir qual era sua vocação, a missão que lhe fora destinada pela Dama do Lago. Porque até podia não ser a escolhida para derrotar aquele mal, mas era óbvio que havia algum outro motivo para ter sido salva.

CAPÍTULO TRINTA E UM

– Quando Arthur derrotou Uther Pendragon, e descobri que a Dama do Lago havia lhe dado Excalibur, concluí que era do rei que ela devia estar falando. Então decidi me tornar cavaleiro. E quando conheci você... vi que a Dama tinha razão. Eu simplesmente *tive certeza*.

Guinevere se sentou, tentando assimilar aquela história.

– Por que você nunca me contou isso?

Era doloroso saber que Lancelote havia lhe escondido isso, embora Guinevere não estivesse em condições de emitir nenhum julgamento contra um passado maculado por uma criatura mágica.

– Porque você morria de medo dela. As atitudes da Dama na caverna de Merlin também me deixaram assustada. Eu jamais havia visto aquela raiva, aquela ira. Nem parecia mais ela. E fiquei com medo de que, se o Rei Arthur soubesse da minha ligação com a Dama, poderia não permitir que eu me tornasse seu cavaleiro.

Lancelote ficou em silêncio por um bom tempo. Quando tornou a falar, foi com um tom de voz cauteloso. Inseguro.

– Ainda posso ser seu cavaleiro?

Guinevere estendeu a mão e apertou a de Lancelote.

– Desde a primeira vez que demos as mãos, senti que estava tudo certo. Como se tivéssemos nascido para fazer parte da vida uma da outra. Quase como se sempre tivéssemos feito. Você *sempre* vai ser meu cavaleiro.

A Dama do Lago e Merlin. Ambos colocaram Arthur, Guinevere e Lancelote naquele caminho. Naquela rota de colisão. Mas o que significava o fato de a Dama e Merlin – que, por algum motivo, haviam criado todos os três – serem inimigos agora?

Na manhã seguinte, Guinevere comentou sobre o sonho com Brangien.

A dama de companhia penteava e fazia tranças nos cabelos pretos e compridos de Guinevere.

– Sua mente não estava vazia dessa vez. Seus sonhos já estão de volta.

– Sim – respondeu Guinevere, mexendo em um conjunto de anéis. Eram três, todos da verdadeira Guinevere. Em geral, nem parava para pensar naquelas peças, mas ficou se perguntando se Guinevach reconhecia alguma delas. Se algum dos anéis tinha um significado para a garota, e por consequência para a verdadeira Guinevere. – Então nossa teoria de que alguma coisa estava se aproveitando da minha mente vazia para implantar esses sonhos está errada. Mas agora já temos Isolda de volta, e acho que isso não faz mais diferença.

– Humm. – Brangien franziu a testa, pensativa. – Será que é porque você já passou tanto tempo aqui no castelo? Se o que me contou for verdade, a Dama do Lago conhece bem cada uma dessas pedras. E essa sua coisa do toque... – continuou Brangien, fazendo um gesto vago para as mãos de Guinevere – ... pode estar transmitindo as memórias dela enquanto você vive e encosta nas coisas aqui.

Guinevere não tinha parado para pensar nisso. Era verdade que, às vezes, quando tocava as pedras do castelo, quase conseguia sentir algo. Talvez, quando dormisse, relaxasse a ponto de permitir a transmissão de toda a memória da pedra.

– Pode ser isso mesmo.

Isso e sua conexão com a Dama. Era a magia de Guinevere, manifestando-se de uma maneira inesperada. Uma coisa ao mesmo tempo reconfortante e preocupante. Suas lembranças eram um vazio. Será que não eram seus sonhos que estavam sendo preenchidos e sim sua própria mente? Ela estaria absorvendo um pouco de tudo e de todos ao seu redor e usando isso de forma inconsciente para reconstruir o que havia sido destruído por Merlin?

Era mais um mistério em sua vida, e não havia ninguém a quem perguntar a respeito. E certamente, não podia perguntar para o feiticeiro cruel, que era o culpado de tudo e fora isolado do mundo pela própria Dama com quem Guinevere sonhara, nem para a própria Dama. Para Guinevere, era mais provável não obter resposta nenhuma do que descobrir alguma coisa através da água.

Alguém bateu à porta. Lancelote havia saído para tomar banho e se trocar, prometendo voltar antes que Guinevere precisasse sair. Brangien abriu a porta, posicionando-se de uma forma que bloqueasse a vista do interior do quarto. Isolda espiou da sala de visitas para tentar ver quem era.

– Sim? – disse Brangien.

– Queria perguntar se minha irmã gostaria de dar uma caminhada comigo esta manhã antes de começar a audiência do dia – respondeu Guinevach, soando esperançosa e alvissareira como a manhã seguinte a uma noite de tempestade.

Brangien nem olhou para trás para perguntar. Não era necessário.

– A rainha está se sentindo indisposta esta manhã. Precisa ficar na cama e descansar até quando o dever chamar.

– Ah. Sim, claro. E quando começa a audiência? Talvez eu possa ajudá-la.

– Não se preocupe com isso. Ela prefere que a senhorita saia para desfrutar da cidade. Os padeiros da Via do Mi… da Rua do Castelo são muito bons. Recomendo os pãezinhos de mel, se a senhorita conseguir encontrar.

Brangien fechou a porta. Elas esperaram em silêncio por alguns momentos, até que Guinevach se afastasse, e então Brangien foi se sentar ao lado de Guinevere.

Isolda se juntou a elas, e estava analisando as opções de roupas para Guinevere naquele dia.

– Guinevach é uma menina muito meiga e espontânea. Deve estar empolgadíssima por poder ficar aqui.

– Sim, com certeza está.

Brangien estreitou os olhos para Guinevere, deixando claro que não era aquilo o que ela pensava.

– Ah, este é lindo! – Isolda mostrou um dos vestidos mais bonitos de Guinevere, um verde-claro de tecido esvoaçante que Brangien costumava combinar com um manto azul.

– É mesmo. Mas preciso de algo que transmita autoridade.

Guinevere estava ocupando o lugar de Arthur e precisava transmitir a mesma força e confiança do rei. E não podia andar com uma espada que, aparentemente, era a maior indicação de poder possível.

– É verdade. Sim. É claro.

Isolda voltou a procurar. Mostrou um vestido cinza com detalhes bordados em vermelho e azul no corpete, formando um padrão que o fazia quase parecer uma cota de malha.

– Esse é perfeito.

Isolda abriu um sorriso ao ouvir o elogio, e em seguida escolheu um robe sem mangas de um azul bem escuro.

– O gorro cinza combinando – falou Brangien. – Podemos

incorporar ao traje. Ficará parecendo prata, e podemos ajeitá-lo de uma forma que emoldure o rosto dela como uma coroa ou um halo.

– Mas a rainha não vai sair do castelo hoje.

Isolda levantou o gorro, que não era preso ao manto, mas poderia ser amarrado nos ombros de Guinevere para ficar no lugar.

– Não estamos fazendo isso por motivos práticos, temos um propósito em mente. Guinevere pode até não parecer um rei, mas podemos deixar claro para todos que ela é a rainha.

Brangien pôs o gorro no lugar, fazendo o ajuste necessário até se sentir satisfeita com a forma com o tecido engomado emoldurava o rosto de Guinevere sem projetar sombras sobre suas feições. Em seguida, pegou as duas tiras azuis da parte frontal do robe e, em vez de amarrá-las e deixá-las caídas sobre o corpo, as trançou e prendeu aos ombros de Guinevere, para que aquele toque de azul ficasse bem visível por cima de seu peito e caísse sobre seus braços como um manto ou uma capa.

– Ela está parecida com Camelot! – espantou-se Isolda. – O cinza da cidade, o azul do lago, as duas cachoeiras.

Guinevere não gostou da ideia de remeter à água que tanto detestava, mas era inegável que Brangien escolhera seus trajes com muita astúcia.

– Você é um gênio.

Brangien prendeu e ajeitou mais algumas coisas.

– Eu sei – falou, dando um passo para trás para analisar seu trabalho antes de assentir com a cabeça. – Mas, faça o que fizer, não empurre o capuz para trás nem puxe para a frente. É um halo, não uma caverna.

Cavernas eram quase tão ruins quanto a água. Guinevere ficou com as costas bem retas, com medo de se mexer.

– Vou fazer o trabalho com a dignidade necessária, mesmo que minhas costas nunca mais se recuperem.

– Ótimo.

Mais alguém bateu à porta, mas, antes que Brangien pudesse chegar lá, ela se abriu, e Dindrane entrou.

– Bom dia, eu... oh, minha rainha! – Dindrane deteve o passo e ficou observando Guinevere, boquiaberta. – Brangien, tem certeza de que não existe um jeito de eu tirar você da rainha?

Brangien fingiu que não ouviu o comentário. Começou a arrumar o quarto com Isolda, e Dindrane se sentou em um banco perto de onde Guinevere estava de pé.

– Sente-se – disse Brangien, dirigindo-se a Guinevere. – Você terá que ficar sentada na audiência, então é melhor praticar um pouco aqui.

Guinevere andou pisando leve, juntou as saias e se sentou com as costas retíssimas. Tudo ficou exatamente onde deveria, e ela soltou um suspiro de alívio.

– Como você está? – perguntou Guinevere.

– Sua irmã é charmosa, elegante, meiga e graciosa – respondeu Dindrane, ignorando a pergunta. – E me deu este cinto que ela mesma costurou. Eu nunca havia visto pontos tão bem feitos.

– Posso ver? – indagou Brangien, com um tom agudo.

Dindrane franziu a testa, mas desamarrou o cinto de tecido da cintura e o passou para Brangien. Guinevere sabia o que Brangien estava procurando: nós de magia, evidências de que Guinevach estava usando a costura da mesma forma que ela, para ancorar feitiços bem debaixo do nariz das pessoas à sua volta. Depois de alguns segundos examinando o cinto de um lado ao outro, Brangien sacudiu a cabeça e o devolveu a Dindrane.

– É bonito – falou.

– Está com inveja? – riu-se Dindrane. – A garota costura melhor do que você.

– Não estou com inveja. – Brangien revirou os olhos até o teto, irritada, e então voltou a trabalhar ao lado de Isolda. – Isolda, você pode ir buscar algo para nossa convidada comer?

Isolda assentiu, abrindo um sorriso caloroso para Dindrane antes de sair.

Brangien se sentou e se juntou a elas.

– Como ela é, na verdade?

– Exatamente como falei – respondeu Dindrane, colocando o cinto de volta no lugar. – Sinceramente, nunca vi uma jovem tão adorável. Se eu não estivesse muito bem casada e satisfeita com a minha vida, detestaria ver alguém tão jovem e tão linda. Em minha situação atual, isso é só um pouco irritante. Mas até eu acabei cedendo no fim do jantar. Guinevach é um amor. Conversei com algumas das outras esposas, e todas tinham recebido presentes e visitas dela. É uma menina que adora conversar e sabe escutar. Claramente foi educada como uma princesa deve ser.

Dindrane ficou em silêncio, como se tivesse falado alguma coisa errada. Guinevere só percebeu do que se tratava quando se deu conta de que Dindrane se recusava a olhar para ela. Dindrane estava comparando Guinevach e Guinevere, e ficou bem claro qual das duas não era como uma princesa deveria ser.

– Tivemos tutores diferentes. – Guinevere sentiu vontade de se remexer no assento, mas ficou com medo de tirar o gorro do lugar. – E passei anos no convento antes de vir para cá. Diga, sobre o que vocês conversaram?

– Ela quis saber tudo sobre a minha casa, o meu casamento, Sir Bors, as minhas roupas, as decorações que escolhi. E é tão boa nos elogios quanto na costura. E direcionou a conversa para você várias vezes. Desde quando nos conhecemos, como viramos amigas, como você era antes de se tornar rainha.

– Humm. – Guinevere franziu a testa.

– Eu nem teria reparado nisso se você não tivesse me pedido para espioná-la. Ela é sutil. Mas ficou claro durante a visita que o objetivo era reunir o máximo possível de informações sobre você. Não contei nada que fosse útil, claro. Só que você era minha melhor amiga, que todo mundo comentava sobre nossa amizade, e que eu era uma ótima escolha. – Dindrane jogou os cabelos por cima dos ombros, com um sorriso malicioso. – Acho que não colaborei muito. Mas, em nenhum momento, a garota pareceu frustrada ou incomodada. Só foi conduzindo a conversa para outras formas de tentar atingir seu objetivo. Muito astuciosa. Gostei bastante dela. Espero que não esteja aqui para derrubá-la e roubar seu marido. Mas, caso esteja, você deveria sentir orgulho de ter uma adversária tão qualificada.

Guinevere acabou dando risada. Era uma situação confusa e complicada, mas Dindrane conseguia fazer tudo parecer um jogo. Ficou por lá mais uma hora, fofocando e contando histórias enquanto comiam o que Isolda trouxera. Era exatamente o que Guinevere precisava depois de uma noite inquietante e perturbadora. Isso fez com que se sentisse normal, como se de fato fosse quem estava fingindo ser.

– Precisamos ir – falou Brangien, observando a localização do sol no céu. – Devem estar à sua espera.

Guinevere suspirou. Precisava voltar a seus afazeres de rainha e se despediu de Dindrane de maneira afetuosa. Lancelote entrou no quarto enquanto Dindrane saía e as escoltou pelo corredor. Havia um burburinho vindo de trás de uma porta fechada. Guinevere não deu muita atenção, até que ouviu um coro de risadas.

Guinevach. Guinevere abriu a porta e encontrou a garota no assento reservado à rainha, falando alguma coisa enquanto todos os homens presentes acompanhavam com atenção cada palavra.

– Ah, olá! – disse Guinevach, com aceno. – Sua dama de companhia disse que você estava indisposta, então Sir Gawain me ajudou a convocar todos mais cedo. Acabamos de terminar! Está tudo resolvido.

A garota abriu um sorriso, revelando uma fileira de dentes perolados e desafiando Guinevere a tomar seu assento de volta.

– Que maravilha.

Guinevere ficou estática, em seus trajes estrategicamente escolhidos para o dia, enquanto Guinevach, com as tranças douradas presas sobre a cabeça como uma coroa, dispensava os homens e encerrava a audiência.

CAPÍTULO TRINTA E DOIS

Guinevere estava à espera fazia três horas, sentada no chão, arrancando as plantas e picando em pedacinhos. Lancelote tinha, enfim, desistido de ficar em pé e se sentado ao seu lado. Estavam à espera de Arthur fora da cidade, do outro lado do lago. Ele voltaria naquele dia, mas as duas não faziam ideia do horário.

Guinevere não suportava mais ficar na cidade nem no castelo. Estava se sentindo encurralada. Nos dois dias anteriores, para onde quer que fosse, Guinevach estava lá ou já tinha estado, e sua presença era perceptível como os lírios bordados que ela deixava em seu rastro. Nas almofadas. Nas faixas dos trajes. Nos cintos. Por onde quer que passasse, Guinevere encontrava nas *ladies* evidências da popularidade de Guinevach. Com os cavaleiros, não era diferente. Sir Gawain usava um lenço bordado com um dos lírios de Guinevach, ignorando ou não se preocupando com o fato de que vários outros cavaleiros estavam com raiva dele por isso. Todos haviam recebido lenços, mas apenas ele o usava como um emblema de honra a ser exibido às vistas de todos.

Guinevach havia tomado a frente no planejamento para o festival da colheita. Guinevere nem sabia ao certo como isso tinha acontecido. Em algum momento entre um dia e outro, Guinevach se apossou do festival. Aproveitou a ideia de Guinevere e a tornou melhor e mais grandiosa. Haveria concursos de ordenha para as criadas, uma exposição de costuras em que as mulheres poderiam exibir suas habilidades e um torneio de luta com porcos. Até os cavaleiros estavam escalados. Não competiriam como cavaleiros, mas como pessoas comuns, junto com os agricultores. Sabiam que os trabalhadores ganhariam a maior parte das provas, mas isso era parte da celebração. Uma chance para os homens comuns derrotarem os cavaleiros de Arthur em um clima de diversão e brincadeiras.

– Uma competição de capturar frangos. Eu poderia ter pensado nisso – esbravejou Guinevere, arrancando mais um punhado de grama desde a raiz.

– Minha rainha? – falou Lancelote, aproximando a cabeça de Guinevere.

– Lá está ele!

Guinevere ficou de pé. Arthur e seus homens estavam visíveis a distância, deixando uma nuvem de poeira em seu rastro. Com certeza o rei estaria cansado e mais que disposto a voltar logo ao castelo, mas ela precisava ter aquela conversa em um local onde os dois não seriam observados. Onde não haveria a imagem Guinevach pairando por perto, toda sorridente, rosada e adorável.

Arthur demorou o que pareceu ser uma eternidade para chegar até elas. Quando se aproximou, abriu um sorriso cansado antes de descer da sela e dar um abraço em Guinevere.

– Eu não esperava que você viesse aqui nos receber.

– Queria conversar com você. Em particular.

Arthur fez um gesto para que seus homens seguissem em frente.

– Podem ir sem mim. Minha rainha e eu vamos fazer o trajeto mais longo para casa.

Os cavaleiros foram todos na direção da cidade, com exceção de Lancelote. Ela manteve uma distância respeitosa de Arthur e Guinevere e se posicionou onde não era possível ouvir a conversa dos dois. Arthur se sentou no cobertor de Guinevere.

– Como foram as coisas? – perguntou ela, acomodando-se ao lado do rei.

– Tudo correu da melhor forma possível. As informações foram bem úteis, e estou contente por ter estabelecido mais contatos naquela região. Você tinha razão quando falou que a paz com os pictões era uma oportunidade de nos concentrarmos em outros lugares. Como foram as coisas por aqui? Você fez todo o meu trabalho e agora minha presença se tornou desnecessária?

Arthur abriu um sorriso e se deitou, apoiando a cabeça nos braços. Estava sujo e cansado da viagem, mas não parecia ansioso para voltar à cidade. Guinevere se deitou ao lado dele, fechando os olhos ao sentir o sol em seu rosto.

– Não fiz muita coisa. Outra pessoa fez no meu lugar. Guinevach ainda está aqui.

– Não! – Arthur se inquietou ao seu lado e apoiou-se em um dos cotovelos, bloqueando o sol e permitindo que Guinevere enxergasse de novo. – O que aconteceu?

– A garota mandou os guardas embora. E agora a cidade inteira a adora. Isso torna bem mais difícil tirá-la daqui discretamente. Não encontrei nenhuma evidência de magia, mas também não consegui revistar os aposentos dela muito bem. A dama de companhia só está com Guinevach há alguns meses. Pelo menos foi o que ela disse. Mas podem estar todas mentindo. – Guinevere sacudiu a cabeça. – Eu não sei. Não tenho como saber. E é isso que torna tudo tão terrível. Não faço ideia do que Guinevach está tramando porque não a conheço, mas não posso admitir isso!

– O que ela fez? Não revelou sua identidade, certo?

– Não. Mas está em toda parte. Conversando com todo mundo. Assumindo o planejamento da colheita. Fazendo amizades, flertando com cavaleiros, distribuindo presentes.

– Isso é... ruim?

– Sim! Ela é muito boa nisso! – Guinevere se sentou, incapaz de conter sua frustração. – Precisei manter distância de todos enquanto aprendia qual era meu papel, como deveria me comportar, como fazer as coisas como uma princesa. E ela já sabe tudo isso. É melhor do que eu em tudo e adorada por todo mundo. Se estiver tramando contra mim, não tenho como saber e não posso nem reagir!

Arthur segurou a mão de Guinevere e a fez deitar de novo. Ela concordou com uma bufada.

– Agora estou aqui – declarou Arthur, segurando sua mão inquieta em um aperto caloroso e reconfortante. – Vamos ver se existe alguma ameaça. Mas a maior ameaça, que seria a revelação da verdade sobre o seu falso pretexto para estar aqui, não se concretizou. E isso é um alívio – concluiu, como se isso encerrasse o assunto. – Agora me diga, o que você achou de governar Camelot na minha ausência?

Guinevere não estava tão tranquila quanto Arthur. Ele havia se equivocado ao pensar que se livraria de Guinevach facilmente. Na opinião de Guinevere, isso significava que havia algo mais sinistro e complexo acontecendo. Mas Arthur estava de volta, e os dois encarariam isso juntos.

Quanto à pergunta, *o que* ela havia achado de governar Camelot?

– São muitos detalhes. Terrenos e plantações e armazéns e a distribuição das barracas na feira. Quem diria que mudar uma barraca de lugar poderia causar tanta confusão?

Arthur deu risada. E Guinevere não conseguiu conter o riso também, contente por ter com quem compartilhar aquilo.

– Admito que pode não ter sido exatamente uma atitude generosa da minha parte incumbir você dos meus afazeres – falou.
– Não sinto a menor falta dessas audiências.

– Mas me deixe contar sobre minhas ideias para o festival da colheita!

Guinevere se apressou em informá-lo de tudo antes que ele voltasse para o castelo e Guinevach acabasse ficando com todo o crédito. A piada de Dindrane sobre a possibilidade de Guinevach roubar seu marido havia causado mais impacto do que Guinevere poderia esperar. Mas Guinevach não tinha como atrair Arthur para seu lado. Ele era de Guinevere. Arthur escutou, fez comentários e elogios e, durante aquela hora alegre, os dois foram tanto o rei e a rainha quanto Arthur e Guinevere, e parecia que tudo ficaria bem.

CAPÍTULO TRINTA E TRÊS

Era um alívio ter Arthur de volta. Guinevere gostara da ideia de exercer a autoridade mas, na realidade, era coisa das mais monótonas e cansativas. Embora estivesse comprometida com a ideia de ajudar a governar Camelot, não lamentava por passar o grosso dos afazeres para Arthur.

No dia seguinte, encaminhou-se sem pressa à arena de combates com Brangien. Isolda não gostava de multidões e se ofereceu para ficar no castelo e executar o trabalho que precisava ser feito por lá.

– Como Isolda está se adaptando? – perguntou Guinevere, de braço dado com Brangien. Um dos guardas, um sujeito simpático chamado George, de quem Guinevere gostava, acompanhava as duas a uma distância respeitosa, pois Lancelote precisara ir para a arena mais cedo. Como era temporada de colheita, o mais provável era que houvesse poucos aspirantes: era mais uma espécie de dia de treinamento para rapazes mais novos que gostariam de se tornar soldados e eram de famílias de comerciantes, o que não os obrigava a trabalhar nas lavouras.

– É bom estarmos de novo juntas. Mas ela tem muitas feridas a curar. Algumas coisas nunca mais serão as mesmas. Rei Marco... Enfim. Não lamento nem um pouco o que você fez com ele.

– Eu sim – murmurou Guinevere. – Foi errado.

– Ele teria feito muito pior com você. Mas, nem que leve o resto das nossas vidas para Isolda voltar a se sentir segura, vou garantir que isso aconteça. Ela *nunca* mais vai sofrer com ameaça nenhuma.

– Ela está gostando de Camelot? Ou você acha que ficaria melhor em um lugar mais isolado?

Brangien fez que não com a cabeça, o que era um alívio. Guinevere queria o melhor para Isolda e tentava apoiar Brangien no que as duas precisassem, mas não queria perder sua amiga.

– Não, parte do motivo para ela ter sofrido tanto foi ter ficado isolada, sem ter amigas nem nada para fazer. Isolda não era o que Rei Marco queria e, por causa disso, não teria nada. Ajudar as pessoas faz parte da natureza dela. O castelo, sempre movimentado, mas com as portas abertas, faz com que se sinta segura. E ela adora Sir Tristão, Sir Lancelote e você, e está se dando bem com o novo trabalho. Acho que a rotina e os afazeres ajudam. Está dormindo melhor.

– Que bom. Se eu puder ajudar ou facilitar a vida dela de alguma forma, me avise.

Brangien apertou a mão de Guinevere, que estava apoiada em seu braço.

– Pode deixar. Obrigada. E você, como vai? Algum outro sonho?

– Nada digno de nota.

Guinevere e Arthur voltaram para a cidade juntos, ficaram acordados até tarde conversando em detalhes sobre as descobertas de Arthur e o que aquilo significava para o presente e o futuro de Camelot. Se Guinevere sonhara com alguma coisa depois de adormecer na cama de Arthur enquanto ele escrevia cartas, não se lembrava de nada, o que era ótimo.

As duas foram subindo pelas arquibancadas de madeira até chegaram à seção coberta reservada para a realeza, que fora construída para proporcionar a melhor visão possível da arena. Naquele dia, porém, não estavam sozinhas. Anna estava sentada em um lugar mais afastado, remendando meias. E Guinevach estava no lugar de Brangien, inclinada para a frente e acenando com um lenço.

Brangien ficou paralisada. Em geral, ela se sentava ao lado de Guinevere, mas, como havia uma *lady* ali, aquele não era mais seu lugar. Guinevere sentiu a tensão em sua dama de companhia enquanto Brangien a conduzia até seu assento e depois foi se acomodar ao lado de Anna.

– Ah, olá! – Guinevach abriu um sorriso para Guinevere. – Ouvi dizer que você sempre comparecia quando seu cavaleiro estava na arena. Você é uma pessoa bem difícil de encontrar! – falou, em tom de brincadeira, dando um tapinha na cadeira ao lado.

Guinevere se sentou.

– Eu avisei que estava sem tempo. Disse para você ir para casa e fui ignorada. Não tenho obrigação nenhuma com você.

Guinevach não se abalou nem um pouco.

– Que bom que seu marido voltou. Você deve estar feliz. Ele viaja bastante?

Será que a garota estava em busca de informações? Era impossível não saber que Arthur se ausentava bastante.

– A cidade está sempre protegida.

– Com todos esses cavaleiros! Gosto muito deles. Mas nenhum se compara ao Rei Arthur. Ele é tão bonito. – A expressão de Guinevach se atenuou e se tornou um tanto sonhadora. – Imagine ser prometida a um desconhecido e dar de cara com *ele*! Você teve muita *sorte*. – A ênfase que deu àquela palavra a tornou menos romântica e mais uma espécie de crítica. – Lembra do que nosso pai sempre dizia para nós?

Guinevach cravou os olhos dourados em Guinevere e ficou à espera de uma resposta. Era uma armadilha. Guinevere tinha certeza disso.

– Acho que você vai ter que ser mais específica. Ele dizia muitas coisas.

Guinevach ergueu uma sobrancelha delicadamente expressiva.

– Não para *nós*. – Então ficou em silêncio. Mas, como Guinevere não respondeu, baixou o tom de voz e ergueu o queixo, olhando para a rainha como se ela fosse uma sujeira espalhada no chão. – Reze para ser bonita e fértil: no mundo, garotas não servem para mais nada além disso.

Guinevere deve ter escondido sua surpresa razoavelmente bem. Guinevach franziu a testa.

– Você não lembra mesmo? Quando ele dizia isso, você *chorava*.

– Faz muito tempo que não penso mais no nosso pai.

Guinevere desviou os olhos para a arena, tentando encerrar a conversa. Não poderia fazer comentários sobre lembranças que não tinha. E aquela parecia especialmente cruel. Fosse inventada ou não, Guinevach estava tentando dizer alguma coisa com aquilo. Talvez uma menção ao fato de Guinevere ainda não ter engravidado? Até que proporcionasse um herdeiro a Arthur, não seria considerada uma boa rainha. Guinevere sabia disso. O reino inteiro sabia disso. Só Arthur não se importava.

– Que sorte a sua – respondeu Guinevach, com uma voz fria como a noite, mas seguiu o exemplo de Guinevere e voltou a atenção para a arena.

Logo em seguida, já estava aplaudindo de novo, acenando com seu lenço bordado quando um dos cavaleiros dava uma demonstração de maior habilidade ou mesmo quando isso não acontecia. Lancelote conduzia um grupo de rapazes em um exercício para averiguar se sabiam como brandir uma espada. Caso não tivessem a proficiência necessária, até as espadas cegas de treinamento poderiam ser uma ameaça para alguém que não fazia ideia de como bloquear um ataque.

– Sir Lancelote – falou Guinevach. – Que engraçado.

– Qual é a graça?

– Ela ser chamada de "sir".

– É assim que todos os cavaleiros são chamados, e ela é um cavaleiro.

– Sim, claro. – Guinevach apoiou o queixo bonito e pontudo sobre o punho fechado. – Mas é estranho. E a proximidade entre vocês também. Vocês duas passam tanto tempo juntas. Ela até dorme no seu quarto às vezes, não é? O rei não se incomoda com isso?

– Por que se incomodaria?

– Não sei – respondeu Guinevach, encolhendo os ombros. – Foi por isso que perguntei se ele se incomodava. Mas Lancelote é cavaleiro, e o rei, com certeza, não permitiria que nenhum dos demais cavaleiros dormirem no seu quarto. Por que com Sir Lancelote é diferente?

– Ela é mulher.

– Mas é um *cavaleiro*. As pessoas andam comentando.

– Quem anda comentando?

– Não lembro – disse Guinevach, fazendo um gesto que dava a entender que desdenhava do assunto. – Foi uma coisa que me chamou a atenção, só isso. As pessoas acham estranho a rainha passar menos tempo na companhia de outras *ladies* do que com seu cavaleiro e sua criada.

Então era aquilo que aquela cobrinha estava fazendo? Espalhando fofocas sobre Guinevere em sua própria cidade? Fazendo comentários maldosos sobre Lancelote e Brangien? Como se tivesse esse direito! Como se alguém tivesse esse direito. Guinevere jamais passaria seu tempo na companhia da desagradável Brancaflor nem com a esposa insuportavelmente esnobe de Sir Caradoc. Além disso, todos sabiam que Dindrane era uma de suas melhores amigas. Mas, por algum motivo, isso parecia não fazer diferença. Ou pelo menos Guinevach estava fingindo que não fazia.

– As *pessoas* acham estranho ou as *ladies* acham estranho? Você por acaso conversou com alguém no reino que não tenha uma posição elevada ou um título de nobreza?

Arthur tratava todas as pessoas com igualdade, e Guinevere sempre se esforçava para fazer a mesma coisa. E o fato de se sentir mais à vontade com criadas, ferreiros e cavaleiros que haviam crescido no meio do mato do que com a maioria das *ladies* também ajudava, claro.

Guinevach deu risada.

– Eu sou Lili, o lírio de Camelerd. Uma princesa. Ao contrário da sua dama de companhia ali, *eu* sei o meu lugar.

– Pois bem, *Lili*, eu sou a rainha de Camelot e escolho minhas próprias companhias.

– Sim, eu percebi.

Guinevach fechou a cara, mas logo em seguida seu sorriso delicado estava de volta. Virou-se para a arena. Sir Gawain acenou para elas e Guinevach ficou de pé para retribuir.

– Ah, que bom, chegou a hora!

– Que hora?

– A nossa hora!

Guinevach segurou Guinevere pelo braço e a forçou a se levantar, quase a arrastando do camarote para o chão da arena. Os rapazes tinham terminado seu treinamento, estavam guardando o equipamento e se retirando, esfregando os ferimentos, vermelhos de esforço e, na maioria dos casos, de contentamento.

– Sir Gawain! – gritou Guinevach, soltando Guinevere e correndo até ele.

Guinevere seguiu alguns passos atrás dela, sem saber ao certo como sair daquela situação e sem ao menos entender o que estava acontecendo. Nunca havia descido ao chão da arena antes. Tinha cheiro de terra compactada e suor e um toque de ferro também, fosse pelas armas ou pela quantidade nada desprezível de sangue despejada ali ao longo dos anos. Aquele local nem sempre havia sido um campo de treinamento. Antes de Arthur, sua função era proporcionar formas mais violentas de entretenimento.

– Princesa Lili – o jovem cavaleiro falou com uma mesura. E acrescentou em seguida, quase como se já fosse se esquecendo: – Rainha Guinevere.

A mesura para ela foi bem menos enfática. Lancelote, que conversava com Sir Caradoc e Sir Percival, olhou para Guinevere, mas aquela não parecia uma conversa fácil de escapar.

– Você trouxe? – perguntou Guinevach.

– Sim, claro! – Sir Gawain foi correndo para o outro lado da arena e posicionou dois fardos de feno. Em seguida, usou adagas para prender dois pedaços de tecido com alvos pintados. Então passou correndo por elas e voltou com dois arcos pequenos e duas aljavas de flechas, que entregou com um floreio. – Conforme requisitado!

Guinevach pegou um arco e uma aljava e se virou para Guinevere.

– E então?

– E então o quê?

– Não acreditei quando Sir Gawain me contou que ninguém aqui nunca tinha visto você atirar! – Guinevach exclamou, aos risos. – Logo minha irmã, que era capaz de superar qualquer homem aos 12 anos de idade! Vamos, há anos que eu quero que você me ensine.

Guinevere olhou horrorizada para o arco e as flechas. Jamais havia tocado em uma arma como aquela na vida. Era um teste, no qual com toda a certeza não passaria.

Queria ser como uma fera à espreita para dar o bote em seus inimigos, mas fora superada. Guinevach sabia que não poderia declarar que Guinevere era uma fraude, pois ela contava com o apoio do Rei Arthur. Mas poderia envenenar a opinião de todos contra Guinevere, minar sua posição e apontar suas falhas até deixar claro que a rainha era uma impostora.

Era genial. E, a menos que acusasse Guinevach de bruxaria e fizesse a garota ser expulsa de Camelot, Guinevere não tinha como se defender. Já havia declarado publicamente que Guinevach era sua irmã. Todo mundo a adorava. Guinevere estava presa em uma armadilha.

Depois de enfrentar um rei maligno, fugir de sequestradores, deter o ataque da Rainha das Trevas e seus lobos na floresta, estava sendo sobrepujada por aquela menina.

– Aí está você! – Ao ouvir a voz de Arthur, Guinevere sentiu uma onda de alívio. Ele atravessava a arena em sua direção e parecia intrigado com o que via. – O que é isso?

– Rei Arthur! – Guinevach fez uma mesura elegante com os joelhos. Sabia *mesmo* como ficar ruborizada quando queria. – Pedi a minha irmã que me ensinasse a atirar. Ninguém é melhor que Guinevere com o arco.

Arthur percebeu a expressão de pânico no rosto de Guinevere. E ela viu que o rei tentava encontrar uma forma de salvá-la daquela situação.

– Não treino desde que fui para o convento – respondeu Guinevere. – Não tinha permissão para isso.

– Ora, vamos. Certas coisas nunca se esquece. – O sorriso de Guinevach começou a esvanecer quando notou que Guinevere não estava disposta a pegar no arco. – Por que você não quer atirar?

Arthur deu um passo à frente e tomou o arco e as flechas das mãos de Sir Gawain.

– Hoje não, Guinevere. Não quero que você corra o risco de agravar o ferimento no ombro. Por estar tão enferrujada, pode até se ferir de novo. Eu mesmo ensino Guinevach.

– É muita gentileza sua – falou Guinevere, retirando-se para junto de Brangien e Anna, que haviam descido do camarote e estavam sentadas ali perto.

– Perdoe Guinevach – disse Anna, erguendo os olhos das meias que remendava. – Ela adora uma plateia.

– Sim, eu percebi.

Guinevere observou quando os cavaleiros se aglomeraram ao redor da garota, entre sorrisos e risadas joviais, enquanto davam suas dicas. Guinevach era péssima. Mas essa falta total de habilidade não parecia exatamente uma desvantagem. Quanto pior atirava, mais Guinevach fazia caras e bocas, e mais os homens a consolavam, aconselhavam e elogiavam cada mínimo avanço. Até Arthur havia entrado no jogo, dando risada quando uma flecha não avançava nem meio metro. Segurou os braços de Guinevach, postando-se bem perto dela enquanto corrigia a postura e o posicionamento da garota. Essa flecha saiu certeira, acertando o centro de um dos alvos. Os homens aplaudiram, e o sorriso que Guinevach abriu ao se virar para Guinevere também atingiu o alvo visado, abalando-a profundamente.

Era tudo uma encenação, e todos os homens, inclusive Arthur, estavam se deixando enganar.

CAPÍTULO TRINTA E QUATRO

– Que maravilha! – Guinevach baixou o arco e sorriu para Arthur. – Logo serei boa como você, Guinevere!

Guinevere queria ir embora. E já fazia um bom tempo.

– Com certeza você vai me superar. Rei Arthur, será que podemos...

– Haverá uma peça hoje à noite! – interrompeu Guinevach. – Deve começar em breve. Minha dama de companhia me contou.

Guinevere olhou feio para Anna, que sacudiu a cabeça e explicou, falando sem emitir som:

– A outra.

– Podemos ir, por favor? Faz tanto tempo que eu não vejo uma peça. Meu pai não deixava. – Guinevach se virou para Arthur, com os olhos arregalados e brilhando de esperança. Não estava pedindo para Guinevere. Estava fazendo um apelo direto a Arthur.

– Já faz um tempo que eu não vejo uma peça. E uma noite de risos ao lado da minha bela rainha me faria bem.

Arthur abriu um sorriso afetuoso para Guinevere, que foi forçada a retribuir. Como dizer não? E, caso recusasse, Arthur poderia ir mesmo assim. Com Guinevach.

– Ah, viva! Estou tão feliz! Guinevere, como sei que o seu ombro está ferido, eu e o rei vamos na frente para guardar lugar. Assim, você não precisa andar depressa.

Ela segurou Arthur pelo cotovelo e o virou, já se encaminhando para a saída. Arthur lançou um olhar para Guinevere, com uma expressão de divertimento e impotência ao ser levado embora.

Seu ombro não a deixava andar depressa? Guinevach era *mesmo* uma bruxa. Mas uma que manipulava palavras e emoções para conseguir o que queria.

– Podemos ir também? – perguntou Sir Gawain, acompanhando Guinevach com o olhar.

– Quanto mais gente, melhor – respondeu Guinevere, com os dentes cerrados. Sir Gawain e mais alguns cavaleiros foram correndo atrás do rei e de sua captora. Ele removeu a armadura às pressas e a lançou para um pobre escudeiro enquanto se apressava para alcançar Guinevach. Nem perguntaram se Lancelote também iria. E isso, junto com as palavras de Guinevach, deixou a mente de Guinevere perturbada.

Brangien ficou parada, de cara fechada.

– Agora vamos ter que assistir a uma peça? Tenho muito trabalho a fazer. Não é justo deixar tudo a cargo de Isolda.

E, sem dúvida, a dama de companhia não queria ficar longe de Isolda mais tempo que o necessário.

– Posso ajudar a rainha no que ela precisar – disse Anna, guardando as meias em uma bolsinha presa à cintura. – Guinevach ficará bem sem a minha ajuda.

– Sim, ela tem mais uma porção de gente para ajudá-la no que quiser. – Guinevere detestou o tom petulante que percebeu em sua voz ao dizer isso, mas Anna achou graça. Guinevere se despediu de Brangien com um aceno. – Pode voltar para o castelo. Ficarei bem com Anna e Sir Lancelote.

– Eu teria vestido a senhora de outro jeito para uma peça.

Brangien franziu a testa, pensativa. Puxou o capuz de Guinevere para trás, deixando-o cair sobre as costas. Depois soltou duas de suas tranças e deixou que as mechas onduladas emoldurassem seu rosto. Por fim, deu um beliscão em cada uma de suas bochechas.

– Ai! – Guinevere afastou as mãos de Brangien.

– Que foi? A senhora precisa de um pouco de cor no rosto.

Dando-se por satisfeita, Brangien se foi.

Lancelote se aproximou, mas Guinevere decidiu dar o braço para Anna. Ela não andaria de braço dado com *nenhum outro* cavaleiro. Era uma coisa a se pensar, por mais que detestasse admitir. E também era preciso fazer algo além de pensar. Aquele tratamento especial estava afastando Lancelote dos demais cavaleiros, ainda mais que a questão do gênero. E Guinevere havia criado ainda mais problemas quando se valeu da proximidade entre as duas para convencer Lancelote a fazer coisas com as quais nenhum outro cavaleiro concordaria.

Estava sendo egoísta. Ser cavaleiro era o sonho de Lancelote e, ainda que de maneira inconsciente, Guinevere a vinha sabotando o tempo todo. Era uma conclusão devastadora. Quaisquer que fossem os sentimentos que nutriam uma pela outra ou a proximidade entre as duas, isso estava ameaçando a posição de Lancelote, que não merecia ficar relegada a segundo plano entre os cavaleiros de Arthur.

Lancelote não disse nada, só as acompanhou a alguns passos de distância até o teatro, que ficava na parte mais baixa da cidade. Era um entretenimento barato, em vários sentidos da palavra, frequentado e apreciado por qualquer um que tivesse uma moeda para pagar a entrada.

– A senhora já assistiu a uma peça? – perguntou Anna, quando chegaram à rua principal e seguiram até o lago. A água brilhava com indiferença, e Guinevere se lembrou de ter percorrido aquela mesma rua para abraçar a Rainha das Trevas.

Foi a *Dama* quem percorreu aquela rua para abraçar a Rainha das Trevas. Não era uma memória de Guinevere. Ela tentou afastar da mente a sensação de lembrar de algo que não havia lhe acontecido. Será que a Dama do Lago fora tão invasiva quanto Merlin? Inundando sua mente de lembranças que não eram suas, enquanto Merlin removera as que realmente eram?

– Sim, assisti uma vez, com Mord... Assisti a uma peça, sim, uma vez.

Caso Anna tenha notado seu deslize, não fez nenhum comentário a respeito. E, de qualquer forma, não saberia quem era Mordred.

– A senhora gostou?

Guinevere soltou um suspiro.

– Sim. Foi uma das noites mais felizes que já tive.

– Então por que a senhora parece tão triste ao se lembrar disso? – Anna ficou em silêncio por alguns instantes e completou: – Perdão, minha rainha. Falei demais.

– Não, tudo bem. Essa lembrança me entristece mesmo. Muita coisa mudou desde então.

Enquanto ela ria ao lado de Mordred e Brangien naquela noite, tudo parecia promissor e cheio de esperança. Mordred andando de costas na frente delas, com os olhos faiscando de malícia e quase chegando ao ponto de fazer uma sugestão da qual não teria como voltar atrás. Ele era bom nisso, em deixar coisas implícitas no que falava e observar sua reação.

E sempre havia uma reação, não?

Mordred saberia como lidar com Guinevach, disso Guinevere não tinha dúvida. Entenderia muito bem o que a garota pretendia. Os dois ririam juntos da falta de sutileza de Guinevach. E isso era uma coisa que Guinevere desejava mais do que tudo naquele momento.

Aquilo era a coisa mais cruel que Mordred havia feito, deixá-la com saudade dele em vez de raiva.

– Dá para acreditar na desfaçatez dela? – questionou Guinevere. Estavam no quarto de Arthur, sentados um diante do outro. – Fingir que não sabia atirar para atrair sua atenção daquela maneira. E depois obrigar todo mundo a assistir a uma peça.

– Guinevere... – o tom de voz de Arthur era suave, e seus olhos pareciam cansados. – Acho que ela só queria ver a peça. E pareceu ter gostado. Já passou por sua cabeça que Guinevach possa ser exatamente quem é e está aqui para visitar a irmã?

Essa era a genialidade daquele ataque. E ninguém mais conseguia entender. Arthur não tinha ideia das pequenas batalhas que as mulheres enfrentavam todos os dias – para serem vistas e respeitadas pelos homens e também lutar com as outras mulheres por um lugar no mundo. Guinevere não era boa nisso. Pensou que estava melhorando, mas Guinevach era uma prova em contrário. Aquele era o mais engenhoso dos ataques, porque Guinevere era a única capaz de percebê-lo.

Começou a andar de um lado para o outro.

– Não. Não! Guinevach é... é mais que isso. Não sei se existe uma magia em andamento, mas como explicar o fato de ela ter fingido que me reconheceu?

– Temos teorias para isso. E já conversamos a respeito.

Guinevere refutou a resposta com um gesto de desdém.

– Ela fica me testando o tempo todo. Hoje veio me perguntar sobre coisas que *nosso* pai nos dizia. Depois me atraiu para uma competição de arco e flecha. Se eu tivesse atirado, seria uma prova de que não sou a verdadeira Guinevere. Ela sabia que isso poderia me expor na frente de todos. Agora está fazendo de tudo para provar que é melhor do que eu sob todos os aspectos. Em conquistar amizade das *ladies* mais importantes. Em comandar a organização do festival da colheita. Em fazer todos os cavaleiros se apaixonarem por ela. Em flertar com você.

– Ela não estava...

– Estava, *sim*. – Guinevere precisara de meses de *casamento* para arrancar um simples beijo de Arthur. Guinevach sem dúvida conseguiria bem mais depressa. E talvez ainda conseguisse. – É tudo muito deliberado. Depois de mostrar para todos a princesa maravilhosa que é, revelará que eu não sou Guinevere. Ela está tentando tomar o meu lugar!

Arthur se recostou na cadeira e esfregou o rosto em um gesto de cansaço.

– Mesmo que esse seja o objetivo dela, isso nunca vai acontecer.

– Por que não? Se Guinevach revelar que não sou quem digo ser, por que as pessoas não iriam querer uma verdadeira princesa de Camelerd no meu lugar? – Então soltou uma risadinha amarga. – Ela provavelmente seria uma rainha melhor que eu, inclusive. Tem a educação, a preparação e as boas maneiras necessárias para isso.

A resposta de Arthur foi imediata e em tom de preocupação:

– Não ligo para nada disso.

– Você não liga para nada mesmo em relação a sua rainha! – Guinevere ergueu as mãos para não o deixar responder. – Minha intenção não é brigar com você. Mas é verdade. Eu não sei ser rainha. Tudo isso é só faz de conta. *Eu* sou um faz de conta. E a única coisa que uma rainha pode fazer, e que todos no reino estão esperando, caso não tenha percebido, é uma coisa que você se recusa a fazer.

O olhar culpado dele, dirigido a seu ventre – um olhar que ela via no rosto de todo mundo sempre que andava no meio do povo –, era uma indicação de que Arthur sabia do que Guinevere estava falando. Mas não era o rei que precisava conviver com os olhares e com os cochichos, e sim a rainha.

– Você quer mesmo um bebê? – perguntou Arthur, sem olhá-la nos olhos.

Guinevere se sentou na frente dele, e seus ombros desabaram.

– Não, ainda não.

Talvez nunca. Em nenhum momento havia pensado seriamente nessa possibilidade. E precisava admitir que Arthur tinha razão. Ela só tinha 17 anos. Ou teria 16? Guinevere não sabia, não ao certo. De qualquer forma, havia tempo. E Guinevere *não* estava preparada.

– Estou cansada e preciso que você entenda que essa é uma ameaça tão real quanto lobos possuídos ou florestas vingativas e até mesmo invasores saxões armados.

– Você se sente mesmo ameaçada por ela?

– Guinevach é muito boa em tudo isso. E eu passo o dia inteiro fingindo.

Mesmo para aqueles que lhe eram mais próximos. Até para si mesma.

– Guinevere... – falou Arthur, segurando suas mãos e olhando nos seus olhos. – Acho que você está procurando uma ameaça onde não existe porque está temerosa. Não em relação à Rainha das Trevas, mas ao seu lugar aqui. Nesse ponto, não existe perigo para você. Ninguém pode tomar o seu lugar, porque é você quem quero do meu lado. Tanto em momentos de perigo quanto nos dias mais tediosos.

Guinevere sentiu seus olhos se encherem de lágrimas e não sabia se eram de raiva, de mágoa, de felicidade ou de uma mistura improvável das três coisas. E então, para sua surpresa, Arthur chegou mais perto e colou os lábios nos seus. Foi como estar diante de uma lareira em uma tarde fria. Uma sensação quente e suave. Conhecida, até. E durou mais que o beijo anterior. Era, ao mesmo tempo, um gesto reconfortante e uma tentativa de explorar novas possibilidades. Quando ele se afastou, ambos estavam com um sorriso no rosto.

Alguém bateu à porta. Quando Arthur abriu, viu que era um guarda com diversas cartas na mão. O rei tinha muito trabalho a fazer naquela noite, assim como ela. Animada com o beijo, levando consigo a confiança e a segurança dele, Guinevere se aproveitou que o guarda estava distraído ouvindo Arthur e saiu pela porta do corredor para a passarela externa. Percorreu a fachada do castelo, com a parede de pedra de um lado e um mergulho na escuridão do outro.

Independentemente de suas intenções serem ou não malignas, a Dama do Lago não se importou muito com a segurança quando criou Camelot.

Guinevere só percebeu que seguia para o balestreiro quando já estava quase lá. Era chegado o momento de procurar pela magia outra vez. Havia passado tempo demais. Talvez Guinevach aparecesse queimando como uma tocha, dando a Guinevere um pretexto para bani-la. Ou talvez a Rainha das Trevas estivesse avançando como uma avalanche da qual Guinevere era a única capaz de proteger Camelot.

Para Arthur, podia não fazer diferença se Guinevere tinha ou não algo contra o qual lutar. Mas, para ela, fazia, sim. Guinevere precisava de algo para enfrentar, caso contrário temia que fosse se tornar... absolutamente nada.

Precisava de uma função. Algo com que se ocupar. Talvez fosse por isso que Arthur tivesse tantos afazeres e passasse tanto tempo viajando para ver como estavam as coisas ou se havia novas ameaças. Caso estivesse sempre em *ação*, ela não teria tempo para *pensar*. Para pensar em *ladies* e rainhas, ou pior: em Ramm e Rei Marco.

Quando se aproximou do balestreiro, Guinevere levou um susto. Viu o brilho da chama de uma vela. Já havia alguém por lá. A única pessoa que Guinevere tinha visto naquele lugar era Mordred. E ele já havia reaparecido duas vezes. Seria um exagero imaginar que tivesse conseguido voltar à cidade?

E o que faria se fosse ele?

Os últimos passos pareceram durar uma eternidade.

– Olá? – falou, com um tom suave e cauteloso.

– Oh! Minha rainha – respondeu Anna, a dama de companhia de Guinevach, virando-se com a mão no peito, surpresa. – Sinto muito. Não sabia que mais alguém vinha aqui. Já estou de saída.

Guinevere ficou decepcionada. *Não*. Ela se recusava a se sentir assim. Estava aliviada. Claro que Mordred não tinha como entrar na cidade. Ainda mais sem que Guinevere soubesse.

– Não precisa ir embora. O que está fazendo aqui no escuro?

Anna se moveu para dar espaço a Guinevere. A vela iluminava o pequeno local, que agora incluía uma almofada e uma bolsa com materiais de costura.

– Adoro a princesa, e a dama de companhia mais nova é bem... espontânea. Mas elas têm uma energia que, às vezes, não consigo nem quero acompanhar, então preciso de um certo distanciamento. Se tiver que ouvir mais uma classificação dos cavaleiros em ordem de beleza e riqueza, juro que sou capaz de enfiar minhas agulhas nos ouvidos.

Guinevere soltou uma risadinha nada elegante.

– Imagino que seja mesmo uma provação acompanhar duas meninas tão novas.

– A senhora não é tão mais velha assim, minha rainha. Mas parece bem mais...

– Sábia? – sugeriu Guinevere, esperançosa.

– Mais preocupada. – Anna sorriu para tentar atenuar a palavra que tinha usado. – Tenho a impressão de que a senhora entende o mundo e suas complexidades muito melhor do que a menina Guinevach.

Guinevere se sentou, mas recusou a almofada. Anna se juntou a ela e puxou um tecido de uma cor que não foi possível identificar naquela luminosidade tão baixa. A mulher soltou um suspiro antes de começar a bordar.

– Vejo lírios até quando estou sonhando. Gostaria que ela

tivesse escolhido uma coisa mais simples. Ou que distribuísse menos presentes.

Guinevere mal conseguia conter sua sensação de triunfo. Não era Guinevach quem bordava os presentes que dava! Com certeza contaria isso para Brangien e Dindrane. Estava gostando muito de Anna, e não só por aquela informação. Havia algo em Anna que lhe transmitia confiança. Uma inteligência discreta de quem tinha experiência de vida.

– Você tem razão sobre eu estar preocupada – falou Guinevere. – Tenho muitos problemas que, no momento, estão sem solução. Não sei nem se são problemas de fato, ou se estou encarando como se fossem para ter com que me ocupar.

Anna parou de costurar.

– Com quem a senhora pode se aconselhar a respeito?

Com Arthur, mas ele discordava dela. Com Brangien, mas sua dama de companhia estava ocupada com Isolda e, a esse respeito, não podia dizer nada que Guinevere já não soubesse. Com Dindrane, mas apenas quando precisava de ajuda para se orientar no mundo das *ladies* e de suas infinitas regras de convivência. Com Lancelote, que não tinha como oferecer soluções, apenas apoio, e Guinevere estava se tornando dependente demais disso – para prejuízo de seu cavaleiro. A única pessoa que poderia saber mais que ela nesse caso era alguém em quem jamais confiaria de novo e com quem não tinha como conversar nem se quisesse. Estava isolado em uma caverna. Guinevere encolheu os ombros, desamparada.

Anna balançou a cabeça em um gesto de compreensão.

– Camelot é um reino bem *jovem*. Os anos bem vividos podem ser muito valiosos, assim como o fervor e a energia da juventude. A senhora não conhece alguém que tenha um bom conselho a dar ou que tenha enfrentado uma situação semelhante? Alguém mais experiente?

Isso só confirmou o que Guinevere sentira em relação a Anna

momentos antes. Mas não podia perguntar a Anna sobre a Rainha das Trevas nem sobre as intenções de Guinevach. Apesar de sua confiança instintiva, Anna ainda era a dama de companhia da menina, e, portanto, inerentemente suspeita. Guinevere não ousaria usar sua magia na garota depois do que acontecera com Rei Marco, mas não concordava com Arthur. Havia alguma coisa ali, e ela precisava descobrir o que era. Precisava de Merlin, aquele maldito.

– Uma mulher – acrescentou Anna. – Os homens criam muitos problemas, mas quase nunca as soluções.

Guinevere deu risada, e então se lembrou de alguém com quem poderia conversar. Em um determinado momento, suspeitara de que Rhoslyn estivesse conspirando contra Arthur, assim como desconfiara que Lancelote era do povo das fadas quando a conhecia apenas como Cavaleiro dos Retalhos. Mas, assim como Lancelote havia mostrado ser muito mais, Rhoslyn se revelara uma mulher que amava a família que escolhera e fazia o que fosse preciso para criar um lar seguro para suas pessoas mais queridas. Um lugar onde pudessem continuar a praticar a magia que era proibida em Camelot.

Rhoslyn a havia salvado em certa ocasião, do veneno da Rainha das Trevas. Sabia como era o toque da magia caótica, como aquilo funcionava. Se a Rainha das Trevas estivesse usando outro artifício contra Arthur, Rhoslyn poderia ter informações a respeito. E a magia dela era mais discreta, mais sutil, o que significava que poderia ter ideias sobre como lidar com Guinevach.

– Obrigada – disse Guinevere, ficando de pé. – Isso foi muito útil. Agora vou deixá-la em paz.

Anna sorriu e lhe desejou boa-noite. Com o beijo de Arthur nos lábios e um plano na cabeça, Guinevere se sentiu melhor. No dia seguinte, iria à floresta visitar uma bruxa, e seria o começo do fim da trama de Guinevach, fosse qual fosse.

CAPÍTULO TRINTA E CINCO

Guinevere sentiu uma falta terrível da passagem secreta. Fora uma decisão sua parar de usar o túnel que levava diretamente ao castelo por trás de uma cachoeira – Maleagant, aquele homem cruel, havia descoberto que a rainha usava outro acesso para entrar e sair da cidade. E, se ele havia descoberto, outros poderiam saber também. Guinevere não queria colocar Arthur nem Camelot em perigo dessa forma. Além disso, Mordred conhecia a passagem, o que levara Arthur a bloquear a porta, e Guinevere a usar magia para alertá-la caso alguém entrasse por lá.

Fora uma necessidade. Uma decisão responsável. Mas, ah, como ela detestava aquela porcaria de balsa.

Lancelote lhe deu alguns minutos para se recompor depois da interminável travessia. Com Arthur sempre era mais fácil. Podia se agarrar a ele e tentar absorver um pouco de sua confiança e força. E, no passado, havia feito o mesmo com Lancelote. Mas as palavras maldosas de Guinevach haviam entrado em sua cabeça. Não importava qual fosse o passado das duas nem o que tinha feito seus caminhos se cruzarem, Lancelote era seu cavaleiro. Era preciso tratá-la da mesma forma como tratava os demais. Caso contrário, sinalizaria a todos de que Lancelote era diferente. E Guinevere não permitiria que ninguém pensasse que Lancelote fosse qualquer outra coisa que não um cavaleiro do Rei Arthur.

Mas mesmo aquela pequena excursão era prova de que Lancelote não era como os demais cavaleiros. Guinevere não conseguia se imaginar entrando na floresta com Sir Tristão, Sir Gawain ou Sir Bors. Isso geraria fofocas. Poderia causar um escândalo, até. Era conveniente e, ao mesmo tempo, injusto que as mesmas regras não se aplicassem a Lancelote apenas porque era mulher.

A história que contaram para justificar a saída era que iriam supervisionar a colheita. E, para Arthur, Guinevere dissera que estava se certificando de que não havia sinais da magia da Rainha das Trevas por perto. E ela faria isso. Mas, como achava que o rei não aprovaria sua visita a Rhoslyn, deixou essa parte de fora da conversa.

Lancelote levara as montarias dos estábulos para as margens verdejantes do lago. Ela iria com sua confiável égua cega, e Guinevere, com a égua cinzenta que escolhia sempre que possível. Era um animal tranquilo, que transmitia segurança, e Guinevere cavalgava com uma das mãos em seu pescoço, desfrutando da sensação de um animal que era capaz de simplesmente apreciar aquele momento de movimentação intensa, sem desejar nada mais.

As duas levariam algumas horas para chegar à fronteira de Camelot e às profundezas da mata onde Rhoslyn vivia. Felizmente, com Arthur de volta, ninguém sentiria falta de Guinevere. E, se Guinevach conseguisse o que queria, ninguém *nunca mais* sentiria falta dela.

As duas cavalgaram em silêncio por mais de uma hora antes de Lancelote perguntar:

– Fiz alguma coisa para a senhora, minha rainha?

– Quê?

Guinevere tirou a mão do pescoço da égua, interrompendo o devaneio agradável ao qual havia se entregado. Ainda estavam em meio a terras cultivadas, onde o dourado era interrompido pelo marrom, enquanto homens e mulheres se movimentavam pelas lavouras fazendo a colheita. Era um dia agradável, mas o vento frio já começava a indicar a proximidade do inverno.

– Ontem à noite a senhora me pareceu distante. E, na balsa, também ficou longe de mim. É por causa do que contei? Porque eu quero deixar bem claro, e preciso que fique claro, que só devo lealdade à senhora. Minha relação com a Dama do Lago ficou no passado.

– Confio em você – respondeu Guinevere, com os olhos voltados para o horizonte, onde uma mancha escura indicava o início da floresta naquela fronteira. – Não foi você quem fez algo de errado. Fui eu. Faço questão de que os outros cavaleiros lhe deem um tratamento igualitário, e que as outras pessoas entendam que você não é diferente de nenhum outro cavaleiro do Rei Arthur. Mas *eu* trato você de modo diferente. E as pessoas percebem e comentam. Não permitirei que ninguém questione sua posição nem sua honra ou seu direito de usar as cores do Rei Arthur.

– Quem anda comentando sobre isso? – Lancelote parecia disposta a começar uma briga, e isso fez Guinevere abrir um sorriso.

– Não sei, e não faz diferença. Você me protege. Se é essa a proteção que posso proporcionar em retribuição, serei mais cuidadosa.

– O Rei Arthur está descontente comigo? – Lancelote franziu a testa, e seus cachos escuros caíram sobre o rosto. – Falhei com a senhora, que se feriu quando estava sob minha responsabilidade.

– Não! Não mesmo. Arthur sabe que você faz mais do que qualquer cavaleiro seria capaz de fazer, e que minhas... desventuras aconteceram ou por culpa minha ou por situações fora de nosso controle.

Guinevere pensou que a conversa estivesse encerrada, mas alguns minutos depois Lancelote voltou a falar:

– Mas a senhora confia em mim. Apesar de conhecer o meu passado.

– Pelo menos, conhecemos o seu passado. Não tenho nem isso a oferecer. E minhas origens têm tanta magia quanto as suas, se não mais. Você é minha amiga, Lancelote, e uma das únicas pessoas no mundo em quem confio completamente. Quando estivermos a sós, vamos manter a relação que sempre tivemos. Apenas serei mais cuidadosa com as aparências.

Lancelote assentiu, segurando com mais firmeza as rédeas e incitando sua égua a ir um pouco mais depressa, para que Guinevere não conseguisse mais ver seu rosto.

Uma flecha passou zunindo por Guinevere e se encravou em uma árvore atrás dela.

– Abaixe-se! – gritou Lancelote, sacando a espada e posicionando a montaria entre Guinevere e a direção de onde viera o projétil.

– Cavaleiro dos Retalhos? – perguntou uma mulher. – É você?

– Sim!

– Desculpe! Desculpe! Não vamos mais atirar flechas.

Lancelote seguiu em frente com cautela, com a espada em riste, mantendo Guinevere atrás de si. Uma garota se materializou de trás de uma árvore. Guinevere a reconheceu de sua visita anterior ao vilarejo. Fora ela quem ajudara a tirar o veneno da Rainha das Trevas de suas veias. Guinevere não se lembrava de seu nome.

– O que foi isso? – Lancelote questionou, fechando a cara.

– Eu errei! De propósito – garantiu a garota, pendurando o arco no ombro. – Poderia ter acertado qualquer uma de vocês duas.

– Ailith só conseguiria acertar um alvo caso estivesse tentando errar – retrucou uma jovem, saindo de trás de um carvalho retorcido. – Venham. Vocês chegaram em um péssimo momento.

Ela foi andando por entre as árvores, e Guinevere e Lancelote foram atrás, trocando olhares preocupados.

O pequeno vilarejo, antes ordeiro e limpo, estava um caos. As mulheres estavam aos gritos, jogando coisas uma para as outras enquanto carregavam uma carroça. As fogueiras estavam resumidas a cinzas. Não havia ninguém conversando ou sequer sentada. Rhoslyn, com seus cabelos escuros com mechas brancas, parecia ter envelhecido vários anos desde que Guinevere a vira pela última vez, no verão. Pegou uma esteira que servia de porta para uma cabana e começou a enrolar.

– Rhoslyn? – chamou Guinevere, descendo da sela.

A mulher franziu a testa enquanto tentava reconhecer Guinevere.

– Por acaso é a garota mordida pela aranha? – perguntou. – E nosso Cavaleiro dos Retalhos. Não que ainda seja *nosso* – complementou, apontando com o queixo para o brasão do Rei Arthur na túnica de Lancelote. – O que vocês estão fazendo aqui?

– Preciso de um conselho seu – respondeu Guinevere.

– Infelizmente, não é um bom momento. Gunild, amarre isso direito ou vai ficar balançando! – ordenou Rhoslyn, apontando para uma trouxa na parte traseira da carroça.

– Vocês estão indo embora? – indagou Guinevere, seguindo o olhar de Rhoslyn. A jovem que as escoltara, com olhos doces que contrastavam com o físico robusto, fez conforme Rhoslyn instruiu, firmando melhor a trouxa e passando uma corda ao redor.

– Estamos.

– Mas não por causa do rei, certo?

Para Guinevere, era inimaginável que Arthur pudesse tê-las mandado embora. Ele as banira por necessidade, mas não queria que nada de mal acontecesse àquelas mulheres. Com certeza teria lhe contado se tivesse decidido mandá-las para ainda mais longe.

– Não, ele não tem nenhum interesse em nós. Mas existem homens nesta floresta que têm. E nós cometemos o erro de recusar a oferta que fizeram, de assegurar nosso lugar aqui vendendo nossos corpos – explicou Rhoslyn, com os olhos faiscando de raiva e ódio.

– Mas eles não são os donos destas terras! E vocês não fizeram nada de errado.

– Vivemos com independência, e isso já basta para alguns homens nos odiarem. – Os olhos estreitados de Rhoslyn se voltaram um pouco para o chão, mas ela logo recobrou a compostura. – Então vamos viver em outro lugar.

Lancelote olhou na direção das árvores.

– Esses homens voltarão em breve?

– Disseram que voltariam hoje à noite. Não vamos esperar para ver se cumprem a promessa.

– Venham para Camelot – sugeriu Guinevere. – Posso falar com o rei.

– Por que ele ouviria você?

– Porque sou a rainha – respondeu Guinevere, fazendo careta.

Rhoslyn a encarou, boquiaberta de susto, mas logo se refez.

– Bem. Isso é *interessante*. E agradeço sua generosidade, mas já fui expulsa de Camelot uma vez e só consegui escapar com vida por causa da generosidade de Mordred e da intervenção do seu cavaleiro aqui. Não quero pagar para ver o que aconteceria em Camelot se eu reaparecesse por lá.

– Isso tudo é culpa minha – falou Guinevere. – Se eu não tivesse tirado Lancelote de vocês...

– Nesse caso, Lancelote não seria cavaleiro, e isso seria uma grande pena. – Rhoslyn abriu um sorriso carinhoso para Lancelote, que havia assumido posição na extremidade do vilarejo, de onde poderia ter uma visão melhor da mata. – No fim das contas, se não pudermos garantir nossa própria segurança, jamais estaremos seguras. E, como não temos mais como garantir nossa segurança aqui, vamos embora. – A mulher deu uma olhada na posição do Sol e indagou. – *Onde* é que ele está?

Ailith gritou uma pergunta para Rhoslyn, que se virou para responder. Em seguida se voltou de novo para Guinevere.

– Você deve ter vindo até aqui por uma razão. Qual foi?

– Eu... – Seu problema parecia muito menos urgente do que o que Rhoslyn e suas companheiras estavam enfrentando. Era vergonhoso pedir ajuda para lidar com uma garota, então Guinevere resolveu citar a ameaça mais óbvia. – Queria perguntar se você sentiu a presença da magia das trevas. A Rainha das Trevas assumiu uma forma física de novo.

Rhoslyn afastou os cabelos do rosto, pegou outra esteira e começou a enrolar. Guinevere fez a mesma coisa, tentando ser útil.

– Em relação a ela, deixamos as coisas como estão. Não pedimos nada, não oferecemos nada e torcemos para que o caos não nos atinja. E até agora tem funcionado.

– Mas... – Guinevere fez um gesto apontando para o vilarejo.

– Este caos não é trazido pela violência da natureza. É o caos provocado pelos homens. São duas coisas bem diferentes.

Guinevere assentiu com a cabeça.

– Então você não notou nada diferente?

– Aqui não. Mas, se ela aparecesse agora, eu agradeceria. Acho que ficaria do nosso lado. – Rhoslyn estendeu a mão para soltar um ornamento pendurado, feito de cacos de vidros amarrados a um barbante. A peça refletia a luz quando girava, criando breves momentos de beleza. Uma única lágrima escorria pelo rosto de Rhoslyn, e ela a limpou imediatamente. – Nós criamos um lar aqui. E vamos criar outro.

– Nas árvores! – Lancelote gritou. – Uma movimentação!

– Em posição! – Rhoslyn ordenou. As mulheres largaram tudo o que tinham nas mãos. Uma delas chamou as poucas crianças do vilarejo e correu para a cabana mais próxima. As demais se espalharam pela borda da mata, armadas de arcos e flechas.

Guinevere ficou parada no meio da clareira, indefesa e apavorada. Se fosse Merlin, seria capaz de evocar o fogo como uma arma, mas não confiava em sua capacidade de controlá-lo. Era algo que exigia uma tremenda concentração, e aquelas não eram as circunstâncias ideais. O mais provável era que acabaria com o corpo em chamas ou incendiando a floresta, e nenhuma das duas coisas ajudaria aquelas mulheres. Talvez tenha sido por isso que Merlin a aconselhara a lutar como uma rainha, não como uma bruxa. O feiticeiro havia visto o futuro. E o que Guinevere fizera com Rei Marco. Sabia que ela não teria esse controle.

Mas Merlin não estava lá.

Guinevere arrancou vários fios de seu manto e amarrou nós de confusão. Sua cabeça começou a girar, mas não eram nós suficientes para debilitá-la. Amarrou os fios na cabana onde as crianças se esconderam. Caso os homens chegassem até lá, passariam direto por aquela habitação, pois seus olhos acreditariam que não havia nada ali que valesse a pena.

– Fiquem aqui – murmurou para a mulher que estava lá dentro. – Não importa o que aconteça. Aqui vocês estão seguras.

– Obrigada – respondeu a mulher. Fora uma criança fungando, o interior escuro da cabana estava em silêncio.

Guinevere desejou ter uma arma, mas isso seria inútil. Não sabia manejar armamento nenhum. Então desejou ser a verdadeira Guinevere, caso o que Guinevach dissera sobre a habilidade da irmã com o arco fosse verdade. Correu até onde estava Rhoslyn, agachada junto a uma cabana, com os olhos voltados para as árvores.

– Quando acabarem suas flechas, corra para onde estão as

crianças – falou Guinevere. – Não será fácil encontrar o lugar, então você precisa se concentrar, mas lá estarão todas seguras.

Rhoslyn a encarou com uma expressão de interrogação no rosto, mas não havia tempo para se explicar. Guinevere correu por todo o perímetro, transmitindo a mensagem a todas as mulheres. Havia apenas uma dúzia delas. Caberiam todas lá. Depois, se posicionou ao lado da cabana, para ajudar a guiá-las quando chegasse a hora.

– Queridinhas – gritou um homem, das árvores, em um tom cantado e zombeteiro –, viemos buscar vocês.

O que se ouviu em seguida foram o som do disparo de um arco, o batucar dos cascos de um cavalo e um grito de mulher. Quando os homens estivesse mais perto, lutar com arcos e flechas não seria o bastante. E, se Ailith servia de indicação, aquelas mulheres não eram treinadas para o combate.

Guinevere cerrou os punhos e se preparou para evocar o fogo se fosse preciso. Caso incendiasse a floresta, ou a si mesma, pelo menos levaria alguns homens consigo.

Gunild passou cambaleando por Guinevere, com uma das pernas sangrando. Olhou em volta, confusa, incapaz de ver para onde deveria se dirigir. Guinevere a empurrou para dentro da cabana escondida e olhou ao redor, tentando não perder de vista onde todas estavam e o que estava acontecendo. Lancelote disparou na direção das árvores, soltando rugidos, tentando atrair a atenção dos agressores para si.

– A cabana! – berrou Guinevere. – Entrem na cabana!

Primeiro oito, depois nove mulheres correram em sua direção. Guinevere as direcionou para o interior do espaço às escuras. Sua magia estava funcionando. Mesmo sabendo onde ficava a cabana, elas não conseguiam encontrá-la.

Rhoslyn foi cambaleando para o centro do vilarejo, brandindo uma faca e um machado.

– Entre – disse Guinevere, estendendo a mão para ela.

– Não. Ficarei aqui para defendê-las até meu último suspiro.

Guinevere não tinha como argumentar contra isso. Pegou um galho pesado e provocou faíscas na ponta. A tocha queimava com mais brilho e calor que uma chama normal e incendiaria tudo o que tocasse.

– Ficarei ao seu lado.

Lancelote voltou cavalgando para junto das duas, ofegante. Sua espada estava tingida de vermelho.

– Não sei em quanto eles estão – declarou, sem parar de olhar ao redor enquanto falava. – Acho que...

Um outro cavalo entrou a galope no vilarejo e parou logo atrás delas. Guinevere ficou olhando para o homem sentado na sela, em choque.

– Você! – gritou Lancelote, brandindo sua espada para ele.

Mordred ergueu uma lança e a arremessou com todas as forças.

CAPÍTULO TRINTA E SEIS

A lança de Mordred passou por cima de Lancelote e se encravou no peito de um homem que usava uma roupa de pele e corria na direção deles com uma maça em punho.

– Mais quatro! – gritou Mordred, sacando a espada. Posicionou seu cavalo ao lado de Lancelote. Guinevere sabia que não era só o custo da magia da confusão que tornava aquela cena difícil de assimilar. Lancelote também parecia surpresa, mas não havia tempo para questionamentos. Ela desceu da sela e se posicionou ombro a ombro com Mordred, com as espadas em riste enquanto os agressores saíam de trás das árvores e corriam na direção deles.

Lancelote lutava com a ferocidade de alguém que havia batalhado a vida inteira para chegar onde estava. Cada movimento era preciso e brutal, todos os golpes acertavam o alvo e eram recomeçados com o dobro da força. Mordred lutava como um dançarino, um junco se envergando ao vento, esquivando-se e contorcendo o corpo até que os oponentes dessem uma brecha, e então sua espada entrava em ação.

Um graveto estalou atrás de Guinevere. Ela se virou, brandindo seu galho como um tacape e acertando a barriga de um homem. Em choque, viu o fogo saltar do galho para o corpo dele, devorando-o com uma velocidade atordoante. O homem saiu correndo, gritando e esperneando, e então caiu ao chão e começou a rolar, em uma tentativa inútil de apagar as chamas. Guinevere sabia como aquilo terminaria e desviou os olhos. A cabana ainda estava a salvo. Se aquele era o preço a pagar, que assim fosse.

Mordred estava parado com uma das mãos na cintura e a espada imóvel junto ao corpo. Deu uma olhada no vilarejo e se voltou de novo para as árvores.

– Quantos você derrubou?

– Isso não é hora de competir – retrucou Lancelote, olhando feio.

Mordred encarou o comentário com um desdém absoluto.

– Estou tentando fazer um levantamento dos inimigos. Matei três antes desse aí… – foi dizendo, apontando para o homem com a lança no peito, caído de lado com a haste da arma para fora como uma árvore cuja raiz não tinha profundidade suficiente – … e depois esses quatro.

– Quatro homens entre as árvores – falou Lancelote, bem seca.

– E um na conta de Guinevere – completou Mordred, dirigindo o olhar para ela, que não conseguiu decifrar sua expressão.

– Você estava nos seguindo? – questionou Lancelote.

– Treze – concluiu Mordred, ignorando a pergunta. – Parece ser isso mesmo, Rhoslyn?

Guinevere se voltou para Rhoslyn, surpresa ao ver Mordred falando com a bruxa em termos tão amigáveis. Afinal, ele supervisionara o julgamento que determinou seu banimento.

– Derrubamos mais dois com nossas flechas. Acho que não sobrou nenhum. Você chegou bem *atrasado*, Mordred – falou Rhoslyn, soltando o machado.

– Mil desculpas. Sinceramente. – Mordred caminhou até elas. Lancelote veio apressada no encalço dele, colocando-se entre

Guinevere e o sobrinho de Arthur, mas ele a ignorou. – Em minha defesa, devo dizer que esses homens chegaram mais cedo. Estão todas prontas? Onde estão elas? – Mordred olhou ao redor, arregalando os olhos de pânico. – As crianças e as outras mulheres? *Onde estão elas?*

– Aqui – respondeu Gunild, saindo da cabana, seguida por uma fila de mulheres e crianças.

Mordred espremeu os olhos, tentando enxergar melhor.

– Bom trabalho – comentou, olhando para Guinevere. – Muito astuciosa.

O que ele havia dito sobre ser astuciosa, enquanto cuidava de seu ombro, ressurgiu na mente de Guinevere. E todas as coisas que ela falara, pensando que fosse um sonho, também vieram à tona e provocaram um rubor e um sentimento de vergonha.

– O que você está fazendo aqui? – indagou Guinevere.

– Eu poderia perguntar a mesma coisa.

Guinevere cruzou os braços.

– Está me dizendo que quer que eu acredite que foi por coincidência que você resolveu vir para cá no mesmo dia que nós?

– E *você* quer que *eu* acredite que foi por coincidência que a encontrei aqui na hora em que marquei a minha chegada? – Mordred ergueu a sobrancelha, fazendo uma expressão da qual Guinevere sentia falta, por mais que detestasse admitir. Muita falta. – Você só não trouxe ajuda suficiente.

– Ajuda suficiente para quê? – grunhiu Lancelote, ainda com a espada em punho.

– Para o meu acerto de contas. Sem querer ofender, Lancelote, mas já nos enfrentamos antes, e não foi você que saiu andando com as próprias pernas do combate.

Lancelote deu um passo à frente, mas Guinevere pôs a mão em seu ombro.

– Pare.

Mordred havia poupado a vida de Lancelote naquela noite terrível, lá no bosque. Inclusive a arrastara para longe do perigo, para se certificar de que a Rainha das Trevas não mataria Lancelote por puro desprezo quando aparecesse.

– Não viemos por sua causa – continuou Guinevere. – Vim conversar com Rhoslyn.

– Ah. – Por um momento, a expressão de Mordred perdeu o brilho. Suas pálpebras se fecharam quase por completo, emoldurando olhos verde-musgo com cílios escuros como a noite, e sua boca se contorceu em um sorriso matreiro. – Bem, nesse caso, obrigado pela ajuda e mande lembranças ao meu tio.

Ele pegou o cavalo pelas rédeas e o levou até a carroça. Gunild e Ailith começaram a atrelá-lo ao veículo.

– Para onde vamos? – perguntou Rhoslyn, contando as crianças.

– Para o sul e para o leste. Minha mãe teve uma visão de uma ilha. Cercada de rios e de lama, mas muito antiga e linda. Vocês ficarão seguras lá. É um lugar especial.

– Obrigada – disse Ailith, lançando os braços em torno do pescoço de Mordred.

– Não precisa me agradecer – falou ele, sorrindo e dando um tapinha no ombro dela.

Todas as mulheres olhavam para Mordred com a gratidão estampada no rosto. Estava claro que o conheciam, confiavam nele e até o amavam. Ele é quem as tinha banido de Camelot, mas como alternativa para que não fossem mortas. E talvez as tivesse ajudado a construir e proteger aquele pequeno vilarejo. Mas por quê?

– Mordred, podemos conversar um pouco? – perguntou Guinevere, apontando para as árvores.

Lancelote franziu a testa, e seus olhos faiscavam como o céu antes de uma tempestade.

– Não vamos sair das suas vistas – assegurou Guinevere.

Mordred a seguiu até mais perto das árvores.

– Como está seu ombro?

– Quase curado. Obrigada, aliás. Não entendo o que aconteceu lá. E não entendo o que aconteceu aqui – falou, apontando para o vilarejo.

– Detectei seu fogo da outra vez. Estava indo conferir se a visão da ilha que minha mãe teve era verdadeira. As visões dela nem sempre são exatas. Mas agora acho que é *você* que está me seguindo. Já é a terceira vez. Está arrependida?

Guinevere olhou feio para ele, que continuou:

– Essas mulheres sempre foram boas para mim. Eu as ajudo sempre que posso. E fico contente por vocês estarem aqui hoje. Principalmente Lancelote. Mas, por favor, não diga isso para ela.

Mordred apontou de forma brincalhona para o local onde Lancelote os vigiava, com as pernas preparadas para correr e a espada semierguida, pronta para atacar ao menor sinal de perigo.

– Mas *o que* você anda fazendo? Estava lá com os lobos, mas não do lado deles. E depois me ajudou e simplesmente... foi embora. E agora está, o quê, escoltando essas mulheres até o novo lar?

– Estou fazendo exatamente o que falei que faria. – Mordred ergueu a mão e puxou uma folha dourada de um galho acima da cabeça deles, torceu o caule e a virou de um lado para o outro com a mão. A cada frase que dizia, parecia menos na defensiva. – Estou vivendo. Estou vivo. Fazendo o que quero, quando quero e como quero.

– Mas a sua avó. Eu pensei que... enfim, pensei que você estivesse tramando alguma coisa junto com ela.

Mordred sacudiu a cabeça.

– Não estar do lado de Arthur não significa ser maligno. Eu queria que minha avó existisse por inteiro. Que trouxesse de volta uma parte da magia que foi tirada do mundo. Quando foi desfeita, ela ficou furiosa. Seu espírito e seu poder se tornaram descontrolados, impossíveis de conter. Eu esperava que, refazendo seu corpo, minha avó pudesse recuperar essa integridade. Não pude fazer isso pelo meu pai, mas pude fazer por ela. – Mordred ficou em silêncio por alguns instantes, e uma expressão mais sombria se abateu sobre seu rosto. – Ela não perdoou Arthur. E não posso condená-la por isso. Mas não estou a serviço dela nem de ninguém. Lamento muito, de verdade, por ter usado você. Por não ser sincero. Acho que se tivesse contado a verdade... se eu tivesse aberto o jogo... Acho que você teria decidido me ajudar.

– Eu *jamais* faria isso.

Mordred sorriu, estendendo a folha para Guinevere. Que não a pegou. Ele a deixou cair no chão.

– Isso não temos como saber, não é? Mas ter usado você daquela maneira é a única coisa que lamento.

Mordred havia traído Arthur. Alguém que era sangue de seu sangue. E seu rei. Havia ajudado a erguer Camelot, mas então se voltou contra todos e foi embora.

– A única? Mesmo?

– Bem... – Mordred remexeu um pouco os pés, chegando mais perto. – Isso e o fato de você não ter vindo comigo. Isso eu lamento a cada minuto de cada dia. Mas não cabia a mim tomar essa decisão.

Os olhos de Mordred eram a coisa mais verde da floresta, como a sombra de uma árvore ancestral, fresca e secreta e convidativa. Guinevere não precisava imaginar se os lábios dele eram macios, pois já sabia.

– Como Arthur reagiu quando você contou que não quero lhe fazer mal e quando ficou sabendo que fui eu quem a ajudou na floresta? – perguntou ele.

Guinevere fez uma careta, e os olhos de Mordred se arregalaram e se estreitaram em seguida.

– Ah. Então me diga por que você não contou para ele.

A rainha lhe deu as costas.

– Se não quer responder, então me diga outra coisa: do que você estava falando quando a encontrei antes? Sobre seus sonhos?

Feliz por não ter se virado e revelado a vermelhidão intensa em seu rosto, Guinevere voltou pisando duro na direção da carroça e das mulheres. Lancelote se posicionou imediatamente ao seu lado, com os olhos voltados apenas para Mordred.

Ailith se aproximou de Guinevere.

– Você pode... pode mesmo me levar de volta para Camelot, como disse para Rhoslyn? Eu quero... tem um...

Gunild se juntou a Ailith e a puxou para junto de si em um abraço apertado.

– Tenho um irmão idiota precisando de uma mulher tola o bastante amá-lo. Você tem certeza disso?

Elas tinham deixado suas vidas inteiras para trás, em Camelot. E, ao que parecia, algumas sentiam a perda de forma mais aguda do que outras.

Ailith confirmou com a cabeça, com lágrimas escorrendo pelo rosto.

– Eu era criança quando fui banida. Foi por causa da minha mãe, não por culpa minha. Não vejo como alguém possa me reconhecer ou ter algum motivo para desconfiar de mim.

– Tem certeza? – questionou Rhoslyn. – Você sabe do que está abrindo mão.

– Sei, sim. – Ailith soltou um colar de pedras lisas amarradas lindamente e o passou para Rhoslyn, apertando com força a mão dela. – Obrigada. Por tudo.

Rhoslyn deu um beijo na testa de Ailith.

– Trate de se cuidar.

– E cuide bem do meu irmão idiota também, tenha muitas crianças gorduchas e dê o meu nome para uma delas – falou Gunild, fungando. – Dê o meu nome para todas elas.

– Hora de ir – disse Mordred.

As mulheres tinham alguns cavalos. As crianças maiores foram acomodadas nas selas, e as menores, na carroça.

– Boa sorte – desejou Guinevere, dirigindo-se a Rhoslyn. Não se despediu de Mordred. Nem faria isso.

Rhoslyn sorriu, revelando rugas de cansaço e bondade em torno dos olhos.

– Para você também – disse, antes de se virar e partir para o meio da floresta.

Mordred foi o último a ir embora. Trocou um último e demorado olhar com Guinevere. Quase como se estivesse à espera de algo. E, em parte, a rainha se sentiu tentada a correr atrás dele. O que foi mais assustador do que o ataque daqueles homens.

– Vamos – falou, virando-se de forma abrupta. – Precisamos ir para casa.

Guinevere e Lancelote se despediram de Ailith nas docas. A garota correu na direção da cidade para encontrar o irmão de Gunild, depois de prometer que avisaria Guinevere quando estivesse bem instalada e segura. A rainha arrumaria um trabalho para ela nas cozinhas do castelo.

– Talvez seja melhor deixar Mordred fora de nosso relato das atividades do dia – disse Guinevere.

Lancelote diminuiu o passo, manifestando fisicamente sua hesitação emocional.

– Isso me parece ser algo que o rei precisa saber.

– Que Mordred ajudou você a proteger um grupo de mulheres que não são cidadãs de Camelot, fora das fronteiras do reino? E que estão se mudando para uma ilha distante? Sequer sabemos se ele pretende voltar. – Guinevere sentiu um aperto no peito ao dizer isso. Nunca havia pensado nesses termos até então. Será que aquela despedida era para sempre? Não queria que fosse. Sentiu raiva de si mesma por isso, mas era inegável. – E não sabemos onde fica essa ilha. Se Arthur quiser caçá-lo, não terá a menor ideia da localização dele.

– A senhora está protegendo Mordred? – questionou Lancelote, parecendo magoada.

– Ele nos protegeu!

– *Eu* nos protegi!

Guinevere deteve o passo. As duas estavam perto dos portões do castelo.

– Mordred é... complicado. É tudo muito complicado. E, se contarmos para Arthur, a situação vai se complicar ainda mais. Ele não representa uma ameaça. Mordred se foi. E acho que Arthur não precisa saber.

– Complicado como? – Lancelote pegou uma das mãos de Guinevere, virou a palma para cima, ergueu a manga e revelou o delicado contorno branco das cicatrizes que as árvores deixaram. – Ele machucou a senhora.

Guinevere puxou a mão de volta e cobriu o braço de novo.

– Sim. Nunca esqueci e nunca vou esquecer. Mas não foi só isso.

– Realmente não foi mesmo, minha rainha. – Lancelote sinalizou para que o portão do castelo fosse aberto e fez uma mesura tensa. – Por favor, me avise se decidir sair do castelo novamente hoje – falou, então se virou e entrou.

Sentindo-se frustrada e culpada por ter magoado Lancelote, Guinevere subiu devagar os muitos lances de escadas até seus aposentos. Não conseguia parar de pensar no que Mordred lhe dissera. Ele havia *de fato* traído a todos e ferido Guinevere. Isso jamais poderia ser desfeito. Mas também parecia convencido de que, caso tivesse sido sincero, Guinevere poderia tê-lo ajudado.

Ela duvidava. Mas achava que conseguiria entendê-lo, e talvez até convencê-lo a desistir de seguir por aquele caminho. Isso a entristeceu, pensar que havia uma possível sequência de acontecimentos e escolhas que permitiriam que Mordred ficasse por lá. Ao seu lado.

Mas, com a lembrança do beijo dele fazendo seus lábios formigarem sempre que tinha alguns instantes a sós, perguntou-se se esse não poderia ser o rumo mais desastroso que as coisas poderiam tomar.

Rhoslyn não dera nenhuma resposta para o problema representado por Guinevach, mas, em certo sentido, Mordred sim.

Guinevere só parou para falar com um pajem. Explicou sua ideia para Brangien, que inventou um pretexto para Isolda passar as duas horas seguintes fora, e então se fechou em sua sala de visitas, sentindo-se preparada. Enfim tinha um plano. E uma batida na porta assinalou seu início.

– Entre – falou Guinevere.

Guinevach entrou. Parecia apreensiva.

– Mandou me chamar?

– Mandei, sim. Sente-se, por favor – disse Guinevere, apontando para a cadeira diante da sua.

Quando Guinevach se acomodou, a saia rosa do vestido se assentou ao seu redor, como seus tão amados lírios. Guinevere sacou a adaga de ferro que Arthur lhe dera. Detestava aquela arma, que parecia provocar um zumbido em seu ouvido. Guinevach arregalou os olhos, horrorizada.

Guinevere segurou a faca com força. Se Mordred tivesse sido sincero, tudo teria sido diferente. Guinevere seria e obrigaria Guinevach a ser também. Estendeu sua mão livre.

– Me dê sua mão. – Guinevach obedeceu. – Agora é o momento de dizer apenas a verdade entre nós. Me diga: qual é o verdadeiro motivo para você ter vindo para cá e por que está fingindo que me conhece?

CAPÍTULO TRINTA E SETE

Guinevach se encolheu na cadeira, e sua postura perfeita se desfez como um lírio exposto ao calor do verão.

– Por que estou *fingindo* que conheço você? Porque conheço mesmo.

Guinevere segurou a faca com mais firmeza, sentindo-se triunfante, e Guinevach continuou:

– Só que não mais. Você é uma estranha para mim agora, e isso é de partir o coração.

Guinevach baixou a cabeça. A voz dela tremia, junto com os ombros. Guinevere sentiu aquilo, as emoções que não tinham como ser mentiras nem fingimentos. E se arrependeu de *tudo*.

– É como... como se a nossa infância nunca tivesse acontecido. Fugi para encontrar você. Subornei os guardas que me trouxeram com todas as joias que tinha. – Então apontou para sua coroa de tranças e seu vestido sem nenhum adorno a não ser os lírios elaborados que havia bordado. – E, quando cheguei, você foi embora. De novo. Assim como antes, quando você foi embora, e eu fiquei naquele castelo, com ele. – A voz da garota virou uma espécie de rosnado e, quando ergueu a cabeça, dava para ver que os olhos cheios de lágrimas faiscavam de raiva. – Você estava sempre triste. Chorava sem parar e, às vezes, era como se desaparecesse dentro de sua própria cabeça. Eu me sentia muito sozinha quando isso acontecia, mas quando você foi embora ficou ainda pior. Implorei para nosso pai me mandar para o convento também, mas ele se recusou. Eu era a filha de *reserva* dele. Era mantida por perto como um objeto de decoração, porque você era preciosa demais. Valiosa demais. Ter uma filha pode ser lucrativo. Ter duas é um desperdício.

Guinevach se aproximou de Guinevere, ignorando a faca, projetando o queixo para cima furiosamente enquanto emitia cada palavra.

– Que ódio de você, que foi embora e não me levou junto, e jamais voltou para me buscar. E, quando chego aqui, você me manda para casa. De volta para aquele lugar, para nosso pai. Você jurou... você *jurou* que voltaria para me buscar. Por que não cumpriu sua promessa?

Guinevere largou a faca e a mão de Guinevach. Não estava preparada para aquilo. Para nada daquilo. Não havia mentiras dentro daquela garota, só sofrimento, mágoa e uma determinação motivada pelo desespero.

– Eu... eu não podia.

– *Não podia?* Você se casou com um rei e mesmo assim não podia? Eu fiquei lá sozinha, vivendo na sua sombra. Sendo o tempo todo comparada com a sua beleza e sua compostura. Para eles, sou uma imitação piorada de você. Até meu nome: Guinevach – ela pronunciou a última sílaba com um som áspero. – Pensei que você fosse ficar feliz em me ver. Que fosse me explicar por que nunca voltou para me buscar. E, em vez disso, você me tratou como uma desconhecida e me mandou embora. Então decidi provar que sou melhor do que você. Que tenho o direito de estar aqui. Que a irmã mais nova que você não considerou digna de ser resgatada também podia ser uma princesa daquele lugar de bosta que é Camelerd. Achei que, se eu mostrasse que podia ser útil, esperta e inteligente, se organizasse o seu festival imbecil, se facilitasse sua vida, você veria que posso ter um lugar aqui. Mas, mesmo assim, você não me deu atenção. Então agora preciso tentar de tudo para que um desses cavaleiros se apaixone por mim, para que eu possa me casar e ficar aqui.

– Guinevach, eu…

– Não. – Guinevach a encarou com uma resignação e uma desconfiança que Guinevere conhecia bem demais. Aquela era uma garota acostumada à traição. Acostumada à decepção. Uma menina que precisou lutar para chegar lá e que lutaria para dar o passo seguinte, depois o próximo, até por fim encontrar um lugar onde pudesse ser livre. – Não ouse tentar fazer que eu me sinta melhor. Você queria a verdade, então aí está. Agora me diga *você* a verdade. Por que se tornou uma desconhecida para mim? O que fiz para você me odiar tanto?

Guinevere levou a mão trêmula à boca. A faca ficou esquecida em seu colo. A crueldade que infligira àquela pobre menina a deixou sem fôlego. Guinevere roubara o lugar da verdadeira irmã dela no mundo e, como se isso não bastasse, destruíra a única coisa que restava dela para Guinevach: a lembrança do vínculo entre as duas. A verdadeira Guinevere teria voltado para buscar a irmã. Mas ela não tinha como saber. Só sabia – só tinha condições de saber – que a decisão de Merlin de transformá-la em Guinevere continuava a gerar reverberações de violência, dor e sofrimento. Assim como a magia do feiticeiro.

E, mais uma vez, Guinevere havia colaborado para causar o estrago. Tinha procurado uma ameaça onde não existia e partido para o ataque com palavras e ações. Tinha visto uma menina magoada, triste e assustada fazendo de tudo para encontrar seu lugar, e só conseguia pensar em como destruí-la.

– Oh, Lili – falou Guinevere.

Guinevach se surpreendeu ao ouvir aquele nome e levantou a cabeça de forma abrupta, com os olhos arregalados de dor... ou de esperança. As duas coisas muitas vezes se confundiam.

– Eu sinto muito. Sinto muito, muito, muito mesmo.

Guinevere se levantou abraçou a irmã que a rainha deveria ter. A irmã que a rainha deveria proteger. Guinevere faria aquilo, para sempre, não importa o quanto custasse. Já que roubara o lugar da verdadeira Guinevere no mundo, precisaria assumir suas responsabilidades também.

– Você nunca vai embora daqui – murmurou. – Jamais vou mandar você de volta para Camelerd. Não tenho desculpa nem explicação para meu comportamento a não ser que estava com medo. Fiquei com medo de que sua chegada poderia ameaçar o que tenho aqui. Fui egoísta, mesquinha, e me arrependo mais do que sou capaz de expressar com palavras. Não precisa me perdoar, mas por favor confie em mim. Você está segura aqui. Está em casa.

Guinevach se desfez em seus braços, estremecendo e aos soluços, e Guinevere a consolou. O mistério de Guinevach estava resolvido. A não ser pela questão mais importante: como uma menina inocente que obviamente amava a irmã poderia olhar para uma estranha e não reconhecer aquela farsa?

– Você tem alguma lembrança especial disto aqui?

Guinevere apontou para os anéis que havia colocado sobre a mesa. Estava penteando e trançando os cabelos de Guinevach – de Lili – como Brangien havia feito para ela tantas vezes.

Lili sorriu e apontou para o anel pesado de prata com um padrão estampado.

– A nossa mãe usava esse. Eu sempre tentava arrancar do dedo dela. Às vezes, ela deixava. Era grande demais até para o meu polegar.

– Experimente.

Lili pegou o anel e pôs no dedo do meio.

– Finalmente me serve.

– Ótimo, porque agora é seu. Qualquer um pode ser seu, se você quiser.

– Por que... por que você está agindo como se não lembrasse das coisas? – Lili perguntou sem se virar, brincando com o anel no dedo.

Guinevere parou de escovar os cabelos dela.

– Posso contar uma coisa para você que nunca disse para ninguém?

– Claro.

Lili se virou ao ouvir isso, com uma expressão ansiosa no rosto.

– Sabe quando uma folha seca, cai e esfarela? E depois disso você consegue esmagá-la com a mão e só sobram uns pedacinhos presos à parte mais forte da folha?

– Sim – disse Lili, assentindo e franzindo a testa.

– A minha mente é assim. Eu... aconteceu uma coisa. No convento. Eu deixei de ser quem era. – Guinevere tentou medir bem as palavras. Queria ser o mais verdadeira possível. Lili merecia isso. Não. Lili merecia a verdade. Saber que sua irmã estava morta, e que estava conversando com quem assumira seu lugar. Mas isso jamais poderia ser dito. E, se Guinevere não tinha como contar a verdade a Lili, poderia pelo menos ser a irmã mais generosa que pudesse. – Acordei um dia, e foi como se todos os fragmentos da minha memória tivessem sido esmagados e soprados pelo vento.

Isso era verdade também. Quando chegara a Camelot, ainda não havia se dado conta de sua ausência de lembranças e de como isso era estranho. Não havia percebido que Merlin incluíra algumas coisas e excluíra outras.

Ela as queria de volta. Queria tudo de volta. E queria que Lili tivesse sua irmã de volta também. Mas nada disso poderia acontecer.

– Você bateu a cabeça? – perguntou Guinevach. – Um menino dos estábulos de casa uma vez levou um coice de cavalo na cabeça e, depois disso, nunca mais conseguiu falar.

– Talvez. Eu... eu me lembro de ter caído em uma grande profundeza, debaixo d'água – falou Guinevere, respirando fundo e tentando espantar o terror que aquela lembrança lhe causava. Era sua memória mais vívida e mais aterrorizante.

– Mas você sabe nadar – respondeu Lili, franzindo a testa. – Você me ensinou. E adorava água.

Ao ver a expressão de preocupação de Guinevere, Lili segurou sua mão e deu um tapinha de leve. Embora Guinevach fosse dois anos mais nova, Guinevere percebeu que Lili era a mais forte entre as irmãs. Aquela pobre menina, que fora até lá em busca de proteção, ainda estava determinada a proteger a jovem que imaginava que fosse sua irmã. Mesmo depois de toda a crueldade demonstrada por Guinevere.

– Não se preocupe com isso – continuou Lili. – Quando você se esquecer de quem é, eu posso lembrá-la. E, se ficar triste de novo, como costumava acontecer, vou estar ao seu lado até você conseguir se encontrar.

– Obrigada.

Guinevere deixou que Lili a abraçasse. Brangien abriu a porta da sala de visitas. Já havia espiado algumas vezes. Levantou uma sobrancelha em um questionamento silencioso. Guinevere sorriu.

– Muito bem. Se está tudo resolvido por aqui, vou buscar Isolda – disse, então saiu.

– Acho que sua dama de companhia não gosta de mim.

– Ela não gosta de ninguém. Pelo menos em princípio. Mas com o tempo isso muda.

– Sabe de quem eu gosto? De Dindrane. Ela é muito divertida. E um pouco cruel também.

– Ah, sim. Isso ela é.

– Mas o marido dela é velho – falou Lili, franzindo o nariz.

– Não tão velho assim – riu-se Guinevere.

– Quase todos os cavaleiros são velhos demais.

– Velhos demais para quê?

Lili ficou vermelha. Já havia confessado seu plano de conquistar algum deles. Era uma atitude mercenária da parte dela, mas Guinevere era capaz de entender o motivo.

– Existe um cavaleiro que não é tão velho, e que parece perder até a capacidade de formular uma frase quando você está por perto – provocou Guinevere.

Os olhos de Lili se arregalaram, e um rubor se formou sob as sardas dela. O que Guinevere pensava ser um truque, agora via como um sinal de sinceridade. Lili não era boa em esconder seus sentimentos.

– Ele é um doce, não é? Não é tão bonito como o Rei Arthur, claro, ou até Sir Tristão, mas gosto do rosto de Sir Gawain.

– Ah, nem precisei citar o nome de Sir Gawain, e você já sabia quem era! Sim, ele é um doce e um homem muito bom, estimado pelo Rei Arthur. Mas não precisa se preocupar nem ter pressa. Ninguém vai mandar você embora de Camelot. Pode se casar amanhã, daqui a vinte anos ou então nunca.

Lili limpou os olhos e então ergueu o queixo e empertigou a postura.

– Ótimo. Porque você precisa de mim. O festival da colheita seria um tédio se não fosse por mim.

– Não seria, não!

– Ah, seria, sim. Agora é a sua vez, me deixe arrumar o seu cabelo.

Guinevere obedeceu. Se incentivar Lili a amá-la era outra farsa, pelo menos dessa vez isso faria bem. Para as duas.

CAPÍTULO TRINTA E OITO

– Não diga isso – esbravejou Guinevere, em tom de ameaça.

Arthur abriu um sorriso que era a imagem da inocência.

– O quê? Que Guinevach é só uma menina determinada a fazer a irmã a dar atenção para ela?

Guinevere deu uma cotovelada nas costelas dele.

– Sim, exatamente isso. E ela prefere ser chamada de Lili.

O rei deu risada, chegou mais perto e passou o braço por trás dela. Guinevere se recostou em Arthur. Estavam sentados sob uma tenda. Os tapetes e as almofadas pareciam meio deslocados no meio de uma lavoura, mas era um conforto bem-vindo. Diante deles, Lili conversava com Sir Gawain, aos risos, mas Guinevere desconfiava que o cavaleiro não estava dizendo nada de tão divertido assim. Tudo em volta era dourado e azul. Os campos no meio da colheita, o céu sem nuvens, os cabelos de Lili, a túnica de Arthur. Era um cenário tão lindo que Guinevere sentiu vontade de chorar sem saber ao certo por quê.

– De volta ao trabalho – disse Arthur. Então ficou de pé e se espreguiçou. Estava usando uma túnica simples, sem cota de malha nem coroa. Todos os cavaleiros estavam vestidos daquela mesma maneira. Naquele dia, estavam participando da colheita junto com o povo de Camelot.

Havia uma fileira de guardas vigiando tudo, claro, e também as tendas, a comida, as almofadas e as *ladies*, mas isso não significava que Arthur não trabalhasse com a mesma habilidade dos lavradores ao seu lado e do proprietário de terras ao lado deles. A distância, Guinevere viu os cachos escuros de Lancelote perto da cabeça quase raspada de Sir Tristão. Não houve dúvidas de que Lancelote deveria executar o mesmo trabalho que os demais cavaleiros, em vez de ficar ao lado de Guinevere.

Isso era bom. Assim era melhor. O lugar de Lancelote era com os outros cavaleiros.

Quando Sir Gawain foi atrás de Arthur, que voltou para a lavoura, Lili foi até a tenda ao lado e se sentou ao lado de Dindrane. As risadas das duas eram tão radiantes quanto aquele dia. Guinevere inclinou a cabeça para trás e fechou os olhos.

– Onde está sua dama de companhia? – perguntou Anna, sentando-se ao seu lado.

– Ficou no castelo com Isolda, minha outra dama de companhia.

Brangien não demonstrou a menor vontade de sair ao ar livre para ver os homens trabalhando. Cada vez mais, sempre que possível, ficava no castelo ou saía para fazer coisas com Isolda. Guinevere respeitava a privacidade das duas, para que tentassem encontrar um novo ritmo de vida. Se, por um lado, sentia falta da amiga, por outro estava feliz por ela. Por ambas.

– Se precisar de alguma coisa, me avise.

Anna era uma presença tranquila, que não exigia absolutamente nada de Guinevere. Era uma sensação reconfortante.

Pedaços da conversa de Dindrane e Lili eram trazidos pelo vento. Estavam sentadas com as esposas dos cavaleiros e algumas de suas filhas mais velhas. Guinevere conhecia todas, mas só de pensar em ir até lá conversar já ficava exausta. Preferia continuar sentada onde estava, sentindo a brisa, desfrutando da sensação de estar ao ar livre. A única coisa que poderia ser melhor seria estar cercada de árvores em vez de campos cultivados, mas as lavouras também tinham sua beleza.

Por fim, a colheita naquela parte do campo terminou. Arthur, suado e vermelho de alegria, voltou para junto de Guinevere para comer e beber até que, como de costume, os cavaleiros transformassem o evento em um treino de combate corpo a corpo. Lili ria e gritava incentivos para Sir Gawain, que estava enfrentando Lancelote e, portanto, não tinha a menor chance de sucesso. Arthur e Sir Tristão duelavam com caules compridos de trigo. Dindrane estava com Sir Bors ao seu lado, recostada nele e murmurando algo que o deixou extremamente vermelho sob o bigode grosso.

– Às vezes eu me pergunto… – começou Anna, olhando a distância. – Se eu sair andando até chegar à floresta e seguir adiante sem olhar para trás, alguma coisa mudará?

– Quê? – Guinevere se virou para ela.

Anna estava sentada sob a sombra mais escura, na parte central da tenda. Seus olhos continuavam voltados para o horizonte.

– Se eu fosse embora. Se decidisse que essa vida não é para mim. O que mudaria se eu deixasse de ser Anna, a dama de companhia?

Guinevere ficou confusa e um pouco incomodada com aquele assunto. Não parecia combinar com atmosfera do dia.

– Você quer voltar para Camelerd?

– Ah, não. Aquela cidade maldita. Não, eu não voltaria para lugar nenhum. Simplesmente continuaria andando até encontrar um lugar que parecesse ser o certo para mim.

– Mas, se você fosse embora, as pessoas sentiriam sua falta. Lili sentiria.

– Não sou insubstituível. Sua irmã, bondosa como é, adoraria qualquer uma que fosse gentil com ela, e é amorosa o suficiente para conseguir alguém assim por aqui.

– Mas você não sentiria falta dela? Ou de suas amigas?

Certamente Anna já devia ter feito amizades no castelo àquela altura. Era uma pessoa gentil e simpática, uma companhia agradável. Na maior parte do tempo, pelo menos. Para Guinevere, aquela conversa equivalia a uma coceira incômoda nas costas que suas mãos não conseguiam alcançar.

Anna franziu a testa, pensativa.

– Por um tempo, talvez. Mas, quando penso nas consequências, vejo que não haveria muitas. No máximo, causaria um incômodo para algumas pessoas. Elas logo esqueceriam. E, se eu posso me desvencilhar da vida que levo aqui sem que isso mal seja notado, será que estou mesmo no lugar certo? Tenho algum motivo para continuar aqui? Esta Anna de Camelot é mesmo quem quero ser pelo resto dos meus dias?

Guinevere sentiu vontade de argumentar. Precisava quase desesperadamente rebater aquelas palavras, sem entender por que a ideia de que Anna pudesse se levantar e deixar a vida em Camelot para trás fazia com que *ela* entrasse em pânico, até que se deu conta de que o motivo era que tudo o que Anna estava dizendo, toda aquela descrição... Guinevere percebeu que aquilo se aplicava a ela também.

Caso tivesse seguido Mordred floresta adentro, o que teria acontecido?

Guinevere sentiu as peças se encaixando em sua mente, o caminho que Arthur, Lili, Lancelote, Brangien e Camelot como um todo teriam seguido, e interrompeu aqueles pensamentos antes que pudessem chegar à sua inevitável conclusão.

Levantou, sentindo-se desconfortável na própria pele, como se fosse acabar desmoronando se não saísse dali.

Anna ergueu a cabeça, preocupada.

– Precisa de alguma coisa, minha rainha?

Arthur estava com seus homens. Lancelote também. Guinevere não poderia interromper Arthur nem tirar Lancelote do meio de seus companheiros. Dindrane e Sir Bors escapuliam de mãos dadas. Lili e Sir Gawain conversavam escandalosamente próximos um do outro. Ela não conhecia nem gostava das outras mulheres e também não contava com a simpatia delas. Não havia para onde ir, ninguém em quem buscar refúgio.

– Não, não preciso de nada – respondeu, observando o dia ainda radiante em tons de dourado e azul ao seu redor, tudo em seu devido lugar, tudo combinando.

Olhou para baixo. Estava de verde.

Guinevere balançou a cabeça em sinal de aprovação ao posicionamento da bandeira com o sol de Arthur. As bandeiras haviam sido hasteadas no perímetro do festival, como uma lembrança de quem havia liderado tanto os esforços para a colheita quanto para sua celebração.

– Você se evolveu bastante desta vez – comentou Brangien, de braço dado com Isolda.

Isolda voltaria ao castelo depois que o festival começasse – ela não tinha o menor desejo de ficar no meio da multidão –, mas estava desfrutando do passeio antes que o movimento começasse. Os preparativos vinham acontecendo desde antes do amanhecer e durariam até o fim da tarde, quando o festival começava. A celebração se estenderia por toda a noite e o dia seguinte.

– Como assim? – perguntou Guinevere.

– Planejar o torneio de Lancelote pareceu uma tortura para você. Mas, ultimamente, mal nos vimos, de tanto que você estava ocupada com isso. E se dispôs a atravessar o lago duas vezes no mesmo dia para vir aqui de manhã e depois voltar à tarde.

– Tudo precisa estar perfeito – falou Guinevere, espremendo os olhos e examinando as fileiras de barracas e as lonas se erguendo. O ar era preenchido pelo som de marteladas, gritos e risos, mas aquele barulho não era nada em comparação com o que ainda viria.

– Se tiver comida e bebida ninguém vai reclamar de nada. – Brangien olhou para uma carroça, que passou carregada de maçãs e frutas secas. – Se quiser, pode declarar que precisamos provar toda a comida antes que seja liberada...

Isolda deu risada, e Guinevere também, mas um segundo depois. Era verdade que tinha se empenhado do planejamento do festival, encontrando-se com comerciantes e agricultores, ajudando a orientar abastecimento dos silos e armazéns, certificando-se de que não houvesse nenhum espaço em sua mente para o silêncio.

Para pensar.

Para questionar.

Guinevere detestava os conselhos de Merlin. Mas, em sua última conversa no espaço onírico vazio onde o encontrou, o feiticeiro lhe dissera para lutar como uma rainha.

E ela havia se forçado a ficar em um nebuloso meio-termo. Nem rainha nem *não* rainha. Mas não podia continuar entre os dois mundos. Sua vida desde que havia enfrentado Maleagant e a Rainha das Trevas se resumia a esperar, suspeitar, investigar. E ferir. Precisava fazer uma escolha que já estava feita. Não lhe parecia justo que uma escolha precisasse ser refeita vez após vez. Mas ela faria. Precisava ser a Guinevere que dizia ser. A Guinevere cuja vida assumira. Era uma coisa que devia a todos.

Olhou para trás, onde estava Lancelote, mantendo um distanciamento respeitoso. Não mais ao seu lado. Era doloroso. Mas era melhor assim.

– Guinevere! – Lili veio correndo em sua direção, com as tranças douradas balançando atrás de seu corpo. Estava vestida de azul e rosa e usava o anel que Guinevere lhe dera. O anel que sempre deveria ter sido dela. – Teremos malabaristas e atores! Peças a noite toda! Contratamos alguns artistas do teatro de Camelot. Ah, eles são maravilhosos. Será difícil sair de perto do palco. Mas estou animada para ver Sir Gawain tentar capturar um frango.

Deu uma risadinha, enrugando o nariz. Aquela havia sido umas ideias de Lili: soltar frangos bravos em um curral com cavaleiros competindo contra as criadas que cuidavam dos galinheiros para ver quem conseguia pegar mais aves em menos tempo.

Um homem de cabelos claros e corpo robusto de quem fazia trabalho pesado desde muito cedo na vida parou perto dela. Suas mãos estavam bem vermelhas, talvez por causa da tarefa que estava executando, de colocar palha no chão onde estava mais enlameado. A palha ajudaria, mas o festival como um todo não seria um lugar limpinho. Haveria atividade demais. Com a colheita concluída, os trabalhadores contratados pelos proprietários de terra teriam um último trabalho a fazer antes de voltar para onde vieram ou se estabelecer em algum lugar de Camelot para passar o inverno.

– Estou feliz por você estar aqui – falou Guinevere.

– Eu também! – Lili a abraçou e a beijou no rosto. – Estou adorando ter minha irmã de volta.

Guinevere não soube o que responder. Por sorte, Brangien a poupou, puxando-a pelo braço.

– Vamos, ainda precisamos arrumar você, e não será rápido.

Guinevere considerou quase bem-vindo o terror da travessia do lago. Era bom ser dominada por uma sensação tão contida, tão específica, tão conhecida. Conhecia em detalhes os contornos daquele medo e de suas reações físicas. Brangien segurava uma de suas mãos, e Isolda, a outra. As duas mulheres não eram tão reconfortantes quanto Lancelote ou Arthur, mas já bastavam.

Nas docas, alguém gritou o nome de Guinevere. Quando se virou, viu Ailith, de braços dados com um jovem que tinha a mesma constituição robusta de Gunild. A garota sorriu e acenou, e Guinevere respondeu com um sorriso. Não havia feito *tudo* errado nas semanas anteriores. E imaginou se, em algum lugar, Mordred estaria de braços dados com Gunild. Esse pensamento revirou seu estômago. Ficou com raiva por se sentir assim.

Era preciso se concentrar no festival. E então no que viesse a seguir para a Rainha Guinevere.

No castelo, Isolda e Brangien pentearam e trançaram seus cabelos, incluindo na trama um fio de um amarelo bem vivo. O vestido de Guinevere era amarelo, com o sol de Arthur lindamente bordado por Isolda no meio. Como as noites eram geladas naquela época do ano, ela usaria um manto azul-claro. Brangien apareceu com uma série de pequenos potes.

– Lili me ensinou algumas coisas – contou a dama de companhia, franzindo o rosto e se concentrando enquanto espalhava uma substância avermelhada nas bochechas e nos lábios de Guinevere e, então, um pó preto em seus cílios. Guinevere piscou algumas vezes, sentindo os olhos irritados e lacrimejantes, mas logo em seguida a sensação passou.

Isolda suspirou, levando a mão à boca.

– Oh, minha rainha. A senhora está linda.

Guinevere abriu um sorriso tristonho.

– Bem, se eu conseguir pelo menos chegar perto da beleza das minhas duas damas de companhia, já fico satisfeita.

Havia algo para Lili também: duas pedras lisas nas quais Guinevere havia usado a magia do sangue para amarrar um nó de conexão. Como era o sangue da própria Guinevere que alimentava os nós de ferro no castelo, aquela magia de sangue resistiria à passagem pelas barreiras. Caso ela ficasse com uma e Lili com a outra, sempre conseguiria sentir a proximidade das duas. Não haveria como explicar o motivo do presente, claro, a não ser dizer que eram pedras bonitas, mas era uma pequena proteção. Uma forma de compensar o que ela havia feito.

Só o que restava fazer era pôr o diadema cravejado de pedras preciosas que Arthur lhe dera antes do torneio de Lancelote. Mas alguma coisa na peça não a agradava – fosse porque Guinevere a associava àquela noite e tudo o que acontecera entre o beijo de Mordred e seu rapto por Maleagant, fosse porque era adornada e decorativa demais em comparação com a coroa que o rei usava. Não sabia ao certo. Seus dedos pairavam acima do diadema, hesitando em pegá-lo.

Alguém bateu à porta. Brangien abriu e fez uma mesura. Arthur estava resplandecente, com uma túnica azul sobre uma camisa branca. Seu manto, caído atrás dos ombros largos, era amarelo, em uma inversão das cores que Guinevere usava. A rainha olhou para Brangien, cujo sorriso satisfeito confirmou que se tratava de uma combinação criada por ela.

Ele era mesmo bonito, aquele seu rei. Parecia que uma mão firme e paciente como a da Dama do Lago o havia esculpido também, assim como Camelot. Cada traço de seu rosto era preciso, cada ângulo, uma indicação de força, a não ser pelos olhos, que eram sempre gentis.

– Estou quase pronta – disse Guinevere.

– Tenho exatamente o que lhe falta.

Arthur tirou a mão de trás das costas e mostrou um objeto reluzente com um floreio. Guinevere ficou olhando para a coroa prateada. Combinava melhor com a dele, embora a dela fosse mais elegante. Em vez de um simples círculo, tinha pontas delicadas e espaçadas com precisão. Mas seguia o mesmo espírito da dele. Uma coisa direta. Forte. Sem nenhum adorno além do próprio metal.

– Posso? – perguntou o rei.

Ela baixou a cabeça, e Arthur ajeitou a coroa no lugar. Cabia perfeitamente no círculo de tranças que Brangien fizera em torno de sua cabeça.

– Como estou? – perguntou Guinevere, surpresa com o quanto ficou e parecia nervosa. Queria poder se ver, para saber se fazia jus ou não àquela coroa.

– Como a minha Guinevere – Arthur respondeu, fazendo-a se lembrar da conversa que tiveram. Embora ela não soubesse quem era, pelo menos sabia quem era para Arthur. E era isso o que o rei via sempre que olhava para sua rainha.

Arthur estendeu o braço, e Guinevere o segurou. No primeiro passo, a coroa escorregou um pouco para a esquerda. Brangien pediu que parassem e a prendeu com um alfinete.

O encaixe não era tão perfeito assim, no fim das contas.

CAPÍTULO TRINTA E NOVE

Guinevere deu um grito e se agachou ao ver uma chama se projetar pelo ar ao redor.

Lili riu e bateu palma. O homem fez uma mesura, afastando a tocha do corpo com um floreio. Como conseguia cuspir fogo, Guinevere não sabia, mas se lembrou do dragão, com uma pontada de dor, e torceu para que ele tivesse encontrado um lugar bonito para descansar antes de se embrenhar sozinho nas profundezas da terra.

– Vamos – disse, puxando Lili pelo braço. Passaram por um malabarista que arremessava facas, por menestréis que cantavam uma canção sobre arar e plantar que Guinevere tinha certeza de que tinha duplo sentido e um espetáculo de marionetes. Isso a fez parar. Vira um espetáculo de marionetes que contava a história de Arthur no dia em que ela o conhecera. A encenação deixava muita coisa de fora, em parte porque o papel da magia precisava ser suprimido, mas também porque Guinevere achava que as pessoas não sabiam muita coisa sobre o que realmente acontecera. E jamais saberiam.

– Vamos, não quero perder a participação de Sir Gawain! – chamou Lili, puxando-a consigo.

Havia tanta gente no festival que nem mesmo a coroa de Guinevere era suficiente para abrir caminho. O ruído era incessante – gritinhos, risadas e conversas. O cheiro de carne assada impregnava tudo, junto com dezenas de outros aromas. Era um evento ainda maior que a celebração do torneio, duas vezes mais movimentado que qualquer dia de feira. Havia vinho, comida e rostos felizes para onde quer que Guinevere olhasse.

Eram *muitos* rostos. Lancelote a seguia de perto, mantendo um olhar vigilante. Dessa vez, ela não correria riscos. Embora Maleagant houvesse desaparecido para sempre, Guinevere não queria mais nem pensar em ser raptada de novo. Fizera uma verificação na noite anterior, em busca de magia, e não encontrara nada. Naquela noite, havia apenas Camelot.

E Camelot estava feliz. E Camelot estava inebriada.

Guinevere se virou para Lancelote.

– Você vai participar de alguma competição?

– Se minha rainha assim desejar – respondeu o cavaleiro, com um tom frio.

Guinevere tentou parar, mas o movimento da multidão a obrigou a seguir em frente. Queria conversar com Lancelote, dizer que sentia falta da proximidade das duas. Mas precisava ser forte, pelo bem da própria Lancelote. Era preciso lhe dar espaço para ser o cavaleiro que era. O melhor do reino.

Chegaram ao que antes havia sido a arena para o torneio. Estava dividida em diferentes áreas. Na mais próxima, havia uma fileira de vacas. As mulheres enchiam baldes de leite com uma velocidade que para Guinevere parecia inacreditável. Lili a puxou para mais adiante, embora Guinevere desejasse ter ficado para acariciar o focinho bonito das vacas. O som de madeira sendo cortada ecoava pelo local, além dos gritos de incentivo da plateia para os participantes.

– Lá está ele! – gritou Lili e saiu correndo. Em uma área fechada por uma cerca, um frango corria loucamente, perseguido por Sir Gawain.

– Pegue pelas pernas! – berrou Lili.

Sir Gawain deu um mergulho e, por pouco, não segurou as pernas do bicho. Como recompensa por seu esforço, ficou com o rosto coberto de penas. Deu risada e tentou de novo, com Lili tentando lhe dar conselhos inúteis. Guinevere duvidava de que Lili já houvesse encostado em um frango na vida, mas ficou feliz ao vê-la tão entretida e se divertindo tanto.

Guinevere não tivera a chance de entregar o presente a Lili. Provavelmente era melhor esperar até que pudessem conversar com calma em um lugar tranquilo. Deu as costas para Lili e Sir Gawain, à procura de Arthur. Eles haviam se separado mais cedo, quando Lili quis dar uma volta pelo festival.

Sir Tristão assistia à competição de rachar lenha. Guinevere acenou, mas ele não percebeu, pois estava com a atenção voltada para os competidores. Um homem no meio dos participantes havia arrancado a camisa. Os músculos de suas costas ondulavam com os movimentos poderosos e eficientes. Guinevere sentiu um frio na barriga ao ver aquilo. Havia algo que a atraía naqueles ombros largos que se afinavam em uma cintura estreita.

– Ah, esse é Arthur – falou, levando a mão à barriga, onde a sensação a acometia. Sentiu-se quase culpada por se deixar atrair por ele *antes* de saber quem era. Mas continuou olhando.

Lili se virou para ver a que Guinevere estava assistindo, e o rosto dela ficou vermelho ao se dar conta do que era.

– Ele está quase nu.

– Pois é.

Guinevere nunca o vira assim tão exposto. E o restante do reino estava vendo também, o que não lhe parecia justo. Teria sempre que dividi-lo? Sua coroa escorregou, e ela ergueu a mão para ajeitá-la.

Anna foi abrindo caminho na multidão, trazendo dois copos. Entregou um a Lili e outro a Guinevere.

– Vinho com especiarias! – gritou, por cima do barulho. – Detesto tudo aqui, menos isso.

Guinevere deu risada, sentindo-se grata pela distração. Olhou para Lili, mas a garota não abandonava Sir Gawain. E ele ainda continuaria perseguindo aquele frango por um bom tempo.

– Venha, conheço um lugar tranquilo onde podemos descansar um pouco – falou Guinevere. Não queria continuar olhando para Arthur. Ou melhor, *queria*, mas não em público. E não gostava da ideia de ser observada enquanto fazia isso. Deu um gole na bebida enquanto caminhava. Não estava quente, mas alguma coisa naquele vinho fez um calor descer por sua garganta e se instalar em seu estômago. Era estranho, mas não desagradável.

Atrás da arena, havia fileiras e mais fileiras de barracas onde os agricultores vendiam sua produção excedente. Atrás das barracas, ficava a seção de venda e troca de animais de fazenda. Anna encontrou um banco rústico de madeira, e elas se sentaram. Sempre ocupada, Anna sacou uma costura da bolsinha que levava presa à cintura. Era bem maior que a bolsinha discreta que Guinevere escondera sob o cinto.

Lancelote se mantinha a vários passos de distância, onde não era possível ouvir a conversa. Guinevere esvaziou seu copo. Desejou estar passeando pelo festival, bebendo, dançando e rindo, com Lancelote de um lado e Arthur de outro, e que os papéis que desempenhavam não fossem tão rígidos. Sabia que isso era uma coisa necessária, mas também injusta.

– A senhora não parece feliz – comentou Anna, pondo a costura no colo e voltando toda sua atenção para Guinevere.

– Não, estou muito feliz.

– Sim, as pessoas que estão muito felizes sempre garantem que estão muito felizes com esse tom agressivo.

Guinevere tentou rir, mas acabou soltando um suspiro.

– Eu andei pensando, e...

– Minha rainha! – Ailith veio correndo até ela, exalando felicidade a cada passo. – Comprei um frango!

A garota ergueu o bicho pelos pés. O frango parecia resignado a ficar de cabeça para baixo e encarou Guinevere com seus olhos redondos e vazios.

– Estou vendo! Muito bem!

Guinevere sentia seu corpo inteiro quente, como se tivesse se banhado em vinho. Aquilo não fazia sentido. Jamais se banharia, muito menos em vinho. Limpava seu corpo com fogo, como uma pessoa civilizada. Como uma bruxa civilizada. Embora não fosse nenhuma das duas coisas. Estreitou os olhos ao notar que seus pensamentos estavam se tornando diretos e resignados como o olhar daquele frango.

– Obrigada! Eu... Ah, olá, Morgana! Não sabia que você estava em Camelot também! A rainha é mesmo muito generosa.

Ailith sorriu para Guinevere e se despediu com um aceno, então correu até o irmão de Gunild, que estava à sua espera.

– Morgana? – Guinevere se virou para Anna. – Por que ela chamou você...?

Anna encostou uma faca nas costelas de Guinevere, escondendo a lâmina com a angulação dos corpos das duas, para que Lancelote não visse enquanto as observava.

– Não gosto tanto de ser chamada de Le Fay, mas tenho tantos nomes hoje em dia... Não esperava encontrar uma das garotas de Rhoslyn aqui. Mas não importa. De qualquer forma, estou quase terminando o que vim fazer em Camelot.

– Você é... você é má.

Guinevere sentiu que sua língua estava pesada e não a obedecia muito bem.

– Ah, sou? Humm. Me diga, querida, o que você é de verdade?

– Uma impostora – falou Guinevere, franzindo a testa em seguida. E esfregou a boca como se isso fosse capaz de desfazer o que havia acabado de falar.

Com sua mão livre, Anna deu um tapinha no joelho de Guinevere, em um gesto de consolo.

– Fiz um vinho especial para você. Mordred me contou que sua especialidade são os nós. Prefiro as poções. Como assim, uma impostora?

– Não sou Guinevere. Ela morreu. Pobre Guinevere. Você acha que teria gostado daqui?

Guinevere tentou se preocupar com o que estava dizendo ou com o fato de estar contando aquilo para Morgana Le Fay, mas estava se sentindo tão quentinha e relaxada que era impossível dar muita importância ao que quer que fosse. O caminho de terra à sua frente parecia convidativo como uma cama. Conseguia até imaginar como seria bom deitar ali e dormir.

– Você não é Guinevere?

– Não. Por que estou contando isso? Merlin é meu pai. Ou pode não ser. Ao que parece não é, mas na minha lembrança é... Ou pelo menos ele me disse que é. Tenho o que... umas quatro lembranças dele como pai? – Guinevere estendeu os dedos, espremendo os olhos e tentando contar se estava mesmo mostrando quatro. – A choupana. Varrer o chão. O falcão que nos trouxe comida. E... três? São só três? As lições! Essa é a quarta. Mas será que me lembro de alguma delas? E também acho que a Dama do Lago é minha mãe. Tenho sonhos. Com ela. Mas também tenho medo dela. E da água. A água... – Guinevere estremeceu.

– O que ele fez com você, pobre menina? – Anna segurou o queixo de Guinevere e a virou para que ficassem cara a cara e Lancelote não visse as expressões em seu rosto. – Escute o que estou dizendo. Você é Guinevere, sim.

– Não. Eu morava na floresta antes disso. Gosto da floresta.

– Sim, a floresta é ótima, mas não era seu lar. Procurei evidências de magia em Guinevach. A mente dela está intacta. E ela ama a irmã mais do que tudo. Jamais seria enganada por uma impostora. Seja lá quem você for, ou o que for, também é Guinevere. Ou pelo menos *era*.

– Não sou, não. – Guinevere queria que Morgana Le Fay parasse de dizer aquilo. Era uma crueldade. – Eu tinha outro nome, mas dei para o fogo para que não soubesse mais dizê-lo. Você me fez ir encontrar Mordred de propósito? Na floresta?

Morgana Le Fay abriu um sorriso.

– Bem, fui eu que lhe indiquei aquela direção. Fiquei surpresa por você não ter percebido. Não foi um conselho muito sutil para ir visitar Rhoslyn. Ele sente sua falta. Eu pensei que o encontro teria outro desfecho e estava torcendo para isso. Mas você mudou de assunto. Qual era seu outro nome?

– Não sei mais – respondeu Guinevere, sacudindo a cabeça. – É muito triste. Eu sou triste. Você está aqui para matar Arthur?

Deveria fazer um sinal para Lancelote, mas seu cavaleiro estava longe demais, a faca ainda estava pressionada contra suas costelas, e nada daquilo parecia muito urgente. Algum bicho baliu ali perto. Gostava de bichos que baliam.

– Por que eu o mataria? – indagou Morgana Le Fay.

– Você tentou fazer isso quando ele era bebê.

– Ah, sim. Essa história. Isso é o que acontece quando os homens contam as nossas histórias. Você quer ouvir a história verdadeira?

Guinevere sacudiu a cabeça.

– As histórias reais são sempre piores.

– Sim. São mesmo. E vou contar mesmo assim.

Morgana Le Fay se inclinou mais para perto e, com uma voz suave e melódica, reescreveu tudo o que Guinevere sabia.

A feiticeira Morgana Le Fay

Morgana não era casada. Isso era um problema e cada vez mais difícil de esconder, pois a vida que crescia em sua barriga a tornava cada vez maior.

Lady Igraine perguntou quem era o pai, mas Morgana não podia dizer. Não porque não queria, mas porque era fisicamente incapaz. Quando pensava a respeito – em seu amor, seu único amor –, era como se ele fosse o luar ou a vegetação macia brotando na primavera. Ele era o cheiro da grama amassada entre dois corpos. Ele era a primeira brisa quente depois do abraço gelado do inverno.

Ele era do reino das fadas, e as coisas de seu povo não tinham como ser nomeadas e explicadas de uma forma que garantisse a uma mãe que sua filha não estava arruinada para sempre.

O amor de Igraine pela filha tinha a mesma intensidade e lealdade do sentimento que nutria pelo marido. Sabia o que o mundo faria com ela e com o bebê. E então, por amor, mandou Morgana embora. Para o norte, onde ninguém a conhecia, onde um bebê poderia nascer em segredo e, mais tarde, ser trazido de volta, com a história de um marido estrangeiro e uma viuvez repentina. Era o único recurso de que Igraine dispunha para proteger a filha e o neto, e ela chorou ao ver Morgana partir.

Mas Morgana não foi para onde deveria ter ido. Foi para a floresta, para a mata fechada, para a selva mais escura, onde não havia homens nem regras nem julgamentos. E lá encontrou seu amor, e ele a abraçou. E a Rainha das Fadas que o criou encontrou os dois e observou, curiosa, enquanto Morgana dava à luz um lindo menino que era quase humano.

Uma mãe protegeu Morgana até a hora de dar à luz, e a outra a protegeu depois. A Rainha das Trevas amava aquela jovem indomável e determinada, apesar de não compreendê-la. Os humanos tinham pouca serventia para ela – quando os notava, costumava ser pior para eles –, mas Morgana e o bebê a divertiam. E sua criação, que os homens chamavam de Cavaleiro Verde, amava Morgana e o filho da maneira que era capaz: de forma esporádica, enchendo-os de atenção e encantamento e depois se esquecendo por meses, durante os quais os dois não o viam nem recebiam notícias dele, enquanto quase morriam de fome em seu abrigo na floresta. A alegria da primavera e do verão, seguida pelo lento declínio do outono e a cruel indiferença do inverno.

Morgana poderia ter ficado por lá para sempre, não fosse a criança. Mordred era um bebê meigo, que havia se tornado um menino astucioso. Para que se tornasse inteligente e forte como precisava ser, teria que aprender a respeito de seus inimigos. Saber como sobreviver em um lugar perigoso e infestado de morte e traição. Ele precisaria conhecer os humanos.

Morgana sabia que sua mãe os aceitaria de volta. E o amante de Morgana poderia estar sempre com ela no cheiro da primavera, no zumbido preguiçoso dos insetos nas infindáveis tardes de verão, piscando para ela nas asas das borboletas.

A Rainha das Trevas abordou os dois no limite da mata.

"Aonde vocês vão?", perguntou, com aquela sua voz que não era bem uma voz, parecia um sonho em plena vigília.

Morgana contou a verdade. Estavam voltando para junto da mãe dela para que Mordred pudesse ser criado como humano.

"É tarde demais."

Morgana não passara seu tempo com o povo das fadas impunemente. Havia dado à luz um menino que, em parte, era de seu mundo, comera de sua comida e bebera de seu vinho. Abriu-se para a magia de uma forma que humano nenhum fizera. Horrorizada com as palavras da Rainha das Trevas, Morgana usou seu recém-descoberto poder para se afastar no tempo e no espaço. Para ver o que tinha acontecido e o que ainda estava por vir. Viu tudo. Mas desejou não ter visto.

Merlin tramando com Uther Pendragon. Sua mãe, sua linda mãe, sua mãe tão bondosa, que tanto a amava, sendo enganada. Usada. Haveria um bebê. Seu meio-irmão. E então viu...

O feiticeiro.

O feiticeiro.

O feiticeiro.

Morgana não conseguia ver nada além do feiticeiro. Onde quer que procurasse pelo futuro da mãe, pelo futuro do bebê que viria, só via Merlin. Gritou, incapaz de parar de vê-lo, dando-se conta de que, se não conseguia ver sua mãe, Igraine, no futuro, era porque o futuro dela só ia até aquele ponto. Aos soluços, com lágrimas no rosto, procurou o bebê em vez disso. Seu meio-irmão.

E ainda via apenas Merlin. Ele era como uma névoa, encobrindo tudo. Morgana não conseguia atravessar aquela barreira.

Não permitiria que o feiticeiro ficasse com o bebê. Não depois de tudo o que ele já havia roubado. Reuniu poderes do mundo das fadas ao seu redor. Até mesmo a Rainha das Trevas se intimidou ao ver a raiva que ela exibia como uma coroa ao deixar a floresta, com uma criança no colo e um bebê em mente.

Mas era tarde demais. Quando Morgana chegou em casa, sua mãe estava morta, e o bebê fora levado. Tentou de tudo para encontrá-lo, mas o feiticeiro barrava todas as suas tentativas, como Morgana já havia visto que aconteceria. Merlin levara sua mãe e, depois, tudo o que ela deixara para trás.

O feiticeiro havia tramado a existência de Arthur e se certificado de que ele só tivesse um caminho a escolher. Apenas um destino, já predeterminado. Sem uma família para protegê-lo, Merlin o fez crescer da maneira como desejava, para que encontrasse seu próprio caminho no mundo.

Morgana olhou para seu precioso filho e chorou, abraçando-o com força, prometendo a ele que poderia ser quem desejasse. Que seria criado tanto entre humanos quanto entre o povo das fadas e que levaria a vida que mais o encantasse.

Mas mesmo isso era uma mentira. Porque Merlin definira o caminho de Arthur, e esse caminho levava a Mordred. E Mordred viu como sua mãe lamentou e sofreu. Viu como eram efêmeros os afetos de seu pai e de sua avó. E queria conhecer sua família humana, para ver se havia uma forma de salvar Arthur do jugo do feiticeiro, alterar seu destino. E então Mordred teve que testemunhar tudo quando Arthur desfez o Cavaleiro Verde. Teve que testemunhar tudo quando o corpo da Rainha das Trevas foi perseguido e destroçado. Teve que testemunhar tudo enquanto Arthur caçava e sistematicamente destruía todas as coisas mágicas do mundo, a origem do nascimento de ambos.

E Morgana viu tudo também. Sempre soube que isso aconteceria e sempre se revelou incapaz de impedir. Ela não conseguira sequer escolher seu papel naquela história, que foi escrita por Merlin, que a retratou como vilã para seu próprio meio-irmão para que jamais conseguisse eliminar a distância que os separava e oferecer a ele o que feiticeiro lhe roubara.

Uma família.

E essa era a grande tragédia de Morgana Le Fay, a feiticeira. Mesmo com sua magia, seu poder e sua visão, fora incapaz de salvar sua mãe, seu amante, seu irmão e seu filho dos destinos traçados por Merlin. Nada do que ela via ou fazia era capaz de alterar os planos do feiticeiro.

Até que uma garota chegou a Camelot com segredos amarrados no cerne de seu ser.

CAPÍTULO QUARENTA

– Mas... isso não é...isso não pode ser verdade.

Os dedos das mãos de Guinevere estavam gelados, e os dos pés começaram a formigar. Algo dentro dela estava despertando, começando a soar o alarme que deveria ter sido dado desde o início, quando uma faca foi encostada em seu corpo, e Morgana começou a murmurar em seu ouvido.

– *Alguma vez* o feiticeiro lhe disse a verdade?

Guinevere não sabia dizer.

Morgana suspirou.

– Gostei de verdade de ajudar sua irmã. Fico feliz que ela tenha saído das garras de seu pai e esteja segura aqui. Mas, acima de tudo, queria conhecer você. Ver com meus próprios olhos a garota que trouxe a Rainha das Trevas de volta e desfez a destruição de Merlin. Mordred acha que você é especial. Algo jamais visto. – Morgana franziu a testa, encostando sua cabeça na de Guinevere enquanto a abraçava. – Mas todos nós somos especiais. Todos nós somos algo jamais visto. Até sermos destruídos também.

As mãos de Guinevere voltaram a obedecê-la pelo menos o

suficiente para alcançar a bolsinha escondida em sua cintura, sacar a pedra que pretendia dar a Lili e enfiar na bolsinha de Morgana.

Sem perceber o que tinha acontecido, Morgana afastou a faca de Guinevere e levantou. Apertou sua mão com a força de uma corrente.

– O pobre Arthur nunca teve escolha a não ser se tornar o que é. Eu ainda posso salvar você. Venha, nós… – deixou a frase no ar e então virou de costas para Lancelote. Guinevere olhou naquela direção. Arthur vinha caminhando na direção delas, com um sorriso no rosto e a mão no cabo de Excalibur. Morgana se abaixou e murmurou com uma voz apressada: – Não deixe que o feiticeiro apague a Guinevere que você poderia ser. Se quiser saber a verdade, talvez eu possa ajudar. A oferta vai continuar de pé até você se sentir preparada. – Morgana ficou em silêncio ao ver a expressão de Guinevere, então completou: – Meus doces e tolos meninos. Meu irmão roubado de mim e meu trágico filho. Você ainda pode acabar levando os dois à morte.

Com um farfalhar de saias, Morgana se afastou sob o céu cinzento do anoitecer, desaparecendo entre as barracas.

Arthur estava conversando com Lancelote. Guinevere queria chamá-lo. Queria alertá-lo. Mas Morgana estava indo na direção contrária. E, se o que ela havia contado fosse verdade – se qualquer parte de tudo aquilo fosse verdade –, Guinevere gostaria mesmo que Arthur a pegasse? O rei estava certo de que aquela mulher era Morgana Le Fay, a vilã das histórias de Merlin. Seria capaz de dar ouvidos a ela?

E será que *deveria* mesmo dar ouvidos a ela?

Atordoada, Guinevere não sabia quanto tempo havia passado quando Arthur chegou ao banco onde estava e se ajoelhou diante dela.

– Eu não me divirto assim desde… Guinevere? O que foi?

Ela precisava contar. Não tinha sido um encontro com Mordred em uma floresta distante. Havia uma feiticeira em Camelot.

– Morgana – disse Guinevere, ofegante, ainda sem o controle total de seu corpo ou de sua mente. – Aquela era Morgana. Ela estava aqui.

Arthur se levantou, e sua tranquilidade alegre foi substituída por uma tensão e uma determinação férrea.

– Sir Lancelote! – gritou Arthur, apontando para Guinevere e saindo em disparada na direção em que Morgana seguira. Guinevere não queria que Arthur fosse sozinho, mas o rei tinha Excalibur. Estava melhor sem ela.

Lancelote correu até Guinevere, com a mão na espada, olhando para Arthur com uma expressão confusa.

– Chame os outros cavaleiros – falou Guinevere. – Vá atrás de Arthur. Anna é Morgana Le Fay. Eu posso pôr fogo em qualquer um que encostar em mim. É seu rei quem precisa de você agora.

Depois de alguns momentos de hesitação, Lancelote saiu correndo. Guinevere não sabia por quanto tempo ficou paralisada naquele banco, mas a noite já havia caído por completo quando foi tirada de seu devaneio terrível.

– Aí está você! – Dindrane e Lili se aproximaram, de braços dados, aos risos. Dindrane se sentou ao seu lado. – Você encontrou o lugar mais malcheiroso de todo o festival para descansar. Mas fico feliz em saber que, desta vez, conseguiu não ser capturada por inimigos.

Guinevere caiu no choro.

Dindrane olhou para Lili, sem saber por que Guinevere reagira daquela maneira.

– Eu... me desculpe, foi uma brincadeira. Uma piada. Eu não quis...

– Não é isso – Guinevere conseguiu dizer, sentindo um nó na garganta de dor e de tristeza. Imaginou Arthur alcançando Morgana. Sacando a espada. Acabando com a vida dela. E imaginou que a feiticeira Morgana Le Fay, com o sentimento de vingança e a raiva faiscando nos olhos, matava Arthur.

Mas, se Morgana quisesse ver Arthur morto, já o teria matado. Já teria matado todos. Passou semanas morando no castelo. Um veneno. Uma adaga nas costelas. Um empurrão das escadarias nas alturas. Durante todo aquele tempo, Guinevere desconfiara de Lili, enquanto a verdadeira ameaça estava fazendo seu trabalho em silêncio.

Nada daquilo fazia sentido. Ou talvez fosse tudo muito simples como Morgana lhe contara. Uma mulher atormentada pela perda agindo na esperança de que alguém fosse capaz de quebrar o ciclo criado por Merlin.

Sacou sua pedra da bolsinha e a segurou com força. Se Morgana ainda estivesse por perto, Guinevere sentiria a pedra quente em suas mãos. Mas estava esfriando. Morgana estava indo embora e depressa.

Lancelote se juntou a elas, quase sem fôlego.

– Estão todos com Arthur. – Não era preciso dizer quem nem por que Lancelote não estava. – A senhora precisa voltar para o castelo.

– O que aconteceu? – indagou Lili.

– Nada – falou Guinevere, antes que Lancelote pudesse responder. – Estou cansada, só isso. Quero ir para a cama.

Dindrane dobrou os joelhos em uma mesura e desejou boa-noite a elas, pois ainda não queria ir embora. Mas Lili ficou.

– Eu acompanho você – disse Lili. Segurou a mão de Guinevere, a ajudou a levantar e a manteve próxima, com um braço em torno de sua cintura para ampará-la e confortá-la. A familiaridade e facilidade de seus movimentos levaram Guinevere a pensar que Lili já devia ter feito tudo aquilo para a irmã muitas vezes.

A Lua estava cheia e, naquela noite sem nuvens, brilhava com força suficiente para projetar sombras. As festividades continuavam, talvez até com mais intensidade. Felizmente, Lancelote escolheu um trajeto que tangenciava o festival, mantendo-as longe da multidão. As coisas que Morgana contara para Guinevere fervilhavam em sua mente enquanto caminhavam. Era possível acreditar no que Morgana havia dito? Deveria acreditar em tudo? Onde estava Arthur? O que estava fazendo? A pedra continuava a esfriar. Guinevere a segurava com tanta força que seus dedos doíam.

Lili olhou em volta, irritada.

– Era para Anna ficar com você.

– Ela não está mais aqui. Foi embora.

– Voltou para o castelo?

– Espero que não.

Mas, se tivesse voltado, Guinevere sentiria quando chegassem mais perto. Não sabia como explicar a situação para Lili. E tinha medo de que a nova perda fosse magoar sua pobre irmã. Independentemente de quem fosse Morgana, Anna fora uma companheira fiel e uma figura protetora para Lili.

– Anna não era... não é... se você a encontrar de novo, mande avisar a mim ou um cavaleiro na mesma hora.

– Por quê?

– É uma questão complicada. Depois eu explico. Ela não pode ficar em Camelot.

Lili soltou um suspiro.

– É por causa da magia, certo?

– Você sabia que ela mexe com magia?

– Bem, eu vi uma coisinha aqui, outra ali – contou Lili, encolhendo os ombros. – Nunca contei para o nosso pai porque sabia que ele a mandaria embora. E quando descobrimos que Camelot tinha banido todo tipo de magia, não contei para você porque não queria que Anna fosse expulsa daqui. Sentirei falta dela. Mas a própria Anna me disse que precisaria voltar para casa mais cedo ou mais tarde. Eu só esperava que fosse mais tarde.

– Ela contou para você quem era?

– Só que era viúva e tinha um filho alguns anos mais velho que eu. Anna se preocupava muito com ele.

Lancelote as conduziu pela noite. Mesmo na escuridão, Guinevere conseguia sentir a intensidade do olhar do cavaleiro perscrutando a noite em busca da feiticeira. Mas Guinevere duvidava que Morgana estivesse por perto. Nem mesmo ela gostaria de enfrentar Excalibur.

Era errado torcer para Morgana conseguir escapar?

– Ah! – gritou Lili ao tropeçar, esbarrando em um homem que apareceu no caminho delas. – Perdão!

O homem permaneceu imóvel, uma silhueta enorme na escuridão. Então baixou a cabeça e saiu do caminho. Lancelote se virou para ele, mas o sujeito não fez nada de ameaçador. Àquela altura, porém, tudo parecia uma ameaça. Caminhavam rumo à balsa, que estava lotada, em maior parte de famílias que voltavam para casa depois de uma visita ao festival. Havia crianças chorando, gritando, esperneando ou já adormecidas no colo dos pais. Guinevere e Lili foram empurradas para o meio, com Lancelote ao lado de Guinevere.

A rainha se aproximou ainda mais, agarrando-se ao braço do cavaleiro para que pudesse abaixar a cabeça.

– Você precisa avisar os guardas assim que chegarmos e comandar uma revista do castelo, por segurança. Acho que Morgana foi embora, mas precisamos ter certeza de que ela não vai voltar.

A pedra foi ficando mais fria ao toque, e não mais quente, conforme elas se aproximavam da cidade.

– Eu estava *bem ali* – falou Lancelote, com a voz trêmula de raiva.

– Desculpe. Eu não tinha como chamar você. Ela estava com uma faca, e eu estava sob o...

– Não é com *a senhora* que estou irritada.

Mas o tom de voz dela fez Guinevere se encolher toda mesmo assim. Chegaram às docas de Camelot e desceram às pressas da balsa, em meio ao aperto de tantos passageiros. Lili se manteve próxima de Guinevere enquanto subiam a longa ladeira que dava acesso ao castelo.

A pedra estava fria. Mesmo assim, Lancelote ergueu uma das mãos para que Guinevere e Lili esperassem enquanto ela falava com os guardas no portão para se certificar de que Morgana não tinha voltado. Apenas quando isso foi confirmado – e também que já havia um guarda a postos diante dos aposentos de Guinevere – Lancelote deixou que elas entrassem. Ficou no portão, dando instruções para a revista do castelo e esperando pelos pajens, que dariam o recado sobre *Anna* para todos os guardas no castelo e depois no festival.

Guinevere e Lili pegaram uma das escadarias laterais que contornavam a fachada do castelo, pois era um caminho mais direto até os andares aonde iriam. O luar era tão claro que dava para ver bem cada degrau. Tudo se resumia a luz fria ou sombra escura. Pararam no patamar que levava aos aposentos de Guinevere e Arthur. Mas Guinevere não se sentia bem ao ponto de ficar sozinha. Nem de ficar com Brangien e Isolda, interrompendo seu momento de privacidade e despejando problemas em cima das duas.

Embora a aparição de Morgana Le Fay fosse um problema de todos, era também um problema pessoal, de uma forma difícil de explicar. Caso fosse possível acreditar em Morgana, o alvo de seu disfarce como Anna fora apenas Guinevere. E foi com Guinevere que ela falou, e era com Guinevere que pretendia ir embora. Anna não fez nenhum esforço para abordar Arthur. Guinevere não se lembrava de nenhuma conversa entre os dois nem de Anna tendo alguma reação estranha quando Arthur estava por perto. O foco dela sempre fora se aproximar de Guinevere.

– Podemos ir para os seus aposentos?

Guinevere pegou mais um lance de escadas que fazia uma curva rumo ao andar de cima, arrependendo-se de ter bloqueado a escadaria interna entre os aposentos das duas, mas isso poderia ser resolvido no dia seguinte. Embora, pensando bem e sabendo quem era Anna, provavelmente tivesse sido uma boa ideia.

A cabeça de Guinevere latejava terrivelmente, o que era um provável efeito colateral da poção. Lili a conduziu escada acima e abriu a porta do sexto andar.

Havia um homem no corredor, vestindo roupas de pajem que não lhe serviam nada bem. Embora houvesse apenas uma tocha acesa, era possível notar algo de conhecido nele. Quando cerrou os punhos, Guinevere viu que tinham manchas vermelhas, mas não de algum prurido na pele, como a rainha imaginou a princípio. Eram queimaduras, e ainda não estavam cicatrizadas. Alguma coisa naquela silhueta lhe dizia que era o mesmo homem em quem haviam esbarrado pouco tempo antes.

Deu um passo à frente e estendeu o braço para proteger Lili, empurrando-a de volta para a porta.

– Acho que estamos no lugar errado.

O homem sorriu. Olhando bem para ele, Guinevere reconheceu seu rosto. Antes, estava escondido pela barba, mas era familiar.

– É sua irmã? – perguntou, apontando com o queixo para Lili.

– Não, minha dama de companhia. Em que posso ajudar?

O homem sacudiu a cabeça, apontando um dedo vermelho e queimado para Lili.

– É sua irmã. Eu ouvi. Eu tinha irmã. Hild. Não tenho mais irmã. Então *você* não tem mais irmã.

Guinevere perdeu o fôlego ao sentir o impacto daquelas palavras. Hild. Hild estava morta. Ela havia matado a pobre Hild, que só estava tentando ajudar os irmãos. Que nunca lhe fizera nada de mal. Guinevere se salvara, mas deixara um rastro de destruição e morte.

– Eu... eu lamento muito. Não era minha intenção que acontecesse alguma coisa com ela.

O homem cerrou os punhos de novo e veio andando na direção das duas com passos largos.

– Corra! – gritou Guinevere, empurrando Lili. Em pânico, a garota virou à direita em vez de à esquerda e continuou subindo as escadas. Antes que Guinevere pudesse corrigi-la, o irmão de Hild já estava em seu encalço, impedindo a volta das duas ao quinto andar, onde havia um guarda à espera, mas fora de seu alcance.

Lili levantou as saias e começou a saltar os degraus de dois em dois. Foi uma subida apressada demais, o que seria perigoso até durante o dia, quem dirá no escuro. Guinevere sabia que elas não teriam chance se o confrontassem. E duvidava até que conseguiria usar sua magia rápido o suficiente para impedir que Lili fosse ferida.

Suas escolhas haviam acabado com a vida de Hild e agora matariam Lili também. Levara a irmã daquele homem e, mesmo assim, não conseguia sequer se lembrar do nome dele.

– À direita! – gritou. Lili se voltou para uma escadaria. Aqueles andares estavam vazios. Toda a criadagem do castelo estava no festival. Não havia ninguém para ajudar. A única esperança – à qual era preciso se agarrar com todas as forças – era o fato de Guinevere saber algo a respeito do castelo que o homem desconhecia. Na verdade, nem ela *sabia*, apenas tinha visto em um sonho. – À esquerda!

Lili estava ofegante e Guinevere também. Conseguia ouvir o avanço constante do homem atrás dela. O irmão de Hild não precisava correr. Havia apenas alguns lances de escadas à esquerda e poucas portas que poderiam usar. Não seria possível se esconder ali.

Passaram pelo balestreiro de Mordred e contornaram uma parede. Aquele lance de escadas levava apenas a uma série de colunas decorativas. Guinevere olhou para trás discretamente. A parede as escondeu das vistas de seu perseguidor, mas não por muito tempo. A plataforma finamente ornamentada com colunas terminava em uma grande queda. E a última coluna, entalhada como uma árvore, se projetava sobre o nada.

– Lá atrás! – falou Guinevere, apontando para a extremidade da plataforma.

– O quê? – Lili olhava para ela, confusa e apavorada.

– Há um espaço secreto. Tome cuidado! Não vá cair!

Pegou Lili pela mão e a empurrou para a coluna. Lili tentou se agarrar como podia, e, por um instante de pavor, Guinevere pensou que estivesse equivocada. Que seu sonho podia estar errado. Afinal, fora só um sonho, e não havia nada ali além de mais pedra. Lili morreria.

E então Lili desapareceu.

– Venha! – murmurou. – Nós duas cabemos aqui!

– Silêncio!

Guinevere voltou para o meio da plataforma e ficou imóvel, sentido o vento agitar seus cabelos e seus mantos. Em meio à fuga, havia perdido sua coroa.

O irmão de Hild contornou a parede. Estava quase sem fôlego. Olhou para Guinevere, depois se inclinou para ver mais longe.

– Onde está? – grunhiu.

– Não está aqui. Ela pegou outra escada.

O homem olhou para trás, franzindo a testa.

– Sinto muito – insistiu Guinevere. – De verdade. Jamais quis fazer mal a Hild.

– Você é bruxa. Trouxe um demônio. Todas as casas se foram. Hild se foi.

Guinevere sentiu vontade de retrucar. De mencionar que só evocara o dragão porque ele decidira ignorar a irmã e ajudar Ramm a mantê-la refém. Mas, fosse qual fosse o motivo ou a justificativa, o resultado seria o mesmo. Guinevere estava viva, e Hild estava morta.

– Hoje não tem ajuda – disse o homem, com desprezo. – Eu matei seu dragão.

Guinevere sentiu suas pernas amolecerem de choque e tristeza. O dragão não escapara. Ela o evocara, o usara e o mandara embora.

E a criatura fora caçada e morrera. Tudo o que fizera com Sir Bors para proteger o dragão fora desfeito por suas próprias ações. Uma criatura fantástica, mágica, tinha deixado de fazer parte do mundo. Não por livre e espontânea vontade, embrenhando-se embaixo da terra para dormir. Mas pela violência. Uma violência desencadeada por Guinevere. Se ela soubesse que o dragão morreria, que Hild morreria, *jamais* teria feito aquilo. Jamais teria feito nada daquilo.

Merlin sempre soubera de tudo. Tinha consciência do custo de suas atitudes e as tomava mesmo assim. A história de Morgana voltou à sua mente, revoando por toda sua cabeça como se fossem seus cabelos, obscurecendo sua visão e fazendo tudo arder. Merlin havia semeado a morte, a destruição e a tristeza absolutas, e depois simplesmente se isolou do mundo. Deixou que os outros recolhessem os cacos que deixou. E que continuassem seguindo os caminhos estabelecidos por ele, fazendo sua vontade e sofrendo as consequências.

Ou vendo seus entes queridos sofrerem as consequências. Guinevere não permitiria que isso acontecesse com Lili.

O irmão de Hild deu um passo à frente. O rosto dele continuava imóvel, como se fosse feito de pedra, mas as bochechas estavam molhadas.

– Você precisa pagar.

Guinevere o encarou.

– Concordo. Mas você não pode machucar minha irmã.

Ele se aproximou, estendendo a mão para o pescoço de Guinevere, com os olhos mortos, a não ser pelas lágrimas que escorriam. E então respirou fundo pela boca, em choque, quando a ponta de uma lâmina apareceu no meio de sua barriga. A espada desapareceu, e o irmão de Hild tombou para o lado, caiu pela beirada da plataforma e despencou montanha abaixo.

– Guinevere... – disse Lancelote, ofegante, com a espada ensanguentada em uma das mãos e a coroa da rainha na outra.

CAPÍTULO QUARENTA E UM

A espada de Lancelote era como uma mancha escura sob o luar. Guinevere não conseguia desviar os olhos da lâmina enquanto o cavaleiro se virava em todas as direções, à procura de novas ameaças.

– Vi esse homem nas escadas. E corri o máximo que pude para alcançar a senhora. Jamais deveria tê-la perdido de vista. Ele foi mandado por Morgana Le Fay?

– Não. Foi por mim.

– Quê?

– Eu fiz tudo isso acontecer. A culpa é minha.

Guinevere desviou os olhos da lâmina e se voltou para o céu noturno à sua volta. Para a escuridão que engolira o irmão de Hild. Ainda não conseguia se lembrar do nome dele. E era mais uma pessoa que morrera por sua causa. Porque era rainha.

– Onde está Lili? – indagou Lancelote, olhando pela extremidade da plataforma, com uma expressão apavorada.

Guinevere foi até a última coluna e estendeu a mão.

– Ele se foi.

Lili segurou a mão de Guinevere. Agarrada à coluna, esticou o pé até sentir que estava pisando no chão firme, e então projetou o restante do corpo para os braços de Guinevere.

– Estamos a salvo? – perguntou.

Não havia uma resposta sincera que Guinevere pudesse dar. Como alguém seria capaz de afirmar que estavam a salvo? Ela havia destruído a mente de Rei Marco e feito seu reino mergulhar no caos. Havia matado Ramm. Havia matado Hild. Havia matado o dragão. Havia matado o irmão de Hild. Havia matado Maleagant e seus homens, e depois suas escolhas trouxeram de volta a manifestação física da Rainha das Trevas. Havia trazido Morgana Le Fay para o castelo simplesmente por estar lá. E quem poderia prever o que a Dama do Lago faria se a encontrasse?

Ninguém estava seguro perto dela. Guinevere não era uma protetora. Era uma maldição.

Deu um tapinha nas costas de Lili, se virou para Lancelote e se pendurou na coluna, mal conseguindo tocar o outro lado com os pés. Guinevere se esgueirou lá para dentro. Aquele espaço era exatamente como sabia que seria. Fosse o que fosse que Morgana havia dito ou qual era sua verdadeira identidade, Guinevere sabia de coisas que apenas a Dama do Lago sabia também. Com as costas apoiadas na parede de pedra, movimentou-se ao redor do círculo escuro. Conseguia ouvir a faminta e eterna água, lá embaixo. A escuridão sob a escuridão. Olhou para o buraco e se pôs a pensar.

Em seu sonho, o que a atraíra para lá também a lançara para baixo. Guinevere despertou apavorada, mas no sonho não tinha medo. Apenas confiança. Senso de propósito. Determinação.

Será que, se pulasse, encontraria aqueles mesmas sensações de novo?

– Guinevere! – Uma mão forte segurou seu braço. Um de seus pés escorregou pela beirada, e Lancelote a puxou de volta, trazendo-a para junto do peito. – O que você está fazendo?

– Não sei – murmurou Guinevere. – Eu não sei.

– Vamos.

Lancelote a ajudou a percorrer a cornija estreita ao redor do buraco e a voltar à plataforma. Lili estava à espera das duas, com os olhos tão arregalados que o luar se refletia em sua íris.

O cavaleiro as levou de volta para o quinto andar e instruiu o guarda que estava a postos diante dos aposentos de Guinevere para levar Lili e revistar todos os cômodos antes de montar vigia do lado de fora. Em seguida, bateu na porta de Guinevere. Quando Brangien abriu, a expressão dela logo passou de curiosidade a medo.

– O que aconteceu?

Lancelote sacudiu a cabeça.

– Vá ficar com Lili. Passe esta noite com ela.

O cavaleiro levou a rainha ao quarto de Arthur e a fez sentar. Em seguida, lhe entregou um copo de vinho e esperou até que Guinevere bebesse tudo.

– Quem era aquele homem? – indagou Lancelote. – Não vi o rosto dele.

– Irmão de Hild. Ela morreu. E foi tudo culpa minha.

Lancelote parecia chocada, mas também furiosa.

– Foram *eles* que raptaram *a senhora*. E a estavam mantendo como refém. O que a senhora acha que teriam feito se o Rei Arthur não pagasse o resgate? O que aconteceu depois foi a violência provocada pelas atitudes deles.

– Ela não merecia morrer.

Guinevere não sabia nem se o irmão de Hild também merecia. Talvez ninguém merecesse. Haveria arrogância ou maldade maior no mundo do que achar que viver ou morrer poderia depender da escolha de uma única pessoa?

– Lamento que Hilda esteja morta, de verdade, mas me recuso

a ver a senhora sofrer porque o povo dela achava que sequestrar e roubar era melhor que trabalhar.

A porta se abriu, e Arthur entrou como uma tempestade de verão, de forma repentina e avassaladora.

– Nós a perdemos. – Ajoelhou-se diante da cadeira onde Guinevere estava e segurou suas mãos. – Ela machucou você?

Guinevere demorou alguns instantes para se dar conta de que Arthur estava falando de Morgana. Lancelote fez uma mesura e foi saindo para a porta.

– Não, fique – pediu Guinevere. – Não temos segredos, nós três. Ou, pelo menos, segredos que vocês dois já não saibam. O irmão de Hild também apareceu aqui hoje à noite. Ele tentou me matar. Hild morreu por minha causa.

Lancelote sacudiu a cabeça.

– Não foi por sua...

– Evoquei um dragão no vilarejo para me resgatar. Ele veio porque me amava, mas depois foi caçado e morreu. – Guinevere ficou olhando para o chão. – Eu também poderia ter sido caçada e morta, se Mordred não tivesse me encontrado na floresta e acendido o fogo para mandar o sinal para Lancelote.

– Quê? – perguntaram Arthur e Lancelote, em uníssono e com o mesmo tom de choque e veemência.

– Você o viu antes de chegar ao vilarejo de Rhoslyn? – indagou Lancelote.

– Você o viu *no* vilarejo de Rhoslyn? – Arthur olhou para Lancelote, inconformado. – E não me contou? Nem o trouxe para cá?

– E uma vez antes disso também – respondeu Guinevere. – Ele disse que estava tentando salvar os lobos da possessão da Rainha das Trevas. E depois foi embora. No vilarejo de Rhoslyn, salvou as mulheres. Não estava lá por nossa causa. Mas *nós* estávamos, só que não por ideia de Mordred, mas de Morgana.

Arthur se sentou. Ainda estava no chão, com as pernas compridas dobradas. Esfregou o rosto, soltou o cinturão da espada e o jogou para o lado.

– Conte-me tudo.

Guinevere fez isso, da melhor maneira que pôde. Morgana fora para Camelerd logo depois de Guinevere reerguer a Rainha das Trevas e Mordred fugir. Conseguiu um posto com Lili e a incentivou a fugir para Camelot em vez de ir para um convento. E depois esperou, mantendo-se por perto para conhecer Guinevere e, talvez, Arthur. Não havia feito Mordred cruzar o caminho de Guinevere depois do incidente com Hild, mas ele estava procurando uma ilha com base em indicações passadas por Morgana. Quem poderia dizer o que a feiticeira era capaz de ver com seu poder? Era certo que havia manipulado a todos no vilarejo de Rhoslyn.

– Esse tempo todo, Morgana Le Fay estava bem aqui. – Arthur sacudiu a cabeça, confuso, com a testa franzida contorcendo suas feições marcantes. – O que ela queria?

– Morgana me contou uma história.

Guinevere repetiu o relato do início ao fim. Não era difícil de lembrar. Estava gravado em sua mente, como se tivesse sido inscrito em fogo, um elemento que Merlin controlava tão bem.

– Ela é uma mentirosa. – Arthur envolveu as pernas com os braços e as puxou para mais perto de si, em um gesto que o fez parecer mais jovem. – É óbvio que estava mentindo. Isso é tudo um truque. Os dois estão tramando alguma coisa.

– Será que estava *mesmo* mentindo?

– Como você pode questionar isso? É Morgana Le Fay! Todo mundo sabe que ela é feiticeira. E mãe de Mordred, que nos traiu.

– Traiu mesmo?

Arthur largou as pernas e ficou de pé, impulsionado pela raiva.

– Como assim, "traiu mesmo"? Por acaso nós três não estávamos lá no bosque? Ele não enganou você para usar seu sangue e reerguer a Rainha das Trevas? – Assim como Lancelote havia feito, Arthur puxou as mangas da roupa de Guinevere, revelando as linhas brancas e finas das cicatrizes em seus antebraços, onde as árvores a cortaram para que o sangue fluísse com mais abundância. – E depois ainda pôs sua vida em risco colocando você entre Excalibur e a Rainha das Trevas!

Guinevere assentiu, mas dessa vez não puxou as mangas de volta para o lugar.

– Sim. Mordred fez tudo isso. Mas... você matou o pai dele. Destruiu sua avó. Mordred desfez o que pôde. E foi embora. Não nos prejudicou mais nem tentou fazer isso. Os ataques da Rainha das Trevas desde então foram todos realizados por ela, sem a ajuda de Mordred nem de Morgana. Talvez eles sequer sejam ameaças.

– *Não*. – O tom de voz de Arthur era cortante como o gume de sua terrível espada. Guinevere quase nunca o ouvia falar como um rei, mas era isso que estava escutando no momento. Arthur não estava *conversando* com ela. Estava exercendo seu poder. – Os dois estão com ela. Ao lado dela. Você viu com seus próprios olhos o que a Rainha das Trevas faz. O caos. A violência. Ela não pode existir neste mundo se os homens quiserem sobreviver e prosperar. E não pode haver perdão para aqueles que colaboram com ela.

Guinevere escondeu o rosto entre as mãos. Era verdade. Sabia que era. Mas muitas coisas que considerava verdades haviam se revelado mentiras ou então eram nebulosas e complicadas a ponto de não se encaixarem na definição de verdadeiro ou falso, de bom ou mau.

– Merlin mandou você aqui para...

– Não sabemos por que ele me mandou para cá. – Guinevere ergueu a cabeça, pois pelo menos disso tinha certeza. – Para me proteger, para proteger você, para proteger seu precioso legado. Não sabemos e nunca vamos saber. Não confio nele.

– Você confia mais em Morgana Le Fay e em Mordred do que em Merlin? – Arthur a encarou, incrédulo.

– Os dois mentiram menos para mim do que Merlin!

– E o que Mordred disse quando encontrou você sozinha na mata? – O tom de voz de Arthur era frio, e sua expressão, dura como pedra.

– Quase nada.

– Mas basta Morgana Le Fay contar uma história para você ficar do lado dela e contra Merlin? Contra Merlin, que ajudou a nos criar? Está claro que Mordred e a mãe dele estão trabalhando juntos esse tempo todo para usar e manipular você. Querem que você fique confusa.

– Não é difícil me deixar confusa! Nem sei quem sou! Sonho com a Dama do Lago. Conheço segredos de Camelot que só ela seria capaz de revelar. Mas Morgana tem certeza de que eu realmente sou Guinevere. E Lili me reconheceu.

– Podem ter usado magia nela – interrompeu Lancelote, falando baixinho.

– A magia teria se desfeito quando ela entrou no castelo. Não sei como, nem por que, mas Lili vê a irmã quando olha para mim. Como posso ser Guinevere? *Sei* que não sou. Não existe nada dela nas minhas lembranças. E isso faz parecer que a minha mente não é minha.

Os sonhos com a Dama eram mais vívidos do que qualquer uma das lembranças da própria Guinevere. E podiam ser também qualquer outra coisa, mas sem dúvida eram reais da forma como se apresentaram a ela. O que aconteceu naquela noite era uma prova disso.

Guinevere levou a mão à testa, desejando ser capaz de arrancar sua mente lá de dentro e tirar tudo o que Merlin tinha implantado, mas tinha medo do que poderia acontecer depois disso.

– Não sei o que Merlin fez comigo nem por que e, quanto mais tento consertar as coisas e fazer meu papel, quanto mais tento ser a rainha ou usar magia como proteção, mais pessoas saem feridas. Quando isso vai parar?

Arthur parou de andar de um lado para o outro e foi até Guinevere. Em seguida, ajoelhou-se diante dela e segurou suas mãos. Dessa vez, ela não queria se valer da confiança e da força que sempre sentia no toque do rei. Não queria sentir nada que não fosse apenas seu.

– É isso o que significa ter poder – declarou Arthur. – Você toma as melhores decisões que estão ao seu alcance, e existem consequências. Sempre existem consequências. E, em geral, não é você quem sofre. São outras pessoas. Você precisa aceitar isso, conviver com isso, e seguir beneficiando o máximo de pessoas da melhor forma possível.

– Eu fiz isso. Fiz mesmo. Mas minhas ações mataram *inocentes*, Arthur. E não sei como aceitar isso nem seguir em frente nem sequer se beneficiei alguém. Não sei se o fato de eu estar aqui e ser rainha beneficia o máximo de pessoas da melhor forma possível.

Arthur apertou suas mãos.

– Pode acreditar que sim. Caso contrário, Merlin não mandaria você para cá. Até podemos não entender, mas tudo o que ele fez foi por Camelot. Pelo nosso povo.

Isso não era verdade. Merlin não estava nem um pouco preocupado com o povo. Só se importava com Arthur, com o caminho de Arthur até o poder e com seus próprios planos. Mas, mesmo que Morgana estivesse mentindo, Guinevere ainda sabia que Merlin não estava nem um pouco preocupado com o bem-estar de quem atrapalhasse seus planos. Se queria que Guinevere estivesse lá, não importaria o que acontecesse ao redor dela nem quem precisasse sofrer ou morrer.

Só que não era possível discutir isso com Arthur. Ele se esforçava tanto... E era tão bom. Merecia ser rei. Apesar de tudo, Guinevere acreditava nisso. Camelot era diferente de tudo o que havia visto no mundo. Quaisquer que fossem as consequências das decisões de Arthur, ele levava tudo em consideração. Não ignorava nada. E se esforçava ao máximo, em todos os sentidos, para melhorar a vida de todos. Se Arthur precisava acreditar em Merlin para continuar sendo rei, Guinevere não interferiria nisso. Mas não podia fazer a mesma coisa.

Guinevere puxou de volta suas mãos, com delicadeza, e levantou.

– Estou cansada. Pode voltar para o festival. Continue com Excalibur na cintura, mas Morgana se foi. Tenho como saber se ela voltar.

– Posso ficar.

– Não.

Guinevere levou a mão ao rosto de Arthur. Quem ele poderia ter se tornado se Morgana o tivesse encontrado primeiro? O que teria acontecido com Uther Pendragon? Com Camelot? Será que Lancelote teria recebido permissão para matar o tirano e libertar o reino? Ou outro tirano teria entrado em cena, alguém como Maleagant? O que ela havia provocado no território de Rei Marco quando o removeu do poder? O povo de lá teria sua própria versão de Arthur ou de alguém tão ruim quanto Rei Marco?

Se Arthur pudesse voltar no tempo e fazer tomar todas as suas decisões por si mesmo, sem interferência de ninguém, faria algo diferente? Guinevere não conseguia imaginá-lo sendo outra coisa além do que era.

– Pode ir – disse. – Vá ficar com seu povo. Comemore e deixe que lhe vejam comemorando. Vá para o lugar onde deveria estar e seja quem precisa ser.

– Não quero deixar você sozinha.

Guinevere se voltou para Lancelote. Vinha sendo muito injusta com seu cavaleiro. Lancelote jamais seria como os outros cavaleiros, não totalmente. Guinevere havia tirado dela o poder de escolha, determinando como seria a relação entre as duas. E não faria isso de novo.

– Eu tenho Lancelote.

– Sempre – falou Lancelote, com os olhos cheios de determinação, mostrando a mesma força dos golpes que aplicava e a mesma motivação com que encarava suas lutas.

Guinevere olhou para Arthur e viu algo em seu rosto – raiva, ou preocupação, não sabia dizer – antes que ele se abaixasse para pegar a espada.

– Muito bem. Conversamos melhor quando você estiver descansada.

Mantendo a espada afastada para que não tocasse Guinevere nem mesmo dentro da bainha, Arthur se inclinou na direção dela. O beijo que deu em seus lábios pareceu transmitir uma intenção que Guinevere não soube qual era. E então o rei se foi.

Guinevere e Lancelote voltaram para o quarto dela. Brangien já arrumara tudo para que a rainha pudesse dormir. Guinevere desejou que Brangien e Isolda ainda estivessem lá para ajudá-la a se despir. Era difícil desamarrar as mangas do vestido, e não tinha como desfazer sozinha os laços das costas. E também não queria dormir de vestido e correr o risco de arruinar todo o trabalho de Isolda.

– Você pode... pode me ajudar? – Guinevere tinha desamarrado as mangas, mas não conseguia alcançar a parte de trás do vestido.

Lancelote assentiu.

Guinevere virou de costas, e Lancelote começou a puxar os cordões.

– Desculpe – murmurou Guinevere. – Eu queria proteger você. Queria que você fosse um cavaleiro de verdade. Que não fosse diferente dos outros.

– Eu quero ser diferente dos outros – falou Lancelote, com uma voz suave como seus dedos calejados, que desfaziam os laços um a um.

– Mas você queria ser um cavaleiro do Rei Arthur.

– Não. Eu queria ser o cavaleiro da Rainha Guinevere. E também... – Ela ficou em silêncio por alguns instantes, hesitante, e completou: – Mas também queria ser sua amiga.

Lancelote já havia desamarrado os laços, e Guinevere se virou.

– Você *é* minha amiga.

O cavaleiro conhecia a verdade a seu respeito. Foi a primeira pessoa a saber depois de Arthur. Guinevere passava mais tempo com ela do que com o rei. Lancelote confiava nela e a tratava como uma rainha, mas também sabia discordar quando achava que Guinevere estava errada. Isso tornava seu apoio ainda mais valioso. Surpresa, Guinevere se deu conta de que o motivo por que sentia mais falta de Mordred era porque se sentia *vista* por ele. Em todos os ambientes, em todas as situações, estava sempre em primeiro plano para Mordred.

Mas Guinevere não perdera isso quando Mordred se foi. Ainda tinha Lancelote. E talvez fosse até melhor, porque Lancelote não a olhava com segundas intenções nem com o intuito de enganá-la. Lancelote era sempre franca, sempre verdadeira. Assim como Arthur, com a diferença de que Lancelote estava sempre *presente*.

O cavaleiro sorriu, com uma certa timidez, e baixou os olhos para o chão de pedra.

– É mais difícil encontrar uma boa amiga do que uma rainha, acho eu.

– É difícil ser qualquer uma das duas coisas – riu-se Guinevere. – Mas vou tentar ser a amiga e a rainha que você merece.

Tirou o vestido, as meias e as botas. Lancelote se sentou em uma cadeira perto da porta enquanto Guinevere subia na cama.

A rainha fechou os olhos. Mas continuava a ver a ponta da espada aparecer na barriga do irmão de Hild. A vê-lo cair. A ouvir Morgana contar uma história diferente e reescrever o passado. E, acima de tudo, continuava a ver a terrível promessa representada por aquele buraco e pela água, mais abaixo. E a se perguntar o que aconteceria se tivesse pulado. E a se sentir absurdamente tentada a subir lá e fazer exatamente isso.

– Lancelote – falou, sem abrir os olhos.

– Sim?

– Por favor, não vá embora.

– Jamais vou embora.

CAPÍTULO QUARENTA E DOIS

Guinevere acordara e vira Lancelote de pé ao lado da porta. Mas, em vez de manter uma postura formal e reservada, o cavaleiro sorrira para ela, e as duas conversaram durante todo o café da manhã. Uma coisa estava de volta ao normal, pelo menos.

Lili convidou Guinevere a voltar ao festival, mas ela recusou. Não estava com vontade de ser vista. Sir Gawain ficou mais que contente por ser designado em caráter definitivo para escoltar Lili quando a garota estivesse fora do castelo, e Brangien ficou mais que contente ao voltar aos aposentos de Guinevere.

– Gosto de Lili – comentou Brangien, com um tom que não combinava muito com o que estava dizendo –, mas não vou mais cumprir esse papel de substituta. Podemos encontrar outra dama de companhia. E, enquanto isso ela pode contar com aquela menina obtusa.

Isolda estalou a língua em sinal de reprovação, mas também parecia aliviada por estar de volta. Como se estivesse arrependida de não estar por perto para ajudar a proteger Guinevere – e se sentindo chocada com a revelação da verdadeira identidade de Anna –, a mimou ainda mais que o normal. No início da tarde, os aposentos de

Guinevere, normalmente tão espaçosos, começaram a parecer apertados. Quando mais alguém bateu à porta, ela disse a Lancelote para mandar a visita embora, temendo que fosse Lili, Dindrane ou outra pessoa querendo ser convidada a entrar para bater papo.

Mas quem apareceu foi Arthur. Mal olhou para Lancelote e estendeu a mão para Guinevere.

– Vem comigo?

– Claro.

Guinevere pegou a mão do rei, esperando que fossem andar de braços dados. Em vez disso, ele entrelaçou os dedos com os seus. Os dois saíram por uma porta que dava para o lado de fora e subiram as escadas externas. Guinevere se agarrou ao braço de Arthur, apavorada. Sabia que estava indo ao espaço secreto acima do lago sempre à espreita, abaixo da cidade. Guinevere não queria olhar para aquele círculo de novo. Não queria contemplar o que a havia chamado.

Só que Arthur seguiu por um outro caminho. Subiram até o ponto onde o topo do castelo se juntava à rocha irregular da montanha, logo atrás. Uma vez lá, Arthur sorriu e deu um passo atrás, revelando um ambiente ao ar livre, sem telhado e cheio de plantas. Alguém havia plantado um jardim ali. E, embora houvesse pouca coisa florindo tão perto do inverno, era uma alegria encontrar aquela quantidade de verde em um lugar tão alto, no meio de tantas pedras cinzentas.

No centro do jardim, havia duas almofadas, com um jarro e dois cálices entre elas. Guinevere olhou para Arthur. Seu sorriso parecia um tanto cauteloso e esperançoso. A confiança que o rei exibia tão naturalmente quanto sua coroa não estava lá.

– Não sabia que este lugar existia!

Arthur a conduziu até lá.

– Confesso que também não. Mas estava conversando com uma das cozinheiras e perguntei onde conseguia os temperos. Ela me trouxe aqui. E, assim que bati os olhos neste lugar, tive certeza de que você iria adorar.

– Adorei mesmo.

Guinevere se sentou, e Arthur também.

– Eu queria... Precisamos conversar. Você tem razão.

– A respeito do quê?

– A respeito de tudo. Isso foi mesmo uma grande injustiça com você, desde o início. Você veio para cá sob falsos pretextos. Foi induzida por uma mentira ou, na melhor das hipóteses, uma meia-verdade, e eu sustentei essa mentira.

– Você tinha seus motivos.

– Fui egoísta. Fiquei contente demais quando você veio, porque isso significava que eu finalmente teria uma amiga, uma confidente. Alguém com quem poderia ser Arthur e não rei. Mas trazer você para cá também significava obrigá-la a fingir o tempo todo. Eu não... eu não suportava a ideia de você precisar fingir que me ama. Fingir que é minha esposa de qualquer forma além das aparências. Senti que estava enganando você ou tirando vantagem da situação. Só queria que você ficasse comigo se quisesse. Acho que estou usando demais essa palavra, "*querer*". – Ele esfregou o queixo e ficou vermelho. – Sinto muito. Esse discurso soou melhor na minha cabeça. Eu deveria saber que essa minha cautela magoaria você.

Guinevere não conseguia nem olhar para ele. Ficou olhando para o lago reluzente e os campos vazios, lá embaixo.

– Está sendo... difícil. Tentar lidar com os meus sentimentos. Com esse medo de não ser aquilo que você precisa que eu seja.

– A questão é justamente essa. O que eu preciso não vem ao caso. Você não escolheu se casar comigo. Eu quero... eu preciso... A escolha precisa ser sua... me amar. Nós dois nos amarmos. Você não me deve nada. Não é obrigada a me escolher. Podemos continuar assim para sempre, e juro que vou ser feliz tendo você como amiga e companheira, me ajudando a governar. Eu queria provar isso. Nem sempre foi fácil. Mas não acho que você seja obrigada a me ceder nada e *nunca* exigirei isso.

Arthur segurou as mãos de Guinevere, e ela se virou para olhá-lo. Para olhá-lo de verdade. Aquele era um rosto que amava. Isso era inegável. Era preciso reconhecer que Merlin lhe incutira a sensação de que o conhecia desde sempre, de que ele era *seu*. Havia algo em Arthur que, desde o momento em que se conheceram, parecia familiar e confiável. Guinevere também não tinha como negar que o desejava. Pelo menos em alguns momentos, sempre surpreendentes e de tirar o fôlego.

– Estou preparado – falou ele. – Estou preparado para sermos marido e mulher. Rei e rainha. Para governarmos juntos e ficarmos juntos. Não me interessa quem você era nem por que Merlin a mandou para cá. Não estou dizendo que isso não seja importante, porque sei que é importante para você. Mas, sejam quais forem as circunstâncias que a trouxeram para minha vida, fico contente por isso ter acontecido e jamais voltaria atrás. A única coisa que me interessa é você estar aqui, que estamos juntos, e que eu não quero que isso mude nunca. Pois bem. Isso é... é assim que eu me sinto. Estou preparado para ser o que você desejar que eu seja.

Guinevere observou o rosto dele, os olhos castanhos calorosos, o maxilar pronunciado, a confiança. Arthur não estava com medo. Estava preparado. Para o que quer que ela dissesse.

Abriu a boca para responder, mas o rei apertou suas mãos.

– Não responda agora. Pode tirar um tempo para pensar. Talvez todo esse sofrimento tenha sido por tentar fazer tanto por tanta gente. Ser rainha, protetora, bruxa, esposa e irmã. Tantos segredos, tantas identidades. É demais para qualquer um. Quando você me escolheu naquela noite, lá no bosque, escolheu Camelot. E amo você por isso, porque também sempre vou escolher Camelot. Mas agora quero que você me escolha.

Arthur estava enganado. Guinevere não escolhera Camelot. Escolhera Arthur. Mas Arthur, o *rei*. O que ele estava pedindo naquele momento era uma coisa muito mais íntima e, em certo sentido, muito mais perigosa. Acreditou quando Arthur lhe disse que poderiam continuar como antes. Ele não mentiria. E, quando estava com Arthur, Guinevere ficava feliz. Era uma alegria ter a companhia dele.

Mas sabia que o rei também estava dizendo a verdade quando falou que sempre escolheria Camelot. O reino vinha em primeiro lugar, acima de tudo, em qualquer momento. Guinevere o amaria e o veria partir, repetidas vezes. O amor de Arthur por ela não seria exatamente uma obrigação. Mas seria apenas uma entre as muitas coisas que sentia e fazia e, em um determinado dia, poderia não ser a mais importante.

Se Arthur a tivesse beijado naquele momento, Guinevere teria dito isso sim. Mas ele era Arthur, não Mordred. Não tomaria nada que não já não fosse seu. Em vez de beijá-la, levou sua mão aos lábios.

– Preciso ir.

O rosto de Guinevere deve ter denunciado sua decepção, porque ele riu.

– Só até o salão principal. Vamos ter um banquete hoje à noite para comemorar o fim da celebração do festival. E estou indo embora de propósito, porque quero dar a você tempo e espaço para tomar sua decisão. Esperarei o tempo que for necessário.

Só que Arthur saiu pisando leve quando se foi. Sabia qual seria a escolha de Guinevere.

Ela ficou no jardim por um bom tempo, desejando que o rei a tivesse beijado, lhe dado um pretexto para aceitá-lo sem pensar. Mas Arthur não era assim. Nunca havia sido.

Quando o sol baixou, Guinevere voltou aos seus aposentos. Brangien reclamou de seu atraso e se apressou para arrumá-la.

– Quer usar a coroa? – indagou. Era uma pergunta casual sobre uma questão corriqueira, mas parecia ter todo o peso do mundo.

Será que Guinevere queria usar aquela coroa?

– Sim – respondeu.

Brangien prendeu a peça no lugar e, junto com Isolda e o guarda que estava no lugar de Lancelote, desceram para o salão principal. Quando entrou, Arthur levantou e sorriu para ela. Isso a fez se sentir quentinha por dentro. Podiam não ser as faíscas perigosas que surgiam com Mordred, mas era um amor mais estável. Um amor verdadeiro, construído com base na amizade, na admiração e na confiança. Ela não podia confiar em Merlin nem em sua própria mente, em seu passado e nem mesmo em seu futuro. Mas podia confiar em Arthur.

Dessa vez, havia um lugar para ela ao lado do rei. Arthur mudara a disposição das cadeiras para que os homens não se sentassem separados das mulheres. Dindrane estava ali perto, rindo de alguma coisa que Sir Bors dissera. Brangien e Isolda estavam a postos, de pé em um canto, conversando aos sussurros. Brangien ajeitou uma mecha dos cabelos ruivos reluzentes de Isolda, em um gesto simples de ternura. Lili estava do outro lado de Arthur, e Sir Gawain, ao lado dela, com uma expressão de quem não conseguia acreditar na própria sorte. E Lili, sendo a menina meiga que era, sorria e conversava, mas com uma tranquilidade que fez Guinevere se lembrar do desespero e do medo que deviam motivar suas atitudes anteriores. Arthur riu de alguma coisa que Sir Tristão falou. O ruído tomou conta do ambiente. Todos tinham seu lugar e todos estavam contentes com a posição que ocupavam.

Guinevere olhou para o outro lado da mesa. Embora estivesse cercada de cavaleiros solteiros, Lancelote parecia isolada. Não conversava com ninguém, não ria. Seus olhos encontraram os de Guinevere, que viu neles uma solidão que era capaz de compreender instintivamente. Ela e Lancelote ao mesmo tempo faziam e não faziam parte de Camelot.

A mão de Arthur segurou a sua embaixo da mesa. Ele entrelaçou seus dedos com os dela, e Guinevere olhou para as mãos dos dois. Seus dedos, pálidos e finos. Os dele, bronzeados e ásperos. Guinevere e Arthur. Rei e rainha.

– Tenho uma resposta – murmurou ela.

Arthur apertou sua mão.

A porta se abriu, e um pajem correu até Arthur, trazendo um pergaminho selado com cera. Arthur voltou imediatamente a ser rei. Soltou a mão de Guinevere e abriu o pergaminho, que leu com curiosidade. Mas então ficou paralisado, com os olhos arregalados. Era quase a mesma expressão que o irmão de Hild fizera ao sentir a espada atravessar sua barriga.

– O que foi? – perguntou Guinevere, sentindo-se temerosa de repente. Todos continuavam a falar ao seu redor, e o ruído encobria a conversa dos dois.

– Meu filho. Está vivo. Estava vivo esse tempo todo.

– O bebê de Elaine? – Guinevere se inclinou para ler a carta. Era da dama de companhia da casa de um lorde sulista. Ficara sabendo da visita de Arthur e ouvira dizer que ele era um homem bom. Agora que Maleagant estava morto, se sentia segura para entrar em contato.

Elaine morrera no parto. Arthur não estava lá, e Guinevere sabia que esse era um de seus maiores arrependimentos. Embora fosse irmã de Maleagant e tivesse colaborado com aquele homem cruel para manipulá-lo e tirá-lo do trono, Arthur amava Elaine. Mas foi obrigado a mandá-la embora, e ela morreu dando à luz o filho dos dois.

Um filho que, segundo disseram a Arthur, também morrera no parto. Um filho que, segundo a mulher que escrevera, estava vivo, era saudável e *dele*.

Arthur levantou, com uma expressão frenética.

– Preciso ir buscá-lo. Agora mesmo.

– Sim, claro.

Guinevere não sabia o que fazer. Deveria acompanhá-lo? Poderia ajudar. Sabia que sim.

– Irmãos – disse Arthur, e sua voz silenciou o salão imediatamente. – Recebi uma notícia e preciso de homens para me acompanhar em uma missão. Talvez a maior missão que eu já... – Deixou a frase no ar. Segurava o pergaminho com tanta força que as pontas estavam se amassando. – É uma missão pessoal. Não sei o que vamos encontrar pela frente, se haverá uma batalha ou não. Mas quero meus homens de confiança ao meu lado.

Sir Tristão se levantou sem hesitar. Sir Bors, Sir Percival, Sir Caradoc, Sir Gawain. Todos os cavaleiros ficaram de pé.

Lancelote não. Arthur havia convocado seus irmãos. Seus homens.

– Sir Lancelote – chamou Arthur.

Lancelote ficou pálida ao levantar.

– Eu confio Camelot e a rainha a você em minha ausência. Guinevere governará em meu lugar, e você protegerá a rainha e a cidade.

Lancelote fez uma mesura, com a mão no coração. Mas houve um instante de hesitação, em que Guinevere percebeu em Lancelote uma pontada de dor por ser deixada para trás. Conhecia muito bem aquela sensação.

Arthur se voltou para Guinevere. Não perguntou por que havia lágrimas em seus olhos e talvez nem as tivesse visto. Beijou sua testa e se retirou com passos apressados, seguidos por todos os seus cavaleiros prediletos.

Apenas as mulheres ficaram.

Guinevere saiu às pressas do salão, quase correndo, e foi para o quarto de Arthur. Poderia ajudar. E, mesmo que Arthur não a levasse, não queria que ele partisse deixando uma pergunta em aberto. Queria que levasse consigo uma resposta.

Escancarou a porta e se deparou com uma barreira de náusea e terror estonteantes, sentiu sua essência ser arrancada do corpo e queimar como uma névoa sob o sol.

– Guinevere!

Arthur embainhou Excalibur, e Guinevere desabou contra a parede, tentando recuperar o fôlego, incapaz de ficar em pé sozinha. As pedras a ampararam. Era uma resposta, em certo sentido, pelo menos para seu pedido para acompanhá-lo. Não poderia. Só causaria problemas, em vez de ajudar. E, ainda sentindo no corpo o mal-estar provocado por Excalibur, não tinha como formular uma resposta, nem mesmo se aproximar para beijar Arthur, como gostaria.

– Pode ir – falou, fechando os olhos. – Vá buscá-lo e o traga para casa.

CAPÍTULO QUARENTA E TRÊS

Na manhã seguinte, Guinevere encontrou Lancelote e Brangien no balestreiro. Precisavam discutir o que teria de ser feito na ausência de Arthur, mas ela não estava disposta a se reunir com os funcionários do reino no salão. Seria obrigada a fazer isso muitas vezes nos próximos dias ou até semanas. Arthur e seus homens estavam viajando para a extremidade sudoeste da ilha, e era impossível prever o que encontrariam ao chegar lá. Se a casa onde o bebê fora deixado havia sido controlada por Maleagant, existia uma boa chance de o filho de Arthur não ser entregue de bom grado. E, se as tempestades de inverno chegassem mais cedo, as estradas ficariam em péssimas condições, retardando a viagem de ida ou de volta. Guinevere se preparou mentalmente para ficar até um ou dois meses sem Arthur.

– Isso significa que você é madrasta? – perguntou Brangien.

Guinevere estava sentada no chão do balestreiro, e Lancelote, encostada na parede exterior, observando a cidade e os campos, sempre alerta.

– Ao que parece, sim.

– Mas isso pode ser bom. É menos pressão sobre você. Arthur tem um herdeiro agora. Um bastardo. Mas, mesmo assim, um filho.

Guinevere ainda não havia pensado nisso. Um de seus temores em relação ao seu casamento com Arthur era o fato de não lhe dar herdeiros, o que ameaçava a estabilidade do reinado dele. Quando Arthur voltasse com o filho, Camelot teria um herdeiro. Isso significava que seu relacionamento com Arthur só dependia de fato da decisão de Guinevere. O último elemento de pressão externa não existia mais.

– Não vou tomar conta dele – avisou Brangien. – Detesto crianças. Elas fazem bagunça e barulho e nunca obedecem.

Guinevere deu risada, contente por interromper aqueles pensamentos.

– Você é dama de companhia, não babá.

– Grudentas! Também são grudentas. Mas Isolda adora crianças. Talvez possa ajudar.

– Com certeza encontraremos uma babá.

Pelo menos era o que Guinevere esperava. Estava contente por Arthur, de verdade, mas não queria ser mãe. Não ainda. Muito menos do filho de Elaine, por mais mesquinho que isso pudesse ser. Trataria bem o menino. Mas não o acolheria como se fosse seu em termos emocionais.

Como será que Arthur se sairia como pai? Isso mudaria de novo as coisas entre eles? Arthur mal tinha tempo para ser marido. Com mais uma pessoa precisando de sua atenção, e sendo alguém de tamanha importância, como tudo ficaria? Será que o rei decidiria que não estava preparado para que os dois fossem marido e mulher, no fim das contas? Que era mais fácil deixar a situação como estava?

E o que Guinevere queria? Por que não conseguia se decidir?

Lancelote continuou vigilante, mas Guinevere ouviu o tom preocupado e pensativo na voz dela quando perguntou:

– Você sabia que ele tinha um filho?

– Sim. Ou melhor, sabia a mesma coisa que o rei, que Elaine e o bebê tinham morrido no parto.

– Nunca fiquei sabendo disso.

– Era um segredo. Tanto o envolvimento dos dois como as consequências. Elaine era irmã de Maleagant.

– Aaaaaah – falou Brangien.

– Pois é. Exatamente. As únicas pessoas que sabiam da existência do bebê eram Arthur, Elaine e Maleagant. Foi por isso que Arthur baniu Maleagant em vez de matá-lo. – Guinevere ficou em silêncio ao se dar conta de uma coisa terrível. – Eles não eram os únicos a saber. – Levantou-se, com o coração disparado. – Não eram os únicos. Mordred sabia.

Ao ouvir isso, Lancelote enfim se virou. O rosto dela refletia o mesmo pavor de Guinevere.

– Mordred sabia da existência do bebê?

– Sim. E insistiu para Arthur matar Maleagant em vez de bani-lo. E sabia de Elaine. Ou seja: Mordred sabe que, se mandasse uma carta dizendo que o filho de Arthur está milagrosamente vivo e passou os últimos anos escondido, Arthur deixaria Camelot sem pensar duas vezes para ir buscá-lo. E levaria Excalibur também.

Brangien se voltou para os campos, como se já esperasse a presença dos inimigos a caminho.

– Mas podemos proteger o castelo, certo? Mesmo sem os cavaleiros que estão em missão, temos todos os soldados e homens treinados para a batalha à disposição.

– Podemos proteger o castelo – disse Lancelote, com a mão no cabo da espada. – Ele *não* será tomado.

Poderiam proteger o castelo, claro, mas a que custo? E por que Mordred esperaria tanto para usar esse expediente? Guinevere observou os já bem conhecidos contornos da cidade. As casas. A arena. A igreja. Os silos.

Os *silos*.

– Isso ter acontecido agora não foi por acaso – falou. – O castelo não precisa ser tomado para Camelot ruir. Todos os armazéns e silos estão lotados. Se conseguirem tomá-los, se destruírem nosso suprimento de comida, passaremos fome durante o inverno. As pessoas vão morrer, fugir ou tentar encontrar comida em outro lugar. Seria o fim do reinado de Arthur.

Lancelote deu um passo para o lado.

– Brangien, mande todos os pajens que encontrar irem atrás de Arthur. Como não sabemos por qual rota ele vai seguir, precisamos fazer uma busca bem ampla.

– Mas temos certeza? De que esse é o plano, um ataque? – questionou Brangien, franzindo a testa de preocupação.

Era um plano bem elaborado e muito bem executado. Engenhoso. Astucioso.

– Sim – respondeu Guinevere.

Brangien levantou a saia e disparou escada abaixo.

– Os mensageiros podem não alcançar Arthur em tempo – disse Guinevere, andando de um lado para o outro. – Mordred não perderá tempo. Não se for esperto, e isso ele é.

Como ele era capaz de fazer aquilo? Depois de tudo? Como Guinevere pôde, mais uma vez, acreditar que Mordred não tinha más intenções? Morgana fingira que estava lá para conversar com ela. Mas percorrera a cidade toda com Lili. Tanto Morgana quanto Mordred sabiam onde os alimentos estavam estocados. E ele conhecia a cidade – e a passagem secreta para entrar e sair do castelo – melhor que ninguém.

– Tudo depende de nós – falou Guinevere. – Convoque todo mundo na cidade. Posicione guardas para proteger o lado de cá do lago. Prepare as flechas e o piche para incendiar os barcos. Precisarei de você ao meu lado.

Pelo menos, não haveria nenhum ataque pela montanha, graças à sua magia.

– Sou o único cavaleiro restante – respondeu Lancelote, parecendo dividida. – Preciso comandar a defesa da cidade.

– É exatamente isso que vamos fazer. Quando todos os cidadãos tiverem atravessado o lago, bloquearemos tudo. Ninguém mais vai conseguir entrar depois que fizermos isso.

Nem pelo lago nem pela passagem secreta. Se Mordred quisesse tomar Camelot, teria uma amarga decepção, e Guinevere seria a responsável por isso.

– Como?

Guinevere olhou para as próprias mãos. "Lute como uma rainha", Merlin a aconselhara mais uma vez em sua memória. Cerrou os punhos. Não era uma rainha. Não era Guinevere. Não sabia quem era. Mas sabia o que era e o que era capaz de fazer. E, dessa vez, faria algo que proporcionaria *apenas* proteção. Ninguém sofreria.

– Usando magia.

Felizmente, a maior parte dos moradores de Camelot já estava dentro da cidade, ou acampando no campo à beira do lago após o encerramento do festival. No fim do dia, todos os que precisavam voltar já tinham entrado. Foi difícil transmitir a urgência da situação sem incitar o pânico, mas Guinevere emitiu um decreto de proteção na ausência do Rei Arthur. Havia construções vazias em quantidade suficiente dentro de Camelot para abrigar a maior parte dos fazendeiros e lavradores, e os demais foram colocados em cômodos do castelo que não estavam sendo usados.

Os soldados se concentraram na parte baixa da cidade, prontos para atacar qualquer barco que fizesse a travessia. A passagem secreta estava vedada na entrada do castelo. Guinevere mandou três homens abri-la, afastando as pedras e as barreiras de madeira. Se eles conseguiram fazer isso, Mordred também seria capaz de fazer.

Guinevere mudou Lili para seus aposentos. A garota estava sentada na cama enquanto a rainha revirava seus baús, procurando alguma coisa que pudesse ajudá-la naquela tarefa. Tinha uma vaga ideia de como fazer aquilo, mas era algo muito maior e mais complexo do que qualquer feitiço que já tentara. Ia muito além dos nós.

– Guinevere, o que está acontecendo de verdade? Estou com medo.

Guinevere desviou os olhos do rosto de Lili.

– Tem alguma coisa a caminho. Na ausência de Arthur, Camelot fica vulnerável. E vou garantir que nada entre aqui. Mas... escute só. Se acontecer, você, Brangien e Lancelote podem fugir da cidade. Sei que você consegue. É inteligente e capaz, e uma princesa melhor do que eu jamais conseguiria ser.

Lili desceu da cama e se juntou a Guinevere.

– O que você acha que vai acontecer?

Guinevere sacudiu a cabeça.

– Arthur me deixou no comando. Farei o que for preciso para manter Camelot a salvo. Preciso que você e Brangien assumam minhas funções enquanto isso.

– Mas você não é cavaleiro nem soldado! Lancelote pode fazer tudo isso!

As mãos de Guinevere se fecharam em torno da adaga de ferro que Arthur lhe dera. Rocha, água, ferro e sangue. Era isso. Sabia o que precisava fazer. E qual seria o custo. Dessa vez, ela pagaria, mais ninguém.

– Você está diferente – comentou Lili. – Você está... muito mais corajosa do que antes. Como isso aconteceu?

Ela não sabia como responder.

– Lili, escute. Você não vive mais escondida na minha sombra. É uma princesa. Desafiou seu pai. Veio atrás da vida que queria. Use essa mesma força por Camelot agora. E acredite que, haja o que houver, estou feliz por você ter vindo e por poder conhecê-la melhor.

O lábio de Lili começou a tremer, mas ela assentiu e levantou o queixo.

– Farei o que for preciso.

– Todos nós faremos. – Guinevere a abraçou. – Diga a Brangien... – Sua voz ficou embargada. Esperou um momento até conseguir soar mais confiante. Soltou Lili e ficou de pé. – Diga a Brangien o que falei. Para vocês três. E, se precisar de ajuda para lidar com alguma coisa, funcionários ou esposas de cavaleiros ou quem quer que seja, procure Dindrane. Ela dá conta de qualquer um.

Brangien jamais perdoaria Guinevere por deixá-la de fora de seu plano, mas sua amiga precisava ficar ao lado de Isolda. Guinevere jamais se colocaria entre as duas.

Guinevere resolveu se afastar de Lili antes que pudesse desistir, vestiu um manto vermelho, pôs a adaga na cintura e saiu de seus aposentos. Foi até a porta de Arthur. Os aposentos dele pareciam vazios. Era possível sentir a presença do rei ali, como se fosse aparecer a qualquer momento. Dar risada de algo que ela dissera. Abraçá-la e reconfortá-la com o calor que irradiava.

Mas então Arthur se ausentaria de novo.

Guinevere tirou a coroa e colocou suavemente no centro da cama dele.

Lancelote caminhava ao seu lado pela rua principal. A cidade estava lotada, e com uma atmosfera fervilhante de nervosismo e apreensão. Nas docas, Guinevere entrou em um pequeno barco e fechou os olhos. O cavaleiro embarcou em seguida, fazendo de tudo para não balançar a embarcação, e então remou até uma distância segura do local onde a cachoeira mais ao sul caía com uma força implacável. Quando se aproximaram da margem, Lancelote saltou do barco e o arrastou até a praia de pedrinhas. Guinevere desceu.

– O que exatamente estamos fazendo? – perguntou Lancelote.

– Estamos protegendo Camelot.

– Sim, eu sei. – Lancelote parecia irritada. – Isso a senhora já disse. Só não me contou *como*.

– Vamos formar uma barreira. Ninguém vai entrar nem sair. É um pouco parecido com a magia que fizemos no rio, só que mais forte.

A magia do rio era uma forma de ataque. Mas aquela era uma defesa. Ninguém mais morreria por suas mãos.

Lancelote deteve o passo.

– Mas não podemos deixar as pessoas saberem que a senhora usa magia. A senhora seria banida ou coisa pior.

– Ninguém verá quem foi que fez. As pessoas só verão o resultado. Aos olhos delas, será uma ameaça, não uma proteção. Quando Arthur voltar e desfizer tudo com Excalibur, terá salvado de novo a cidade das garras dela.

– Arthur será o herói. – Lancelote estreitou os olhos, incomodada.

– Ele sempre é o herói. Camelot precisa disso.

Guinevere sabia, e Lancelote também. Lancelote tentara ser a heroína de Camelot, e a Dama do Lago a impedira.

– Mas a verdade é mais complicada que isso.

– Sempre é.

Guinevere se manteve em movimento. Não havia tempo a perder. Não tinha total certeza de que seu plano funcionaria. E, caso não desse certo, precisaria pensar em uma alternativa. A cachoeira do sul trovejava ao lado das duas, e uma fina camada de névoa criava múltiplos arco-íris sempre que era tocada pela luz do Sol. Ela não escutava mais seus próprios passos quando chegou à entrada oculta da caverna. Afastou os cipós.

– Isso sempre esteve aqui? – Lancelote precisou gritar para ser ouvida por cima do rugido da cachoeira.

– Sim. Mas só algumas pessoas sabem. Merlin. Arthur. Mordred. E agora você. Esse caminho leva diretamente ao castelo, a um depósito que não é utilizado.

– Estamos aqui para bloquear a passagem, então? – Lancelote examinou a entrada. – Quem sabe não conseguimos escalar a lateral da montanha e, de alguma forma, desviar a queda d'água – sugeriu, analisando a estrutura do penhasco.

– Não. Precisamos que a passagem esteja aberta.

Guinevere tinha razão no que previu em seu planejamento. A água – a bifurcação do rio lá no alto antes de cair de ambos os lados de Camelot em cachoeiras gêmeas e formar o lago – e a montanha rochosa em que a cidade era escavada eram os dois limites da cidade. Rocha, água, ferro e sangue. Aquilo daria certo.

Mas, em vez de se animar, Guinevere ficou apavorada. Era chegada a hora. Não haveria outra chance de mudar de ideia. De esperar para ver o que aconteceria. De fazer outra coisa violenta e perigosa como a que fizera no rio, com Rei Marco ou com Ramm. De arriscar que inocentes se ferissem no fogo cruzado. Arthur enfrentaria aquela ameaça de peito aberto, como fazia em relação a tudo, porque sabia por quem e pelo que estava combatendo e como lutar por aquilo em que acreditava.

Lancelote a esperava, com uma expressão de franqueza e expectativa. Atrás do cavaleiro, no fim do túnel, estava o castelo que abrigava quase todas as pessoas com quem Guinevere se importava. E, em algum lugar, estava Arthur, viajando em uma missão que terminaria em decepção certa. Guinevere achava que ele não tinha um filho. Era uma artimanha cruel, a mais cruel que alguém poderia imaginar.

Guinevere havia jurado proteger Camelot. E cumpriria a promessa, fosse qual fosse o custo do que faria ali.

– Me dê sua mão – pediu.

Lancelote estendeu o braço sem questionar, mesmo depois de Guinevere puxar a faca. Ela traçou uma linha pela palma de Lancelote e outra na sua. Em seguida, as duas deram as mãos. O sangue se acumulou e escorreu pelas beiradas.

Guinevere saiu andando com Lancelote, as duas conectadas. Do outro lado da abertura da caverna, com as costas de Lancelote para a montanha e as de Guinevere para o campo aberto atrás de si, deixou o sangue cair na rocha, pressionando as mãos de ambas em sua superfície. Em seguida, foi guiando o cavaleiro, formando uma linha contínua de sangue da face da montanha além da passagem até as pedrinhas da margem do lago e, por fim, até a água, perto da cachoeira.

Guinevere movia a mão das duas, mantendo a linha contínua e deixando um único nó. Um nó que ela conhecia do fundo de sua alma, apesar de nunca ter usado antes. Um nó de união. Era um nó complexo e intricado, que não podia ser desfeito por nenhum meio que ela conhecia. Então, por fim, estendeu a linha de sangue até a beira da água. Ao chegar lá, a magia se espalhou depressa – com mais rapidez do que deveria. Um brilho azul se elevou entre Guinevere e Lancelote, feito uma linha de chamas. Guinevere soltou a mão de Lancelote e deu um salto para trás, esquivando-se bem em tempo. Observaram aquele azul queimar, correndo pela superfície do lago e da montanha mais atrás, até que as duas linhas se encontraram no céu e formaram um domo de luz quase invisível a olho nu. Haviam se conectado à pedra e à água, e tudo o que havia entre a montanha e o lago se tornara inacessível a invasores.

– O que foi isso? – gritou Lancelote.

Arthur usava uma espada para proteger Camelot. Guinevere criara um escudo para a cidade.

Uma mariposa preta veio voando pelo céu e pousou na manga da roupa de Guinevere, parecendo uma mancha de cinzas. Ela a afugentou. Lancelote deu um passo em sua direção, mas Guinevere ergueu as mãos.

– Não! Você não pode atravessar a linha. A magia é ancorada pelo nosso sangue. Se você cruzar esse limite, vai se desfazer. Volte pela passagem secreta.

– Vamos. – Guinevere estendeu o braço, tomando cuidado para que sua mão não ultrapassasse a linha da magia.

Guinevere deu um passo para trás. O que doeu muito mais que abrir um corte na palma da mão. Doeu mais do que qualquer outra coisa que fizera, e o olhar no rosto de Lancelote era como o mais profundo dos cortes.

– Sou a outra âncora. Se eu atravessar, a magia se desfaz. Preciso ficar deste lado.

Arthur pedira que Guinevere tomasse uma decisão. E ela havia acabado de impedir sua própria entrada em Camelot.

Lancelote sacudiu a cabeça, tentando argumentar contra o que Guinevere estava fazendo. Dar um jeito na situação.

– Então a senhora vai ficar acampada aqui até o retorno de Arthur?

O coração de Guinevere estava disparado. A realidade do que havia feito, do que ainda faria, pairava ao seu redor como um toque de magia. Afastando-a de quem tentara ser. Do que tentara ser.

– Prometi que protegeria Camelot. E fiz isso. Mas não posso... não posso ficar. Estou sempre fazendo mal às pessoas. E a mim mesma. E, até descobrir quem realmente sou, acho que não posso mais ser Guinevere. Não a Guinevere de que Lili precisa, de que Arthur precisa ou de que Camelot precisa.

– E quanto à Guinevere de que *eu* preciso?

Os olhos escuros de Lancelote estavam cheios de lágrimas. Guinevere nunca a tinha visto chorar, nunca a tinha visto ser nada além de forte ou corajosa ou confiável. Lancelote jamais desmoronara. Nem diante das tragédias de sua infância nem diante das batalhas que precisara enfrentar todos os dias para conquistar sua posição nem diante do trabalho incessante que precisava fazer para mantê-la. Até que se deparou com Guinevere.

– Você é meu cavaleiro. Estou ordenando que proteja Camelot até o retorno do Rei Arthur.

– Para onde a senhora vai?

Lancelote andava de um lado para o outro na extremidade do campo de magia, passando as mãos pelos cachos desalinhados. Guinevere percebeu o quanto ela estava tendo que se segurar para não atravessar a barreira. E rezou para que não tivesse subestimado a devoção de Lancelote a Camelot.

– Libertar Merlin. Descobrir a verdade. Recuperar meu passado para poder decidir meu futuro.

Pôs a adaga de volta na bolsa, junto com seu fio, os materiais de costura e a pedra morna que a conectava a Morgana.

A pedra *morna*. Outra mariposa preta apareceu em seu braço. E então outra. E mais outra. Olhou para cima. Lancelote fez a mesma coisa. O cavaleiro estava no bosque naquela noite. Vira a nuvem de mariposas pretas que se levantara do chão, anunciando o retorno da Rainha das Trevas.

Lancelote desembainhou a espada.

– Vou...

– Se você me ama, fique desse lado.

Guinevere deu um passo para trás, ouvindo as próprias palavras ressoarem em seus ouvidos. Por acaso Merlin não dissera quase a mesma coisa, antes de ser aprisionado na caverna pela Dama do Lago? Será que jamais estaria livre da influência do feiticeiro?

Ouviu um cavalo a distância, aproximando-se a galope. Guinevere estava pagando o preço por aquela magia, mas Lancelote também pagava. Seu coração parecia prestes a arrebentar de dor.

– Por favor, não me peça isso. – Lancelote se ajoelhou no chão e abaixou a cabeça. – Por favor.

– Também amo você. Sinto muito – sussurrou Guinevere, ciente de que a cachoeira, aquela queda d'água traiçoeira ao seu redor, abafaria suas palavras e não permitiria que Lancelote ouvisse. Virou as costas e saiu andando na direção do ruído dos cascos do cavalo. E não ficou nada surpresa ao ver Mordred. Que cavalgava em alta velocidade, mas brecou a montaria quando a viu. Uma expressão de choque surgiu em seu rosto, seguida de pânico.

– O que você está fazendo aqui? – questionou, descendo da sela e olhando para trás.

Guinevere ergueu o queixo.

– Estou aqui para impedir você.

– De fazer o quê?

– De tomar Camelot. Sei que é esse o seu plano. Você atraiu Arthur para fora da cidade para poder promover seu ataque sem precisar se preocupar com Excalibur. Mas não funcionará. Ergui um bloqueio em torno da cidade. Você não conseguirá entrar. Ninguém conseguirá.

Mordred olhou na direção da passagem secreta. Em seguida, fechou os olhos e abaixou a cabeça, assumindo a mesma postura desolada de Lancelote.

– Ah, Guinevere. O que foi que você fez?

– Exatamente o que acabei de dizer.

– Não estão aqui para tomar Camelot! Estão vindo pegar *você*!

Outra mariposa preta apareceu no braço de Guinevere.

– Não, você... você enganou Arthur. E ia usar a passagem secreta.

– Eu ia usá-la para avisar você. Minha mãe me mandou na frente para que eu chegasse primeiro. Não fui eu que enganei Arthur. Maleagant sabia sobre Elaine e o bebê, e contou para seus homens, que estão a serviço de outros agora. Foram eles que mandaram a carta. Queriam Arthur fora da cidade para deixar você vulnerável. Precisamos... – Mordred deixou a frase no ar e olhou por cima do ombro mais uma vez. A distância, havia uma nuvem de poeira que se aproximava depressa e obscurecia tudo o que havia por perto. A pedra estava tão quente que Guinevere conseguia senti-la dentro da bolsa.

Mordred olhou em volta, desesperado, com a angústia estampada no rosto.

– Você pode entrar pela passagem?

– Não – murmurou Guinevere.

Não era verdade. Ela poderia. Mas, nesse caso, Camelot estaria em perigo.

– Não temos como fugir deles – disse Mordred, pondo as mãos no rosto de Guinevere com um olhar mais caloroso do que a magia que fazia arder a pedra que a conectava a Morgana. – Sei que não mereço, mas por favor, confie em mim. Não perca sua fé em mim, haja o que houver.

A rainha não teve tempo para responder. Mordred a pegou pela cintura e a colocou sobre seu cavalo. Em seguida, subiu atrás dela e dirigiu sua montaria na direção da nuvem de poeira que se aproximava.

O rei dos pictões, Nechtan, um brutamontes de roupa de peles e aspecto ameaçador, estava cercado por, no mínimo, duzentos homens. O manto de pele sobre seus ombros se moveu sob a luz, e Guinevere notou que estava coberto de mariposas. Uma subiu pela lateral de seu rosto e parou perto de sua orelha.

Os ataques da Rainha das Trevas nunca tiveram a intenção de ser bem-sucedidos. Serviram só para deixá-los à procura de ameaças mágicas enquanto ela manipulava ameaças humanas mais ao norte. Os pictões não estavam quietos em seu canto em sinal de paz. Estavam se preparando silenciosamente para a guerra. E Guinevere e Arthur estavam bem como a Rainha das Trevas queria: distraídos.

– Não pensei que você estaria aqui – falou Nechtan, olhando para Mordred.

– Fui eu que o mandei vir – disse Morgana, chegando mais perto, sem sequer olhar direito para Guinevere.

Mordred soltou uma risadinha de leve. Não era mais o Mordred que havia curado seu ombro, lhe dado uma flor sob a proteção da floresta ou implorado para que fugissem juntos. Aquele era o homem escorregadio como uma cobra sobre o qual todos a alertavam, que rastejava pela escuridão gélida para conseguir o que queria.

– Olá, mãe. Rei Nechtan. Eu a tirei da cidade para vocês. Uma rainha para outra rainha.

Rei Nechtan olhou para Camelot, estreitando os olhos.

– Ainda não – Morgana falou com um tom seco.

– Posso tomá-la.

– Olhe direito – disse Mordred, apontando com o queixo para o domo azul que reluzia sobre a cidade.

O rei concordou a contragosto, com a relutância estampada no rosto voltado para a cidade, mesmo depois de fazer sua montaria dar meia-volta para a direção de onde viera. O norte. Deu um grito, e todos os cavalos saíram galopando. Guinevere olhou para trás, mas não conseguiu ver Lancelote. Sequer conseguiu ver Camelot. Tudo foi engolido pela nuvem de poeira enquanto ela era levada para longe da cidade, do rei, de seu cavaleiro e da Guinevere que poderia ter sido.

Estava cercada de inimigos, sendo conduzida por um homem que não sabia se era digno de confiança e rumando para uma terra em que ela serviria a uma rainha que era ao mesmo tempo sinistra e fantástica.

"Que assim seja", pensou. A Guinevere que poderia ter sido que ficasse para trás. Não sabiam do que Guinevere era capaz, mas ela enfim estava pronta para descobrir.

AGRADECIMENTOS

Tenho apoio de uma verdadeira távola redonda.

Do reino da Delacorte e da Random House Childen's Books, também conhecido como o maior dos reinos, do qual continuo tendo a honra de fazer parte, Wendy Loggia, Beverly Horowitz, Ali Romig, Kristopher Kam, Regina Flath, Alex Dos Diaz, Heather Hughes, Adrienne Waintraub, Kristin Schulz e a toda a equipe da Get Underlined.

Do Reino dos Guerreiros dos Pequenos Negócios, minha agente, Michelle Wolfson.

Do Reino das Amigas de Longa Data, sem as quais eu não conseguiria viver, agradeço a Stephanie Perkins e Natalie Whipple.

Do Reino da Minha Casa, Noah – o mais lindo cavaleiro, os demais que me desculpem – e meus três jovens pajens, Elena, Jonah e Ezra. Mas Elena e Jonah provavelmente prefeririam ser caracterizados como bruxos, e Ezra acharia mais legal ser um esqueleto, então acho que tudo bem, estamos na seção de agradecimentos do livro, que a maioria das pessoas nem lê. Podemos ser mais flexíveis e fugir um pouco do tema.

Do Reino das Grandes Famílias, Patrick e Cindy White, assim como Erin e Todd, Lindsey e Keegan, Lauren e Devin, e Matthew e Tyler. E também Kit e Jim Brazier, Tim e Carrie, Seth e Shayne, Eliza, Christina e Josh, Emma e Brad, Beverly e Nick, Colton e Cassie, e Thomas. E, como tanta gente já foi citada, vamos incluir também os cavaleiros em treinamento Joseph, Audrey, Will, Lucas, Asher, Ruby, Milo, Luca, Graham, Lilah, June, Lydia, Rachel, Abram, Georgie, Peter, Rocky, Boston, Chase, Charlie, Grant, Nigel, Sienna, Henri, Eli, Beverly, Eden, Miles, James e quem mais tiver nascido do momento em que escrevo até o livro ser lançado. Como nunca vou me lembrar do aniversário de vocês, por favor aceitem o decepcionante prêmio de consolação de ter seu nome citado nos agradecimentos de um livro que só alguns de vocês têm idade para ler. Sou ou não sou a melhor tia de todas?

Sir Jim merece uma segunda menção, por tornar possíveis minhas viagens com sua disposição de conduzir seu cavalo Honda prateado para todos os lugares necessários e levar e buscar as crianças na escola na minha ausência.

E olá, leitora ou leitor! Você não apenas avançou comigo nas aventuras de Guinevere, mas também ficou para ver os créditos, o que é bem insólito e generoso. Então, diga às pessoas que eu fiz um agradecimento pessoal para *você*, que agora faz parte da minha távola redonda. Escreva seu nome aqui:

SUA OPINIÃO É MUITO IMPORTANTE

Mande um e-mail para **opiniao@vreditoras.com.br** com o título deste livro no campo "Assunto".

1ª edição, jun. 2021

FONTE Centaur MT Regular 13,5/17pt
PAPEL Pólen Bold 70g/m²
IMPRESSÃO Gráfica Santa Marta
LOTE GSM18726